T0270359

HECHIZOS DE MEDIANOCHE

HECHIZOS DE MEDIANOCHE

RACHEL GRIFFIN

Traducción de Mia Postigo

Argentina – Chile – Colombia – España
Estados Unidos – México – Perú – Uruguay

Título original: *Bring Me Your Midnight*
Editor original: Sourcebooks Fire
Traductora: Mia Postigo

1.ª edición: septiembre 2023

© 2023 by Rachel Griffin
All Rights Reserved
www.rachelgriffinbooks.com
© de la traducción, 2023 *by* Mia Postigo
© 2023 *by* Urano World Spain, S.A.U.
Plaza de los Reyes Magos, 8, piso 1.º C y D – 28007 Madrid
www.mundopuck.com

ISBN: 978-84-19252-35-7
E-ISBN: 978-84-19699-38-1
Depósito legal: B-12.966-2023

Fotocomposición: Ediciones Urano, S.A.U.

Impreso por: Rodesa, S.A. – Polígono Industrial San Miguel
Parcelas E7-E8 – 31132 Villatuerta (Navarra)

Impreso en España – *Printed in Spain*

Para mi padre.
Gracias por enseñarme que mi felicidad es importante
y por recordármelo cuando lo olvido.

Uno

Una vez, mi madre me dijo que tenía la suerte de no tener que averiguar cuál era mi propósito en la vida. El haber nacido con el apellido Fairchild en una islita al oeste del continente quería decir que ya lo había encontrado incluso antes de caer en la cuenta de que debía buscarlo. Tiene razón, claro, como suele tenerla sobre la mayoría de las cosas, aunque yo siempre he creído que, si en algún momento debía buscar mi verdadero propósito, solo lo encontraría en las profundidades del mar.

El frío gélido del agua salada y el silencio sepulcral me hacen sentir más en casa que la elegante vivienda de cinco habitaciones que se encuentra a tan solo dos manzanas de la playa. El agua me da la bienvenida mientras me adentro en ella y me sumerjo, y los sonidos de la isla se desvanecen hasta desaparecer del todo. Mi cabello largo flota en todas las direcciones, y yo me impulso desde el fondo rocoso para nadar, sin cerrar los ojos. La corriente se va haciendo más fuerte, por lo que permanezco atenta a cualquier señal de movimiento o agitación, pero el mar está tranquilo.

Por el momento.

Floto bocarriba. El sol se alza por el horizonte, persigue al amanecer, y los rayos de una luz dorada que reluce sobre la superficie del agua reemplazan el gris neblinoso de la madrugada. Soy la única allí, de modo que casi puedo engañarme a mí misma y hacerme creer que soy insignificante; una motita diminuta en un mundo enorme y ajeno. Y pese a que lo último sí que es cierto, soy cualquier cosa menos insignificante. Mi madre se aseguró de que así fuera.

Me doy la vuelta y buceo hasta el fondo del mar, más y más profundo hasta que el agua se enfría y la luz del sol desaparece, como si fuese inalcanzable. Me detengo cerca del fondo y disfruto de que las expectativas y las responsabilidades no puedan seguirme hasta aquí. Disfruto de que mi vida parezca mía y solo mía. Cuando siento una presión en el pecho y los pulmones me suplican que les dé algo de oxígeno, decido rendirme y empiezo a dirigirme hacia la superficie. El mar me escupe, e inhalo una gran bocanada de aire.

Aún es temprano, pero Arcania ya se va despertando a lo lejos. Muchos de nosotros nos levantamos al amanecer para aprovechar cada minuto de magia que se nos concede. Los días se acortan y el invierno se acerca, de modo que las largas noches de nuestra isla del norte son sinónimo de que pronto tendremos incluso menos tiempo con nuestra magia.

Respiro hondo una vez más mientras unas olas gentiles me mecen. Como ya he pasado mucho tiempo en el mar, me giro hacia la orilla, pero entonces algo me llama la atención. Parece una flor, ligera y delicada, que se alza a través del agua para darle alcance al sol. Nado hacia ella y la observo mientras sale a la superficie y flota a un brazo de distancia, como si me estuviese invitando a estirarme y sujetarla.

Parpadeo, y la flor desaparece. Aunque busco en el agua alguna señal de ella, no encuentro nada, por lo que asumo que la debo haber imaginado. Mi mente está algo confusa por el baile que tenemos pendiente y hace que vea cosas en mi lugar favorito. Esto es suficiente para romper la paz de la mañana, por lo que nado de vuelta, a sabiendas de que no tengo mucho tiempo para recuperarla.

Cuando el fondo está lo bastante cerca como para arañarme las rodillas, me pongo de pie y avanzo con dificultad por la playa rocosa, luchando para no volverme una vez más y seguir buscando la flor. Me escurro el cabello y saco la toalla que tengo en la mochila. La sal se me aferra a la piel de un modo tan conocido que ya no me apresuro a enjuagarla. Me pongo las sandalias, me sujeto el cabello en un moño bajo y recojo el resto de mis pertenencias.

—Será mejor que te des prisa, Tana —me dice el señor Kline desde la acera—. Tu madre está de camino.

—¿Tan pronto? Va a llegar media hora antes.

—No eres la única que se ha levantado al amanecer.

Me despido de él con la mano, agradecida, y me dirijo a toda prisa a la perfumería, mientras pienso en el baile y me preocupo porque llegaré tarde, y esa mezcla hace que se me revuelva el estómago. Tendría que haber estado ya en la tienda, preparándolo todo para la oleada de turistas matutinos, aunque el primer transbordador no llega hasta dentro de cuarenta y cinco minutos. Nunca he seguido el horario a rajatabla como le gustaría a mi madre que hiciera.

Giro hacia la calle Main, donde montones de tiendas mágicas están alineadas en la calle adoquinada como si fuesen florecillas silvestres en primavera. Los escaparates de colores rosa y amarillo pastel, celeste y verde menta destacan sobre la neblina que suele cubrir Arcania e invitan a la gente a su interior mientras les aseguran con suavidad que la magia es algo dulce y delicado, como los colores de las puertas que acaban de cruzar. Dentro de una hora, esta zona estará llena de turistas y clientes asiduos del continente que visitan nuestra isla para comprar perfumes, velas, té, pastelillos, tejidos naturales y cualquier otra cosa que podamos infundir de magia.

Unas vides verdes y espesas trepan por las paredes de piedra, mientras que la glicinia pende sobre los umbrales; cada detalle está pensado para demostrar que este lugar es especial, aunque no por ello amenazante. Peculiar, pero no de un modo que dé miedo. Encantado, pero no peligroso.

Una isla tan fértil y encantadora que alguien podría olvidar que en algún momento fue un campo de batalla.

Unos grandes arbustos de laurel rodean las farolas de bronce de la calle, al tiempo que su intenso aroma floral carga el aire de más magia de lo que podríamos hacer nosotros. Recorro la calle adoquinada a paso veloz hasta que consigo ver la perfumería en la esquina. Mi mejor amiga me espera apoyada contra la puerta, con una taza de té en cada mano.

Alza una ceja en mi dirección cuando me ve doblarme sobre mí misma y apoyar las manos en las rodillas para recuperar el aliento.

—Toma —dice Ivy, un poco más y poniéndome el té en las narices—. Es nuestra mezcla Buenos Días.

—No necesito tu magia —le digo, haciendo caso omiso del té. Meto mi llave en la cerradura y abro la puerta, para luego agacharme al pasar por debajo de una cascada de glicinia color lavanda.

—¿Ah, sí? Pues menudas pintas me traes.

—¿Tan mal voy? —le pregunto.

—Tienes algas en el pelo y costras de sal en las cejas —contesta.

Le quito el té de la mano y bebo un largo sorbo. Me hace sentir bien mientras se me desliza por la garganta y se asienta en mi estómago. Su magia funciona de inmediato. Mi mente se despeja y el cuerpo se me llena de energía. Corro hacia la trastienda, me quito la ropa mojada y me pongo un vestido azul sencillo.

—Siéntate —me dice Ivy, y yo le dedico una mirada agradecida. Sus ojos marrón oscuro relucen mientras mueve sus manos sobre mi rostro. Noto cómo la sal desaparece de mi piel y un ligero maquillaje se sitúa en su lugar. Yo no tengo talento para el maquillaje como Ivy; el mío suele surgir en brotes un tanto dramáticos para el gusto de mi madre, aunque a Ivy siempre le queda perfecto. Mientras ella se encarga de eso, lidio con mi cabello: lo seco al instante y dejo que caiga en unas suaves ondas por mi espalda. Ivy sostiene un espejo.

Mi vestido hace que el azul de mis ojos se realce, y mi cabello castaño ya no parece tan simplón después de rizármelo. Ningún aspecto de mi apariencia da lugar a pensar que acabo de salir del agua. Por mucho que eso sea algo que complazca a mi madre, a mí me gusta verme ligeramente desarreglada, como si la naturaleza me hubiese dado un toque, más como una persona y menos como un cuadro que tengo miedo de terminar estropeando.

—Gracias por echarme una mano.

—¿Qué tal el rato que has pasado en el agua? —me pregunta.

—No ha durado lo suficiente.

Oímos la campanilla que hay en la puerta cuando mi madre entra a paso rápido en la tienda.

—Buenos días, chicas —nos saluda, sin detenerse en su camino hacia la trastienda. Al verla, me pongo más recta en el asiento.

—Buenos días, señora Fairchild —contesta Ivy con una sonrisa.

Mi madre va arreglada como siempre: lleva su cabello rubio recogido en un moño sencillo y su piel bronceada reluce gracias al producto nuevo que sea que esté usando de la tienda del cuidado para la piel de la señora Rhodes. Lleva los labios pintados de rosa, y sus ojos azules son intensos y brillantes.

Siempre lista. La perfecta bruja del nuevo aquelarre.

Dado que el suelo está mojado y salpicado de algas, mi madre mira hacia abajo.

—Ivy no siempre va a estar aquí para arreglar tus estropicios, Tana. Hazme el favor de limpiar todo esto —me ordena, antes de salir de la estancia.

Voy a por la fregona que hay en el armario y limpio el desastre mientras procuro no hacer caso de lo hirientes que son las palabras de mi madre. Tiro a la basura los trocitos de algas que me han seguido hasta la tienda y guardo la fregona después de asegurarme de que las baldosas estén secas. La magia está conectada a los seres vivos, así que, por desgracia, eso no incluye el suelo.

—Casi lo logramos —digo en un susurro—. Así que gracias de nuevo.

—No es nada —contesta Ivy, antes de beber un sorbo de su té. Ella también siempre está lista para lo que se le ponga por delante; nunca llega tarde a la tienda de té de sus padres ni se presenta desarreglada o medio dormida. Su piel oscura brilla sin necesidad de magia y sus rizos azabaches se le mecen con suavidad por encima de los hombros cuando se mueve.

Saco un puñado de lavanda seca de un bote de cristal que hay en la pared y alcanzo un mortero y una maja de la alacena que está debajo de la isla. Mi padre y yo fabricamos la encimera a partir de un gran trozo de madera que encontramos en la orilla, la cual recorro con las manos.

La luz del sol matutino se cuela por las ventanas delanteras del establecimiento, llega hasta la trastienda e ilumina todas las plantas y hierbas del lugar. Ivy disfruta de su té mientras yo me encargo de la base de un aceite de baño. Cierro los ojos e imagino la sensación de quedarme dormida: la calma que te inunda y el cómo te sumerges en ella con suavidad. Dejo que la sensación se infunda en la lavanda hasta que cada pétalo está bañado por ella. Practicar magia es lo que más me gusta hacer en la vida, y, pese a que estoy trabajando en un aceite para calmar a los demás, este tiene el mismo efecto sobre mí. En momentos así es cuando me encuentro más feliz, como si estuviese en casa.

Cuando la campanilla vuelve a sonar, abro los ojos a regañadientes. Reconozco la voz de la señora Astor antes incluso de alzar la vista, pues es una clienta asidua del continente que viene a Arcania a buscar dos cosas: magia y cotilleos.

—Buenos días, Ingrid —saluda a mi madre con su voz cantarina, antes de tomar su mano entre las suyas. Aquel es un gesto de amistad que a mi madre le gusta recordarme que solo es posible debido a los sacrificios que hicieron las generaciones de brujos que vivieron antes que nosotros.

—¿Cómo va todo, Sheila?

—Yo debería hacerte la misma pregunta —contesta la señora Astor, al tiempo que le dedica una mirada significativa a mi madre—. Imagino que sabrás lo de los rumores que circulan en el continente.

—¿Rumores? —pregunta mi madre, mientras se mantiene ocupada ordenando unas botellas de cristal que hay sobre el mostrador.

Le doy la espalda a la puerta e intento concentrarme en la lavanda.

Ivy me da un toquecito en el brazo y asiente con la cabeza hacia la mujer.

—Atenta —me dice en un susurro.

—Ay, no te hagas la loca, querida. Es algo sobre tu hija y el hijo del gobernador.

Contengo el aliento, a la espera de ver cómo mi madre piensa contestar a aquel comentario. El rumor es cierto, claro, pero el momento de anunciarlo es crucial, como suele decir ella.

—Sabes tan bien como yo que no me gusta compartir las cosas antes de que todo esté pactado.

—¿Y podemos esperar algún… pacto pronto?

Mi madre hace una pausa antes de contestar.

—Sí, yo diría que sí.

La señora Astor suelta un gritito, luego felicita a mi madre y se dispone a comprar dos nuevos perfumes mientras no deja de cotillear.

Cierro la puerta de la trastienda con delicadeza y me apoyo contra ella, antes de cerrar los ojos.

—Cómo vuelan las noticias —comenta Ivy.

—Las noticias solo vuelan porque así lo quiere mi madre —la corrijo.

Si bien acabo de volver de nadar, quiero huir de la tienda y sumergirme otra vez en el mar para silenciar la voz de la señora Astor y de mi madre y las expectativas que pesan sobre mis hombros.

Ivy bebe lo que le queda de su té y me entrega el mío.

—Deberías terminártelo.

Acepto la taza y me lo bebo todo.

—Antes de que me vaya, ¿cómo llevas todo esto? Una cosa era que tu madre decidiera que era momento de iniciar tu cortejo con Landon, pero es muy distinto ahora que ya está pasando.

—Es muy importante para nosotros —le contesto—. Sería el matrimonio entre una bruja y un habitante del continente más mediático de todos los tiempos. Solidificaría por completo la posición de nuestro aquelarre en la sociedad.

Ivy pone los ojos en blanco.

—No te he preguntado cómo se las ingenió tu madre para convencerte. Te he preguntado cómo lo llevas.

Respiro hondo antes de acercarme a ella.

—¿Has leído alguno de los artículos sobre el incendio del muelle?

Lo digo en voz tan queda que no estoy segura de si me ha oído, aunque, tras unos segundos, Ivy niega con la cabeza, despacio.

—Solo lo que publicaron en el periódico de la isla.

—Fui al continente y leí todos los periódicos que pude —le cuento, mientras vigilo la puerta para asegurarme de que mi madre no entra—. ¿Y sabes qué? Casi no había nada de información.

Ivy pone cara de confusión. El incendio ocurrió hace un mes, cuando un habitante del continente, que no se fiaba de la magia ni de los brujos, se dirigió hasta nuestra isla en un bote de remos y le prendió fuego al muelle para intentar destruir la ruta del transbordador entre el continente y Arcania. Para intentar aislarnos. En cuanto mi madre se enteró de lo que había pasado, decidió que había llegado el momento de que mi cortejo con Landon diera inicio.

—¿Por qué fuiste al continente? —me pregunta.

—No sé. Supongo que quería saber qué opinaban al respecto, si repudiaban el acto o no. Ni se me pasó por la cabeza que solo encontraría tres artículos diminutos que ni siquiera lo señalaban como lo que fue en realidad. Sé que solo son unos pocos quienes piensan así, pero estas cosas seguirán pasando hasta que el continente se pronuncie de forma oficial respecto a Arcania, ¿y qué mejor forma de hacer eso que casando a su futuro gobernante con una bruja? Es la declaración más firme que podrían hacer. Si Landon y yo ya estuviésemos casados y el continente hubiese declarado su protección a Arcania en una ley, ¿habrían quemado nuestro muelle? Ni siquiera sabemos cómo han castigado al culpable; ni si lo han hecho, vaya. Es fácil pensar que estamos protegidos al tener un mar entre nosotros, solo que no es así.

Ivy asiente conforme escucha mis palabras.

—Mi madre cerró la puerta con llave esa noche. No recuerdo que lo haya hecho antes de eso.

—Ha llegado el momento de que Landon y yo anunciemos nuestro cortejo. Estoy lista.

La verdad era que el incendio solo había alterado el momento de anunciarlo. Mi vida ha estado determinada desde que nací, y este es mi papel: mantener a mi aquelarre seguro al consolidar nuestra posición entre los habitantes del continente. Es un papel que me llena de orgullo, por mucho que no sea cosa mía haberlo elegido.

—Pues nada —dice Ivy, envolviéndome los hombros con un brazo—. Supongo que el que sea guapo es una ventaja, entonces.

—Y que lo digas —contesto, entre risas.

Ivy me quita la taza de las manos y se dirige hacia la puerta.

—Gracias por preguntar —le digo, y ella se da media vuelta—. Me hace sentir mejor que me lo preguntes.

—Me alegro, porque seguiré hablándote del tema. —Me sonríe y sale por la puerta, tras lo cual se despide de mi madre antes de marcharse.

Sé que mis padres planean que esta boda ocurra desde que era pequeñita, y Landon es una buena persona. Es decente y amable. Anunciaremos nuestro compromiso de forma oficial el mismo día de mi Baile del Juramento, momento en el cual me vincularé a mi aquelarre para el resto de mis días. Es el ritual por el que todo brujo debe pasar, una decisión que nunca se puede cambiar ni deshacer. Debo elegir entre mi aquelarre y el mundo exterior, sellarlo con magia y nunca arrepentirme de ello, pues, si no tomamos esa decisión, la magia se vuelve volátil y peligrosa.

Incluso la magia necesita un hogar.

En cierto modo, llevo preparándome para este baile durante diecinueve años. Tiene sentido que lo vaya a compartir con Landon.

Mi madre nunca se ha acercado a preguntarme qué me parece el plan que mis abuelos pusieron en marcha, a averiguar si estoy de acuerdo con dejar Arcania y convertirme en parte de la familia gobernante del continente. Si quiero cambiar mi magia por joyas, mi tiempo en el mar por eventos sociales.

De vez en cuando, creo que estaría bien que lo hiciera, aunque solo fuera para poder mirarla a los ojos y decirle con una certeza absoluta que sí, que estoy comprometida con el camino que tengo que seguir.

Quiero a mis padres y a mi aquelarre con todo mi ser. Quiero a esta isla con todo mi ser. Y haré todo lo que esté en mis manos para consolidar nuestro lugar en el mundo, incluso si eso significa casarme con un hombre a quien no amo con el fin de proteger a todo lo que sí.

Dos

Siempre escojo el camino largo para volver a casa. Me gusta respirar el aire salobre y notar las rocas bajo los pies mientras escucho cómo las olas rompen contra la orilla una y otra vez. El lado oriental de Arcania desaparece en el Pasaje y conduce hacia el brazo del mar que nos separa del continente.

Este se alza a lo lejos, con incontables edificios y calles abarrotadas que destacan contra el horizonte. Un enorme reloj de torre corona la ciudad, y, aunque no podemos oír las campanas desde tanta distancia, resulta imposible negar su presencia. Ofrece un paisaje maravilloso que, desde las costas de Arcania, casi no parece real, como si hubiese salido de un libro.

Me cuesta imaginar cómo será mi vida cuando me case con Landon y viva en el continente. Arcania es mi hogar, con sus playas rocosas, sus calles adoquinadas, sus viejos edificios de piedra y las plantas que cubren cada centímetro de ellos. Me encanta este lugar. Y, aunque el continente solo se encuentre a una hora en transbordador, me parece demasiado lejos.

Seguiré volviendo a la isla, por supuesto. Pese a que ayudaré a mis padres en la perfumería y estaré presente en cada luna llena para el trasvase, no quiero perder estos momentos en los que vuelvo a casa andando, me detengo en la playa y contemplo el continente desde la lejanía.

No quiero contemplar Arcania desde la lejanía.

Meneo la cabeza. Me recuerdo a mí misma que no es que no quiera, es que tendré que acostumbrarme. Me consuela un poco el saber que los primeros brujos vivieron en el continente, que solo se trasladaron para preservar su magia. Si ellos pudieron hacer sus vidas allí, entonces yo también podré hacerlo.

El sol se pondrá dentro de una hora, y el último transbordador que sale de la isla se marchará varias horas después. La isla descansará, respirará hondo tras un largo día de calles ajetreadas y turistas llenos de energía y magia delicada. Una magia que no puede cambiar de forma significativa la vida de una persona o siquiera hacer mucha diferencia en el universo como tal.

Una magia que es solo una sombra de lo que mis ancestros ponían en práctica. Solo que ese es el precio de ser aceptado en sociedad, de que nos estrechen la mano en lugar de que nos las aten, de que nos den un beso en la mejilla y no una bofetada, de que nuestra isla se celebre y no arda en llamas.

Nunca he conocido otra cosa que no sea la magia delicada de Arcania, aunque sí que he oído rumores sobre lo que nuestros ancestros eran capaces de hacer: controlar los elementos, engañar a la muerte, forzar a las personas. En ocasiones me asusta saber que la misma magia que surcó por sus venas recorre las mías, que hay algo en mi interior muchísimo más fuerte que los perfumes de nuestra tienda y los tés más potentes de Ivy.

Me siento en la orilla, sin preocuparme por que mi vestido azul se vaya a mojar o ensuciar. No me importa que mi madre vaya a soltar sus comentarios sobre mi apariencia cuando llegue a casa, como siempre hace. Quiere que sea más correcta, más refinada, más presentable.

Más como ella.

Solo que ella no ve lo que yo sí: que lo más hermoso es salvaje.

Meto los dedos entre las rocas y la arena, noto sus bordes afilados y la aspereza de los granos. Nuestra costa es más pequeña de lo que solía ser, pues la furia de las corrientes la ha desgastado y se ha llevado partes de ella a otras zonas de la isla o a las profundidades del mar.

Mi madre dice que pierdo mucho tiempo con mis preocupaciones, que ella y los demás líderes del aquelarre lo tienen todo bajo control. Sin embargo, las corrientes son cada vez más fuertes, y no faltará mucho para que arrastren a un bote desde la superficie y lo hundan en el fondo del mar.

A ver cómo nos aceptan los del continente cuando nuestras corrientes ahoguen a uno de los suyos.

Por suerte, una vez que me case con Landon, su padre extenderá la protección del gobierno hacia la isla, y no solo en promesas hechas en fiestas pomposas, sino redactadas en leyes. Y entonces ya no habrá vuelta atrás, ni siquiera si un barco se hunde en nuestras aguas o si las corrientes se vuelven más violentas.

Es el tipo de seguridad con el que mis ancestros solo pudieron soñar, el tipo de seguridad que no pudieron obtener ni siquiera al abandonar el continente. Porque, ni bien los brujos hicieron de la isla un hogar, el miedo se desató entre los habitantes del continente. Lo único más terrorífico que ver la magia en sus propias calles era no vernos en absoluto, pues podríamos estar haciendo Dios sabe qué en nuestra isla.

Que la magia pudiese ser algo para deleitar en lugar de algo que diera miedo fue una idea que nació de la más pura desesperación, al menos al inicio. Que nuestra isla fuese un lugar que los del continente pudiesen querer visitar en lugar de un escondrijo para los brujos y la maldad. Solo gracias a su fuerza de voluntad, mis ancestros crearon una nueva orden de magia que suavizaba su poder y cuidaba de la isla para que así ellos pudiesen sobrevivir. Solo practicaban magia durante las horas del día, nunca escondidos en la oscuridad. Renunciaron a sus partes más aterradoras y se centraron en las más maravillosas. Fueron amables con los habitantes del continente que supervisaban la isla y les sonrieron cuando lo que en realidad querían hacer era echarles una maldición y enviarlos al fondo del mar.

Y les dio resultado.

Las olas se acercan cada vez más rápido, rompen contra la orilla y me mojan las piernas. Cierro los ojos y me dispongo a escuchar, dejo que el resto de Arcania desaparezca mientras me imagino a mí misma bajo el agua. El silencio suele ser imposiblemente frágil, roto por una sola voz, un cristal que se hace añicos, un grito amortiguado. Pero el silencio que hay bajo el agua es potente, resistente e impenetrable.

El cielo se va tornando naranja y rosa, como si la señora Rhodes hubiese usado sus sombras de ojos más brillantes y hubiese pintado el horizonte con ellas. Me regañarán por algo más que mis pintas si no llego a casa para la hora de la cena, de modo que me despego del suelo y me estiro un poco.

Respiro hondo y dejo que el aire salobre me llene los pulmones, pero entonces me interrumpo al ver que algo en el agua me llama la atención.

Una flor, igualita a la que me ha parecido ver esta misma mañana.

Aunque todo se oscurece más y más a mi alrededor con cada segundo que pasa, estoy segura de lo que veo. Sin pensarlo, me adentro en las olas y me sumerjo bajo ellas, antes de nadar hacia el brote que se mece de un lado a otro y de arriba abajo debido a las corrientes del mar.

Permanece en su sitio mientras me acerco, como si estuviese anclada al fondo de algún modo. Las olas se detienen y consigo ver mejor la flor, con lo cual el cuerpo entero se me pone en tensión. Ahogo un grito y me echo hacia atrás.

No puede ser real. Nunca he visto una en persona. El corazón me martillea en el pecho, y el miedo se apodera de mí.

La flor flota en un vaivén y solo despliega sus pétalos cuando llega la noche o ante la presencia de un brujo. El brote de forma acampanada tiene pétalos tan blancos que casi brillan y me recuerdan a la luna cuando está más llena.

Es una flor de luna, de una belleza engañosa, pues es mortal para los brujos.

Solo que no parece nada peligrosa, con sus largos pétalos blancos tan juntitos. Es hermosa.

Aunque supongo que estamos hechos para pensar que las cosas más peligrosas son algo adorable.

El brote se va abriendo poco a poco ante mí mientras tiemblo de puro terror. El mar se agita, y me quedo sin aliento cuando una corriente atrapa a la flor y esta gira y gira en el agua, cada vez más rápido, hasta que el mar se la traga bajo la superficie. Muevo las piernas y los brazos con todas mis fuerzas para tratar de poner tanta distancia como me es posible entre la corriente y yo. Nado a toda la velocidad de la que soy capaz y le ruego a la costa que me dé el alcance a medio camino.

Cuando veo la orilla un poco más cerca, estiro los brazos todo lo que puedo. Por fin consigo tocar el fondo y me impulso para conseguir llegar hasta la playa, sin hacer caso de las rocas afiladas que me arañan las rodillas.

La flor de luna ha desaparecido, pero estoy convencida de que estaba allí, tan hipnotizante que no consigo verla por lo que es en realidad: una señal.

Antes de que los brujos se trasladaran a la isla, esta se usaba exclusivamente para sembrar plantas y hierbas, y solo muy de vez en cuando. Unos campos interminables de aquellas flores venenosas hacían que fuese una tarea arriesgada, sin embargo, cuando los del continente prohibieron el uso de la magia, los brujos decidieron trasladarse a la isla, a un refugio fuera del alcance de las leyes del continente. Les llevó años deshacerse de las flores, y me habría gustado poder volver atrás en el tiempo para decirles que algún día los habitantes del continente nos ayudarían a deshacernos de esos brotes mortíferos, a hacernos un hogar en esta isla después de habernos desterrado hacía tanto tiempo. Y lo habrían hecho tan bien que llegaría una generación de brujos del nuevo aquelarre que nunca en su vida hubiesen visto una flor de luna en persona.

Hasta ahora.

Noto un pinchazo intenso que me empieza en la nuca y se me extiende por toda la columna. Le doy la espalda al mar y corro todo el camino de vuelta a casa. Todas las luces de la vivienda de dos plantas están encendidas. Los ventanales enmarcan a mi padre preparando la cena y a mi madre sirviéndose una copa de vino tinto.

Ella se lleva la copa a los labios y cierra los ojos creando su propio tipo de silencio.

Doy la vuelta para entrar por la parte de atrás de la casa y me cuelo en el recibidor. Ni bien llego, me quito el vestido empapado por encima de la cabeza, me envuelvo en una toalla y subo en silencio por las escaleras traseras.

—Tana —me llama mi madre, a mis espaldas, y me hace pegar un bote—. ¿Dónde has estado?

Me lo pregunta por mucho que la respuesta sea obvia.

—Me ha parecido ver algo en el agua —le contesto. Mi vestido está chorreando sobre los escalones de madera dura, así que lo hago una bolita contra mi toalla para evitar hacer un desastre.

—Te he dicho que vuelvas derechita a casa y que ayudes a tu padre con la cena. ¿Se puede saber por qué has ido a la playa?

No le contesto, porque nada de lo que le diga será suficiente.

Mi madre suelta un suspiro.

—Ve a asearte y luego me cuentas lo que has visto en el agua. —El vino de su copa se agita de lado a lado cuando se gira y se aleja.

Subo las escaleras a toda prisa para ir a secarme, y un escalofrío me recorre al ver el mar de refilón. El mar es mi lugar seguro, mi refugio. Solo que, esta noche, es algo peligroso.

—Justo a tiempo —dice mi padre cuando entro en la cocina. Tiene un trapo al hombro y se lleva una cuchara de madera a la boca para probar el estofado que hierve en el fuego.

—Lamento no haber estado aquí para ayudar —le digo.

—Seguro que tienes una buena razón. —Mi padre me guiña un ojo y me hace un gesto hacia el cajón de los cubiertos—. Pon la mesa, anda.

Me hago con todo lo que necesitaremos y pongo la mesa para tres, del modo exacto en que mi madre me enseñó. Pese a que esta noche es una cena informal, sé cómo poner la mesa para una comida de doce platos, una habilidad que aún no he podido poner en práctica, pero que mi madre me asegura que sigue siendo importante.

Cuando todos nos sentamos, me pongo la servilleta en el regazo antes de beber un largo sorbo de agua.

—Trata de descansar bien esta noche —me dice mi madre, mientras me echa un vistazo por encima de su copa—. Querrás tener energía para el baile de mañana.

Es una celebración en honor a Marshall Yates, el padre de Landon, por su décimo año gobernando después de que su padre, también llamado Marshall Yates, le cediera el título al no poder continuar con las tareas que demandaba el puesto. Será un evento grande e importante, en el que muchas personas tendrán su atención clavada en Landon y en mí.

—Este es tu primer evento desde que los del continente se han enterado de los rumores sobre Landon y tú. —Pronuncia las palabras «se han enterado» como si no hubiese sido ella quien empezó dichos rumores—. Así que tenemos que andarnos con cuidado.

—Tana lo hará bien —dice mi padre, antes de girarse hacia mí—. Landon tiene muchas ganas de verte, y eso es lo único que importa. Y sospecho que tú también quieres verlo.

Tengo muchas ganas de ver a mi futuro marido, sí, pero tengo más ganas de consolidar nuestra unión, de ver las caras de los miembros más mayores de nuestro aquelarre cuando se enteren de las noticias.

—Claro —le aseguro, para luego comer un poco de estofado.

Mi padre le dedica una sonrisa a mi madre, aunque ella no parece convencida. Nos quedamos en silencio durante varios minutos hasta que mi madre deja su copa sobre la mesa y me mira.

—Ya lo querrás algún día —me dice, con un asentimiento. Convencida.

Quiero creer lo que me dice. Landon ha sido tan solo una idea durante mucho tiempo, algo en lo que pensar antes de quedarme dormida: cómo será él, cómo será nuestra vida juntos. Solo que ya ha dejado de ser una idea, un punto lejano en el horizonte, y quiero que la realidad de lo que es esté a la altura de la imagen que he pintado de él en mi cabeza todos estos años.

La ironía de todo ello es que, si no hubiésemos fundado la nueva orden, mis padres podrían haber fabricado un perfume que hiciera que me enamorara perdidamente de él. Pero ese tipo de magia ya no existe.

—Seguro que sí. —Le sonrío a mi madre, y ella asiente, satisfecha.

—Cuéntanos qué has visto en el agua —propone, para cambiar de tema.

La pregunta me pone tensa y hace que me suden las palmas de las manos. Aunque el miedo que he sentido antes vuelve y se apodera de mis nervios, de pronto dudo de lo que he visto. Quizás ha sido alguna especie de broma de mal gusto; aún quedan muchísimos habitantes del continente que odian la magia, que odian la existencia de nuestra isla, y tal vez alguno de ellos ha creído que se podría echar unas risas al hacer que los brujos pensáramos que las flores de luna habían vuelto a Arcania.

Mi madre es la líder de los brujos del nuevo aquelarre, y, si le digo que he visto esa flor, tendrá que organizar una investigación al respecto. No sé qué hacer, no quiero armar un alboroto por una tontería, pero, si resulta que sí vi lo que vi, tiene que saberlo.

Dado que recorro las costas andando todos los días, decido que, si vuelvo a ver una flor así, se lo diré.

—Nada —le digo, en un intento por calmar mi corazón que va a toda prisa—. Era una flor y ya está.

Mi madre mantiene la vista en mí durante varios segundos antes de asentir.

—Bueno, pero no te metas en el agua mañana. Será una noche importante para ti.

—Lo será para todos —la corrijo, y eso la hace sonreír.

Me llevo otro bocado de comida a la boca, y mi mente se distrae mientras lo hago, pues vuelve una y otra vez a la flor. Pese a que hay montones de explicaciones que tienen más sentido que la aparición de una flor de luna después de tantos años, no puedo evitar la ansiedad que brota en el centro de mi pecho y se extiende hasta invadir todo lo que tiene alrededor.

Tres

Las corrientes no solían ser un problema. Recuerdo haber nadado cuando era pequeña, soltarme de la mano de mi padre y correr hacia el agua sin dudarlo ni un segundo. Él se quedaba leyendo un libro en la orilla, conversando con nuestros vecinos e incluso hasta se quedaba dormido si la luz del sol lo iluminaba con el ángulo justo. El Pasaje era tranquilo por aquel entonces, con aguas cristalinas y olas tranquilas que acariciaban la playa como si se tratase de su amante. No fue hasta que me hice mayor que mi padre empezó a quedarse de pie en el borde del mar mientras yo nadaba, lo bastante cerca para correr si lo necesitaba, receloso por el mar intranquilo.

Y entonces, un día lo necesité.

Tenía catorce años y puse a prueba la paciencia de mi padre y mi propia insolencia cuando nadé más allá de lo que sabía que tenía permitido. Aunque mi padre me llamó desde la orilla, hice como que no lo oí y me sumergí del todo en lugar de quedarme en la superficie y volver hacia él. Tenía los ojos abiertos y me percaté de que algo había perturbado la arena del fondo del mar y que esta se agitaba en unos violentos remolinos que redujeron mi visibilidad hasta el punto en que no podía ver nada. Para cuando me di cuenta de lo que estaba pasando, ya era demasiado tarde.

La corriente me pilló primero por el brazo y tiró de mí hacia abajo con tanta fuerza que me arrancó el aire de los pulmones.

No recuerdo mucho después de eso, más allá de mi necesidad angustiosa por respirar y el absoluto terror de saber que no podía hacerlo.

Mi padre me sacó del mar, me hizo compresiones en el pecho y me insufló aire en los pulmones hasta que conseguí escupir el agua salada que había tragado. Aunque creí que estaría enfadado conmigo, furioso por lo que lo había hecho pasar, no fue conmigo con quien se enfadó. Aquella noche, después de que me fui a acostar, mis padres discutieron como nunca antes lo habían hecho. Pese a que mi padre nunca grita, nunca alza la voz ni habla de forma agresiva, aquella noche sí que le gritó a mi madre.

No pude oír lo suficiente como para entender todo lo que le decía, pero sí conseguí captar lo bastante como para comprender que la culpaba por las corrientes. Hasta aquel momento, había creído que eran algo natural de nuestro complejo planeta Tierra; no me había percatado de que eran culpa nuestra, una consecuencia de nuestros trasvases, en los que expulsábamos nuestra magia sobrante hacia el mar. Aquella noche no pude dormir, pues me quedé intentando comprender lo que había oído, y entonces mi puerta se abrió apenas una rendija y mi madre caminó de puntillas hasta mi cama. Mantuve los ojos cerrados, sin querer que supiera que estaba despierta. Ella se sentó en la cama y empezó a acariciarme el cabello con delicadeza, con manos temblorosas y respiraciones agitadas, como si se estuviese conteniendo para no echarse a llorar. No obstante, a la mañana siguiente, se mostró tranquila y seria y me regañó por haber nadado más allá de lo que tenía permitido.

Intenté preguntarles por lo que había oído para comprender cómo mi padre podía culpar a mi madre por algo así, pero nunca obtuve una respuesta.

Y lo he intentado muchas veces más, siempre con el mismo resultado.

Hizo falta que pasaran meses antes de que mis padres me volvieran a permitir entrar en el agua, y solo tras ver lo desdichada que era sin ella. No se podían creer que quisiese volver a nadar tras casi haber muerto, solo que para mí nunca fue así. Para mí, el mar siempre ha sido perfecto. Mis padres me pusieron unos límites bastante severos: cuándo podía ir a nadar, durante cuánto tiempo y dónde. De vez en cuando me los salto un poco, aunque la mayoría del tiempo les hago caso.

Cuando recuerdo ese día, no pienso en la corriente ni en el miedo ni en la horrible presión que sentí en el pecho. Lo que recuerdo es a mi padre gritándole a mi madre, culpándola por algo que no había forma de que fuese culpa suya. Y también recuerdo a mi madre, con su mano temblorosa y conteniendo las lágrimas mientras me acariciaba el cabello.

—¿Tana? —La voz de mi madre me devuelve al presente, y me doy cuenta de que me he quedado mirando un cuadro grande de pintura al óleo del Pasaje que se encuentra colgado detrás del mostrador en la perfumería—. La señora Mayweather te ha hecho una pregunta.

—Perdona, creo que me he distraído un poco —le digo, dedicándole una sonrisa a la mujer que tengo delante. Es más o menos de la edad de mi madre y tiene una hija que ha hecho la secundaria en el continente junto con Landon. Se ha convertido en una visitante asidua de Arcania estas últimas semanas, y no puedo evitar pensar que eso se debe a los rumores que han empezado a circular sobre mí.

—Seguro que estás pensando en el baile de esta noche —me dice, con una sonrisa cómplice—. Te veremos allí, ¿verdad?

Miro a mi madre, y esta me dedica un asentimiento.

—Yo diría que sí —contesto, imitando el tono que le he oído usar mil veces cuando quiere simular modestia sobre algún tema.

—En ese caso, ya tengo más ganas de que llegue. —La señora Mayweather recoge su bolso color marfil que se encuentra en el mostrador, se despide y se marcha.

Me escabullo a la trastienda antes de que otro cliente decida impedírmelo, pues anhelo mi magia, anhelo la forma en que me calma los nervios y me tranquiliza la mente. En esta habitación, al estar rodeada de flores, plantas y jarrones vacíos, todo lo demás parece importar menos. Aunque sé que mis ancestros tuvieron que sacrificar muchas cosas para poder crear la nueva orden, no consigo imaginar nada mejor que la magia delicada que llena este espacio. Esta vida no me parece un sacrificio, sino un regalo.

Reúno unos pétalos frescos de rosa y los apilo en mi mortero. Puede que no sea tan refinada como mi madre, y no siempre sepa qué decirle a la gente, pero la magia es algo que no me demanda muchos intentos. No tengo que hacer numerosas pruebas para conseguir lo que quiero ni modificar mis hechizos hasta dar con el efecto deseado; la magia es algo natural para mí, del modo en que el liderazgo lo es para mi madre y la sinceridad, para mi padre.

Quiero ponerme un perfume especial para esta noche, uno que simule una chispa, como aquel momento perfecto en el que uno ve a otra persona y el estómago se le llena de mariposas. Lo imagino como la última nota de una obra maestra magnífica o la primera sensación de frío al entrar en el mar: sorprendente, delicado y lleno de emoción.

Es lo que espero sentir esta noche cuando vea a Landon en el baile.

Los pétalos de rosa absorben la magia con hambre, así que los pongo en un bote, añado la base y lo agito con delicadeza.

—¿Tana está en la trastienda? —oigo que pregunta una clienta, mientras se asoma por una rendija de la puerta.

Suelto un suspiro, cierro el perfume y me obligo a sonreír antes de volver a la tienda.

—Hola, señora Alston. —Es otra clienta asidua del continente. Lleva montones de bolsas en los brazos, y su piel de color caramelo brilla gracias al perfume que se acaba de echar.

—Hola, querida. ¿Tienes ganas de que llegue el baile de esta noche? —Es su forma de preguntarme si tengo pensado asistir, y tras pensármelo un poco, le contesto:

—Claro.

Abre los ojos un poco, y una enorme sonrisa se extiende por su rostro.

—Te veré allí, entonces —me dice, antes de pagarle a mi madre y abandonar la perfumería tan pancha.

Mi madre espera hasta que la puerta se cierra del todo para girarse en mi dirección.

—Será mejor que vuelvas a casa y empieces a prepararte para el baile.

—Pero si ni siquiera es mediodía aún —le digo—. No necesito el día entero para prepararme.

—Claro que no, cariño, pero tampoco necesitas que te bombardeen con preguntas todo el día, ¿verdad? Vete a casa y ya me encargaré yo de la tienda. —Pese a que su tono es dulce, está claro que la decisión ya está más que tomada.

—Vale. Si crees que eso es lo mejor.

—Sí, la verdad. —Me da un beso en la frente, y salgo de la perfumería justo cuando una nueva oleada de clientes llega. Aunque me apresuro hacia el exterior, aún puedo oír el cálido saludo de mi madre a mis espaldas, mientras les da la bienvenida a los clientes como si fuesen amigos de toda la vida. Por mucho que en ocasiones crea que debe ser algo extenuante el siempre proyectar una apariencia tan regia y educada, la verdad es que la admiro.

Es un día nublado, y las calles adoquinadas están resbaladizas por la lluvia. Me pongo el chal por encima de la cabeza y recorro la calle Main mientras intento evitar el contacto visual a diestro y siniestro de modo que no tenga que hablar con nadie. Hasta ahora, ha sido mi madre a la que la gente solía reconocer, así que no he tenido que preocuparme por que los del continente se me acerquen por la calle, salvo que estos fuesen clientes asiduos de la perfumería. Sin embargo, sospecho que eso cambiará a partir de esta noche.

Cuando paso frente a la tienda de té de Ivy, La Copa Encantada, ella le da un toquecito al cristal y me hace un gesto para que entre. Echo un vistazo hacia atrás, hacia la perfumería, para asegurarme de que mi madre no me está viendo, y entro. La Copa Encantada es una de mis tiendas favoritas de la calle Main, y no solo porque la regente la familia de Ivy. Las paredes son de un tono rosa polvoriento, con unas cenefas doradas y unas molduras de corona a juego en el techo. Unos candeleros iluminan la estancia con una luz tenue. Los padres de Ivy decidieron seguir usando velas incluso después de que pusieran instalaciones eléctricas en la isla, pues querían que la tienda mantuviera su encanto original. No obstante, la atracción principal de la sala es el candelabro que hay en medio de la estancia, con doce tacitas que cuelgan de cadenas doradas, cada una de ellas con una vela de mármol. Todas las sillas son de terciopelo rosa, y cada mesa tiene cucharitas doradas y servilletas de encaje.

—¿A dónde vas? —me pregunta Ivy, mientras limpia una mesa en un rincón y me hace un gesto para que me siente.

—A casa. Me han bombardeado con preguntas sobre Landon toda la mañana, y creo que no he dado la talla al contestarlas como le habría gustado a mi madre.

—Eso es porque nadie lo hace como ella.

—Ya, el listón es imposiblemente alto.

—Justo me iba a tomar un descanso, ¿quieres quedarte un ratito conmigo antes de volver a casa?

—Sí, porfa. Parece que mi madre cree que voy a necesitar el resto del día para prepararme para el baile.

Ivy se echa a reír.

—¿Qué es lo que quiere que hagas? ¿Que te rices cada hebra de pelo que tienes en la cabeza una por una?

—Seguro que le encantaría —contesto, al tiempo que dejo el chal sobre el respaldo de la silla.

—Ya vuelvo. ¿Quieres que te traiga algo en especial?

—Que sea sorpresa.

Me acomodo en el asiento, y ella vuelve unos minutos después con un par de tazas en las manos. Las deja sobre la mesa antes de sentarse frente a mí. Como suele hacer, no me dice qué té me ha traído, sino que quiere que lo adivine.

Bebo un par de sorbitos. Se trata de un té negro con unos toques de canela y naranja, y lo noto atrevido y vigorizante mientras se desliza por mi garganta.

—¿Qué te parece? —me pregunta.

—¿Confianza?

—Casi, pero no.

Me parece ver a mi madre por el rabillo del ojo, aunque en lugar de encorvarme y tratar de disimular mi presencia para que no me vea, cuadro los hombros y me inclino hacia adelante. La mujer se gira y me permite que la vea mejor, por lo que descubro que no es mi madre. Sin embargo, creo que ya he descubierto lo que Ivy me ha dado. Me echo a reír antes de mirarla.

—¿Valentía?

—¡Sí! Para esta noche —señala.

—¿Por qué iba a necesitar sentirme valiente?

—Bueno, en primer lugar, odias ser el centro de atención y esta es la primera vez que los del continente te verán en su mundo, así que no te quitarán los ojos de encima. También es vuestro debut como pareja, y esperarán que bailes. Delante de todo el mundo. Así que no es poca cosa.

Bebo otro sorbo de té, este más grande que el anterior.

—¿Sabes? No estaba nerviosa hasta que has dicho todo eso, así que gracias por lo que me toca.

—De nada. —Ivy sonríe y se lleva la taza a los labios.

—¿Y tú qué bebes? —le pregunto, pero, antes de que pueda responderme, oímos el estrépito de una taza al romperse. Alzo la vista y veo a una mujer mayor de pie frente al mostrador de mármol, gritándole a la señora Eldon, la madre de Ivy.

—Está demasiado fuerte —chilla, al tiempo que apunta con un dedo hacia la cara de la señora Eldon—. ¡Puedo notar cómo intentas manipularme! Que nadie se beba su té —ordena, girándose hacia los demás clientes que hay en la tienda. La estancia se queda en silencio, pues todas las conversaciones y el ajetreo han sido devorados por las palabras de la mujer. Ivy se pone de pie y se sitúa al lado de su madre.

—Puedo asegurarle que todos los tés de esta tienda se adhieren a todos y cada uno de los estándares de la baja magia —le dice la señora Eldon—. Si no le gusta la mezcla que ha pedido, no tenemos ningún problema en cambiarla por algo que sea más de su agrado.

—No soy idiota —dice la mujer, y su larga coleta gris se agita de lado a lado—. El problema no es el té, sino la magia. Hay magia oscura aquí, la noto. —Prácticamente escupe las palabras, y los murmullos se extienden por toda la sala. No me puedo creer que se haya atrevido a decir algo así. Hace años que no hay magia oscura en la isla; se erradicó por completo con la llegada de la nueva orden.

La señora Eldon da un paso en dirección a la mujer, y su expresión paciente se torna en una muy seria.

—No puede pronunciar esas palabras en mi tienda. Si no le gusta lo que le hemos servido, puede marcharse. Pero no toleraré semejante falta de respeto como si nada.

—Os están lavando el cerebro a todos. A todos y cada uno de vosotros —sigue la mujer, mientras se gira para hablar hacia toda la estancia—. ¡Deberíais protestar por la existencia de esta isla en lugar de llenarles los bolsillos con vuestra plata!

—Vale ya —dice la señora Eldon, al tiempo que se dirige a la parte delantera de la tienda y le sostiene la puerta abierta—. Será mejor que se marche.

—Este lugar es una abominación. Debería daros vergüenza a todos. —La mujer se abre paso por al lado de la madre de Ivy de un empujón y sale hacia la calle Main, tras dejar el establecimiento sumido en un silencio absoluto.

La señora Eldon respira hondo y cierra la puerta, para luego girarse hacia sus clientes.

—Lamento mucho que hayáis tenido que ver algo así —se disculpa.

—Que conste que a mí me gustaría que mi té fuese más fuerte —dice un hombre desde el otro lado de la tienda, y aquello es suficiente para ponerle fin al ambiente incómodo que se había asentado en el lugar.

La gente se echa a reír, y alguien grita «¡Eso, eso!», y el resto de los clientes alza sus tazas al estar de acuerdo, conformes con la idea de que haya más magia y no menos.

Aunque la señora Eldon sonríe y vuelve detrás del mostrador, puedo ver la forma en que la confrontación ha hecho mella en ella, cómo tiene los hombros tensos y los ojos llenos de preocupación. Ni Ivy ni yo hemos presenciado muchos encuentros como este, porque si la gente visita Arcania es porque les *gusta* la magia. Solo que nuestros padres, y en especial nuestros abuelos, recuerdan unos tiempos más aterradores, cuando la mayoría de los del continente querían deshacerse de la magia por completo. Pese a que nos cuentan las historias y nos recuerdan lo afortunados que somos, verlo y oírlo en carne propia son cosas completamente diferentes.

Ivy pasa un brazo por los hombros de su madre y le dice algo al oído. La señora Eldon asiente, tras lo cual se dirige hacia la trastienda.

—¿Estás bien? —le pregunto a mi amiga mientras me dirijo hacia ella, detrás del mostrador. Tiene los ojos anegados en lágrimas.

—Sí —contesta, secándoselas—. Son lágrimas de frustración. Ver que alguien le habla de ese modo a mi madre... —No termina de hablar, pues no encuentra las palabras.

—Ya me imagino —le digo, dándole un apretoncito en la mano—. ¿Por qué venir a la isla si odias la magia?

No es muy difícil terminar creyendo que todos los habitantes del continente son como los clientes que suelen visitar Arcania, aunque eso no sea cierto. ¿Cuánta gente habrá en el continente, observando más allá del Pasaje hacia nuestra isla y deseando que desaparezca? ¿Cuánta gente querrá que se erradique la magia por completo? Da miedo saber que donde hay una persona así, sin duda hay muchas más. Y, si esas personas llegan a los círculos cercanos del gobernador, nos espera un porvenir horrible.

No creo que sean muchas las personas en el continente que nos quieran aislar por completo de sus tierras, que estén dispuestos a quemar nuestro muelle bajo el cobijo de la penumbra, pero cada vez está más claro que hay gente que no quiere vivir en un mundo en el que se acepte la magia. Incluso la que está bajo el control de la nueva orden, aquella que es suave y comedida, es demasiado para algunos. Solo que, para acabar con la magia, también tendrían que acabar con nosotros.

Cuando el recuerdo de la flor de luna vuelve a mi mente, trago en seco.

—¿En qué piensas? —me pregunta Ivy, tras respirar hondo. Ya no queda rastro de lágrimas en sus ojos y su enfado ha desaparecido.

Suspiro, antes de beber el resto de mi té de un solo trago.

—En que esta noche tengo que estar perfecta.

—En ese caso, será mejor que te vayas ya —me dice—. Tienes mucho cabello que arreglar.

Cuatro

La noche está despejada. Me paso el viaje entero en el transbordador atenta por si veo alguna señal de flor de luna, pero no encuentro nada. Noto las piernas débiles mientras recorro la playa del continente y pego un bote cuando un coche pasa zumbando por la carretera. No tenemos coches en Arcania, así que tengo que respirar hondo y dejar que el vaivén rítmico de las olas calme mi corazón desbocado. La mansión del gobernador se alza en todo su esplendor frente a mí, con todas sus luces encendidas, y la música alegre de la banda flota hacia la noche.

Hay varias personas apoyadas en el barandal de los balcones de la segunda y tercera planta, con bebidas elegantes en las copas de cristal que sostienen en la mano, y vestidos de seda y recogidos que se sueltan por la brisa del viento. Me abrazo un poco el cuerpo.

El vestido rosa pálido que llevo puesto me rodea las costillas con firmeza, para asegurarse de que mis pulmones y mi corazón no huyen despavoridos. El corpiño da paso a unas capas ondeantes de una tela fina que me roza los zapatos de satén y a unas mangas cortas que me cubren los hombros. Quería llevar algo gris, que recuerde el modo en que la niebla cubre Arcania de madrugada, pero mi madre ganó y dijo que el rosa era más apropiado.

Mi maquillaje es sencillo y llevo el cabello largo ondulado y suelto hasta la mitad de la espalda.

Mis padres empiezan a avanzar por los grandes escalones de piedra, así que los sigo, mientras me doy tirones en los guantes blancos de gala.

—Todo irá bien —me dice Ivy, antes de situarse a mi lado.

—Me alegro mucho de que estés aquí. Gracias por venir.

Landon me dijo que podía llevar conmigo a una amiga si eso hacía que me sintiese más cómoda, y agradezco la consideración. Ivy está llena de confianza en sí misma y no tiene ningún problema para entablar conversación con quien sea que se encuentre a su alrededor. Lleva un vestido de color amarillo pastel que cae desde sus hombros y se detiene justo antes de rozar el suelo. Tiene los labios pintados de un rosa suave, además de un collar de tres tiras de perlas enrollado en el cuello.

Giro la cabeza y me doy un momento para respirar una última vez el aire frío y salado antes de entrar en el edificio y tener que respirar el aire caldeado de otros cientos de personas.

—Yo también —contesta ella—, pero, como decidas zambullirte en el mar, te juro que…

—Tranquila, solo estaba respirando un poco. —Me vuelvo hacia ella—. ¿Vamos?

Ivy entrelaza su brazo con el mío.

—Vamos.

Entramos por las puertas dobles y abiertas, y el aire que inhalé hace unos instantes desaparece de mis pulmones.

Una enorme escalera de mármol se alza en el centro de la estancia y se divide en dos en lo alto: cada lado conduce a un ala diferente de la casa. Un candelabro de cristal atrapa las luces y las refleja desde lo alto, lo que hace que haya montones de arcoíris por toda la sala. Hay grandes arreglos florales de colores vivos sobre las mesas de cóctel, y las paredes están pintadas de un suave tono menta que es tan alegre como la propia música.

Unas elegantes moquetas tejidas con colores brillantes y borlas doradas nos conducen hacia el salón de baile, donde mis padres ya han desaparecido dentro de un mar de personas. Un cuarteto de cuerda está tocando sobre un escenario, y no tardo en darme cuenta de que son de Arcania. Ya entiendo por qué todos parecen estar pasándoselo en grande: con cada nota que toca el grupo, están enviando olas de emoción y alegría a la estancia.

Me entristece un poco que los del continente crean que necesitan magia para asegurarse de que se lo pasan bien. Y entonces el resentimiento me sorprende. Aunque los brujos tenemos prohibido practicar ningún tipo de magia después de la puesta del sol, el gobernador le pidió a mi madre que hiciera una excepción. Ella jamás lo habría hecho por ninguna otra persona.

Y no puedo evitar pensar que hacer una excepción por *esto* parece un desperdicio tremendo.

El escenario se extiende hasta los jardines, y mi mirada se pierde con anhelo en dirección a la ventana.

—Ni se te ocurra —me advierte Ivy—. No te han invitado para que te quedes de pie como una estatua en medio del jardín.

—Pero es que eso se me da de perlas.

—Y no te digo que no, pero ya tendrás tiempo de hacerlo más tarde. Iré a buscarnos algo para beber antes de que empecemos a recorrer el salón.

En ocasiones pienso lo bien que irían las cosas si Ivy pudiese ocupar mi lugar. Soy una descendiente directa de Harper Fairchild, la bruja que fundó nuestro aquelarre y estableció los límites para la baja magia. Debido a ello, mi madre es la líder de nuestro aquelarre, por lo que formar un lazo entre la familia más poderosa de los brujos y la más poderosa de los habitantes del continente es la declaración más asertiva que podemos hacer.

No obstante, la familia de Ivy es una de las familias originales, y, mientras la observo deslizarse por la estancia y noto cómo las miradas la siguen allá donde va, no puedo evitar pensar que esta vida le iría como anillo al dedo.

Ivy me entrega una copa y la choca con la suya.

—Por sobrevivir a esta noche.

—Qué apropiado.

Bebo un largo sorbo de mi copa y miro en derredor. Unas cortinas largas y traslúcidas cuelgan desde unas varillas doradas y se agitan con la brisa que entra desde las ventanas. Montones de candelabros relucen en lo alto. La estancia huele a cera de velas y a mar, mientras que unos arreglos florales de rosas blancas y plantas verdes, colocados en soportes de cristal, se encuentran por toda la sala. Es grandioso y magnífico y no se parece en nada a mi vida en Arcania.

Mis padres se encuentran en la parte delantera de la estancia, hablando con Marshall y Elizabeth Yates. Todos parecen estar muy cómodos y en su salsa, como si disfrutar de la compañía de los demás fuese algo seguro. Como si no tuviésemos que ganárnoslo.

Y allí está él.

Landon.

Rodea una gran columna de mármol al tiempo que examina la sala. Es alto, y lleva un traje azul oscuro que resalta ligeramente su pecho ancho. Tiene la piel lisa y bronceada y lleva su cabello castaño oscuro bastante corto. Tiene la presencia de alguien que es dueño del lugar, como si fuera el dueño del mundo entero, mejor dicho.

Tan solo me lo quedo mirando un segundo antes de que nuestras miradas se encuentren. Una sonrisa llega a sus labios, una que parece real, y esta ilumina la sala entera. Es una sonrisa que me hace pensar que sí que le han regalado el mundo entero.

Me tenso al lado de Ivy al darme cuenta de que no tengo ni idea de cómo debería saludar a mi futuro marido.

—Tana, quizás quieras demostrar que te alegras de verlo —me sugiere entre dientes—. Porque justo ahora parece que estás a punto de lanzarte por la ventana y volver nadando a casa.

Se me escapa una risa.

—Tu comentario me es de mucha ayuda, Ivy, gracias.

—Para eso estoy.

Pese a que bebo un sorbito de mi copa, lo que en realidad me vendría de maravilla es un poco de la mezcla Valentía que me ha dado Ivy esta mañana. Cierro los ojos durante un instante y recuerdo cómo me he sentido al beberlo; del mismo modo en que Landon se pasea por el lugar, como si mereciera estar allí. Me pongo recta y alzo la barbilla. Cuadro los hombros, y cuando abro los ojos, me encuentro directamente con la mirada de Landon. Le dedico una sonrisa algo tímida y un gesto con la cabeza para animarlo a acercarse.

No puede oír el modo en el que el corazón me late desbocado bajo mi vestido demasiado ceñido, el modo en que mis pulmones no consiguen llenarse de oxígeno. Ser valiente y sentirse valiente son cosas muy diferentes.

—Tana —me saluda cuando llega a donde estamos, antes de sujetar mi mano y depositar un suave beso sobre ella—. Estás preciosa.

—Gracias —le digo.

—Ivy —la saluda él, al enderezarse—. Me alegro de verte de nuevo. —A ella no la toma de la mano, pues quiere asegurarse de que la sala entera se dé cuenta de quién es el centro de su atención esta noche: yo.

—Lo mismo digo —contesta mi amiga, tras lo cual le ofrece una sonrisa tranquila y sincera que llega hasta sus ojos.

La música llega a su fin, y la estancia rompe en aplausos. El grupo hace una ligera reverencia antes de acomodar sus instrumentos y empezar a tocar de nuevo. Esta vez, la canción es lenta, un vals, y Landon estira una mano en mi dirección.

—¿Me concedes este baile?

Me quedo callada un segundo, consciente de que un baile cambiará las cosas, pues ya no tendré el lujo de pasar desapercibida. Respiro hondo, contengo el aire en mi pecho y cuento hasta tres antes de soltarlo.

—Sería un honor —le aseguro.

Le doy mi copa a Ivy y dejo que Landon me guíe hasta el centro de la pista. La multitud se aparta, montones de miradas nos siguen mientras nos giramos para enfrentarnos uno al otro, y mi mano derecha se dirige a la suya mientras que la izquierda reposa sobre su hombro. Él vacila un poco antes de apoyar su mano en mi espalda, y sus dedos apenas rozan la piel descubierta que se asoma sobre mi vestido. Me quedo sin respiración, tras lo cual, finalmente, alzo la vista hacia él. Nos quedamos con la vista clavada en el otro por uno, dos, tres latidos, y entonces la música acelera un poco el ritmo y empezamos a dar vueltas por la sala.

Como Landon es un bailarín experto, consigue guiarme sin problemas incluso cuando me atasco un poco o me concentro demasiado en el modo en que noto sus dedos sobre mi piel. Sus ojos nunca abandonan los míos, su mirada es tranquila y está llena de confianza.

Había creído que bailar frente a tanta gente sería algo terrible, que notaría sus miradas puestas sobre mí todo el tiempo, solo que cada parte de mi ser está concentrada en Landon; en el modo en que me sostiene la mano, en cómo su roce en mi espalda es tan suave como un susurro, en cómo su aliento se mezcla con el mío en el aire que compartimos. Aunque bailar es algo muy habitual en su mundo, en el mío es algo increíblemente íntimo. Él es mi futuro marido, pero la primera vez que noto su toque en mi piel es delante de tanto público.

—¿Te lo estás pasando bien? —me pregunta, al parecer sin notar el modo en que la estancia entera nos observa.

—Sí, gracias por preguntar.

—Tana —dice, y su mirada del color del ámbar no abandona mi rostro ni un segundo—. Te lo pregunto porque de verdad quiero saberlo.

No sé cómo puedo notar tanto su toque y el olor cítrico de su aliento, mientras que él es capaz de mantener una conversación como si nada estuviese pasando.

Me echo a reír, de forma tan discreta que solo él es capaz de oírme.

—Es un poquito abrumador —le confieso—. No estoy acostumbrada a ser el centro de atención. —No aparto la vista de la de él porque tengo miedo de lo que puedo hacer si veo la forma en la que la gente nos está mirando, mientras cuchichean entre ellos. No quiero ver la mirada llena de orgullo de mis padres ni las de envidia de las chicas del continente. Intento respirar hondo para calmarme, solo que mi vestido apenas deja que inhale el aire suficiente para mantenerme consciente.

—Ya te acostumbrarás —me asegura—. Todo esto es para mantener las apariencias. Por nuestros padres. ¿Qué te parece si cuando acabe la canción nos vamos a sentar al jardín? A nuestros padres les encantará, pero nos sentaremos dándole la espalda a la casa. A mí también me vendría bien algo de aire fresco, la verdad.

El corazón me late más deprisa, y me pregunto cómo es que este hombre que apenas conozco se las ha arreglado para decir justo lo que quería escuchar.

—Me encantaría.

—A mí también.

La canción se ralentiza, y Landon me hace girar una última vez antes de acercarme a su cuerpo. Me inclina hacia abajo, y mi cabeza cae hacia atrás, por lo que mi cabello casi roza el suelo pulido. Cuando se inclina sobre mí, deja su rostro a escasos milímetros de mi cuello.

—Me encanta tu perfume —me dice en un hilo de voz al tiempo que me ayuda a enderezarme, y no me suelta ni siquiera cuando la canción llega a su fin. Espero notar la chispa, la vibración, la nota final de la obra maestra, pero esta no llega. Supongo que no podría, al estar rodeados de tanta gente, así que me digo a mí misma que ya habrá tiempo para eso. Llegará cuando tenga que llegar. Landon se inclina hacia mí antes de susurrar—: Todo un espectáculo, señorita Fairchild.

Le sonrío. Es una sonrisa tímida que apenas tira de las comisuras de mis labios, pero es suficiente. La estancia entera rompe en aplausos.

De pronto me encuentro mareada, así que me aferro a la espalda de Landon y apoyo la frente en su hombro para conseguir mantener el equilibrio. Él no se aparta, sino que espera con paciencia mientras me recompongo. Engancha el índice en un mechón de mi cabello, y, cuando lo suelto, me lo acomoda con delicadeza detrás de la oreja.

—Esto nos ha conseguido al menos un par de canciones en el jardín, seguro.

Me guiña un ojo antes de conducirme fuera de la pista de baile. Ivy nos espera en el bar, de espaldas al saliente de mármol y con los codos apoyados en él como si estuviese la mar de cómoda. Me devuelve mi copa con una expresión divertida.

—Menudo bailecito —nos dice.

—Justo le decía a Tana que creo que nos ha ganado un poco de tiempo en el jardín.

Ella se lo queda mirando, y su expresión se relaja un poco. Es una expresión que reconozco como de alivio. Alivio de que este hombre al que he sido prometida desde antes de que pudiera articular palabra me entienda lo suficiente como para saber que un respiro en el jardín es justo lo que necesito. Intercambiamos una mirada, antes de que Ivy vuelva a mirarlo.

—Creo que tienes razón —coincide con él.

—¿Quieres venir con nosotros? —le pregunto.

—Para nada. No me he puesto tan elegante como para esconderme en el jardín.

—Que todos los presentes depositen sus miradas llenas de asombro en ti —le digo.

Mi amiga inclina la cabeza.

—Muchas gracias.

Landon me da la mano y me conduce hacia el exterior. El aire fresco de la noche hace que se me erice la piel y me recorra un escalofrío, pero me encanta la sensación. Dado que puedo volver a oír el mar, las olas que rompen contra la pared de piedra, el cuerpo entero se me relaja.

Nos dirigimos al rincón más alejado del jardín para sentarnos en un banco que mira hacia el Pasaje. Las luces en Arcania parpadean a lo lejos, y siento un vacío en el pecho al saber que esto será lo que veré todos los días dentro de no mucho tiempo.

Landon se quita la chaqueta para ponérmela sobre los hombros, con lo cual consigue traerme de vuelta al presente.

—Gracias.

Asiente, y nos quedamos sentados en un silencio apacible. Aunque nunca he sido alguien que disfrute de las fiestas, sí que me gusta quedarme fuera de estas, lo suficientemente cerca como para oír las notas de la música y el murmullo de las voces, pero lo bastante lejos como para que los sonidos se entremezclen entre ellos y se cree un ambiente silencioso en el que pueda oír mis propios pensamientos.

Me encanta saber que la gente se lo está pasando bien, que se ríen y forman recuerdos que se quedarán con ellos durante años y años. Me gusta imaginarme las conversaciones y las miradas tímidas y el modo en que se sienten al bailar por primera vez con alguien que les gusta.

—¿En qué piensas? —me pregunta Landon.

—En lo mucho que disfruto al saber que la gente se lo está pasando en grande allí dentro.

—Eres muy buena persona —me dice, antes de volverse hacia mí, y sus palabras me sorprenden.

No estamos enamorados. A pesar de que apenas nos conocemos, conforme la noche transcurre, estamos descubriendo cosas el uno del otro, y me llena de alivio saber que la persona con la que tengo que casarme, pese a no haberlo decidido, es alguien bueno. No es una obra maestra de la música, pero es algo.

Quizás mi madre tenga razón. Quizás me enamore de él algún día.

—Tengo algo para ti. —Saca una cajita de terciopelo color esmeralda y me la entrega.

—¿Qué es?

—Es una promesa —me dice, mirándome a los ojos—. Una promesa de que llegaré a conocerte de verdad. No la persona que tus padres o los míos quieren que seas, sino a ti, a la verdadera Tana.

—Landon... —empiezo a decir, pero su nombre es la única palabra que consigo articular.

Una brisa que sale del mar hace que mi cabello se extienda hacia atrás. Me tiemblan los dedos mientras abro la caja. En el centro, hay un trozo de vidrio marino, y una sonrisa llega a mi rostro al tiempo que lo saco y lo rodeo con la mano. Aún no lo han pulido; es rugoso, justo como me lo encontraría en la playa. Turquesa, puntiagudo y perfecto.

—Tu madre me dijo que te encanta el mar. Tengo que reconocer que a mí siempre me ha parecido un estorbo, pero es importante para mí saber qué es lo que amas, para que te pueda seguir hasta aquí después de casarnos.

—¿Un estorbo? —le pregunto, incapaz de concebir cómo alguien podría contemplar el Pasaje y no admirarlo.

—Pues claro. Me separa de mi prometida.

Entonces lo miro. Si bien esta unión es tan importante para él como lo es para mí, no consigo encontrar consuelo en ello, pues no puedo evitar pensar si su padre y él van a sacar algo más, algo de lo que no soy consciente. Bajo la vista y me regaño a mí misma; mi madre ha sido sincera conmigo respecto a los términos de nuestro acuerdo. Quieren que haya más gente vigilando en Arcania, vigilando nuestra magia y también una parte de nuestra plata. Nosotros queremos protección. Es un acuerdo que nos beneficia a ambas partes.

—No sé qué decir. —Aferro el vidrio marino con más fuerza para dejar que su peso me permita anclarme en el momento—. Gracias.

—No es nada.

Las manos me tiemblan un poco, aunque no estoy segura de si es por el frío o por algo completamente diferente. Landon apoya los dedos sobre mis nudillos con delicadeza y, dado que no me aparto, me da la mano. Dejo de temblar y bajo la vista hacia nuestras manos mientras me pregunto qué parte de este gesto es para guardar las apariencias y qué parte es real. Quiero saber si él también tiene la esperanza de que algún día nos enamoremos como dice mi madre.

Una nueva canción da inicio en el salón de baile, con lo cual Landon se pone de pie.

—Creo que les debemos a todos un último baile —me dice.

Esta vez, su toque no es suficiente para evitar que me percate de la forma en la que todas las personas de la sala se giran hacia nosotros cuando entramos. Aunque el corazón me va a mil por hora, mantengo la cabeza en alto y me apoyo en Landon.

—Hagamos que valga la pena, entonces.

Él sonríe al oírme y me conduce a través de la multitud, sin soltarme la mano ni una sola vez.

Cinco

El transbordador está en silencio mientras nos conduce por el Pasaje. Mis padres están intercambiando murmullos emocionados, contentísimos por que la noche haya sido todo un éxito. Ivy se ha quedado dormida, con la cabeza apoyada sobre mi hombro, y el borde de su vestido roza el suelo al rodearle los pies. No hay ningún otro pasajero, lo cual es un crudo recordatorio de que, más allá del cuarteto de cuerda, hemos sido los únicos brujos que hemos asistido a la fiesta de esta noche. Pese a que estoy cansada y repantigada en la silla, mi mente está demasiado activa como para echarme a dormir.

Ivy se remueve y se arrellana más en su sitio. El movimiento le echa la cabeza hacia atrás, así que aprovecho la oportunidad para escaparme hacia la proa. Como tengo toda la cubierta para mí sola, me acerco hasta la barandilla y cierro los ojos mientras el viento me despeina y me manda unos escalofríos por todo el cuerpo. Arcania está prácticamente dormida en la distancia; mi isla perfecta en silencio y a oscuras tras un día ajetreado. Parece llena de calma.

—Te has portado de maravilla esta noche —me dice mi madre, a mis espaldas.

Me giro hacia ella. Tiene su chal envuelto alrededor de sus brazos, y el viento parece evitarla, como si pasara a su alrededor sin atreverse a despeinar su cabello, el cual sigue recogido en un moño alto, con cada mechón firme en su lugar.

Parece satisfecha, y eso me llena de una sensación de calidez.

—Gracias, mamá. Me alegro de que estés feliz —le digo, porque es cierto. Es lo único que quiero: que mis seres queridos sean felices.

Que sean felices y que estén a salvo.

Mi madre asiente.

—Lo estoy, y tu padre también.

—Me alegro.

—Todo va viento en popa para tu Baile del Juramento. Anunciar tu compromiso con Landon esa noche será perfecto.

—Yo también lo creo. Ya quiero que llegue.

—¿De verdad? —me pregunta, observándome.

—De verdad —le aseguro con una sonrisa, antes de volverme hacia el mar. La luna menguante parece jugar al escondite con las nubes, pues se asoma y brilla en la superficie del mar antes de esconderse de nuevo.

Llevo toda mi vida esperando que llegue mi Baile del Juramento, tengo muchas ganas de vincularme a mi aquelarre frente a todos mis amigos y familia. Si soy sincera, esa es la parte que más me emociona. Me preocupa un poco que anunciar mi compromiso esa noche pueda quitarle relevancia a mi Juramento, pero mi madre está segura de que no será así.

Supongo que tiene sentido. Me voy a casar con Landon para proteger a mi aquelarre; unirme a ellos y ofrecerles mi protección en la misma noche parece tener una armonía encantadora.

Hace poco que la mayoría de los brujos han empezado a oír rumores sobre Landon y yo, del mismo modo que pasa con los del continente. Mi madre ha conseguido mantener en secreto nuestro compromiso durante la mayor parte de mi vida en caso de que no llegase a consolidarse, de modo que los brujos se sorprenderán cuando se anuncie.

Cuando me doy la vuelta, mi madre se ha ido. Una canción de cuna me llega a la mente de pronto, y la tarareo en voz baja al compás del sonido de las olas.

Magia mansa, té floral,
cede tu poder al mar.
Si te atacan,
si te siguen,
tu flaqueza te matará.
Magia mansa, gozo sin par,
al mar no puedes apaciguar.

Siempre me he preguntado quién la escribió, de dónde provienen sus versos. Está claro que fue escrita como una advertencia, seguramente por parte de los brujos que se negaron a renunciar a su magia oscura y a adherirse a la nueva orden. Solo hubo un aquelarre que se negó, un pequeño grupo de brujos que prefería arriesgarnos a todos antes que adaptarse a la baja magia, pero nadie ha sabido nada de ellos desde hace muchísimos años.

Como si se hubiesen desvanecido.

La hipótesis que prevalece entre los brujos del nuevo aquelarre es que en algún momento murieron todos; ya era un aquelarre pequeño en un principio, y, conforme transcurrieron los años, lo más probable es que no fuesen suficientes para abastecer a su grupo. Nadie quiere poner en práctica la magia oscura cuando significa que no tendrá protección, seguridad ni un hogar. Cuando significa que podrías morir en una cárcel en el continente.

Sin embargo, los versos danzan en mi mente, aunque ya no me asustan como lo hacían antes. Los habitantes del continente no pueden volverse en nuestra contra una vez que me case con el hijo del gobernador.

Un estruendo llega desde algún lugar en la distancia, y me hace pegar un bote y apartarme de la barandilla. Aguzo la vista en la oscuridad mientras busco de dónde proviene aquel sonido cuando encuentro a un león marino agitándose en el mar, atrapado en una corriente.

Una de nuestras corrientes. Siento un vacío en el estómago según contemplo al animal indefenso, desesperada por hacer algo para ayudarlo, pero consciente de que no puedo. No hay nada que se pueda hacer.

El león marino da vueltas en el agua, rugiendo mientras gira y gira sin parar. El sonido es terrible, me destroza por dentro y hace que la bilis me suba hasta la garganta. Corro de vuelta a la barandilla por si me entran náuseas y podría jurar que la criatura clava la vista en mí. Los ojos se me llenan de lágrimas, y quiero decirle que lo siento, que lamento mucho que las corrientes que causamos estén acabando con su vida.

Ivy se apresura hacia donde estoy y me da la mano, como si temiese que fuese a zambullirme.

—No hay nada que podamos hacer —me dice. Estoy inclinada por la borda, tanto como puedo sin llegar a caerme, hasta que Ivy tira de mí con suavidad. Nos quedamos observando cómo el animal gira en el mar, gritando sin cesar hacia la noche.

Entonces el agua tira de él bajo la superficie, y el sonido se detiene de forma abrupta.

Un silencio espeluznante.

Las lágrimas me recorren el rostro, y tengo que respirar hondo para intentar recomponerme. Las corrientes están cada vez peor, erosionan nuestra isla y matan a nuestras criaturas marinas. Hacen daño a aquello a lo que amamos.

Mi madre dice que están bajo control, que los líderes del aquelarre se están encargando de todo, pero ver que mi hogar ahoga a un león marino no es tenerlo todo bajo control.

Es un fracaso.

Recuerdo la noche de hace cinco años, cuando casi me ahogué, cuando la voz enfurecida de mi padre culpó a mi madre. ¿Qué le dirá esta noche en la seguridad de su habitación, entre susurros que no irán más allá de la puerta? ¿La culpará por esto también o acaso sus acusaciones fueron infundadas, provocadas por el terror de casi perder a su única hija?

—Lo siento mucho —digo en voz queda.

El barco ralentiza la marcha conforme se acerca al muelle de Arcania, de modo que Ivy y yo nos dirigimos hacia el interior. Ella se apoya contra la pared del transbordador, y yo reposo la cabeza en su hombro antes de soltar un suspiro.

—¿Estás bien?

—Sí —le aseguro.

—Las corrientes están cada vez peor —comenta.

—Lo sé. —Hago una pausa para hablar más bajo—. Ivy, ¿y si hubiese sido una persona? ¿Alguien del continente? Solo es cuestión de tiempo que algo así pase, y si Landon y yo no estamos casados para cuando suceda...

Mi madre se nos acerca, y aunque me interrumpo a mí misma, no se me escapa la preocupación en la mirada de mi amiga.

—Es hora de ir a casa, ¿vale? —nos dice. Avanzamos hacia la salida, y ella nos pasa un brazo por los hombros a cada una—. Esta noche ha sido un éxito total. Ambas lo habéis hecho muy bien.

Seguimos a mi padre mientras bajamos del transbordador por el puente tambaleante y en dirección al muelle. Las nubes parecen más espesas y esconden la luna y las estrellas. Todo está a oscuras.

Nos dirigimos primero a casa de Ivy, y yo la abrazo con fuerza antes de que entre.

—¿De verdad crees que algo así podría pasar? —me susurra, al tiempo que me devuelve el abrazo—. Lo que has dicho sobre que las corrientes podrían hacer que alguien del continente se ahogue.

—Creo que aún tenemos tiempo antes de que algo así suceda —le digo, sin querer preocuparla más de lo que ya he hecho—. Mi madre dice que el consejo lo tiene bajo control. —Le doy un último apretoncito, y ella asiente antes de entrar.

Mis padres caminan despacio, abrazados y compartiendo embelesados los recuerdos de la noche. Yo los sigo por detrás, con la nana aún reproduciéndose en mi mente, acentuada por los sonidos agonizantes del león marino.

Aferro el vidrio marino que me dio Landon en la palma de la mano y dejo que sus bordes afilados se me hundan en la piel.

Cuando llegamos a casa, mi madre se dirige a la cocina para servir dos copas de vino mientras mi padre enciende la chimenea.

—¿Quieres quedarte con nosotros un rato, Tana? —me pregunta ella.

—Estoy algo cansada —le digo.

—Claro. Descansa, cariño.

Asiento y me dirijo escaleras arriba, con el sonido de las risas felices de mis padres siguiéndome mientras camino.

Me encanta ese sonido.

Mi habitación está a oscuras cuando dejo el trozo de vidrio marino sobre mi cómoda. No me molesto en encender las luces antes de bajarme la cremallera del vestido y llenar mis pulmones de oxígeno por lo que parece la primera vez en toda la noche. Voy al baño, me lavo la cara, me recojo el cabello y me lavo los dientes.

Estoy a punto de meterme en la cama cuando una luz tenue del exterior captura mi atención. Recojo el vidrio marino y abro la ventana para dejar que el sonido de las olas se cuele en mi habitación. Me acomodo en el asiento de la ventana y le doy vueltas al cristal en la mano, mientras contemplo el mundo exterior.

Apoyo la cabeza en la pared y observo la oscuridad de la noche. La luz se hace más y más brillante y proviene del césped, como un pequeño resplandor en medio de la penumbra. Me pongo de rodillas, saco la cabeza por la ventana para intentar ver mejor la luz, y es entonces cuando la veo.

Una sola flor de luna, colgada tranquilamente sobre el césped cortado a la perfección.

Un escalofrío me recorre la columna.

—No —digo en un hilo de voz. No es posible.

Parpadeo y vuelvo a mirar hacia allí, pero la flor permanece en su sitio con la misma certeza que las nubes en el cielo y el frío en el aire. Una flor tan letal que podría causar la muerte con tan solo un roce de uno de sus pétalos. Y está iluminada por una fuente de luz que no consigo encontrar.

Si te atacan…

Aprieto con más fuerza el vidrio marino.

Si te siguen…

Los bordes afilados del vidrio me cortan la piel mientras me quedo observando la flor sin poder creerme lo que ven mis ojos.

Tu flaqueza te matará.

No es hasta que un hilillo de sangre se me desliza por la muñeca que me percato de que me he hecho un corte. Suelto el vidrio marino y este repiquetea al caer. Me apresuro hacia el baño para dejar que el agua me caiga sobre la herida, y, una vez está limpia, vuelvo a la ventana.

Sin embargo, la luz y la flor han desaparecido.

Seis

Sé que ha llegado el momento de contarle a mi madre lo de las flores de luna, pero, para cuando bajo de mi habitación a la mañana siguiente, ella ya se ha ido. Anoche hubo un parto, y es tradición que la bruja de mayor posición le dé la bienvenida al aquelarre a un recién nacido con los rituales de bendición.

Mi padre me ha preparado todo un bufé para desayunar: fruta fresca, huevos, panecillos y rollitos de canela. Y con ello casi consigue que olvide lo de la flor blanca.

—¿A qué se debe todo esto? —le pregunto mientras pongo la mesa y bebo un poco del té Buenos Días de Ivy.

—¿Acaso tiene que haber una razón?

Alzo una ceja, y mi padre se echa a reír.

—Es que no siempre estaré para prepararte desayunos elaborados, eso es todo.

El comentario hace que se me estruje el corazón; ambos nos estamos percatando de que las cosas están a punto de cambiar, que en no mucho tiempo los desayunos con mi padre no serán algo de todos los días.

—Es una parte muy horrible de hacerse adulta —le digo.

Nos sentamos a la mesa, y me hago con el rollito de canela más grande de todos.

—¿Cómo has hecho para que sean tan grandes?

—Magia —me contesta, guiñándome un ojo.

Me echo a reír. Mi padre suele evitar hacer magia en la cocina, pues cree que perderá sus habilidades si lo hace. No obstante, muy de vez en cuando, hace una excepción.

—Buena idea —lo felicito.

—Anoche Landon y tú disteis una muy buena imagen. —Es un comentario casual, pero sé que lo trae a colación para ver cómo me encuentro. Mi padre comprende la importancia del camino que me toca recorrer y lo apoya, aunque creo que se siente culpable por que no tenga ni voz ni voto.

Cuando conoció a mi madre, se enamoraron muy rápido. Él dice que fue como si su mundo hubiese estado en blanco y negro y que, al conocerla, ella lo hubiese teñido todo de color. Fue una relación llena de pasión, emocionante y correcta, y sé que quisiera que pudiera tener la oportunidad de experimentar algo así.

Quiero decirle que también albergo la esperanza de encontrar esas cosas, de que algún día veré a Landon y notaré mariposas en el estómago. Solo que no quiero que piense que no soy feliz, así que me trago todo lo que quiero decir.

—Landon es un buen chico —le digo, en su lugar—. Me alegro de que hayamos podido pasar un rato juntos. Sé que me tratará como debe ser. —No es exactamente lo que quiero decir, pero tengo la certeza de que son palabras sinceras, y, al dejarlas salir, algo en mi interior se tranquiliza.

Mi padre bebe un sorbo de su té.

—Estoy de acuerdo —asiente.

—Ayer me dio un trozo de vidrio marino. Me dijo que es importante para él que pueda seguir teniendo en mi vida aquello a lo que amo incluso después de casarnos. —Aunque sonrío al rememorarlo, el recuerdo se amarga cuando pienso en el vidrio marino ensangrentado y tirado en el suelo de mi habitación. Encuentro el corte que tengo en la palma y hago una mueca de dolor.

—Gracias por contármelo —me dice mi padre, tras aclararse la garganta.

—Fue un gesto muy bonito.

Asiente, y me percato de que no se siente capaz de seguir hablando sin que se le quiebre la voz. Al darme cuenta de que voy a echar muchísimo de menos todo esto cuando me vaya al continente, confirmo que yo tampoco creo poder hablar sin que me embarguen las emociones.

Terminamos de desayunar, dejamos nuestros platos en el fregadero y limpiamos juntos la cocina, una rutina que hemos afinado tras muchas mañanas como esta.

—¿Te importa si te acompaño hasta la perfumería? Me gustaría tomar un poco el aire —me dice, una vez que he terminado de guardar el último plato.

—Claro, me encantaría.

Al abrir la puerta, pego un bote al ver una flor en la entrada. Me pongo a buscar como una loca la flor de luna que vi anoche, pero no la encuentro. Me agacho para recoger la que hay en la puerta; es una rosa con una nota escrita a mano enganchada a ella.

He visto esta rosa en el jardín esta mañana, es del mismo color que tu vestido. Gracias por bailar conmigo.

—Landon

El corazón se me tranquiliza en el pecho, y sonrío para mí misma mientras me acerco la rosa a la nariz para inhalar su aroma.

—¿Qué es eso? —me pregunta mi padre, tras lo cual me giro hacia él y le tiendo la rosa. La misma expresión aliviada que le vi a Ivy en el baile anoche se extiende por el rostro de mi padre mientras lee la nota.

—Me pregunto cómo la ha traído hasta aquí —comento, mientras vuelvo al interior y lleno un jarrón pequeñito con agua. Mi padre corta el tallo antes de colocar la flor dentro, y ambos nos marchamos.

—Es el hijo del gobernador, asumo que tiene montones de opciones para traerla hasta aquí.

No duda en tomar el camino largo hasta la perfumería, el que nos lleva por al lado de la playa para que pueda contentarme al verla. Examino la superficie del agua en busca de flores, pero, dado que es una mañana con neblina, lo único que puedo ver son unos pocos metros más allá de la orilla.

La niebla espesa nos sigue mientras nos adentramos en la calle Main y avanzamos por la calle adoquinada. Aunque las cafeterías, salones de té y panaderías están llenas de sus clientes madrugadores, nosotros abrimos la perfumería un poco más tarde los domingos. Sobre todo en invierno, pues nos gusta disfrutar un poco de la luz del día antes de comenzar a trabajar. De lo contrario, perderíamos todas nuestras horas de magia atrapados en la tienda.

Meto la llave en la cerradura y enciendo las luces. Mi padre me sigue y me ayuda a acomodarlo todo antes de marcharse.

—¿Qué te toca hacer hoy? —le pregunto.

—Nos queda poca lavanda y sándalo. Iré a los campos y luego a la cabaña a extraer algo de aceite. Volveré más tarde para reabastecer el inventario.

—Que vaya bien la cacería —me despido, y mi padre me sonríe antes de darme un beso en la coronilla y marcharse.

Hay un flujo constante de clientes durante el día, y me sorprende la cantidad de ellos que me hacen preguntas sobre

Landon. Por suerte, mi madre llega una hora después de abrir la tienda, lo que me da tiempo de tomarme un merecido respiro.

La observo maravillada mientras contesta preguntas sin problema, siempre dejando entrever la cantidad perfecta de misterio. No se tropieza con las palabras ni clava la vista en el suelo mientras habla. Sabe qué decir en cada situación y no tiene ningún deseo de salir corriendo de la tienda para zambullirse en el mar.

En algunas ocasiones, me hace sentir como si algo estuviese mal en mí. Que no pueda hacer lo que a mi madre y a Ivy les sale de forma tan natural me llena de una frustración imposible. Sin embargo, hoy me siento agradecida.

Por ella.

A las seis en punto, cerramos la puerta y ponemos el cartel de «Cerrado». Esta noche hay luna llena, así que debemos prepararnos para el trasvase. Los turistas se dirigen hacia el muelle para subirse al último transbordador.

Solo los brujos tenemos permitido quedarnos en la isla cuando vaciamos el exceso de nuestra magia hacia el océano.

El único problema que tiene la baja magia es que nos deja unos restos de poder sin usar en el cuerpo, unos que no tendríamos que llevar con nosotros. Y, si no los expulsamos, podríamos morir. De modo que, más o menos cada veintinueve días, en luna llena, cerramos la isla y vaciamos nuestros restos de magia hacia el mar.

Resulta irónico que sea el hechizo más poderoso que llevamos a cabo, el único que tenemos permitido conjurar de noche.

Es una demostración de magia cruda y poderosa que espantaría a los habitantes del continente si la vieran, por lo que se ha terminado convirtiendo en algo de lo que el aquelarre se avergüenza. Un ritual tabú por el que darían cualquier cosa con tal de no verse involucrados.

Razón por la cual no hablamos del tema. No comentamos que queda poco para el trasvase ni lo mencionamos durante los siguientes veintinueve días.

Creo que eso es lo que más me molesta: estamos echando a perder nuestra isla, haciéndoles daño a nuestras criaturas marinas y a nuestros cultivos en aras de un ritual que los brujos odiamos a más no poder.

Pese a que nunca lo he dicho en voz alta, me emociona la llegada del trasvase. Me siento poderosa cuando ese tipo de magia fluye en mi interior. No me avergüenza ni me da asco, sino que me siento viva; conectada a mi magia de un modo que no puedo simular en la tienda. Tan solo me gustaría poder usar todo ese poder para algo bueno en lugar de vaciarlo hacia el mar, donde continuará su violento camino a través del agua.

—¿Todo listo, Tana? —me pregunta mi madre.

Asiento y me cuelgo el bolso, para luego salir juntas de la tienda. La niebla se ha despejado, y una suave llovizna cubre la isla, lo que hace que las calles adoquinadas se vuelvan resbaladizas y los arbustos, pesados. El musgo que recubre los tejados parece más verde debido a la lluvia, así que dejo que todo ese aroma perfecto a tierra mojada se introduzca en mis pulmones.

El último transbordador zarpa del muelle, y lo observo mientras se aleja de Arcania. Casi puedo notar cómo la isla se relaja al ver partir el peso de cientos de turistas llenos de energía, se acomoda y respira hondo.

—Tengo una reunión rapidita con el consejo, ¿quieres ir a casa y te veo allí?

—Vale. ¿Va todo bien? —Su reunión programada fue la semana pasada, por lo que me extraña que tengan otra tan pronto.

—Sí, claro. Me parece que hay algunos miembros que creen que merecen que se les informe de lo sucedido anoche en el baile del gobernador.

—O sea, sobre mí —le digo, y me arrepiento de inmediato.

Mi madre se detiene en plena calle y deja que la lluvia caiga sobre nosotras mientras clava su mirada en mí.

—No es solo sobre ti, Tana. Lo que estás haciendo es por todos nosotros. Es por nuestros hijos y por los hijos de nuestros hijos. ¿No crees que el consejo tiene derecho a saber que todo esto está a punto de acabar, tras años y años de miedo e inseguridad? Que los habitantes del continente nos aceptarán por fin y que ya no tendremos que preocuparnos por que un solo error nos cueste nuestra libertad. O nuestra vida.

Bajo la mirada.

—Perdona. No quería sonar como si solo estuviese pensando en mí misma.

Mi madre relaja un poco su postura y suelta un suspiro. Me pasa un brazo por los hombros y retomamos el camino.

—Lo sé, cariño. A ti no te parece una situación tan frágil porque las cosas se han mantenido estables durante un tiempo. Solo no te olvides de que nos encontramos en esta isla porque a nuestros antepasados se les obligó a preservar su magia, y a ellos no se les concedió nada de lo que necesitaban ni ningún tipo de comodidad de las que disponían en el continente. Tener protección y libertad permanentes es algo que la generación anterior a la tuya, e incluso a la mía, jamás podría haber imaginado.

—Lo entiendo. Lo siento —le digo, mientras recuerdo a la mujer de la tienda de Ivy. Mientras recuerdo el fuego.

Mi madre me da un apretoncito antes de dejar caer su brazo, pero sigo inquieta. No es Landon ni nuestro matrimonio inminente lo que me molesta. Es la urgencia. Hace tan solo tres meses, Landon no era más que un punto en la distancia, sin embargo, ahora es lo único sobre lo que hablan mis padres. Y el consejo se reunirá para hablar sobre él.

Sobre mí.

Sobre nosotros.

Hace que me pregunte si el incendio no habrá sido solo una excusa para acelerar los eventos, aunque la culpa me recorre tan solo de imaginarlo.

—Nos vemos a medianoche —se despide mi madre, haciendo uso de la hora para evitar pronunciar la palabra «trasvase».

Se dirige hacia el edificio de reuniones del pueblo, y yo avanzo por la costa en dirección a casa.

Ralentizo el paso mientras pienso en lo que me ha dicho mi madre. El consejo no quiere un informe de cómo fueron las cosas en el baile del gobernador. Lo que quiere saber es cuánto tiempo exacto queda hasta que se produzca un compromiso, una alianza entre los brujos y los habitantes del continente.

Quieren saber cuándo estarán a salvo.

Y, si quieren saber cuándo estarán a salvo, es porque tienen miedo.

Tarareo mientras camino cerca del borde del agua, pero entonces me detengo de pronto.

Tu flaqueza te matará.

Te matará.

Te matará.

Siete

Es medianoche. La luna llena está a plena vista en el cielo oscuro, su luz se refleja en la superficie del mar y cubre la playa de un brillo azulado que me permite ver a los brujos que tengo alrededor.

Hay una gran columna blanca en la arena con un cuenco de cobre en lo alto.

Me arranco una hebra de cabello de la cabeza y la deposito en el cuenco, para luego pincharme en un dedo y dejar que una sola gota de sangre caiga en él. El humo se alza desde el recipiente, y tanto la hebra de pelo como la sangre desaparecen.

Me dirijo hacia la playa, mientras que la bruja que tengo detrás sigue el mismo procedimiento para denotar su asistencia.

Una vez que todos hayamos registrado nuestra presencia, el trasvase dará inicio.

Ninguno de nosotros es lo bastante fuerte como para trasvasar nuestra magia sin ayuda. Pese a que los perfumes mágicos y los tés y las pastitas son algo maravilloso, pues son lo que nos permite ganarnos la vida, la razón por la que los del continente empezaron a aceptarnos, estos no necesitan mucha magia.

La fuerza combinada de todos es lo único que hace que el trasvase sea posible.

Todos llevamos una túnica blanca idéntica, una prenda suelta y ligera que nos llega hasta los tobillos y parece un salto de cama. Los brujos ancianos se encuentran alineados frente a la orilla; a sus espaldas, la generación de mis padres, y, tras ellos, los que somos más jóvenes. Ninguno de los brujos habla. Miramos hacia el mar o hacia la playa llena de rocas. La vergüenza es una herramienta poderosa y nos convence a todas y cada una de las personas que estamos en esta playa de que no debemos entablar contacto entre nosotros durante un ritual que forma parte de quienes somos.

En ocasiones creo que es la vergüenza, y no el miedo, aquello que hará que sobrevivamos como aquelarre. El trasvase es un pilar de la nueva orden, aquello que nos permitió iniciar un diálogo productivo con el continente, pues ellos no cesaron en sus intentos por erradicar la magia hasta que conseguimos demostrarles que la nueva orden no era ninguna amenaza. Por muchas razones, el trasvase debería ser una celebración de nuestra supervivencia y nuestra valentía, de todos nuestros sacrificios e ingenio. Solo que otro pilar de la nueva orden es una absoluta y tajante desaprobación por la magia oscura, y, con el paso de las generaciones, esa desaprobación ha pasado de convicción a vergüenza. En cuanto la magia oscura se convirtió en algo sobre lo que avergonzarse, nadie quiso practicarla más.

Y así ha sido durante años.

Nos encontramos en el borde oeste de la isla, el que da directo hacia el mar abierto. Jamás haríamos el trasvase en la costa oriental, la cual queda justo frente al continente; incluso a sabiendas de que el Pasaje es tan amplio y de que los del continente no podrían vernos nunca desde tan lejos, nos sentiríamos demasiado vulnerables. Es por ello que hacemos la travesía hacia el lado oeste y le damos la espalda al continente una noche cada mes. Solo una.

Pego un bote cuando el cuenco de bronce se incendia a mis espaldas, lo que significa que ya hemos llegado todos.

—Empecemos —dice mi madre, y su voz está amplificada por una ola de magia que permite que todos podamos oírla.

Nos dirigimos al océano a la vez; los brujos más ancianos avanzan más lejos, y los más jóvenes los seguimos. Aquellos que no son lo bastante mayores como para trasvasar su magia van en brazos de sus padres, y el hechizo es lo suficientemente poderoso como para persuadir el poquito de magia que haya quedado sin usar dentro de sus sistemas y vaciarla en el mar.

El agua apenas me ha rozado los tobillos cuando algo me llama la atención por el rabillo del ojo. Me giro. Se trata de una luz pequeña y circular, idéntica a la que vi fuera de la ventana de mi habitación, que flota sobre el suelo e ilumina una flor de luna.

Observo en derredor, aunque nadie la nota, pues todos están concentrados en el agua.

La luz se vuelve más brillante, y me resulta imposible seguir sin hacerle caso. Retrocedo con cuidado para salir del agua, antes de echar un vistazo sobre el hombro y así asegurarme de que nadie me presta atención. El trasvase en sí no sucederá hasta dentro de veinte minutos como mínimo, y a mí no me lleva tanto tiempo prepararme como a otros.

Con tanto sigilo como me es posible, avanzo a paso rápido por la playa y alrededor de un grupo espeso de arbustos en flor, para seguir la luz. Ya no se me puede ver desde la costa, así que me muevo más deprisa en mi persecución de la esfera brillante.

No obstante, cuánto más me acerco, más rápido se aleja de mí.

Sin dejar de correr, la sigo hacia un campo en el interior de la isla, donde la hierba alta se agita por la brisa nocturna. Me roza la piel mientras me abro camino, y yo intento no perderle la pista al orbe de luz.

Aparece y desaparece de mi vista, antes de desvanecerse del todo. Un escalofrío me recorre la columna.

Corro hacia el último lugar en el que lo vi, valiéndome de la luz de la luna como guía, y me doy de bruces con otra persona.

Caigo de espaldas, aturdida y desorientada. Como me he quedado sin aliento, me llevo una mano hacia el centro del cuerpo y suelto un gemido al girarme hacia un lado. No tendría que haber nadie más en este lugar; todo el mundo está en la playa.

—¿Qué carajos? —La voz proviene desde unos metros más allá, y me obligo a ponerme de pie y a buscar con desesperación.

Aunque la luz ya ha desaparecido por completo, poco a poco, otra persona se levanta del suelo. Alguien a quien no he visto nunca en la vida, así que retrocedo.

—¿Has perdido el transbordador? —le pregunto, intentando descifrar cómo podré sacarlo de Arcania antes de que el trasvase dé comienzo.

—Te has dado de bruces contra mí —dice él, haciendo caso omiso de mi pregunta—. ¿Qué modales son esos?

Me ha dejado sin palabras, por lo que me quedo mirándolo con la boca abierta.

—¿Y bien? —insiste. Tiene el cabello oscuro despeinado y le cae sobre los ojos, mientras que la luz de la luna cubre su piel pálida con un brillo azulado. Tiene la barbilla afilada y me mira como si estuviera preso de la ira, como si yo hubiese acabado con lo más preciado en su vida en lugar de haberme chocado con él por accidente.

—Perdona —me excuso, en un intento por mantener la voz estable en caso de que sus padres sean gente importante del continente—. Debería haber ido más atenta.

Frunce el ceño al oír mi respuesta, como si lo hubiese decepcionado.

—¿Has visto esa luz? —me pregunta, y el corazón me da un vuelco.

—¿Tú también la has visto?

—Ya van varias veces —contesta, pasándose una mano por el pelo—. No tengo ni idea de dónde proviene.

—Ni yo —le digo.

La luz se ha apagado justo en el lugar en el que nos encontramos, y, de un segundo para otro, la tierra empieza a gruñir, y una flor de luna brota entre nosotros, con sus pétalos largos y en forma de corazón.

Pego un salto hacia atrás y retrocedo varios pasos para poner distancia entre la flor y yo, aunque no pienso salir corriendo. Esta vez no.

El chico alza una ceja y me observa con una expresión divertida.

—Es una flor de luna —le explico.

—Ya sé lo que es. —Y, con eso, la recoge del suelo y se la lleva a los labios.

Cuando tiende la mano en mi dirección para ofrecerme la flor, yo me alejo incluso más de él.

—No te acerques.

—Dicen que estas flores son venenosas para los brujos, ¿sabes? —comenta, sin apartar la mirada de la flor mientras la hace girar entre sus dedos.

Las náuseas se asientan en mi interior conforme todos mis instintos me instan a salir corriendo de allí. Empiezo a sudar frío, y me pregunto quién será este tipo, si odiará lo suficiente a los brujos como para lanzarme esa flor. Debería huir; de hecho, tendría que hacerlo de una vez, pero, por alguna razón que no soy capaz de explicar, me quedo en el sitio, congelada.

—Solo rozarla podría ser letal. —Me mira, me dedica una sonrisa, y, durante un terrible segundo, creo que ha venido aquí a matarme—. Pero te contaré un secreto —me dice, inclinándose hacia mí—: No es cierto.

Trago en seco. Unas perlas de sudor se me acumulan en la nuca y hacen que me estremezca.

—No sé quién eres, pero tienes que irte. Ahora mismo.

—¿Por qué me iría? Si vivo aquí.

—Eso es imposible —rebato.

—Claro que no —repone él—. Todo es posible.

Mueve su mano derecha de arriba abajo, y la suave brisa que antes había estado corriendo se convierte en un fuerte viento que se estampa contra mí y hace que mi cabello y mi vestido se agiten en todas las direcciones.

Entonces, tan deprisa como sucedió, baja la mano, y el viento se calma.

Pese a que sé lo que estoy viendo, a que reconozco esta sensación en la piel, solo hay una explicación, y no soy capaz de aceptarla. Cierro los ojos, meneo la cabeza e intento apartar de mi mente las dos palabras que parecen abrirse paso a gritos, pero estas no se van. Las oigo con más y más fuerza hasta que no me queda más remedio que reconocer lo que he visto: una muestra perfecta de magia oscura.

Se me eriza la piel de los brazos antes de dar otro paso hacia atrás.

—No. —Es lo único que puedo decir.

—¿No? —me pregunta, mientras arquea una ceja y vuelve a alzar la mano. El viento se levanta, así que acorto la distancia que nos separa a toda velocidad y hago que baje el brazo.

—Ese tipo de magia está prohibida, y no permitiré que la uses en mi isla.

—Nuestra isla —me corrige—. Y, de donde yo vengo, te aseguro que no está nada prohibida.

«Nuestra isla». Lo que dice no tiene sentido. He vivido en esta isla toda mi vida y nunca he encontrado a ningún practicante de magia oscura. Si lo que dice es cierto y sí que practica magia oscura, entonces...

—Eres del antiguo aquelarre —digo, más para mí misma que para él, pues apenas me sale un hilo de voz. No puedo creer que haya pronunciado aquellas palabras. Otro escalofrío me recorre entera.

—Soy Wolfe Hawthorne —se presenta, antes de volver a extenderme la flor. Un anillo grande y plateado adorna su mano derecha, y este brilla bajo la luz de la luna—. Y sí, soy un miembro del antiguo aquelarre.

Me lo quedo mirando, sin poder articular palabra.

—¿Sabes? Es costumbre responder a una presentación presentándose uno mismo —me comenta.

—Tana —respondo, como si estuviese en alguna especie de trance—. Soy Mortana Fairchild.

—Bueno, Mortana, te aseguro que esta flor no es venenosa. Ten, sujétala.

Me quedo mirando la flor y noto una sensación que me atrae de manera irrevocable hacia ella; un deseo tan potente que no soy capaz de pasar por alto. Nunca he sentido nada parecido, y, durante un instante, me pregunto si no me estará obligando a tocarla, a acercarme a mi propia muerte. No puedo resistirme. Es como si no me encontrara dentro de mi cuerpo, sino observándome a mí misma desde lo alto mientras extiendo una mano temblorosa para recibir la flor.

La acepto.

Y no sucede nada.

Nada duele. Nada quema. Mi corazón sigue latiendo, y mis pulmones siguen respirando.

Muy despacio, me llevo la flor hacia el rostro e inhalo.

Aunque los pétalos me rozan la piel, permanezco ilesa. Cada texto que he leído al respecto describe el dolor como algo instantáneo, seguido de forma inmediata por la muerte, pero yo me encuentro normal. Intento descifrar lo que estoy viviendo, a sabiendas de que es algo completamente imposible, y ninguna explicación me llega a la mente. Estoy perpleja.

—¿Le has puesto algún encantamiento? —le pregunto.

—¿Cómo podría haberle puesto un encantamiento si la flor es venenosa para los brujos?

Meneo la cabeza, sin apartar la vista de la flor. No lo entiendo, y me destroza por dentro no hacerlo. La flor de luna es la primera flor que aprendí a reconocer porque es importantísimo saber cómo es. Crucial para nuestra supervivencia. Y, sin embargo, aquí me encuentro, sosteniendo una en la mano como si fuese un lupino cualquiera.

Me devano los sesos por algo que tenga sentido, algo que ate los hilos desmadejados de mi cerebro, pero no se me ocurre nada.

Una gotita de sudor se me desliza por la nuca. Y, entonces, vuelvo a mí y me doy cuenta de qué es lo que estoy haciendo y de con quién estoy hablando.

Dejo caer la flor y retrocedo de un salto. El corazón me late tan deprisa que parece que se me va escapar del pecho.

—El antiguo aquelarre ya no existe —le digo.

—A ver, ¿cómo estás tan segura? —Su tono es desenfadado, casi hasta burlón, y hace que me ruborice.

—No sé quién te crees que eres, pero no estoy bromeando. El antiguo aquelarre ya no existe. —Tiene que ser alguna especie de broma elaborada, una jugarreta para humillarme. Solo que entonces recuerdo la forma en la que el viento empezó a correr, el modo en el que lo noté contra el rostro, y sé que es real. Observo la flor en el suelo y no puedo evitar la avalancha de preguntas que surgen en mi mente, una tras otra. La que oigo más fuerte, la más incesante de todas, aquella que debería ser la más sencilla de responder y que, aun así, parece amenazar todo lo que alguna vez he sabido, se repite una y otra vez en mi mente:

¿Por qué no me ha hecho daño?

En ese instante, un rugido crudo y gutural nos llega desde la orilla cuando los brujos trasvasan su magia al unísono.

Me vuelvo hacia el sonido. El terror se extiende por mi cuerpo de forma lenta y constante.

No. Esto no puede estar pasando.

El sonido se vuelve más y más intenso conforme transcurren los segundos, y lo único que puedo hacer es quedarme mirando en dirección al mar, perpleja. Entonces todo acaba.

El silencio de la noche vuelve a apoderarse de todo, y el cuerpo entero me empieza a temblar.

Me lo he perdido.

Oigo las olas del mar y la hierba agitarse, el viento entre los árboles y el ulular de un búho. Entonces recuerdo al chico.

Me giro despacio hacia él, pero ya no está allí.

Dejo caer la cabeza entre las manos y cierro los ojos, mientras cada parte de mí anhela volver atrás en el tiempo hasta hace veinte minutos para no seguir a aquella condenada luz.

No puedo creer que me lo haya perdido.

Mis piernas reaccionan al fin, así que corro hacia la orilla y me escondo entre los arbustos al tiempo que observo cómo los brujos salen del agua. El trasvase se lleva consigo un montón de energía, de modo que todos avanzan como a cámara lenta.

Nadie puede saber que me lo he perdido. No cuando mi compromiso está tan cerca y mi madre tiene un lugar importante que ocupar en el consejo. Espero hasta que los brujos más ancianos han pasado por al lado de mi escondite y luego corro hacia el agua para mojarme la túnica. La tela se me pega a las piernas según avanzo con dificultad por la orilla. Mis padres están en la acera, apoyados el uno contra el otro, así que me dirijo despacio hacia ellos. Aunque volvemos juntos a casa, no puedo evitar los temblores que me recorren entera.

La única persona que recuerdo que no llegó a tiempo a un trasvase fue Lydia White, hace casi veinte años.

Y murió diez días después debido al exceso de magia que se juntó en su sistema.

Desde entonces, nadie más se ha perdido un trasvase. Nos las arreglamos para llevarlos a todos hacia la costa, sin importar lo difícil que pueda ser.

Los ojos se me llenan de lágrimas, así que respiro hondo varias veces para evitar que mis padres lo noten. Incluso si les cuento lo que ha sucedido, no habría nada que pudiesen hacer. La única razón por la que el trasvase da resultado es porque usamos nuestro poder colectivo para que así sea.

Una tristeza desoladora me cubre entera. Los ojos me arden y noto como si tuviese esquirlas de cristal atascadas en la garganta cada vez que intento tragar.

No puedo creer que me lo haya perdido.

Pero lo arreglaré. Tengo que hacerlo.

Empiezo una cuenta atrás para mis adentros: diez días. Tengo diez días para resolver el problema. Si no lo hago, mi destino será el mismo que el de Lydia White, y todo por lo que mi aquelarre se ha esforzado tanto se irá al traste.

Ocho

Estoy tendida en mi cama, sin ser capaz de dormir. El trasvase, el chico, la flor de luna; todo me da vueltas en la cabeza como si fuese un huracán que amenaza con destruirlo todo a su paso. El vidrio marino de Landon tiembla en mi mano, aún cubierto de sangre seca en los bordes. No estoy segura de por qué no lo he limpiado aún.

La casa está en silencio. A oscuras. Mis padres dormirán hasta tarde, pues Arcania no está abierta al público el día siguiente a cada trasvase. No tenemos la energía para encargarnos de la isla, así que nos hace falta un día para recuperarnos.

Una y otra vez, reproduzco en mi mente los sucesos del trasvase, aunque lo único en lo que consigo concentrarme es en el hecho de que no quiero morir. No quiero que la magia que tanto adoro me coma viva. Así que tengo miedo. Todo lo que sé sobre la muerte de Lydia White apunta a unos diez días dolorosos e insufribles, de modo que tengo las palmas sudorosas mientras intento imaginar cómo se sentirá pasar por algo así.

Estoy enfadadísima conmigo misma y con el chico con el que tuve la absoluta desgracia de estamparme.

Sé que tendré que lidiar con él, descubrir quién es y de dónde proviene. Solo que eso puede esperar hasta que haya trasvasado mi magia y me encuentre a salvo de nuevo.

Salgo de la cama en silencio, dejo el vidrio marino en la mesita de noche y luego me vuelvo a poner la túnica. Abro la puerta de mi habitación y me escabullo escaleras abajo, pese a que sé que mis padres dormirán sin perturbarse por ningún sonido. Están agotados, como debería estarlo yo.

Cuando estoy fuera de casa, me quedo a la sombra y corro tan rápido como puedo hasta el lado oeste de la isla. No veo a nadie de camino.

Tan solo han pasado unas pocas horas desde el trasvase, y si la magia aún se encuentra cerca de la orilla, dando vueltas en la parte poco profunda del mar y vibrando en el aire, puedo intentar aferrarme a ella para trasvasar la mía. Es la mejor alternativa que tengo para solucionar esto.

Tiene que funcionar. Es mi única opción.

Tropiezo al adentrarme en las olas y me raspo las manos y las rodillas contra la playa. Me vuelvo a poner de pie y continúo avanzando, hasta que el agua me llega a la altura de las costillas. Cuando unos intentos de microcorrientes se me forman alrededor de las piernas, es la única vez que me he sentido contenta al estar en una corriente, pues significa que no he llegado demasiado tarde, que el poder de mi aquelarre aún sigue presente en este lugar, a la espera de liberarme.

Por favor.

Alzo las manos frente a mí, con las palmas apuntando hacia la luna llena. Cierro los ojos y respiro hondo, pues el corazón me late desbocado contra las costillas y el pecho me empieza a doler.

Me imagino a mí misma en la trastienda de la perfumería, llenando de magia las flores y las hierbas secas que componen nuestros aromas con hechizos menores para transmitir calma, alegría, emoción, confianza, asertividad y todas las características que nuestra magia es capaz de convocar y por las que los habitantes del continente están dispuestos a pagar. Me visualizo a mí misma encorvada sobre la desgastada isla de madera mientras reúno lavanda y aceite de sándalo, lila y glicinia. La magia da vueltas en mi interior y se alza, aunque no la dejo ir aún. Necesito más.

Repito esa rutina una y otra vez, como si fuese un día más en la tienda, como si estuviese fabricando los perfumes y las velas que me encantan y trabajando hasta el límite de mis fuerzas para conseguir toda la magia que me sea posible. La magia siempre me ha parecido como una extensión natural de mí misma, algo en lo que no tengo que esforzarme como hacen los demás, así que cuento con que esa habilidad innata me sea de ayuda.

El aire a mi alrededor vibra con la energía que dejaron los brujos hace un rato; el exceso de su magia agita el mar y hace que se formen unas corrientes más potentes que van agarrando impulso. Separo un poco las piernas para mantener el equilibrio y respiro hondo.

Puede que funcione.

Tiene que funcionar.

El agua se alza a mi alrededor, salpica en todas direcciones, intensa, fría y llena del poder que necesito con tanta desesperación. Cuando el agua me llega hasta la barbilla y capto su sabor salado en los labios, empiezo mi trasvase. Alzo los brazos directamente hacia el cielo y suelto un rugido hacia la noche silenciosa para convocar cada gota de magia que puedo.

Tengo los ojos cerrados con firmeza y los músculos tensos, pues la magia sale de mí como el vino de una botella. Se vierte hacia el mar y se une a las demás corrientes, mientras da vueltas alrededor de mi cuerpo que no deja de temblar. Me rindo ante ella, sorprendida y aterrorizada por el modo en que me siento al tener tantísimo poder moviéndose a través de mí.

Y, entonces, se detiene.

Es algo tan abrupto que me hundo en el agua, como si mi magia hubiese sido lo único que me mantenía en pie. Me tambaleo e intento ponerme de pie mientras me atraganto con el agua salada que no he podido evitar tragar. Consigo recuperar el equilibro antes de volver a estirar los brazos hacia el cielo para empezar de nuevo.

Proyecto con desesperación mis recuerdos en la perfumería para intentar alcanzar la sensación de verter magia sobre unas flores brillantes y la esencia intensa de la tierra, pero no da resultado.

Las corrientes liberan mi cuerpo y comienzan a danzar hacia el interior del océano, llevándose con ellas el poder que necesito. El aire que me rodea deja de agitarse, y la costa se encuentra en una calma insoportable.

Le ruego a mi magia que vuelva, aunque solo soy capaz de invocar una cantidad ínfima, suficiente para hacer una tanda de perfumes o quizás dos.

No puedo llegar al resto. No soy lo bastante fuerte.

Suelto un grito hacia el cielo nocturno y estrello los puños contra el agua, más enfadada con el mar de lo que estuve el día en que casi me ahogué. Las lágrimas me caen por las mejillas mientras trato de hacerlo una última vez, un último intento en vano por extraer más magia del centro de mi ser.

Solo que nada sale.

He fracasado.

No sé cuánto tiempo me quedo de pie en el agua. El amanecer empieza a asomarse para cuando me obligo a mí misma a abandonar el océano.

Estoy chorreando de pies a cabeza según camino por la playa y decido ir por el camino largo de vuelta a casa, para deambular por los campos abiertos y los senderos de madera y respirar los aromas de la isla que tanto me gustan.

Aprovecharme de la energía que quedaba cerca de la orilla para provocar mi propio trasvase era mi única idea, de modo que estoy perdida. No sé qué hacer, si es que existe algo que pueda hacer en primer lugar. Me pregunto cómo reaccionarán mis padres cuando se enteren, qué dirá Ivy, si Landon querrá verme una última vez.

Creo que estaría bien verlo de nuevo.

Cuando consigo distinguir mi casa, subo las escaleras de caracol que hay en el exterior y llevan directamente al patio de la azotea. No me molesto en quitarme la túnica, sino que me dejo caer en el sofá y me envuelvo en una gruesa manta de lana. Parece un buen momento para contemplar el amanecer. A fin de cuentas, solo tengo nueve oportunidades más para ver uno.

Unos tonos naranja brillante y unos rosa suave despiden al amanecer, y los rayos del sol se asoman por el horizonte y bañan el mar con su luz dorada. Si este fuese cualquier otro día, ya estaría caminando, emocionada por usar mi magia después de una noche tan larga.

Así que me enfado. Esta magia que he tenido toda la vida, con la que me he despertado día tras día con la luz del sol, me ha decepcionado. Quiere devorarme por dentro y no tardará mucho en acabar conmigo.

La peor traición posible.

Una vez que el cielo entero está teñido de azul, entro en casa y me quito la ropa húmeda. Como mis padres siguen durmiendo, alcanzo el vidrio marino de la mesita de noche y me meto en la cama.

Por fin, noto los párpados pesados y las manos quietas.

Solo que entonces recuerdo al muchacho del campo y tengo que incorporarme.

Wolfe Hawthorne. Si el antiguo aquelarre existe y él es un miembro de verdad, sabrá utilizar la magia oscura. Recuerdo el modo en que llamó al viento como si no fuese nada, la forma en la que sostuvo la flor de luna con una tranquilidad absoluta.

Podrá ayudarme.

Tiene que ayudarme. Esto es culpa suya, y, pese a que la idea de verlo de nuevo me llena de furia, me niego a morir por su culpa. Si la magia oscura puede invocar el viento y sanar a los enfermos, debería ser capaz de ayudarme a trasvasar mi magia.

Sin embargo, en cuanto lo pienso, me regaño a mí misma. Esa magia está prohibida, y, para colmo, le tengo pavor. Va en contra de todo lo que defiende mi aquelarre y todo lo que mis ancestros lucharon tanto por proteger.

He oído historias sobre lo que significa vivir una vida infectada por la magia oscura, los modos en los que envenena a una persona. Cuando los brujos del nuevo aquelarre abandonaron ese tipo de magia para siempre, nuestro cuerpo olvidó cómo llevarla a cabo y se comenzó a aclimatar a la magia delicada que usamos en la actualidad. Las enfermedades se extendieron sin control por los aquelarres antiguos, y los brujos se volvieron locos por el poder. Todo eso llegó a su fin cuando nos cambiamos a la nueva orden, y solo entonces nuestros ancestros se dieron cuenta de que nunca tendrían que haber puesto en práctica la magia oscura en primer lugar.

Pues no es nada más que maldad pura, podrida de principio a fin.

No puedo usarla. Si alguien se enterara, me expulsarían de mi aquelarre para siempre.

Aunque no estaría muerta.

El pensamiento llega a mi mente y me sorprende, pero lo hago a un lado. Pedirle ayuda a Wolfe Hawthorne, un chico a quien no conozco y en quien sin duda no confío, sería una afrenta contra cualquier brujo que hubiese sacrificado una parte de sí mismo en aras de crear un futuro mejor.

Sin embargo, mientras me tumbo de vuelta en la cama y se me cierran los ojos, veo al muchacho del campo extendiendo la mano para ofrecerme una flor de luna que no me hizo daño al tocarla.

Nueve

Cuando despierto, el dolor punzante de recordar la noche anterior me atraviesa el pecho y me deja sin aliento. Me incorporo en la cama y me llevo las rodillas al pecho para abrazarlas contra mí. Mis padres están en la planta de abajo, pero no sé cómo mirarlos a la cara.

Lo verán en mis ojos, lo oirán en mi voz. Sabrán que algo va mal.

La idea de ver sus caras cuando les cuente que me perdí el trasvase es lo que toma la decisión por mí. No puedo hacerlos pasar por eso, no hasta que haya agotado todas las opciones posibles para solucionarlo.

Pienso encontrar a Wolfe Hawthorne. Y, cuando lo haga, lo obligaré a ayudarme.

Aunque no sé dónde encontrarlo, dijo que esta era «nuestra» isla, de modo que no debería andar muy lejos. Salgo de la cama, me visto y preparo el bolso.

Cuando llego a la planta baja, mis padres tienen cada uno una taza de té en la mano. Siguen en pijama y están sentados juntos al sofá bajo el cobijo de una manta de lana.

Mi padre bosteza.

—¿Quieres algo de té, Tana? —me pregunta, tras apartar la manta de su regazo.

—No, gracias. Estoy bien, no te levantes —le contesto—. Voy a comer algo rápido antes de salir.

—¿Adónde vas hoy? Todo está cerrado.

—A pasear —respondo—. Me gusta tener la isla solo para mí cuando no están todos los turistas por ahí. —Intento mantener un tono tranquilo, aunque este me sale más bien intenso y en voz alta.

Mi madre alza la mirada en mi dirección.

—¿Va todo bien, cielo? Deberías descansar después de lo de anoche. No quiero que te excedas.

Me las arreglo para forzar una sonrisa.

—Estoy bien. Y me lo tomaré con calma, no os preocupéis.

—Bueno, supongo que no hay problema, entonces. Pásalo bien y vuelve antes de la cena.

—Eso haré —le aseguro.

Me llevo algo de fruta de la cocina y me escabullo deprisa por la puerta para que no tengan tiempo de cambiar de parecer. Hace un poco de fresco, así que me abrazo a mí misma mientras bajo las escaleras a paso veloz y me dirijo al lado oeste de la isla. Parece el mejor lugar para empezar.

El cielo está nublado, un manto gris envuelve Arcania por completo. Casi no puedo distinguir la costa antes de que las nubes devoren el agua, y, si este fuese cualquier otro día, aquello me tranquilizaría al no poder ver el continente en el horizonte. Al pretender que solo estamos nosotros, a salvo para practicar magia como nos venga en gana.

Solo nosotros. Junto a esta isla y nuestra magia.

Pero no consigo disfrutarlo. Me ha empezado a doler el estómago, aunque quizás es el dolor que empieza a florecer por el exceso de magia en mi interior que me está matando.

No estoy segura.

La isla está rodeada de playas rocosas, pero el interior está formado por bosques densos y campos cubiertos de maleza: árboles de hoja perenne tan altos que desaparecen en las nubes, miles de gigantes verdes que nos protegen. Se mecen con la brisa como si portasen su propia magia, y la idea me hace sonreír. Si las flores y las hierbas, los árboles y los campos, los océanos y las montañas no tienen magia, no sé qué podría tenerla, la verdad.

El aire salobre me hace bien a los pulmones. Me calma. Si no fuese consciente de que no funciona así, creería que con tan solo respirar lo suficiente, podría estar bien.

Para cuando llego al lado oeste de Arcania, ya no me preocupa cruzarme con nadie. Todas nuestras tiendas y hogares se encuentran en la zona este, por lo que este lado es más bien silvestre. Los fundadores del nuevo aquelarre tomaron la decisión de construir Arcania en la costa oriental, pues creyeron que nos motivaría más a mantener la nueva orden de magia si sentíamos que los habitantes del continente siempre nos estaban observando.

Y, a pesar de que el continente está lo suficientemente lejos como para no poder percibir sus detalles, siempre está ahí en la distancia. Siempre nos recuerda el poder que yace al otro lado del Pasaje.

No obstante, el lado oeste de la isla está libre de habitantes del continente. Aquí, la hierba no se corta y los arbustos son densos. No hay jardines bien podados ni caminitos adoquinados estratégicamente situados, ninguna puerta de color pastel ni farolas brillantes.

Todo es salvaje.

El viento empieza a soplar con más fuerza, me despeina y me araña la piel. El sonido de las olas rompiendo contra la costa me sigue mientras me abro paso entre los árboles y me dirijo al campo en el que conocí a Wolfe. Tiene sentido que empiece por allí, aunque mis pasos sean lentos conforme me percato de la realidad en la que me estoy adentrando.

Una parte de renunciar a la magia oscura significó darle la tranquilidad al continente de que no pensaran que éramos lo bastante poderosos como para cambiar el curso de las cosas. Si ese tipo de magia existía, siempre habría alguien que quisiera usarla para su propio beneficio. Como se supone que nadie debe hacer uso de ese poder, nos deshicimos de él por completo.

O, en realidad, creímos que lo hicimos. Si lo que dijo Wolfe Hawthorne es cierto, aún existe un aquelarre que practica magia oscura.

Me duele imaginar compartir esta información con mi madre; que a todos nos han engañado al hacernos creer que el antiguo aquelarre solo está presente en nuestras clases de historia y en los mitos, que siguen viviendo aquí, en esta misma isla, mientras la envenenan con su magia. Pero eso tendrá que esperar.

Unas largas briznas de hierba me arañan la piel según recorro el campo en el que me encontré con Wolfe por primera vez. Las aparto del camino al tiempo que avanzo hacia el lugar en el que tropezamos y no tardo en encontrarlo: la hierba está doblada en la dirección en la que nos caímos, y una única flor de luna aún se encuentra en el suelo, marchita.

—Pero si eres tú. —Oigo una voz a mis espaldas.

Pego un bote y me doy media vuelta. Wolfe Hawthorne se encuentra a varios pasos de distancia, con una expresión enfurruñada en el rostro, como si fuese el dueño de este campo y yo no fuese más que una intrusa.

—¿Qué haces aquí? —me pregunta.

—Yo podría preguntarte lo mismo.

—He vuelto a por la flor de luna. Si la gente supiese que hay una en la isla, se desataría el pánico.

—Y con razón. Llevan décadas sin florecer en Arcania.

—¿Eso es lo que te han contado? —me pregunta, con un tono deliberado escondido en su voz.

Caigo en la cuenta de que esto ha sido una mala idea.

—Ya te he dicho por qué estoy aquí. Te toca —me insiste.

Vacilo, sin saber si debería contestarle o alejarme todo lo posible de él. Sé lo que debería hacer, pero la verdad es que necesito su ayuda. Permanezco quieta y lo miro. Su barbilla es afilada y tiene el entrecejo fruncido, así que me pregunto si siempre tendrá una expresión tan desagradable o si se las guarda solo para mí.

Trago en seco antes de obligarme a mirarlo a los ojos. Aunque el corazón me late desbocado, no dejo que se percate de lo asustada que estoy.

—Necesito tu ayuda —le digo, finalmente.

—¿Mi ayuda? —pregunta ladeando la cabeza.

—Sí, si de verdad eres quien dices ser.

Entonces se echa a reír, con unas carcajadas que parecen más bien malvadas.

—Insinuar que soy un mentiroso mientras me pides ayuda es una táctica muy interesante.

Suelto un suspiro.

—¿Puedes practicar magia oscura o no?

—Alta magia —me corrige.

—¿Cómo dices?

—Dime, Mortana, ¿qué tipo de magia practicas tú?

Me lleva un segundo contestarle, pues no estoy segura de lo que me está preguntando.

—Baja magia, por supuesto.

—¿Y su nombre completo?

—Baja magia de las mareas —le suelto con un suspiro, frustrada—. ¿Qué tiene que ver esto con lo que te estoy diciendo?

—Todo —contesta, al tiempo que se agacha para recoger la flor de luna marchita—. ¿De dónde crees que proviene ese nombre?

—La llaman así por las mareas —le digo, y la falta de paciencia se cuela en mi tono—. Por la naturaleza gentil de las mareas bajas.

—¿Y cómo crees que el nuevo aquelarre dio con ese nombre? —Le da vueltas a la flor entre los dedos y alarga la conversación con toda la paciencia del mundo.

—No tengo tiempo para tonterías —exclamo, alzando la voz, pues soy consciente de que todo el tiempo que pierdo hablando con él es tiempo en el que no estoy trasvasando mi magia.

—¿De verdad crees que nuestros ancestros se referían a su propia magia con el mismo desdén que el nuevo aquelarre? Pues claro que no. Antes de que se formara el nuevo aquelarre, nuestra magia se llamaba alta magia de las mareas —me cuenta, en tono cortante.

Me lo quedo mirando, sin poder creerlo. No entiendo por qué no he oído aquel término nunca antes, y la idea permanece dando vueltas en mi mente.

—Por la fuerte naturaleza de las mareas altas —continúa, burlándose de lo que le acabo de decir, con lo cual hace que empiece a enfadarme—. ¿Es que no os enseñan nada en vuestro lado?

—Eh... —empiezo a hablar, pues lo único que quiero es refutar todo lo que está diciendo, pero no me salen las palabras. No me han enseñado eso. ¿Por qué no me han enseñado eso? Cierro la boca y clavo la vista en el suelo.

—Y para contestar tu pregunta: sí, puedo practicar alta magia. —Su tono es presumido y condescendiente, y hace que el estómago me dé un vuelco por la ira. Aun así, si lo que dice es cierto, es una parte de nuestra historia que tendría que haber sabido.

Aparto el pensamiento de mi mente por el momento, antes de respirar hondo y armarme de valor para pedirle lo que necesito.

—Tengo un problema —le digo, al fin—. Me perdí el trasvase anoche, y, si no me deshago del exceso de magia que tengo en mi interior, me matará. —Me sorprende que sea capaz de mantener un tono correcto y firme, que pueda hablar a pesar del miedo.

—Jolín.

Me quedo boquiabierta.

—¿Jolín? ¿En serio?

—Sí, jolín. —Se aparta el pelo de los ojos para luego mirarme. Siento como si me estuviera marchitando bajo sus ojos, así que hago lo que puedo para erguirme en toda mi estatura y cuadrar los hombros. Alzo la barbilla y le devuelvo la mirada.

»¿Sabes? Si los supuestos «brujos del nuevo aquelarre» practicaseis alta magia, esto no tendría por qué ser ningún problema.

—Prácticamente escupe las palabras «brujos del nuevo aquelarre» como si le diesen asco.

—Bueno, pues no lo hacemos, así que tengo un problema. ¿Me puedes ayudar con mi trasvase o no?

Wolfe alza la vista y contempla hacia su derecha, antes de llevarse una mano a la barbilla como si lo que le hubiese pedido demandara una cantidad ingente de concentración. Entonces deja caer el brazo y me devuelve la mirada.

—No.

—¿Cómo que no? —El corazón me late cada vez más rápido y me cuesta mantener la compostura.

—No —dice, con rotundidad.

—¿Y por qué no? —exijo saber—. Es culpa tuya que esté en este lío, para empezar —me quejo, en voz alta.

—¿Culpa mía? Si fuiste tú la que se tropezó conmigo.

—Eres de lo que no hay. —Suelto las palabras en un gruñido—. Por una vez en la vida que se te presenta la oportunidad de usar tu magia oscura para algo bueno…

Sus ojos centellean ante mi comentario, y acorta la distancia que nos separa hasta que se sitúa tan cerca de mí que puedo notar su aliento sobre mi piel. Tengo que obligarme a no retroceder.

—No tienes ni idea de para qué uso mi magia.

Nos quedamos mirándonos el uno al otro durante varios segundos, sin pronunciar palabra. No me di cuenta anoche, pero sus ojos son de un tono gris como el mármol, el tono del cielo cuando una tormenta se aproxima.

—Por favor —le digo al final, en un hilo de voz que no habría conseguido oír de no encontrarse tan cerca.

—No —repite, aunque esta vez con más suavidad.

—¿Por qué? —Los ojos me pican por las lágrimas, y la pregunta que escapa de mis labios es un ruego, una súplica.

Él retrocede un paso.

—¿De verdad quieres saberlo?

Asiento, sin atreverme a hablar por temor a oír mi propia voz temblar.

—En ese caso, sígueme. —Se mete la flor de luna en el bolsillo y me toma de la mano para arrastrarme en dirección a la orilla.

Voy dando tumbos a sus espaldas para seguirle el ritmo. Su mano es áspera, pero su tacto es firme y nada desagradable. Solo urgente.

Cuando llegamos a la orilla en la que se llevó a cabo el trasvase anoche, me suelta la mano y señala el océano.

—Por eso —me dice, con voz enfadada, aunque lo único que puedo ver es el agua.

—No lo entiendo.

—Vuestros trasvases están destrozando la isla. Estáis matando a los animales y echando a perder nuestros cultivos. Eso y que nuestras costas se están haciendo cada vez más pequeñas. Vuestras corrientes se tragarán la isla entera antes de que podáis hacer nada al respecto. Y quién sabe qué es lo que ocurrirá cuando empiecen a volcar botes y a hacer que alguien se ahogue. Los brujos somos sirvientes de la naturaleza, y mira lo que estáis haciendo. —Su voz suena más alta y acalorada, y sus palabras salen disparadas de su boca como una salva de flechas y me dan directo en el pecho porque tiene razón—. Así que no, Mortana, no te ayudaré con tu trasvase.

Asiento y me quedo contemplando el mar que tanto adoro. No tengo nada que decir; estoy de acuerdo con sus razones. Todas son válidas y coherentes.

—Tienes razón —le digo, con un hilo de voz—. No puedo discutir nada de lo que has dicho.

Me acomodo el bolso sobre el hombro y aparto la vista antes de que las lágrimas me humedezcan las mejillas. Empiezo a recorrer la playa al tiempo que me enjugo los ojos con la esperanza de que el muchacho a mis espaldas no me vea hacerlo.

—¿Y eso es todo? —exclama, al verme marchar.

Dejo de andar y me giro despacio para enfrentarlo.

—¿Te vas a dejar morir y ya? —Aún suena enfadado, y no entiendo por qué.

Me lo quedo mirando sin responder. ¿Qué más puedo decirle? Le he pedido ayuda para trasvasar mi magia y ha dicho que no. Fin del asunto.

Wolfe recorre la playa y se detiene frente a mí.

—Hay otro modo —me dice.

Parpadeo e intento contener la esperanza que se quiere abrir paso en mi pecho.

—¿Ah, sí?

Sus ojos brillan, y una sonrisita tira de la comisura de sus labios.

—Puedo enseñarte unos cuantos hechizos, lo suficiente como para sacar la magia de tu interior. No morirás y tampoco harás que las corrientes se vuelvan más fuertes.

Me observa con atención mientras proceso sus palabras.

—Quieres decir magia oscura. Me enseñarás magia oscura.

—*Alta* magia —me corrige, fastidiado—. Y sí. Te enseñaré lo suficiente como para que puedas vaciar el exceso de tu magia.

—¿Por qué? —le pregunto, de pronto consciente de que él no saca nada de este intercambio.

Él vacila, y su expresión cambia. Se le tensa la mandíbula, y el modo en que me mira hace que me recorra un escalofrío de pies a cabeza.

—Porque me insultaste cuando me llamaste mentiroso y dijiste que no uso mi magia para el bien. Así que quiero que tengas que volver a tu casa llena de lujos dentro de tu aquelarre protegido y que sepas con cada fibra de tu ser que la única razón por la que sigues viva es gracias a la magia que te han enseñado a odiar.

No sé qué decirle. Abro la boca para articular algo, pero mis palabras se han esfumado.

—Si quieres mi ayuda, nos encontraremos aquí a la medianoche. No volveré a ofrecerlo.

Y entonces se marcha.

Diez

No me cuesta tanto sobrevivir a la cena con mis padres como había pensado. Definitivamente menos de lo que habría sido si no hubiese decidido hacer algo para solucionar mi situación. Para bien o para mal, he tomado una decisión, y no me he arrepentido de ella desde que he vuelto a casa.

Quiero vivir, y no creo que eso signifique que estoy siendo irrespetuosa con mi magia ni con los valores con los que he sido criada. Creo que significa que soy humana.

Landon vendrá a Arcania de visita mañana, así que mis padres están ocupados decidiendo lo que deberíamos hacer, a dónde deberíamos ir y a quién deberíamos ver. Será nuestra primera salida en público en la isla; una señal importante para que los demás brujos vean que las cosas están cambiando. No nos verán como un par de adolescentes que se enamoran por primera vez; tímidos y sumidos en un amor imposible, llenos de esperanza y de vergüenza a partes iguales.

Nos verán como una alianza, con pies y cabeza. Una red de seguridad. Un voto de protección.

Nos verán como el magnífico final de un juego que dio inicio hace generaciones.

Un juego que estamos a punto de ganar.

—Un pícnic —les digo, con lo cual los interrumpo.

Mi madre aparta los labios de su copa, y mi padre alza la vista de su plato.

—¿Cómo dices? —me pregunta ella.

—Landon y yo iremos de pícnic. Te diré la playa con anticipación, así puedes compartir esa información como mejor te parezca. Landon y yo estaremos en un lugar público en el que todos podrán vernos, aunque en un sitio que nos parezca íntimo, dándole la espalda a la isla. Tenemos que ser capaces de charlar y conocernos el uno al otro sin tener la sensación de que se nos pasea por ahí como monos de feria. Puede que para ti esto solo sea algo para llamar la atención, pero es mi vida.

Mi madre asiente ante mis palabras hasta que termino de hablar. Entonces abre la boca, pero mi padre la interrumpe.

—Creo que es una idea estupenda, Tana. Podemos hacer que funcione.

Mi madre se aclara la garganta y traga en seco cualquier cosa que hubiese querido decir.

—Sí, podemos hacer que funcione.

—Perfecto.

Me aparto de la mesa para llevar mi plato a la cocina. Lo enjuago y lo dejo en el fregadero antes de llenarme el vaso con agua y encaminarme hacia mi habitación.

—¿Ya te vas a dormir? —me pregunta mi padre. Ellos siguen en la mesa, con sus platos dispuestos frente a ellos y sus copas a medio beber.

—Sí, perdonad. Es que estoy agotada. Ha sido un día muy largo.

—Quizás no haya sido buena idea que te hayas ido a caminar después de lo de anoche. Descansa un poco, cariño —se despide mi madre.

Asiento y empiezo a subir las escaleras, y puedo oír la conversación de mis padres sobre el pícnic con Landon incluso antes de llegar a la planta de arriba. Me voy al baño, me lavo la cara y me cepillo los dientes para luego meterme en la cama y esperar impaciente a que llegue la medianoche.

El corazón me late a mil por hora mientras bajo por las escaleras de atrás y me escabullo en silencio hacia el exterior de la casa. Aunque nunca he sido tan desafiante en la vida, no me siento culpable, solo que no estoy segura de por qué.

La visita de mañana de Landon hará que se extiendan los rumores y las miradas atentas, de modo que me alegra hacer esto esta noche, antes de que todo cambie.

Cuando llego a la costa occidental, Wolfe me está esperando. El corazón se me acelera al verlo, pues el miedo y la adrenalina me surcan las venas, pero me obligo a acortar la distancia que nos separa.

—Mira tú por dónde —me dice—. Me alegro de ver que sí que tienes instinto de supervivencia, después de todo.

—¿Siempre tienes que ser así de desagradable?

—Ah, eso no es justo. Si te he traído una flor y todo.

Da un paso en mi dirección y se saca una flor de luna de detrás de la espalda.

Sus ojos brillan bajo la luz de la luna, como el color de las olas cuando rompen contra la orilla. Me quedo sin aliento, y mi mano se estira para agarrar la flor sin que yo se lo ordene.

Solo que él niega con la cabeza.

—No es para que la lleves en la mano —repone.

Mi cabello largo se agita al viento, así que Wolfe lo aparta con suavidad y me acomoda la flor detrás de la oreja.

—Ya está —dice—. La reina de la oscuridad.

Llevo la mano hacia arriba y acaricio los suaves pétalos de la flor. *La reina de la oscuridad.*

—¿Te estás burlando de mí? —le pregunto, con un hilo de voz. No se ha apartado, así que nos quedamos mirando el uno al otro, lo bastante cerca como para tocarnos.

—Lo he dicho en broma, pero… te queda bien. —Se aclara la garganta antes de retroceder un paso.

Tengo las mejillas ardiendo, espero que no pueda notar el calor que se expande por mi piel. Los pétalos me parecen hechos de terciopelo contra las puntas de mis dedos, y la pregunta en la que no he podido dejar de pensar desde anoche me da vueltas por la cabeza. *¿Por qué no me hace daño?*

Bajo la mano y aparto la pregunta de mi mente por el momento. Hay asuntos más urgentes que atender.

—¿Podemos ponernos con esto ya? —pregunto, obligando a mi voz a sonar firme.

—Como lo desee su majestad —responde él con una reverencia y asegurándose de que no me queden dudas de que está bromeando esta vez. Meneo la cabeza.

—¿Qué tengo que hacer?

—He pensado que podemos jugar un poco con las mareas —me cuenta. Me resulta imposible no notar el modo en que sus ojos brillan cuando lo dice, cómo su voz se alza por la expectativa. Pese a que no suele ser muy agradable, con su rostro siempre tenso y enfurruñado y su voz constantemente cargada de fastidio, bajo todo eso hay un muchacho que adora su magia con todo su ser.

Así que supongo que al menos tenemos eso en común.

—¿Eso le hará más daño al mar?

—No —me asegura—. ¿Por qué crees que morirás si no usas tu magia? —No espera a que le responda, sino que añade—: Es un regalo, así que se supone que debes usarlo. Los hechizos y encantamientos consumen la magia cuando los lanzas. La razón por la que vuestros trasvases son tan perjudiciales es porque la magia se queda sin hacer nada en el agua, llena de energía e impulso. Por eso las corrientes son cada vez peores.

—Ha vuelto a enfadarse, así que sus palabras son hirientes y acusadoras.

—Lo entiendo —le digo.

—¿Ah, sí?

La pregunta pende en el espacio que hay entre nosotros, por lo que la respiro y dejo que se acomode en mi interior. Entonces alzo la vista hacia él.

—Sí.

—Bien. Comencemos, pues. —Se quita los zapatos y se dirige hacia la orilla hasta que las olas le mojan los pies. Yo hago lo mismo.

»La alta magia se basa en el equilibrio. Exige respeto y paciencia de parte de quien la convoca. Requiere disciplina. El único momento en el que siquiera te acercas a usar una cantidad significativa de magia es durante tu trasvase, un ritual que te consume por completo. Solo que no puedes perderte en la alta magia como lo haces en tus trasvases, sino que tienes que controlar en todo momento cómo reacciona el mundo que te rodea a la energía que estás usando. Es algo rítmico, como la marea. Si aprendes algo esta noche, que sea eso: la magia no tiene nada que ver contigo. La magia está en la Tierra.

Deja que sus palabras pendan en el aire, y me sorprende que estas causen algo en mí, como si la verdad siempre hubiese estado en mi interior y me estuviese percatando de ello ahora mismo.

—Empecemos con algo sencillo —me dice.

El corazón parece que quiere escaparse de mi pecho, pues late tan fuerte y tan rápido que me pregunto si Wolfe puede oírlo por encima del sonido de las olas.

—¿Notas la brisa que proviene del agua? —me pregunta.

—Sí. —El miedo me ha arrebatado la voz, por lo que la palabra sale en voz baja y ronca.

—Es más sencillo trabajar con cosas que ya existen a nuestro alrededor. Mucho más sencillo que crear algo desde cero. A ver, cierra los ojos —me ordena.

Me quedo mirándolo, nerviosa y asustada, insegura y sin saber qué hacer. No creo que pueda hacerlo.

—Estás a salvo —me asegura—. No vas a hacer nada que no sea natural. Por mucho que quieras resistirte, esta magia, lo que estamos haciendo esta noche, vive en ti. Cierra los ojos.

Quiero discutírselo, pero está intentando ayudarme, así que respiro hondo y cierro los ojos. Aún puedo notar su mirada fija en mí, en el vacío que noto en el estómago y en mi corazón acelerado, en la piel que se me eriza y el calor que arde en mi nuca.

—Vamos a dejar que el viento nos sostenga sobre el agua.

Levitación. Abro los ojos de golpe y niego con la cabeza.

—No. Ni loca —repongo—. No puedo hacer eso.

—¿Por qué no?

—Porque… Porque es tan… —No puedo terminar la oración.

—¿Tan alta magia?

Asiento.

—Ya, bueno. Eso es lo que hemos venido a hacer hoy. Piensa que, si lo consigues, no tendrás que hacerlo nunca más. —Algo cambia en su expresión al pronunciar aquellas palabras, como si pensara que es la cosa más triste que ha oído en la vida. Entonces da un paso hacia mí, y luego otro, y luego otro más hasta que está tan cerca que puedo oler el aroma intenso de su jabón y ver la luz de la luna reflejarse en cada hebra de su cabello—. Lo que más debería asustarte sobre esta noche no es que vayas a usar alta magia, Mortana, sino que querrás usarla de nuevo.

Me lo quedo mirando, y las palmas me empiezan a sudar.

—Te equivocas.

—No sobre esto —refuta, y se me queda mirando un segundo más antes de añadir—: Pero bueno. Estamos conectados de forma inherente a todos los seres vivos de este planeta. Es nuestro papel, y, cuanto antes aprendas a reconocer esa conexión, antes podrás empezar a usar la alta magia.

Asiento a lo que me dice. Cuando trabajo en la perfumería, no tengo que perder tiempo pensando qué flores o plantas combinan mejor con el tipo de magia que estoy virtiendo en ellas. Lo sé y ya. Estiro las manos hacia las cosas que necesito y hago caso omiso de las que no. No es algo que piense, es algo que hago.

—Cierra los ojos y concéntrate en el viento. Tirará de algo en tu interior, así que lo único que tienes que hacer es dejarlo.

Asiento de nuevo y hago lo que me dice. Me concentro en el modo en que el aire se me cuela por el pelo y la piel, en cómo casi puedo notarlo en mi interior si me quedara lo bastante quieta. Extiendo los brazos de forma instintiva y giro las palmas hacia el cielo. Echo la cabeza hacia atrás y respiro hondo.

La magia se concentra en mi vientre, como si quisiera tocar el aire de mis pulmones.

—Sí, así. —Las palabras de Wolfe me alientan, y, conforme respiro más del viento, más magia se alza en mi interior hacia él.

Tras varios segundos, ya no tengo claro dónde empieza el aire y dónde termina mi magia. Estamos conectados, justo como cuando trabajo en la perfumería. Solo que, en lugar de hierbas y flores secas, es *viento*.

—Déjate caer hacia atrás y pídele al viento que te sostenga —me instruye.

Suena muy absurdo, muy sencillo, muy inocuo cuando lo dice de ese modo. Tengo miedo, pero sé que, si me caigo, el agua me atrapará, así que hago lo que me dice.

Me concentro en la conexión y me echo hacia atrás.

—Por favor, atrápame —le pido a la noche, y mientras lo hago, el mundo responde.

Contengo un grito conforme mi cuerpo se alza sobre el agua y hacia el aire. La magia despierta en cada centímetro de mi ser, como si estuviese danzando en mis venas, como si llevase toda la vida esperando que sucediera esto.

Aunque los ojos se me llenan de lágrimas, no los abro, pues me aterra perder la conexión.

—No puedo creerlo —susurro, incapaz de contener la emoción que embarga mi voz.

—Es increíble, ¿verdad?

Abro los ojos, y Wolfe está justo a mi lado, flotando en el aire y de espaldas al océano. Me mira de un modo que no puedo describir, y las líneas de su rostro parecen más suaves, como si hubiese lijado sus bordes afilados.

Es guapísimo.

Me sobresalto en cuanto ese pensamiento llega a mi mente, pierdo mi hilo de magia y caigo hacia el océano.

Wolfe me mira con una sonrisita antes de acompañarme en las olas.

—Lo estabas haciendo muy bien. ¿Qué ha pasado?

—Me he distraído —confieso, totalmente avergonzada.

—Ha sido una muy buena primera vez. Hagámoslo de nuevo.

No me cuesta encontrar la conexión ahora que sé cómo se siente, y en cuestión de segundos estoy de nuevo en el aire. La magia se mece en mi interior y se vacía en la noche mientras yo me alzo cada vez más alto sobre el agua. El cuerpo entero se me relaja conforme la magia va saliendo de mi sistema, como si con cada segundo que pasara estuviera reclamando otro año de mi vida.

No voy a morir dentro de nueve días.

Unas lágrimas silenciosas se me deslizan por el rostro, y la brisa fría y nocturna me las seca. Estiro los brazos y disfruto de la sensación de flotar. De vivir.

—Ven aquí abajo, Mortana —me llama Wolfe, desde muy lejos. Miro hacia abajo y veo lo alto que he flotado, solo que, en lugar de que me entre pánico, me siento orgullosa.

—¿Por? ¿No puedes seguirme el ritmo? —le pregunto desde arriba, y lo oigo reírse.

—No tendrías que haber dicho eso. —Tras un movimiento de su mano, la brisa cesa, y pierdo mi conexión con ella. Pego un chillido mientras caigo en picado hacia el agua, pues es una distancia enorme.

Me preparo para el duro impacto, sin embargo, justo antes de tocar el agua, una corriente de aire se manifiesta por debajo de mi cuerpo y me sostiene con suavidad sobre la superficie, justo donde se encuentra Wolfe de pie. Me mira con una expresión indescifrable, y yo le sostengo la mirada durante varios segundos hasta que desliza los brazos con suavidad por debajo de mi cuerpo y hace que me ponga de pie.

—Ha ido bien —comenta—. Aprendes rápido. —Lo dice como si le costara comprenderlo, y por alguna razón eso hace que me ponga nerviosa. Le doy la espalda y niego con la cabeza para intentar borrar la sensación de estar flotando en el aire, porque, si no lo hago, temo darme cuenta de que este ha sido el momento en que mejor lo he pasado de toda mi vida. Cuando más viva me he sentido.

—No —digo, en voz alta. Nada de esto es real. Es solo la emoción de hacer algo que sé que no debería estar haciendo. Es el alivio de saber que voy a vivir. Y ya está.

—¿Cómo dices? —me pregunta Wolfe.

—Nada —murmuro, volviendo a girarme hacia él—. ¿Ya hemos acabado?

—¿Que si hemos acabado? —me pregunta, riéndose—. Eso solo ha sido un calentamiento. ¿Lista para el evento estelar? —Sus ojos no se apartan de mi rostro, como si me estuviera retando a que lo siga a donde sea que quiere llevarme.

Me estremezco y aparto el miedo que me revuelve el estómago. Puedo hacerlo. Y, si puedo hacerlo, podré vivir.

—Lista —le aseguro.

Once

El océano se extiende frente a nosotros, se adentra tanto en la oscuridad que casi no consigo verlo. La marea está baja, por lo que avanzamos hasta donde hay menos rocas y la arena es más suave. La orilla sigue húmeda y brilla bajo la luz de la luna.

El agua parece infinita.

—¿No crees que manipular las mareas es un poco extremo? O sea, ¿acaso la magia puede hacer algo así?

Wolfe me mira con una ceja alzada.

—La nuestra sí.

No me pasa desapercibido el desdén en su voz. La complacencia.

—Te comportas como si fueses mejor que yo porque practicas «alta magia», pero no lo eres. La única razón por la que eres capaz de practicarla es porque los brujos del nuevo aquelarre convencimos a los del continente de que ya no existe.

Wolfe da un paso en mi dirección. Es varios centímetros más alto, así que tengo que alzar la cabeza para mirarlo.

—Nosotros os convencimos a vosotros de que no existimos. Vivimos por nuestra cuenta y riesgo, escondidos de los demás, de modo que podamos mantener nuestro estilo de vida. Tenemos que vivir entre las sombras porque vuestros ancestros debiluchos y asustados estuvieron más que dispuestos a renunciar a quienes eran por complacer a las masas. Sois todos una panda de cobardes. —Su voz es ronca y baja, y sus ojos no se apartan de los míos mientras habla.

Me inclino hacia él.

—Si no hubiésemos creado la nueva orden, vuestros ancestros habrían muerto y tú nunca habrías nacido. Nos debes la vida.

—No te debo nada.

—Entonces, ¿qué haces aquí? —le exijo, retándolo a contestarme. Nos quedamos mirando el uno al otro, con la respiración acelerada y rojos por la furia contenida. Entonces menea la cabeza y se pasa una mano por el pelo antes de retroceder y darme la espalda. Aunque tengo muchísimas preguntas que hacerle y quiero entender la vida que lleva en la isla, lo que necesito en este momento es concentrarme en sobrevivir.

—¿Quieres seguir con vida o no? —me pregunta, al final.

—Sí.

—Entonces deshagámonos de esa magia.

Lo sigo en silencio e intento tragarme el enfado y mis preguntas para poder sobrevivir a la noche. Para poder sobrevivir a los siguientes nueve días.

Cuando llegamos al agua, se gira hacia mí.

—Esto necesita muchísima magia. Es un hechizo de nivel intermedio que no espero que puedas llevar a cabo. Sin embargo, intentar algo así de intenso requiere de un flujo de magia constante, así que lo haremos hasta que estés a salvo de nuevo.

—Gracias.

Asiente una vez y se vuelve a girar hacia el mar.

—Arrodíllate. Hará que tu conexión con el agua sea más fuerte.

Me hundo sobre la arena y coloco las manos en el océano. Wolfe se arrodilla a mi lado y hace lo mismo.

—Quiero que te concentres en la sensación del agua. En su temperatura, su viscosidad y su aspereza. Que entre en tus pulmones y puedas saborearla con la lengua. El agua está dentro de ti; encuéntrala y haz que conecte con el agua que te rodea.

Es una variación de lo que hicimos antes con el viento, lo que hago todos los días en la perfumería. Debería ser sencillo conectar el lugar en el que me siento más en paz con la magia que tengo en mi interior, solo que el océano es vasto. Es infinitamente poderoso.

—Puedo notarlo en mi interior, pero no sé cómo conectarlo con el mar.

—Imagina que tu cuerpo es permeable. Que el agua no está a tu alrededor, sino que se mueve a través de ti. No está fuera, sino dentro. Di tus intenciones en voz alta y déjala entrar.

Nunca hablo cuando practico magia; la nueva orden es más sutil y no requiere del poder de las palabras. De pronto, me siento un poco avergonzada, así que me incorporo.

—No sé qué decir.

—Es como un rezo —me explica, y algo en cómo pronuncia las palabras hace que mis entrañas se muevan por dentro, como si estuviesen haciendo espacio para ellas—. Puedes decirlas en voz alta o solo para ti misma. Depende de ti. Pero necesitas pedirle al mar que entre en ti y busque tu magia.

—¿Y cómo será esa sensación?

—Cuando la sientas, lo sabrás. —Me observa, y pese a que estoy arrodillada sobre el agua fría, el calor se extiende por mi cuerpo.

Empiezo de nuevo.

—Por favor, busca mi magia —digo—. Por favor, ayúdame.

Aunque tengo los ojos cerrados con fuerza y las manos tensas en el agua, no sucede nada. No noto la magia recorrerme; lo único que percibo es un miedo horrible de que esto no vaya a funcionar, de que es absurdo siquiera intentarlo.

—Tiene que ser sincero, Mortana —me dice Wolfe, a mi lado—. Tienes que abordarlo como si fuese algo que quieres, no algo que necesitas.

—Pero es que no lo quiero.

Abro los ojos y de pronto lo encuentro muy cerca de mí. Su muslo casi toca el mío allí donde ambos nos arrodillamos sobre la arena.

—Solo por una noche, tienes que ceder. —Pese a que sus palabras son quedas, mi cuerpo entero reacciona como si me las hubiese dicho a gritos.

Tienes que ceder.

Deposito las manos con suavidad de vuelta sobre el agua y aparto la vista de Wolfe antes de cerrar los ojos. Respiro hondo una bocanada de aire salobre y la mantengo en mis pulmones durante varios segundos. Entonces hablo.

—Océano que me rodea, océano en mi interior, uníos mutuamente, liberad la magia en todo su esplendor. —No sé de dónde provienen las palabras, pero las noto de forma instintiva salir de mis labios y las repito una y otra vez.

Y, mientras lo hago, la magia en mi interior se despierta.

Me inunda la gratitud conforme la magia se despliega en el espacio que me rodea y le da al aire frío de la noche una especie de energía que zumba, lo que hace que el agua a nuestro alrededor se mueva.

Todo está cobrando vida.

Yo misma estoy cobrando vida.

Mis palabras adquieren más y más fuerza, y de pronto tengo el cuerpo entero lleno de poder, del modo en que lo noto justo antes de llevar a cabo un trasvase.

—Gentiles aguas, poderosa bajamar, alzaos en este momento, por debajo hacednos pasar. —Las palabras escapan de mis labios como si tuviesen voluntad propia, de modo que mi magia no tarda en seguirla, en surgir de mí con un poder que no sabía que tenía. Es estimulante y aterrador y muy confuso, pero sigo pronunciando las palabras porque tengo la sensación de que algo en mi interior se quebraría si no lo hiciera. Me tiembla el cuerpo entero y no tengo ni idea de si se debe al miedo o a la magia que surca mis venas.

Me estoy reescribiendo; el agua a mi alrededor y la magia en mi interior describen nuevos caminos hasta que el mapa que es mi propio ser adquiere una apariencia distinta.

—¡Mortana! —exclama Wolfe, sujetándome del brazo.

Abro los ojos justo a tiempo para ver el agua alzarse y abalanzarse hacia nosotros. El océano se estrella contra mí y me arroja de espaldas. Me cubre la cabeza y, cuando intento respirar, los pulmones se me llenan de agua salada. La marea se alza cada vez más y, pese a que intento con desesperación llegar hasta la superficie, no lo consigo.

Aunque me arde el pecho por la falta de oxígeno, el mar me lanza de un lado para otro y no logro orientarme. Empiezo a ahogarme, por lo que recuerdo de inmediato la vez en la que me quedé atrapada en una corriente hecha con magia, cuando mi padre culpó a mi madre por lo sucedido. Y aquí estoy una vez más. Si bien se trata de una magia distinta, el ahogarme sí que me parece igual.

Me debato en el agua, intento salir a la superficie con todas mis fuerzas, pero no consigo determinar hacia dónde es arriba. A pesar de que lo que más necesito es aire, no lo encuentro. Tengo los músculos tensos y al borde de un calambre cuando empiezo a notar el cuerpo pesado. Muy muy pesado.

No puedo seguir luchando. Me he quedado sin energía, pues estoy más cansada que en los momentos posteriores a mis trasvases más intensos. Poco a poco, mis músculos comienzan a relajarse y dejo que mis párpados se cierren.

Si el mar quiere hacerse conmigo, lo conseguirá.

Me duelen los pulmones por la falta de oxígeno. No puedo llegar a la superficie.

Todo acabará pronto.

Me hundo más y más, y el agua que tengo en los pulmones me empuja hacia las profundidades del océano.

Me sumerjo hasta la arena, y entonces un brazo me envuelve por la cintura y abro los ojos.

Wolfe me sostiene contra su pecho y se impulsa con las piernas. Las mueve con todas sus fuerzas. Intento moverme, intento ayudar, pero no puedo. Todo se torna negro.

Silencio absoluto.

Y de pronto me estoy atragantando. Estoy tendida de espaldas en la playa, y el agua escapa de mi boca como si fuese una fuente.

—Eso es, deja que salga —me dice Wolfe, mientras me sostiene la cabeza con delicadeza.

Sigo tosiendo hasta que tengo la certeza de que mis pulmones terminarán sobre la costa rocosa. Solo que, en su lugar, la tos cesa, y una fatiga monumental se asienta sobre mi cuerpo. No creo que pueda volver a ponerme de pie nunca más en la vida. Wolfe me suelta la cabeza muy despacio, de modo que me puedo volver a tumbar sobre la arena y clavar la vista en las estrellas. Él está agazapado a mi lado, tenso, como si no pudiese decidir si debería irse o quedarse. Entonces, poco a poco, se tumba a mi lado sobre la arena.

Su cuerpo está cerca del mío. Si moviese el brazo tan solo un centímetro, este descansaría contra el suyo. Si estirara un poco la mano, mi meñique daría con sus dedos. La única vez en la que he estado así de cerca de un hombre fue cuando bailé con Landon, pero esto me parece diferente. Soy consciente de mi propio cuerpo de un modo completamente nuevo, y no por timidez ni modestia, sino por algo embriagador. Algo mucho más intenso.

Todo lo que está pasando esta noche es nuevo para mí.

Supongo que es normal sentir que algo me atrae hacia él. Me acaba de salvar la vida, al fin y al cabo.

La luna empieza a menguar, y las estrellas brillan sobre nosotros, miles de puntadas afiladas en la cortina que es la noche.

—Mortana —me llama, sin despegar la vista del cielo—, ¿te das cuenta de lo que acabas de hacer?

—Lo lamento —le digo—. El hechizo se me ha salido de control, no sé qué estaba diciendo.

—No —me interrumpe, antes de sentarse. Me ayuda a hacer lo mismo, y me quedo mirándolo—. Has atraído a la marea hacia ti. Tú sola. Y es la primera vez que usas alta magia.

Algo muy similar al terror se me asienta en el estómago.

—Nunca había visto algo así —añade.

—Siempre me ha encantado nadar —le confieso en un susurro—. Es como si estuviese unida al mar. Siempre me lo ha parecido.

—Eres increíble —me dice, en voz tan baja que apenas consigo oírlo.

—¿Yo?

Wolfe traga en seco para luego apartar la mirada.

—Quiero decir lo que has hecho. Lo que has hecho es increíble.

Eres increíble.

Aparto las palabras de mi mente.

—Creo que no tengo fuerzas para ponerme de pie —le digo, para que sus palabras no pendan entre nosotros.

—Eso es buena señal —dice él—. Significa que has conseguido sacar suficiente magia. Estarás bien.

Puedo notarlo. Mi cuerpo se encuentra más débil incluso que tras un trasvase.

Voy a estar bien.

No voy a morir.

—Muchas gracias por la ayuda.

Wolfe me mira a los ojos varios segundos antes de girarse.

—No es nada.

Nos quedamos sentados en silencio durante bastante rato. El cielo se torna de un color azul aterciopelado, por lo que sé que debo volver a casa antes de que mis padres despierten.

—¿Cómo lo hacéis? —le pregunto. Debería irme, pero, por primera vez en toda mi vida, no quiero que la noche termine.

—¿Cómo hacemos qué?

—Permanecer ocultos. ¿Qué clase de vida es esa?

—Una plena —contesta—. No es perfecta, pero es nuestra.

—Pero ¿cómo es que no sabemos que vuestro aquelarre existe? ¿Cómo puede ser posible?

Él se remueve a mi lado, como si estuviese intentando decidir cuánta información quiere compartir conmigo.

—El lugar en el que vivimos está protegido con magia —me cuenta, y yo espero a que continúe hablando, que me explique cómo la magia puede protegerlos de ese modo, aunque él no lo hace—. Somos bastante autosuficientes. Cultivamos gran parte de nuestros alimentos, y la isla nos ayuda de muchos modos. Cuando necesitamos ir al pueblo, usamos un hechizo para hacernos pasar por turistas. Nadie nos presta atención.

—¿Ya me habías visto antes? —le pregunto con un hilo de voz.

Él aparta la vista y se gira hacia el océano. Tengo la impresión de que no me contestará, solo que entonces deja escapar un tenso:

—Sí.

—¿Y ya habíamos hablado antes?

—No.

Asiento, y una decena de preguntas llegan a mi mente, aunque me faltan las palabras para formularlas. La noche transcurre más y más rápido. Ha llegado el momento de volver a casa, de modo que Wolfe me ayuda a ponerme de pie, y su anillo refleja la luz de la luna. Me ayuda a estabilizarme cuando me tambaleo un poquito, e intento mantenerme erguida.

—No pasa nada.

Me acomodo un mechón de pelo detrás de la oreja, y mis dedos rozan la flor de luna que Wolfe me ha dado, la cual de algún modo ha conseguido mantenerse en su sitio después de todo lo sucedido. Me la quito y se la devuelvo, a sabiendas de que no puedo volver a casa con ella, por mucho que quiera.

Wolfe me acompaña por la playa hasta que llegamos al sendero.

—Me has salvado la vida —le digo.

—Me ha parecido una buena idea para pasar la noche del lunes.

—No te quites mérito. —Espero hasta que su mirada se encuentra con la mía—. Gracias, Wolfe Hawthorne.

—No ha sido nada, Mortana Fairchild.

Nos quedamos mirando el uno al otro durante mucho tiempo, y, por alguna razón que no soy capaz de explicar, incluso dar el primer paso en dirección a casa me parece una tarea titánica.

Absolutamente imposible.

—Será mejor que te vayas —me dice, y sus palabras salen de sus labios con dificultad.

—¿Volveré a verte?

Él vacila un segundo para luego contestar:

—¿Te gustaría?

—Sí. —La palabra escapa de mis labios antes de que tenga la oportunidad de pensármelo, antes de que pueda dar con la respuesta correcta, la cual, por supuesto, es *no*.

—¿Y tú quieres que nos volvamos a ver? —le pregunto con un hilo de voz.

Wolfe permanece callado tanto tiempo que me da la sensación de que no me ha oído, lo cual probablemente sea lo mejor. Su mandíbula se tensa y se destensa en varias ocasiones, como si estuviese apretando los dientes unos contra otros. Me mira como si le doliera hacerlo.

—Sí —contesta al final, aunque la palabra suena enfadada. Frustrada. Como si para él también fuese la respuesta incorrecta.

Y lo es. Es la respuesta incorrecta para los dos.

Aun así, la palabra se desliza más y más en mi interior, donde se acomoda en el centro de mi ser, profunda y significativa.

¿Quieres que nos volvamos a ver?

Sí.

Doce

Me despierto con una jaqueca espantosa. Me duele todo el cuerpo, y tengo la sensación de que podría dormir durante el resto del año, como si hubiese combinado los trasvases de los últimos doce meses en una sola noche. Sin embargo, no moriré, y soy muy consciente que han sido Wolfe y su magia lo que me ha salvado la vida.

Justo como él quería que hiciera.

El aroma del té Buenos Días se cuela en mi habitación, así que giro sobre mí misma y me incorporo sobre los codos.

—Buenos días —me saluda Ivy desde la butaca tapizada de color celeste que hay en un rincón de mi habitación.

Me froto los ojos y suelto un gruñido.

—Deja que lo adivine: mi madre cree que me vendría bien algo de ayuda para prepararme para la cita que tengo hoy. —Me dejo caer sobre el colchón y me quedo mirando el techo.

—Exacto. Y era ella o yo, así que me he tomado la libertad de decidirlo por ti.

Me estiro hacia el té, pero Ivy lo mantiene apartado y ladea la cabeza.

—Tienes arena en el pelo.

—Yo siempre tengo arena en el pelo.

—Pero es que tienes un montón de arena en el pelo. —Se acerca a la cama y me quita la manta—. Está por todos lados, Tana. ¿Se puede saber qué hiciste anoche?

Quiero contárselo. Quiero contárselo todo con pelos y señales, explicarle cómo me sentí cuando el viento me acunaba y cómo conecté con el océano. Quiero hablarle sobre Wolfe y sobre el modo en que se tendió sobre la arena a mi lado, cómo los bordes afilados de su rostro no lo parecían tanto cuando me miraba bajo la luz de la luna.

Quiero contarle lo asustada que estaba, que pensé que una noche de magia oscura haría que me sintiera mancillada de un modo que jamás podría quitarme de encima, de un modo que me marcaría para siempre.

Quiero decirle que me equivoqué.

Ivy siempre me pregunta lo que pienso de las cosas, cómo me encuentro, si estoy cumpliendo con mis propias necesidades, cuando toda mi existencia gira alrededor de cumplir las exigencias de los demás. Y yo nunca sé qué contestarle.

Sin embargo, sé a la perfección cómo me sentí anoche, y lo que más me preocupa es que no me sentí traidora ni malvada por usar la magia oscura que nos han enseñado a temer. Me siento agradecida por seguir con vida.

—Fui a nadar —contesto.

—Eso es obvio. ¿También te enterraste a ti misma en el fondo del océano? ¿Te envolviste en algas al terminar?

—Conocí a alguien —le digo, en voz tan baja que Ivy tiene que inclinarse hacia mí.

—¿Cómo dices?

Le quito el té y doy un largo sorbo. Aunque no puedo contarle quién es ni lo que me enseñó, Ivy es mi mejor amiga, así que tengo que contarle algo.

—Un chico. Estaba en la playa. Nadamos juntos.

El decirlo en voz alta, el contarle a Ivy sobre él, hace que sea real. Me consuela saber que, conforme los sucesos de la noche anterior se quedan en el pasado, él no solo existirá en mis recuerdos. Será un secreto lleno de vida entre Ivy y yo.

—Conociste a un chico. En la playa. En mitad de la noche. Y nadasteis juntos. —Me repite todo lo que le he dicho en oraciones cortas y tajantes.

—Sí.

Ivy parece desconcertada.

—¿Quién es?

Me empiezan a sudar las manos, así que bajo la mirada hacia la manta. Tendría que haber sabido que eso era lo primero que me iba a preguntar, y, aunque odio la idea de mentirle, la alternativa es incluso peor. Muchísimo peor.

—Es del continente. Perdió el último transbordador, así que se quedó a pasar la noche en la playa.

Ivy se me queda mirando, y estoy convencida de que puede detectar mi mentira, ver la magia oscura que corre por mis venas. Pero entonces una de las comisuras de sus labios se tuerce hacia arriba, y se pone de pie.

—Bueno, eso demanda otra taza de té, ¿no te parece?

Antes de que pueda contestarle, Ivy sale despedida de la habitación y baja las escaleras a toda velocidad. La oigo en la cocina, y entonces ya ha vuelto a mi habitación. Cierra la puerta a sus espaldas para luego subirse a la cama conmigo, sentarse sobre sus piernas y acercarse el té a los labios.

—Lista —me dice.

Me echo a reír y bebo un sorbo de mi té. Le cuento todos los detalles que puedo sin revelarle quién es Wolfe ni qué tipo de magia usamos. Solo le cuento lo que sentí al estar en el agua junto a él, pero es suficiente. Ivy se me va acercando más y más, y para cuando llego al fin de la historia, presta atención a cada palabra que digo como si su vida dependiera de ello.

Cuando termino al fin, mi amiga se queda callada durante varios segundos.

—Jolín.

—Eso lo resume bastante bien, sí. —Hago una pausa antes de volver a hablar—. Anoche fue la primera vez en toda mi vida en que recuerdo haber tomado una decisión por mí misma, sin pensar en lo que mi madre podría decir o en cómo afectaría al aquelarre. Y me preocupa porque... —dejo de hablar. Hay ciertas cosas que no se deben decir en voz alta.

—¿Porque te gustó?

La miro y asiento, avergonzada por lo que siento.

—Eso no debe preocuparte. Me preocuparía más si no hubieras disfrutado al decidir algo por ti misma. Pues claro que te gustó. Cargas con mucha responsabilidad y eso tiene un coste. —Los ojos pardos de Ivy están llenos de su amor por mí, de su preocupación. Estira una mano para tomar la mía y darle un apretoncito—. Me alegro de que hayas tenido una noche en la que la vida no se haya sentido tan pesada.

—¿De verdad? —le pregunto.

—Es algo muy bonito. Por mucho que tu vida ya haya sido decidida, aun así tuviste esta noche que fue completamente espontánea. Completamente tuya.

Me avergüenzo cuando los ojos se me llenan de lágrimas. Aparto la vista de ella y me seco las mejillas antes de respirar hondo.

Cuando he recuperado la compostura, miro a mi amiga y le sonrío.

—Gracias por decirlo. —Me apoyo sobre ella, y, cuando terminamos los tés, recojo las tazas y las dejo sobre la cómoda.

»Vale —le digo, para luego ponerme de pie y extender los brazos—. Ponme decente para mi futuro marido.

—Tana —me regaña—, mi magia no hace milagros. Ve a darte una ducha.

Se me queda mirando varios segundos, y entonces ambas nos echamos a reír. Hago lo que me dice y me doy una ducha a la temperatura más caliente posible. El agua hirviendo me cubre entera y se lleva cualquier rastro de Wolfe, de la noche que pasamos juntos.

Cierro el grifo y me quedo mirando el agua hasta que la última gota desaparece por el desagüe. Entonces salgo, me seco y me preparo para la llegada de Landon.

Le he rogado a mis padres que me dejen bajar las escaleras antes de que Landon llegue, pero no hubo suerte. Mi madre quiere que entre a lo grande.

Puedo oír a mis padres excediéndose con sus halagos hacia Landon, por lo que le dedico a Ivy una mirada cargada de nervios.

—¿Crees que se las arreglarán para espantarlo?

—Sospecho que está acostumbrado a que los padres se impliquen —dice ella.

—Muchas gracias por tu ayuda esta mañana —le digo, dándome un último vistazo en el espejo pese a que sé que tengo la apariencia perfecta para la ocasión. La magia de Ivy ha conseguido eliminar cualquier rastro de la noche anterior. Mi maquillaje es sutil y ligero y hace que mis ojos azules resalten y que mis labios parezcan como si acabara de humedecerlos con la lengua. He usado mi propia magia para secarme el pelo y domármelo en un recogido clásico que a mi madre le encantará. Llevo un vestido sencillo de color beis, un collar de perlas y unos zapatos de cuero marrón claro de tacón cuadrado.

Aunque no es lo que habría escogido por mí misma, mi apariencia es adecuada y clásica, y lo que es más importante, parezco alguien que no desentona al lado de Landon.

—No es nada —me dice Ivy, antes de entregarme un chal.

Le doy un abrazo veloz, respiro hondo y luego me dirijo hacia la puerta de mi habitación.

—¿Tana?

Me giro para mirar a mi amiga.

—Que te diviertas.

Asiento y abro la puerta. Cuando me asomo por la esquina de las escaleras, veo a Landon esperándome al pie de estas. Sonríe al verme, y, muy para mi sorpresa, yo hago lo mismo. El alivio me inunda cuando me percato de que estoy contenta de verlo.

Lleva una camisa blanca con una chaqueta de *tweed*, y de pronto me embarga la sensación de que estamos jugando a ser adultos al llevar todas esas prendas que se supone que deben representar un nivel de madurez que al menos yo no poseo.

Aun así, supongo que, si voy a interpretar el papel, podría hacerlo con candidatos mucho peores que Landon.

—Qué guapa estás, Tana —dice él, cuando llego al final de las escaleras.

—Gracias —contesto—. Tú también.

Mis padres nos observan, así que me siento aliviada cuando Landon pregunta cuáles son nuestros planes del día.

—Un pícnic. Escogeremos la comida de algunas de las tiendas que hay en Arcania, y luego te llevaré a uno de mis sitios favoritos para comer.

La sonrisa de Landon es natural y amable, y de verdad parece emocionado.

—Me parece perfecto —dice.

Recojo la cesta y las dos mantas que hay en la mesa antes de despedirme de mis padres y dirigirme hacia la puerta. Landon la abre para que pase, pero entonces oigo que Ivy se escabulle por las escaleras y ambos nos giramos hacia ella.

Algo muy similar a la gratitud se extiende por su rostro cuando nos ve juntos. Ivy, mi mejor amiga, quien sabe sobre este compromiso desde hace casi tanto como yo, aún se sorprende por la magnitud del hecho. Parpadeo varias veces y aparto la vista en un intento por que no me abrume la emoción del momento.

—Pasadlo bien —nos dice mi madre.

Ivy carraspea, y yo le dedico una pequeña sonrisa antes de salir de casa con Landon.

—Gracias por venir —le digo a él.

—Me alegro de haberlo hecho. Gracias a ti por planear un día tan bonito; será increíble ver la isla a través de tus ojos.

—Me encanta la isla —confieso, mientras acompaso mis pasos a los suyos.

—¿Será muy difícil para ti marcharte?

Hago una pausa antes de mirarlo.

—La verdad es que sí —le contesto con sinceridad.

Landon asiente.

—En ese caso, tendremos que inventarnos muchas razones para que vengas de visita.

Es algo muy bonito de su parte el decirlo, muy amable y considerado, pero incluso así no parece suficiente. Y ese es el momento en el que me percato de que quizás mi vida con él no vaya a ser suficiente. Será muchísimas cosas: buena, importante, monumental, segura...

Solo que puede que no sea *suficiente*. Y tengo que aprender a vivir con eso.

—¿En qué piensas? —me pregunta, porque me he quedado callada demasiado tiempo, con la vista clavada en el mar en lugar de contestar a sus palabras.

—En nuestra vida juntos.

—¿Qué pasa con ella?

—Estaba pensando que, dado que no voy a poder decidir con quién la paso, me alegro de que sea contigo.

—¿Y eso por qué?

—Porque creemos en lo mismo. Sabemos lo importante que es la familia, el deber y el progreso; muchísimos matrimonios parten de mucho menos.

—Tienes mucha razón —asiente—. ¿Crees que podrías haberme escogido si hubieses podido decidirlo?

La pregunta me pilla desprevenida, así que guardo silencio unos segundos antes de contestarle.

—Siempre he sabido que no podía decidirlo —confieso—. Pero quizás sí que lo hubiera hecho. —Puedo imaginarme enamorándome de Landon algún día. Puedo ver cómo se enciende esa chispa. Y quizás, bajo circunstancias diferentes, yo misma lo hubiera escogido—. ¿Y tú? —le pregunto.

—No lo he pensado mucho. Pero, en cualquier caso, escogería honrar a mi familia. Y mi familia te ha escogido a ti.

No es algo romántico ni trascendental, ni siquiera es dulce, aunque sí que es sincero. Y eso es lo máximo que podemos ofrecernos el uno al otro ahora mismo.

Retomamos la caminata, y yo le señalo distintas partes de la isla mientras andamos. Él muestra interés, se detiene a hacer preguntas y a admirar cosas más de cerca. Le importa. Y me llena de satisfacción mostrarle la isla, mostrarle mi lugar favorito en todo el mundo.

—¿Esa es la única iglesia que hay en la isla? —me pregunta, al detenerse frente a un pequeño edificio de piedra con un campanario en la punta. La hiedra se enrosca por los lados del edificio y las hojas se van tiñendo de rojo por el frío del otoño.

—Sí.

—¿Y cómo cabéis todos dentro?

—No lo hacemos —contesto, sin más—. ¿No te parece algo corto de miras pensar que es más probable tener un encuentro con Dios en los confines de una sala que bajo el cobijo de los árboles o en el aire fresco del campo?

Landon hace una pausa mientras piensa en la iglesia.

—Sí, supongo que sí.

Se queda mirando el edificio durante unos segundos más antes de volver a caminar a mi lado. Giramos en la calle Main, y lo observo conforme el encanto del lugar lo inunda, hace que sus ojos se iluminen y que una sonrisa tire de las comisuras de sus labios.

—Landon, ¿estás listo para probar el mejor queso de tu vida? —le pregunto.

—Esas son fuertes declaraciones, señorita Fairchild.

—Y no las retiro.

Landon ladea la cabeza, observándome.

—Ya veremos.

Suena una campanita cuando entramos en La Trampa del Ratón, y la señora Cotts sale de la trastienda para darnos la bienvenida. Su sonrisa se ensancha al ver a la hija más importante de la isla acompañada del hijo más poderoso del continente juntos.

Landon me da la mano, y una sonrisa llena de confianza se asienta en su rostro.

Y con eso empezamos.

Trece

Una vez que hemos llenado la cesta de pícnic con embutidos, quesos, pan y agua de rosas, nos dirigimos a nuestra última parada en la calle Main: la perfumería. La glicinia cuelga desde la fachada de piedra de la tienda y llena el aire con su fragancia dulzona al tiempo que entramos y encontramos a un grupo de habitantes del continente que nos observan al llegar.

El silencio se extiende por la tienda como la niebla entre los árboles.

Bajo la vista por instinto, aunque Landon mantiene la cabeza en alto. Se gira hacia mí y se acerca hasta mi oído para decir:

—No los dejes salirse con la suya. Es de mala educación quedarse mirando así. —Su voz es un susurro que solo yo puedo oír—. Deja que se den cuenta.

Alzo la vista y hago contacto visual con cada habitante del continente. Todos y cada uno de ellos apartan la mirada como si los hubiese atrapado robando algo.

Me siento bien al hacerles saber que he notado su escrutinio.

Al final, vuelven a ponerse a parlotear en voz baja mientras salen de la tienda y nos dejan solos.

—¿Nos espantáis a la clientela? —nos pregunta mi padre con un guiño cuando sale de la trastienda.

—Algo así —contesto.

—Bueno, os dejaré a lo vuestro. Estaré en la trastienda si necesitáis algo. —Mi padre me dedica una ligera sonrisa antes de marcharse.

—Así que esta es la tienda de tu familia —dice Landon, observando en derredor. La estancia es muy luminosa y aireada, con estanterías de madera del color de la miel y un papel de pared blanco con unos delicados helechos pintados en negro. Hay montones de plantas en las estanterías entre baldas de botellas de vidrio, y una pequeña lámpara de araña con luces de cristal en forma de capullos de rosa cuelga del techo. En los estantes hay velas votivas, y a su lado pequeñas botellas de cristal llenas de granos de café.

Mi padre tararea en la trastienda, y aquello le proporciona un toque de encanto a la perfumería de algún modo.

—Sí —le digo, llena de orgullo mientras contemplo la estancia.

Me encanta este lugar.

—Es un lugar muy especial —me dice, y yo alzo la vista hacia él para sonreírle.

—Yo también lo creo. —Lo dirijo hacia el estante que contiene nuestras colonias de un aroma más terroso y picante—. Me haría mucha ilusión que escogieras una para ti.

—¿De verdad? —me pregunta, y sus ojos se pasean por las etiquetas. Parece encantado, y eso hace que me llene de felicidad.

—Por supuesto —le aseguro.

Deja la cesta de pícnic en el suelo y se toma su tiempo para ir destapando cada colonia y valorar su aroma, mientras hace pausas entre ellas para oler los granos de café y despejar la esencia anterior.

Al final, escoge el perfume Madera de Mar, el cual tiene unos toques mágicos de una calma sutil que hace que todos los que rodean a quien lleva el perfume se sientan más tranquilos.

—Buena elección. Es de mis favoritos —le comento.

Landon aprieta el tapón una vez, y un aroma fresco y marino llena el espacio entre ambos.

—Me encanta —dice, antes de volver a colocar el tapón en su sitio y dejar el perfume con delicadeza en la cesta—. Muchas gracias.

—De nada. ¿Estás listo para el pícnic?

—Listo.

Puedo notar cómo la mirada de mi padre nos sigue cuando salimos de la tienda, y me sienta bien poder respirar el frío aire del otoño. Una brisa suave se levanta a nuestro alrededor, lo que me hace pensar de forma instintiva en Wolfe.

En flotar sobre el agua con él.

En el momento en que me sacó hasta la superficie.

En yacer juntos en la arena.

Sacudo la cabeza para apartar aquellas imágenes de mi cabeza, como si no fuesen más que restos en una alcantarilla.

Conduzco a Landon hasta una playa en la costa oriental, de modo que podamos ver el continente mientras comemos. A la mayoría de los habitantes del continente les gusta ver su ciudad desde el otro lado del Pasaje; tan solo una forma más de hacerlos sentir tranquilos en nuestra compañía.

Despliego una de las mantas sobre la arena; un lugar escogido a la perfección que le da la espalda a una duna de hierba alta y arbustos. Nos da un poco de privacidad, así que me acomodo sobre la manta al tiempo que Landon vacía la cesta. Saca un ramo de lavanda y se dispone a observarlo.

—¿Cómo es que las flores aquí florecen todo el año?

—Magia —le contesto—. ¿Cómo sino podríamos mantener nuestros negocios abiertos en todo momento?

—Increíble. —Deja las flores a un lado y se sienta junto a mí. Al principio estamos algo tensos, cada uno en su lado de la manta, pero, conforme el sol del otoño se desliza por el cielo y la marea se desplaza, nos vamos relajando. El espacio entre nosotros empieza a sentirse de nuevo como si fuese aire y no una especie de muralla invisible que no nos atrevemos a cruzar.

Bebo un sorbito de agua de rosas mientras contemplo el continente. Será mi hogar tras el Baile del Juramento, y este pícnic no será más que un recuerdo, un momento en el tiempo que se deslizó entre mis dedos demasiado rápido.

Landon me ofrece el último trocito de queso y se recuesta sobre los codos para quedarse observando el Pasaje.

—Aunque tenía mis dudas, tengo que reconocer que ese ha sido el mejor queso que he comido en la vida —admite.

—Claro, no lo diría si no fuese cierto. —Me limpio la boca con una servilleta de tela y luego la devuelvo a la cesta.

—No, Tana, no creo que fueras a hacerlo. —Su voz va teñida de una seriedad que me envuelve las entrañas. Entonces me mira, sus ojos del color del ámbar se clavan en los míos, y a mí se me hace imposible apartar la mirada.

Nos quedamos mirándonos de ese modo durante varios minutos, y el corazón se me acelera cuando acerca su rostro al mío. Me quedo congelada, completamente quieta, sin saber qué hacer.

Una parte de mí quiere acortar la distancia entre nosotros y presionar mis labios contra los suyos para permitirme perderme en el momento. Me pregunto si el estómago se me llenará de mariposas, si una llama se prenderá en el centro de mi ser y se extenderá por cada centímetro de mi cuerpo.

Quiero saber si querré seguir besándolo una y otra vez hasta que la muerte nos separe.

Pero la otra parte de mí tiene miedo, porque, si no se me llena el estómago de mariposas y no se enciende ningún fuego, preferiría no saberlo hasta que hayamos pronunciado nuestros votos. No cambiaría nada, claro, pero es agradable pensar que existe la posibilidad de que se encienda la pasión entre nosotros.

Aunque Landon se detiene a mitad de camino, no me acerco para darle el alcance. Sus ojos buscan los míos, y algo similar a la comprensión llega a su rostro. Asiente antes de apartarse y volver a crear espacio suficiente para que pueda respirar.

—Tana —dice, en voz queda—, ¿puedes prometerme algo?

—Claro.

—Si en algún momento quieres que te bese, ¿podrías hacérmelo saber?

Me gustaría saber por qué quiere besarme; si es porque siente alguna atracción por mí, una chispa, algo más que el deber que nos ha unido, o si es porque voy a ser su futura mujer y es lo que se supone que debemos hacer.

—Lo haré —le prometo—. Pero no es que no quiera que me beses. Es solo que no estoy lista aún.

—Lo entiendo —me asegura.

Se me queda mirando durante algunos segundos más para luego apartar la vista hacia el continente. Sigo su mirada, y ambos nos quedamos sentados de ese modo durante un rato, en silencio y contemplativos.

—Vamos a estar bien, ¿verdad? —le pregunto, dejando que el sonido de las olas al romper contra la orilla calme el nerviosismo que se me ha instalado en el estómago.

—También me lo he preguntado muchas veces —dice él.

—¿Y a qué conclusión has llegado?

—No se me ocurre una hazaña más digna que aquella motivada por el deber. Las generaciones venideras recordarán nuestros nombres, pues somos el inicio de una nueva era. ¿Cómo podríamos no estar bien sabiendo la importancia que tiene nuestra unión?

Cuando la decepción se extiende por mi vientre, desearía poder hacer que pare. Lo que dice es cierto: yo misma me lo he repetido incontables veces. El problema es que yo quiero algo más que eso, algo más que cháchara sobre el deber y el honor. Si bien aquello es lo que nos ha unido, no es lo único que puede componer esta alianza. Quiero creer que tiene que haber algo más.

Me he quedado callada durante demasiado tiempo, de modo que Landon me mira antes de que, finalmente, me decida a responder.

—Aunque es algo muy digno que pensar, estoy segura de que no será solo el deber lo que asegure nuestra felicidad. Debemos poder contar con otras cosas, ¿verdad?

Landon frunce el ceño, y es la primera vez que veo cómo su compostura llena de confianza se quiebra.

—No sé si te sigo.

—El deber es la razón por la que estamos juntos, pero no es necesario que nos limitemos a él, ¿no te parece? Podríamos disfrutar de la compañía del otro. Podríamos descubrir la pasión, incluso el amor. ¿Por qué no tener la esperanza de descubrir esas cosas?

—La esperanza es algo demasiado voluble.

—¿Por qué lo dices?

—Porque es demasiado amplia. La esperanza prepara el camino para desear cosas que nunca formaron parte del plan.

Sus palabras me dejan sin respiración porque tiene razón, porque querer algo más que lo que tengo delante es demasiado peligroso. Y me odio por ser consciente de ello.

Se me debe notar el enfado, porque Landon me alza la barbilla con delicadeza y me obliga a mirarlo a los ojos.

—No me malinterpretes, Tana. Creo que vamos a tener una vida increíble. Creo que será satisfactoria y que la disfrutaremos mucho. Pero no puedo prometerte amor. Puedo prometerte muchas otras cosas; cosas mucho más fuertes que puedan soportar el peso de las emociones cambiantes y de las obligaciones familiares. Puedo prometerte que no solo seremos felices, sino que también nos sentiremos plenos, con el tipo de plenitud que proviene de una sensación que es mucho más estable que el amor.

Asiento e intento que sus palabras no me lastimen, trato de aceptarlas por lo que son: sinceras.

—Gracias por decirme la verdad.

—Aunque hay muchas cosas que se escapan de nuestro control, decirnos la verdad el uno al otro no es una de ellas.

—En ese caso, deja que lo haga yo también: entiendo lo que dices, y sé que tienes razón, pero la esperanza no es algo que esté dispuesta a dejar atrás. No tienes que prometerme que te enamorarás de mí, solo te pido que no te cierres a la posibilidad de construir una base entre nosotros que no solo esté formada por el deber.

—Te lo prometo —asiente.

—Gracias. —Me giro para ver el mar de nuevo y me permito relajarme un poco. Hemos escuchado lo que ha dicho el otro, no solo por encima, y eso significa algo. Tenía tantas expectativas sobre Landon antes de conocerlo, tantos sueños y visiones de lo que podría ser nuestra vida juntos, de cómo podría hacerme sentir, que la esperanza se arraigó en mí desde el inicio. Sin embargo, solo somos un par de personas que se están conociendo la una a la otra, así que debo darle el tiempo y el espacio necesarios para procesarlo. Tengo que darme a mí misma el tiempo y espacio necesarios para procesarlo.

—Dime algo, Tana —me dice, en un tono más ligero—. ¿Qué estarías haciendo ahora si yo no estuviese aquí?

—Tú primero —le pido, pues aún estoy procesando sus anteriores palabras.

—Hay unos establos como a una hora al este de mi casa, y mi padre y yo solemos ir bastante seguido. Cabalgamos por el bosque y hablamos sobre cuestiones políticas si hace falta, aunque en general nos limitamos a charlar y ya. Es un respiro agradable del ajetreo de cada día.

—Suena maravilloso.

—¿Sabes cabalgar?

—No, pero me encantaría aprender. —Si bien hay caballos en la isla, yo siempre he preferido ir andando.

—En ese caso, te enseñaré.

Cuando pienso en el continente, lo que imagino es una ciudad sin fin, con ladrillos y cemento hasta donde alcanza la vista. Me alegra mucho saber que no es el caso, que hay un refugio que Landon visita y al que yo también puedo acudir.

—Te toca —dice él—. ¿Qué es lo que estarías haciendo?

—Nadar.

—¿Nadar? ¿En el océano? ¿En pleno otoño?

Me echo a reír ante su respuesta.

—Me encanta nadar. Es lo que más disfruto.

—¿Qué es lo que te gusta?

—Todo —confieso—. Pero lo que me gusta más es que el mundo se sume en un silencio absoluto cuando estoy bajo el agua. Es como si nada pudiese tocarme allí. Ninguna expectativa ni preocupación ni inseguridad. Puedo existir y ya está.

—Creo que nunca he notado algo así —admite—. ¿Me lo podrías mostrar?

—Cuando tú quieras.

—¿Qué tal ahora?

Le echo un vistazo a nuestra ropa, a nuestros atuendos que me hacen sentir como si estuviésemos jugando a ser adultos, y no se me ocurre nada mejor que empaparlos de agua salada.

—Hace frío —le advierto.

—Puedo con el frío. —Se desata los cordones y se quita los zapatos antes de quitarse también los calcetines y ayudarme a ponerme de pie.

—Mi madre me matará por hacer esto —digo, para luego quitarme el chal y dejarlo caer sobre el suelo. Me recorre un escalofrío al captar la forma en que Landon se queda mirando mis hombros descubiertos.

—Puedes echarme la culpa. —Landon se quita la chaqueta y me da la mano para tirar de mí hacia donde las olas rompen contra la orilla.

—Por supuesto que pienso echarte la culpa —admito, antes de quitarme los zapatos y adentrarme en el agua. El corazón me empieza a latir desbocado, así que me dispongo a examinar la superficie con rapidez, en busca de una flor de luna, pero no hay ninguna. Estar en el mar con Landon a plena luz del día hace que las flores parezcan algo muy distante, como si no fuesen reales. Sin embargo, las preguntas que tengo sobre ellas siguen ahí. Y tengo demasiado miedo como para hacerlas en voz alta y oír respuestas que no encajan en mi mundo. No quiero contárselo a mi madre y ver cómo la información cambia su mundo también. Es por ello que aparto todo eso de mi mente y me concentro en la persona que tengo junto a mí, aquel que es muchísimo más importante para nuestro modo de vida que una flor casi extinta.

Cuando nos hemos adentrado en el mar hasta las rodillas, Landon me mira y dice:

—Uno.

Sonrío.

—Dos.

—Tres —decimos al unísono, antes de sumergirnos en el agua y nadar para alejarnos de la orilla. Cuando volvemos a salir a la superficie, Landon tiene la respiración entrecortada.

—No era broma lo del frío.

—Te acostumbras. —Nado hasta llegar a su lado y sujeto sus manos en las mías—. ¿Listo para la mejor parte?

—Listo.

Ambos tomamos una gran bocanada de aire y luego nos sumergimos. Observo cómo Landon abre los ojos, entrecerrados al principio, y cómo poco a poco se va acostumbrando al agua salada.

Y entonces lo veo: el momento exacto en el que comprende lo que le he dicho antes, cuando percibe el silencio como si fuese algo vivo.

Abre mucho los ojos y mira a su alrededor con una expresión anonadada. Su cabello corto y castaño se agita por encima de su cabeza, y unas burbujas salen de su boca al tiempo que el oxígeno se va escapando de sus pulmones.

Nos quedamos mirando el uno al otro durante tanto rato como podemos resistir, suspendidos en un silencio perfecto, mientras el pelo y nuestras extremidades se extienden a nuestro alrededor.

Cuando me empieza a doler el pecho, suelto las manos de Landon y nado hacia la superficie. Aspiro una gran bocanada de aire cuando salgo del agua y la devoro como hace mi madre con el vino.

Landon sale unos segundos después, y flotamos en la superficie uno al lado del otro mientras recuperamos el aliento.

Entonces lo hacemos de nuevo, solo que algo capta mi atención cuando nos movemos hacia una zona más profunda. Un alga se mece por doquier. Gira de forma violenta hasta que algo tira de ella en dirección hacia el Pasaje. La arena del fondo del mar empieza a agitarse.

Tenemos que salir de aquí.

Busco la atención de Landon, señalo hacia arriba, y ambos nadamos en dirección a la superficie.

—Tenemos que volver —le digo, al tiempo que empiezo a nadar hacia la orilla.

Landon me sigue, y solo cuando nos encontramos sanos y salvos sobre la arena le devuelvo la mirada.

—¿Qué ha pasado? —me pregunta, observando el agua.

Me interrumpo a mí misma antes de contarle lo de las corrientes. No sé si los habitantes del continente son conscientes del daño que le hemos causado al océano, y no sé cómo reaccionaría mi madre si se enterara de que los he puesto sobre aviso.

—Nada —le digo, tratando de restarle importancia—. Es solo que no quiero que el hijo del gobernador pille un resfriado —lo digo bromeando, pero Landon no deja de observarme. Sabe que hay algo que no le estoy contando. Algo sobre lo que no estoy siendo sincera. Solo que no depende de mí.

Volvemos a las mantas y nos envolvemos con ellas, temblando por el frío y por seguir mojados. Las palabras enfurecidas de Wolfe vuelven a mi mente, las que acusaron a mi aquelarre y a mí de destruir la isla que se supone que deberíamos cuidar, y odio que tenga razón. Odio que no haya nada que podamos hacer.

¿De qué sirve la magia si no podemos usarla para proteger nuestro hogar cuando ese es precisamente su objetivo?

En cuanto lo pienso, intento apartar el pensamiento de mi mente, olvidarlo, borrarlo por completo. No obstante, este se asienta, se abre paso entre los caminos y callejones que me componen hasta echar raíces. Encuentra su hogar en mí. Y, pese a que mi buen juicio y cada uno de mis instintos me advierte sobre el peligro que se avecina, dejo que lo haga.

Catorce

Los rumores sobre mi cita con Landon se extienden por Arcania como vides trepadoras, rápidas e invasivas. La perfumería tiene un influjo de clientes, de modo que mi madre actúa como si fuese mi guardaespaldas y mi asistente personal a la vez, todo junto en una mujer más que centrada. Esquiva con delicadeza las preguntas que no quiere contestar y responde a aquellas que sí con recato y modestia.

Por muchos días que lleve sin ir a la tienda, no puedo evitarla para siempre.

Me desvío en mi camino a la perfumería para visitar la costa occidental y el campo en el que me encontré con Wolfe. Me tomo mi tiempo mientras recojo hierbas y unas cuantas algas marinas antes de cortar camino por el bosque que hay en el centro de la isla y dirigirme hacia la calle Main. Todo está en silencio en este lado de la isla, todo es silvestre y ha crecido en exceso. Es una lástima que solo lo usemos para los trasvases. Aunque claro, si lo usáramos más seguido, perdería las cualidades que tanto me gustan.

Giro hacia la calle Main y casi he llegado a la perfumería cuando el señor Kline me llama. Su cabello blanco se agita con la brisa marina, y tiene arruguitas alrededor de los ojos. Se quita su gorro de lana y lo sostiene en sus manos.

—Hola, señor Kline —lo saludo, abrazando la cesta contra mi cuerpo—. ¿Cómo se encuentra?

—Muy bien, señorita Tana, muchas gracias.

—Me alegro —le digo, y estoy a punto de retomar mi camino cuando el señor Kline vuelve a llamarme. Da vueltas al gorro que sostiene entre sus manos y mira el suelo adoquinado como si estuviese nervioso. Cuando alza la mirada para posarla sobre la mía, sus ojos están llenos de lágrimas.

—Ojalá mis padres estuviesen vivos para ver esto. Siempre creyeron que algo así pasaría algún día. «No te desvíes de tu rumbo», solían decirme.

—Landon es un chico maravilloso. Soy muy afortunada. —Sonrío mientras repito las palabras que mi madre me ha dicho que pronuncie, y el señor Kline abre mucho los ojos cuando le confirmo el rumor que ha oído. Me toma de la mano y me da una palmadita en el dorso de esta.

—El afortunado es Landon —me dice.

—Muchas gracias.

Aparto la mano con delicadeza, le dedico una última sonrisa y paso por su lado antes de retomar mi camino hacia la perfumería. Sin embargo, cuando llego a mi destino, me detengo. La fachada está llena de gente, y no puedo obligar a mis pies a moverse, no puedo obligarme a entrar. Retrocedo varios pasos, me giro sin que nadie me vea y luego doy la vuelta a la esquina y me escabullo por el camino que hay detrás del edificio. Entro por la trastienda de la perfumería y suspiro de alivio al ver que la puerta que conduce a la tienda está cerrada.

Dejo el abrigo en el perchero y la cesta sobre la superficie de trabajo, para luego sacar las plantas que he recogido de la orilla y del campo.

Los sonidos de la tienda se pierden en el fondo conforme coloco las hierbas en el mortero y las muelo hasta reducirlas a polvo. La familiaridad tan cómoda de la maja en la mano hace que mi mente se llene de tranquilidad, y no tardo en empezar a recordar lo vivido en aquel campo y aquella orilla una y otra vez.

Recuerdo la magia.

Recuerdo a Wolfe.

Me avergüenza que mi mente se refugie en el recuerdo de las líneas de su rostro y la sensación de su magia, que, cuando la casa está en silencio y mis padres, dormidos, me acechen pensamientos sobre él en medio de la oscuridad.

La noche que vivimos juntos no parece real. Es como un sueño, suave y nebuloso, el cual ya empieza a desvanecerse por los bordes. Está tan alejado de mi vida diaria que casi puedo convencerme de que no pasó. Y eso es algo bueno.

Los sueños no son algo amenazante. No pueden aferrarse a las esquinas de tu mundo y quitártelo de debajo de los pies como si de una alfombra se tratase. No pueden cambiar el destino de tu navío.

Sigo triturando las hierbas hasta convertirlas en un polvo muy fino, perdida en los movimientos.

—Cuando los recuerdos desaparezcan y el tiempo los vuelva velados, este perfume te llevará al momento deseado.

No me doy cuenta de que estoy pronunciando el hechizo en voz alta hasta que la puerta se abre de golpe y mi padre entra como un bólido. Me lo quedo mirando, a la espera de cualquier indicio de que me hubiese oído, para intentar pensar en alguna explicación que tuviese sentido, solo que él no me mira. Se limita a cerrar la puerta a sus espaldas con rapidez y a apoyarse sobre la madera, tras lo cual aprieta las palmas contra la puerta como si una muchedumbre enfurecida pudiese entrar en cualquier momento.

No es que pronunciar los hechizos en voz alta esté prohibido, pero de todos modos la mayoría de nosotros lo evitamos debido al poder que esto les concede. La baja magia no lo necesita, y, si mi padre me hubiese oído pronunciar un hechizo en voz alta tras diecinueve años de mantenerlos dentro de mi cabeza, habría tenido varias preguntas que hacerme.

Me regaño para mis adentros por mi descuido, por dejar que la noche que pasé con Wolfe se cuele entre mis días. Sin embargo, parece que mi padre no me ha oído, por lo que no dejaré que pase de nuevo.

—¿Papá? —lo llamo, cuando noto que aún no me ha mirado.

—Hola, Tana —dice él, con una risa—. No sabía que estabas aquí.

—En un arrebato de valentía, he decidido venir a trabajar hoy. Pero entonces he visto la muchedumbre de fuera, así que he entrado por detrás.

Mi padre asiente y se acerca hasta la superficie de trabajo.

—Sabia decisión.

—¿Cómo van las cosas por allí? —le pregunto.

Mi padre alcanza su mortero y un puñado de hierbas que hay en un lado de la encimera y empieza a trabajar mientras habla.

—Tu madre lo tiene todo bajo control —me cuenta—. Podría hacerse cargo del mundo entero. Y lo bueno de nuestros vecinos es que se sienten culpables si vienen a chismorrear sin pagar por ello, así que hemos vendido muchísimo.

—Supongo que todo tiene su lado bueno, entonces.

—Me pasaré aquí toda la noche tratando de reponer todo lo esencial.

Poso la mirada sobre las hierbas de mi mortero y la arena que hay a mi lado, sobre las florecillas silvestres del campo y las algas marinas de la orilla, y entonces me doy cuenta de lo que tenía pensado hacer con todo eso.

Quiero hacer un perfume para Wolfe. En agradecimiento por su ayuda.

Supongo que es normal querer darle las gracias a la persona que me salvó la vida, aunque no quiero que piense que estoy de acuerdo con sus métodos. No quiero que piense que a la hija que tiene más influencia en el nuevo aquelarre le dan igual las prácticas de magia oscura, pues aquello no sería cierto en absoluto.

Sin embargo, sí que quiero darle las gracias y que sepa que lo digo en serio.

—¿Quieres que te ayude con el reabastecimiento esta noche? —le pregunto. Ayudar a mi padre es un mejor uso de mi tiempo que hacerle regalos a Wolfe, eso está claro.

Mi padre alza la vista hacia mí.

—Me encantaría —me dice, con una sonrisa.

Trabajamos en silencio, y es la primera vez en muchos días que me siento en paz, sin que me abrumen mis pensamientos y con la vergüenza disipándose con cada movimiento de la maja. Mi padre tararea para sí mismo, y yo muelo las hierbas al son de su melodía. Ambos alzamos la vista a la vez cuando la puerta trasera se abre.

Ivy entra con tres tazas de té.

—Os traigo unos regalitos.

—Mi salvadora —le digo.

—Tengo Energía, Perseverancia y Vigor.

—Me quedo con Perseverancia. —Ivy me extiende la taza y el vapor se alza frente a mi rostro.

—Y yo con Energía —dice mi padre. Ivy le deja la taza sobre la encimera, junto a su mortero—. Gracias, Ivy. Nos has salvado. Tana, date un descanso, vas a estar aquí toda la noche.

—Gracias, papá.

—Le llevaré este de aquí a Ingrid, aunque apenas lo necesite. —Me guiña un ojo antes de sostener la última taza y dirigirse hacia la tienda.

—¿Tienes tiempo para tomarte un descanso conmigo o te necesitan tus padres de vuelta en la tienda? —le pregunto.

—Acabamos de pasar el caos del mediodía, así que tengo unos minutos —contesta ella—. ¿Quieres tomar un poco de aire?

—Siempre y cuando no vayamos por la calle Main, sí.

Me sostiene la puerta trasera para que salga y nos dirigimos por el caminito hacia un sendero que hay en el bosque colindante.

—¿Qué clase de perfume estabas haciendo en la tienda? No he visto esa combinación antes —dice Ivy, y hace que me sonroje. Me quedo callada y me limito a observar el camino de tierra que tengo frente a mí.

»¿Qué pasa? —me insiste.

—Nada —me excuso, tratando de mantener un tono informal—. Es solo un obsequio para Wolfe.

Ivy se detiene en seco y alza una ceja.

—¿Wolfe?

—El chico que conocí en la playa.

—Conque tiene nombre… —comenta, con una sonrisilla.

—Pues claro que tiene nombre.

Alza las manos en un gesto defensivo y retomamos la caminata.

—¿Y qué clase de obsequio le estás preparando?

La vergüenza me hace apartar la mirada una vez más.

—Una colonia hecha de los aromas de la noche que pasamos juntos.

—Ay, Tana —suelta Ivy, con voz triste—. Es un regalo adorable, pero… —Le cuesta encontrar la palabra correcta.

—¿Crees que es demasiado? No estoy muy familiarizada con el protocolo de los regalos de agradecimiento.

Ivy menea la cabeza antes de mirarme a los ojos.

—Creo que es peligroso.

Sus palabras hacen que se me acelere el corazón y que la preocupación se asiente en mi estómago, por lo que obligo a mis sentimientos a apartarse y a mi voz a mantenerse firme.

—Eso es un pelín dramático, ¿no te parece?

Ivy no parece inmutarse y entrelaza su brazo con el mío.

—Podría romperte el corazón —me dice.

—¿Romperme el corazón? —repito, riendo—. Si solo quiero darle un regalo.

—¿Y nada más? —me pregunta.

—Y nada más. —Quiero contarle a Ivy que me salvó la vida, que darle algo en agradecimiento parece lo menos que podría hacer.

Nos quedamos en silencio durante un rato, y el sonido de nuestras pisadas sobre la tierra suave y de las hojas agitándose con la brisa de otoño llena el aire entre ambas.

—Quieres que te recuerde —dice Ivy, mirándome con una mezcla entre lástima, comprensión y pena. Me frustra muchísimo ver esas cosas reflejadas hacia mí. Aunque sus palabras me duelen por lo ridículas que son, cuando mi rostro se sonroja al oírlas puedo comprobar que tiene razón. Tiene razón, y cómo odio que la tenga.

—No tienes que darle un significado que no tiene —le digo, notando cómo me voy poniendo a la defensiva—. Me ayudó con algo, y yo quiero darle las gracias. Eso es todo.

Ivy me observa mientras considera mis palabras.

—¿Y cómo piensas encontrarlo?

—Me contó cuándo piensa volver a la isla —le miento, y la forma tan sencilla en la que la mentira llega a mis labios me llena de asco.

—No creo que sea una buena idea —me dice finalmente, y estoy a punto de discutírselo, pero ella sigue hablando—. Aunque está claro que no lo has superado, así que quizás verlo una vez más te permita pasar página.

—No necesito pasar página —me quejo.

—En ese caso, ¿por qué quieres verlo?

Suspiro, ante lo cual Ivy me pasa un brazo por los hombros y apoya su cabeza contra la mía. Quizás tenga razón. Quizás sí que necesite pasar página.

—Mira, si quieres hacerle un regalo, hazle un regalo. Di lo que tengas que decir y luego no lo veas nunca más.

—Estás dándole muchísima más importancia de la que tiene —le digo, y necesito que las palabras sean ciertas.

—No te culpo por querer restarle importancia, pero nunca has vivido una situación siquiera remotamente romántica con alguien y eso implica que sientas cosas.

—No sé yo si llamaría romántico a lo que pasó.

Ivy se echa a reír.

—Nadaste con un habitante del continente bajo la luz de la luna. ¿No te parece algo romántico?

—No sé, quizás sí —cedo al fin. Fue algo necesario e intenso, aterrador y tranquilizante al mismo tiempo. No creo que haya sido algo romántico, aunque entiendo lo que Ivy quiere decir.

—Lo que me lleva de nuevo a mi último argumento. Dale las gracias y no vuelvas a verlo más. Pasa página de modo que no siga siendo una distracción para ti. Es la mejor solución posible.

«La esperanza prepara el camino para desear cosas que nunca formaron parte del plan».

—Vale. Nunca más —acepto.

Se me queda mirando, aparentemente para intentar averiguar si estoy hablando en serio, y luego asiente cuando se queda satisfecha.

Cambia de tema y empieza hablar sobre el salón de té y varios sabores en los que está trabajando. Más tarde, conforme volvemos hacia la calle Main, me dice:

—No me odies.

—Ay, no.

—Mis padres quieren que prepare una nueva mezcla… inspirada por ti y por Landon… y que se llame *Tandon*.

—Ni en sueños —suelto, horrorizada.

—Les dije a mis padres que no te gustaría, pero insistieron.

—¿Y qué magia le pondrías?

—Emoción y paz —contesta, antes de bajar la voz y que la travesura llegue a sus ojos—. Aunque le añadiría una gota de rebeldía silenciosa, solo por ti.

—Perdona, pero ¿cuándo he sido rebelde yo?

—Muestras rebeldía todos y cada uno de los días en los que insistes, sin hacer escándalo, en andar por el camino que tus padres han trazado para ti, pero bajo tus propios términos. Eres rebelde cuando eres sincera con Landon y te metes en el mar con uno de tus vestidos más elegantes. —Hace una pausa—. Y sin duda estás siendo rebelde al hacerle un guardarrecuerdos a un muchacho llamado Wolfe.

—Yo no he dicho que sea un guardarrecuerdos. —El hechizo que he pronunciado en voz alta vuelve a mi mente y hace que me sonroje.

—Es como si lo hubieses hecho —dice ella, poniendo los ojos en blanco.

No quiero admitirlo, pero es que Ivy me conoce a la perfección.

Volvemos a la tienda, y me quito la chaqueta antes de dirigirme a la encimera de madera para terminar la colonia de Wolfe.

Mi padre se asoma en la trastienda.

—Me ha parecido oírte, cariño. Vamos a tener que postergar nuestra noche de reabastecimiento. Había olvidado que tu madre tiene una cita con el consejo esta noche. ¿Podemos hacerlo mañana?

Ivy y yo intercambiamos una miradita antes de que responda:

—Claro, papá, no hay problema.

—Perfecto —dice él, para luego desaparecer de vuelta en la tienda y dejar que la puerta se cierre a sus espaldas.

—Tana, no puedes volver a verlo después de esta noche. Dale tu regalo, pasa página y asegúrate de que se suba al último transbordador que sale de la isla.

Asiento. Tiene razón. Tanto que hace que el pecho me duela.

—Nunca más —me dice.

—Lo sé.

Ivy me mira, con la cabeza ladeada.

—Me alegro de que lo sepas —dice, al final. Entonces me da un abrazo breve y se marcha.

Quince

Llego a la costa occidental unos cuantos minutos antes de la medianoche. Fue así como me dijo que lo buscara: que susurre su nombre en el viento a medianoche. Si lo oye, vendrá.

No pretendo entender cómo es que funciona su magia, y a una parte de mí le preocupa que me haya dado instrucciones falsas solo para que esté en medio de una playa desierta susurrando su nombre como una tonta.

Sin embargo, cuando llega la medianoche, eso es precisamente lo que hago. Su nombre escapa de mis labios y se pierde hacia el cielo aterciopelado y oscuro.

—Wolfe.

Solo lo digo una vez, pues ya me siento bastante avergonzada al estar susurrando su nombre mientras sostengo el guardarrecuerdos que hice para él. Sé que la noche que pasamos juntos no fue igual de importante para él como lo fue para mí: me salvó la vida y nunca seré capaz de olvidarlo. Sin embargo, es posible que aquella sea la única noche que haya sido solo mía de verdad, una noche fuera del camino que he recorrido toda mi vida.

Contemplo las olas conforme rompen contra la orilla, y de pronto me embarga la sensación urgente de adentrarme en el mar, de convocar al viento y flotar sobre el agua a la luz de la luna. Quiero que el aliento de la Tierra me sostenga en sus brazos e invitar a las olas que van y vienen a que vuelvan a donde me encuentro.

Recorro la playa de un lado para otro mientras intento contener el deseo que se alza en mi interior. Me detengo cuando las palabras de Wolfe vuelven de pronto a mi mente.

«Lo que más debería asustarte sobre esta noche no es que vayas a usar alta magia, Mortana, sino que querrás usarla de nuevo».

Trago en seco cuando dejo que la comprensión se deslice bajo mi piel: quiero practicar magia oscura una vez más. No lo he sabido hasta estar en esta playa, de pie en el mismo lugar de antes, con los recuerdos tan vívidos de la magia que surcó mis venas. Pero Wolfe tenía razón, y eso me aterroriza.

Venir aquí ha sido un error.

Me meto el guardarrecuerdos en el bolsillo y deshago mi camino por la playa. Me apresuro para llegar al sendero que me conducirá hasta la seguridad de mi casa enorme y mi habitación oscura, a la mirada atenta de mi madre y al vidrio marino de Landon.

El sendero que me conducirá sin lugar a dudas al camino que estoy destinada a recorrer.

Exhalo cuando mis pies abandonan el suelo inestable de la playa rocosa y tocan la acera firme y segura.

Solo que entonces oigo su voz.

—¿Mortana?

Le digo a mis piernas que corran, que aceleren y me lleven de vuelta a casa, pero estas no me escuchan. Despacio, me giro para ver a Wolfe caminando por la playa, siguiendo mi ruta de escape.

—Me has llamado. —Ladea la cabeza, aunque su expresión no revela nada. No sé qué está pensando.

—No ha sido mi intención —le digo, haciendo una mueca al oír lo ridícula que sueno. Aparto la mirada hacia la acera.

Él da un paso en mi dirección.

—¿Ah, no?

—O sea, sí, pero luego he cambiado de opinión. —Tengo que dejar de hablar—. Perdona, es que tengo que irme.

Las piernas me responden por fin, así que empiezo a avanzar por el sendero a toda prisa, aunque me detengo cuando me roza una mano con la suya.

—No es nada malo, ¿sabes?

Tomo aire y cometo el error catastrófico de mirarlo a los ojos.

—¿El qué no es nada malo? —le pregunto, y ya temo su respuesta.

—Tu atracción por la alta magia. Quería que vinieras a verme de nuevo.

Me tenso y cometo mi siguiente error al preguntarle por qué.

—Tienes un don increíble, ¿cómo podrías renunciar a él?

Retrocedo un paso.

—Porque no quiero tener nada que ver con tu magia.

—Entonces, ¿qué haces aquí? —me pregunta, repitiendo las palabras que le dije la última vez que nos vimos.

Respiro hondo y meto una mano en el bolsillo.

—Quería agradecerte por lo que hiciste por mí.

Le extiendo el guardarrecuerdos y clavo la mirada en las nubes que pasan por enfrente de la luna. Evito su rostro como si fuese el sol, como si mirarlo directamente fuese a causarme un daño irreparable.

Lo oigo quitarle el tapón e inhalar el aroma terroso. Pulveriza un poco en el espacio que hay entre ambos.

Los recuerdos de la noche que compartimos practicando magia oscura llenan mi mente y abruman mis sentidos, del mismo modo que deben estar haciendo con Wolfe. Del modo que harán cada vez que use la colonia.

—Es un guardarrecuerdos —le explico—. Algo para que no me olvides. —Quiero hacerme pequeñita, aunque no sepa cómo, así que me abrazo a mí misma y agacho la cabeza. Quizás sí que el regalo sea demasiado.

Quizás todo esto sea demasiado.

—Gracias —dice él. Noto el cambio de energía en el aire cuando se acerca despacio hacia mí y me alza la barbilla con los dedos—. Aunque no necesitaré ayuda para recordarte.

Las palabras son íntimas. Especiales. Sin embargo, él las pronuncia como si fuesen lo más vil que existe en este mundo.

—¿Por qué estás enfadado?

—Porque tu modo de vida va en contra de todo en lo que creo —confiesa, pasándose una mano por el pelo—. Vuestras alianzas hacen que seamos menos. Vuestros acuerdos nos hacen más débiles. —Posa la mirada en el agua antes de menear la cabeza—. Te *odio*, pero quiero estar contigo de todos modos.

Sus palabras encienden una llama en mi interior que se extiende por todo mi ser y arrasa con todo lo que encuentra a su paso. No puedo pensar en otra cosa que no sean sus palabras.

No *quiero* pensar en otra cosa que no sean sus palabras.

—No podemos seguir viéndonos. —Me sorprendo a mí misma cuando suelto esa frase, cuando por fin soy capaz de obligarme a decir lo que tendría que haber dicho desde el inicio. Me sorprende lo desesperada que me encuentro por convertir las palabras en una mentira, por convertirlas en algo que dé como resultado más noches con él.

Wolfe me mira un instante antes de contestar.

—En ese caso, hagamos que esta noche valga la pena.

Me da la mano y me conduce de vuelta a la playa, al suelo inestable en el que puede pasar cualquier cosa. Y, por mucho que mi corazón lata desbocado y mi mente me diga que debería irme, dejo que lo haga.

No me suelta hasta que hemos avanzado más por la orilla y tengo el océano a mi derecha y unos enormes árboles de hoja perenne a mi izquierda. Estamos protegidos en este lugar. A salvo. Invisibles mientras el resto de Arcania duerme.

Wolfe saca una flor de luna de su bolsillo y la envuelve alrededor de mi muñeca usando su tallo.

—Para mantener la tradición —me dice.

—¿De dónde las sacas? —le pregunto, observando la flor.

—Las tenemos en casa, aunque la que vi cuando estaba contigo fue la primera que he visto más allá de nuestras puertas. Se dice que la primera bruja nació en esta isla, en un campo de flores de luna, cientos de ellas, y que, en lugar de buscar a su madre, lo primero que hizo fue tocar un capullo de esta flor. No practicáis la magia únicamente durante el día solo porque así le parezca mejor a los del continente; lo hacéis porque la magia es más poderosa bajo la luz de la luna. Practicarla durante el día hace que sea más débil de forma automática.

—Nunca había oído eso —le digo. Los dedos me tiemblan mientras acaricio los pétalos blancos, sin poder comprender cómo la historia que Wolfe me cuenta sobre la flor puede ser tan distinta a la que yo conozco. No entiendo por qué no me duele, por qué no arriesgo mi vida cada vez que me encuentro con una de estas. Esta condenada flor ha tirado de los hilos de mi vida, y, si todo se sale de control, sabré que todo empezó aquella noche en el campo cuando una flor que es letal para los brujos demostró ser todo lo contrario.

—¿Por qué no me hace daño? —pregunto finalmente, y mis palabras escapan en voz baja. Vulnerables. Contengo el aliento mientras espero su respuesta.

—Porque no es venenosa para los brujos. —La voz de Wolfe es impasible, aunque me observa como si mi respuesta importara por alguna razón.

—¿Y por qué todo mi aquelarre cree lo contrario?

Wolfe tensa la mandíbula y contempla el mar como si estuviese considerando qué decir.

—Eso deberías preguntárselo a tu madre —me dice, y sus palabras parecen un reto.

—Pero mi madre cree que es venenosa.

Wolfe deja escapar un largo y profundo suspiro que hace que me ponga nerviosa.

—Pregúntaselo y ya.

—Quizás lo haga —le digo, mientras mis dedos rozan los pétalos en mi muñeca y el estómago se me retuerce al pensar en mencionarle la flor a mi madre. No obstante, algo en el tono de Wolfe me hace creer que es importante, de modo que me guardo el pensamiento para después.

—Bien. Sigamos. Cada ser vivo tiene su propio latido, su propia energía que vierte en el mundo. —Señala un helecho que crece en la base de un árbol y cuyas hojas se agitan por el viento—. Como brujos, podemos acceder a esa energía que se limita a estar a la espera de una conexión.

Roza la planta con los dedos y cierra los ojos. Respira hondo varias veces antes de apartarse del helecho y tocar la tierra yerma que hay a un lado.

—Donde alguna vez hubo uno, que surja otro. —Pronuncia las palabras con reverencia, y entonces un nuevo helecho brota de la tierra, vivo, lleno y real.

—¿Cómo lo has hecho? —le pregunto, observando la planta sin poder creérmelo. Avanzo hacia el helecho, temerosa de que vaya a desaparecer si me acerco demasiado. Estiro una mano y acaricio suavemente sus hojas.

El helecho permanece en su sitio.

Wolfe vuelve a tocar la primera planta para luego darme la mano y cubrir la suya con la mía.

—Cierra los ojos y concéntrate —me instruye—. ¿Qué es lo que sientes?

El fuego que noto en mi interior se enciende ante su toque, aunque sé que no se refiere a eso. Me obligo a concentrarme en todo lo demás, en todo lo que no sea sus dedos bajo los míos.

He trabajado con plantas toda mi vida, y, tras varios segundos de concentración, ya sé lo que me está preguntando. Un pulso de magia fresca y limpia me espera en su mano. La puedo notar con la misma claridad con la que noto el calor en el estómago y el viento en el pelo.

—Eso —dice—. Eso es.

Con suavidad, atraigo su magia. No sé cómo se me ocurre, cómo siquiera es posible, pero me parece algo natural.

—Donde alguna vez hubo uno, que surja otro. —Recibo el latido del helecho y lo planto en la tierra.

Y otro helecho brota frente a nosotros.

Planto más y más de ellos; los observo brotar de la tierra uno tras otro. Quiero plantar cientos, miles de ellos, para tener mi propio campo secreto al que pueda ir cuando quiera.

Otro y otro y otro más.

Me echo a reír, maravillada por la sensación de la energía de la planta que envuelve la mía.

No ocurre de este modo con la baja magia. Nosotros añadimos nuestra magia a lo que ya existe: perfume, hojas de té, maquillaje, masa madre. Sin embargo, esta unión de mi magia con el helecho, con el viento y con el mar cuando vi a Wolfe por última vez, resulta embriagadora.

Es como se supone que debería ser.

En cuanto lo pienso, me debato para intentar no hacerlo, solo que es demasiado tarde. El pensamiento se asienta, se arraiga en mi mente como los helechos que me rodean.

—Gracias por enseñármelo —le digo—. Me alegro de haber podido experimentar algo así.

—¿Eso es lo único que quieres hacer esta noche?

Puedo notar cómo la magia despierta en mi cuerpo, cómo se despereza y anhela más. Solo que es una sensación peligrosa.

—Sí.

Wolfe asiente.

—En ese caso, de nada.

Volvemos a la playa principal, fuera de la cobertura que nos otorgan los árboles, e intento ignorar la sensación de pesar que se asienta en mi vientre.

Pero entonces cada parte de mí se queda congelada por el pánico. La señora Wright va andando por la playa, tarareando para sí misma, y su perro va unos cuantos metros por delante de ella. Forma parte del consejo, como mi madre, y me quedo mirándola con horror mientras se acerca. Una nube se desplaza delante de la luna y nos oculta a los dos en la oscuridad.

Sin embargo, no tardará en vernos de todos modos.

De pronto, mi cuerpo toma las riendas. Noto la brisa sobre el mar y me aferro a ella para hacerla crecer hasta que se convierte en un viento fuerte. Lo envío a toda marcha por encima del agua, y gotitas de mar surgen con él para cubrir la playa en una niebla espesa que se mueve en dirección a la señora Wright.

—De brisa a ventarrón, fresco del mar, necesito más distancia, de mí te debes alejar —susurro las palabras de forma frenética una y otra vez, desesperada por que sean suficiente.

—Ay, Dios —suelta la señora Wright, tan cerca que puedo oírla.

Unos pasos más y nos verá.

Genero más viento, lista para enviarlo en su dirección, pero entonces Wolfe se estrella contra mí y nos hace caer sobre un montón de hierba alta y unos arbustos grandes. Su cuerpo aterriza justo sobre el mío.

—¿Qué ha sido eso? —oigo que dice la señora Wright. Su perro se nos acerca corriendo y comienza a olfatear la hierba. Sin embargo, en cuanto llega a nuestra posición, gimotea y se va corriendo. Wolfe se lleva un dedo a los labios. Puedo notar su pecho expandiéndose contra el mío, cómo nuestros alientos se enredan en el espacio que compartimos.

Impulso un poco más de viento en dirección a la señora Wright, y este es suficiente para hacer que vuelva por donde ha venido. La oigo musitar en voz baja sobre el tiempo impredecible, hasta que su voz desaparece en la nada.

El corazón me late tan rápido contra las costillas que temo que vaya a escaparse de mi pecho.

Wolfe sigue tumbado sobre mí y hace que respirar sea incluso más difícil.

Las nubes continúan su marcha por el cielo, y la luna vuelve a salir de su escondite. Vuelca su luz azul pálida sobre Wolfe, sobre su cabello despeinado y sus ojos grises, e ilumina su expresión. Ilumina el modo en que sus ojos se posan sobre mis labios.

Lo único en lo que puedo pensar es en acortar la distancia que nos separa. Quiero saber lo que se siente; quiero saber a qué sabe. Quiero saber todas esas cosas que tengo prohibidas.

Y casi lo hago. Casi cierro los ojos y rozo sus labios con los míos, pero entonces pienso en las expectativas de mis padres y en el vidrio marino que me dio Landon, en los sacrificios de mis ancestros y en cómo Ivy cree en mí.

Y no puedo.

Es posible que quiera besarlo más de lo que he querido cualquier otra cosa en mi vida, pero no puedo hacerlo.

Me aclaro la garganta y ruedo hacia un lado, aunque no me pongo de pie. En su lugar, me quedo tumbada de espaldas y contemplo las estrellas.

Wolfe hace lo mismo.

—No te va a gustar lo que voy a decirte —me advierte. Me giro hacia él por mucho que no me mire. Mantiene la vista clavada en la luna menguante, en la luz de las estrellas.

—¿Qué pasa? —le pregunto, y entro en pánico por lo que me pueda decir. Recuerdo mis primeros días en la perfumería, cuando infusionaba sentimientos en los aromas. Nunca me costó. Y entonces pienso en cómo nada, ni siquiera el fabricar perfumes, me ha resultado tan sencillo como convocar el viento desde el océano.

—Lo que acabas de hacer es algo imposible para un brujo de la nueva orden. No tendrías que haber podido hacer algo así —dice, antes de hacer una pausa—. ¿Sabes lo que eso me dice?

Me quedo en silencio. No me muevo, no respiro, no parpadeo. Espero su respuesta, con miedo a que pueda hacer añicos todo mi mundo.

—Que estás practicando la magia equivocada.

Y tengo razón, sí que lo hace.

Dieciséis

La calle Main está llena de turistas; un mar de bufandas que se agitan con la brisa otoñal y de manos envueltas en guantes que sostienen bebidas calientes. Los arces están cambiando; las hojas verdes y amarillas se tornan de un color anaranjado oscuro y rojo sangre. Las calles adoquinadas están mojadas por la lluvia reciente, aunque hoy hace un día despejado y brillante, y la luz del sol ilumina las gotitas que descansan sobre las plantas y las vides.

Ivy ha entrelazado su brazo con el mío, y ambas seguimos a mi madre mientras ella se abre paso entre los turistas. Me encanta ver cómo las bolsas de papel se bambolean en sus manos, cómo nuestra isla triunfa, cómo se aprecia nuestra magia. Me aterra lo fácil que podría destruirse todo esto.

«Estás practicando la magia equivocada».

Sacudo la cabeza y aparto las palabras de mi mente. La magia correcta es la magia que nos protege. La que nos deja vivir en libertad y sin escondernos. La que nos garantiza seguridad para los niños de la isla.

—Oye, ¿dónde andas? —me pregunta Ivy, lo que me hace volver al presente.

—Perdona, aquí estoy.

Ivy pone los ojos en blanco.

—Dale recuerdos a Wolfe.

—¡Ivy! —exclamo, con la intención de regañarla—. No pronuncies su nombre cerca de mi madre. Y no estaba pensando en él.

—Ya, claro. Solo… —Ralentiza su avance para distanciarnos de mi madre, y yo me la quedo mirando.

—Di lo que tengas que decir.

—Es tu corazón el que está en juego, Tana. Solo quiero que tengas cuidado. —No retoma su avance ni bien termina de hablar. En su lugar, traga en seco y se retuerce las manos.

—¿Y qué más?

—Y también lo está el de Landon. —Pronuncia las palabras en una voz tan baja que tengo que acercarme a ella para oírla.

—Ah, no sé yo —digo, con un hilo de voz, y me arrepiento de inmediato.

—¿A qué te refieres?

Meneo la cabeza y vuelvo a andar, pero Ivy me detiene.

—Olvídalo, no importa.

—A mí me importa.

—Es solo algo que dijo sobre que el deber importaba más que cualquier otra cosa. Me dijo que no podía prometerme enamorarse de mí.

—¿Se lo pediste?

—No, claro que no —le digo—. Solo le pedí que no se cerrara ante la posibilidad. Supongo que siempre he creído que, una vez que nuestro cortejo diera inicio, se produciría una chispa. —Me encojo de hombros—. Ahora me doy cuenta de lo tonto que suena.

Mi madre está muy lejos de nosotras, así que volvemos a andar, con el brazo de Ivy entrelazado con el mío.

—No es ninguna tontería. No sé cómo alguien podría pasar tanto tiempo contigo y no enamorarse por completo. Se quedará prendado de ti algún día, solo dale tiempo.

Sonrío ante sus palabras, aunque tengo el estómago hecho un nudo. Por mucho que quiera creer lo que me dice, no puedo. Le doy un apretoncito en el brazo; su peso a mi lado me reconforta, me permite conectar con este mundo y esta magia y esta vida. Está intentando protegerme, y se lo agradezco de todo corazón. Todos necesitamos que nos protejan en algún momento de nuestras vidas, y creo que este es el mío.

Porque, en ocasiones, en mitad de la noche, cuando Arcania duerme, noto como si estuviese flotando a la deriva. En dirección a una magia oscura y reglas que se rompen, hacia la costa occidental y un muchacho que es afilado y hermoso, como el cristal puro cuando se saca de la tierra.

Pero no quiero flotar a la deriva, así que me aferro a Ivy con un poco más de fuerza de la necesaria mientras le damos el alcance a mi madre.

—¿Listas, chicas? —nos pregunta, cuando nos detenemos frente a la tienda de vestidos de la señorita Talbot.

—A encontrar un vestido —contesto. Mi madre asiente con aprobación y luego entra en Seda y Satén con la misma delicadeza con la que sopla la brisa de otoño por la calle Main.

—Hola, señorita Talbot —saluda. Tenemos toda la tienda para nosotras. Mi madre ha organizado una cita privada de modo que solo ella, Ivy, la señorita Talbot y yo fuésemos las únicas en ver el vestido antes del baile. Me parece un pelín exagerado, aunque no me molesta seguirle la corriente. Llevo esperando ese baile mi vida entera.

Cada brujo tiene su propio baile la noche en la que cumple veinte años, pues es cada persona por sí sola lo que le otorga fuerzas a nuestro aquelarre. Con cada brujo que renuncia a la magia oscura y se compromete con la nueva orden, nos hacemos más fuertes. Más estables. Nos acercamos más a la vida que queremos vivir.

Y mi baile sellará esa vida con el anuncio de mi compromiso con Landon.

Mi madre tiene razón: necesito el vestido perfecto.

—Bueno, Tana, qué emoción todo esto —dice la señorita Talbot mientras nos trae una tetera y tres tazas de té.

Nos sentamos sobre un sofá con botones, de color mármol, que da a una plataforma alzada frente a una pared de espejos. La habitación está impecable y muy bien iluminada, y los rayos de sol se cuelan por las ventanas que llegan desde el suelo hasta el techo y hacen que los espejos dorados reluzcan.

—¿Qué es lo que buscas, querida? —me pregunta la señorita Talbot al situarse frente a mí.

Aunque mi madre empieza a responder, la interrumpo.

—Me gustaría algo que sea del color del océano —le digo—. Como si hubiese nacido de él. Con una cola por detrás y sin encaje ni volantes. Quiero causar impresión. Quiero parecer atractiva.

—Tana, ¿no quieres algo más alegre? ¿Más suave?

—No.

Mi madre bebe un sorbo de su té.

—Pues bueno, me parece estupendo.

La señorita Talbot da una palmada antes de dirigirse hacia la trastienda a toda prisa en busca de muestras de tela.

Me distraigo mientras Ivy y mi madre empiezan a hablar sobre el baile de la primera, el cual se celebrará tan solo unos meses después del mío. Su conversación es tranquila y relajada; ambas se emocionan por las mismas cosas y hacen énfasis en las mismas palabras. Las dos son ejemplares perfectos de su entorno: correctas, cálidas y poderosas.

Wolfe se equivoca sobre la baja magia. Se equivoca al decir que somos cobardes y una deshonra para los brujos. Cree que somos débiles porque no puede ver más allá de su visión limitada de lo que significa ser fuerte.

Ser fuerte es rodearnos a nosotros mismos en un velo de pasividad para salvar a aquellos a quienes queremos.

Ser fuerte es permitir que los habitantes del continente vean nuestras vulnerabilidades con el objetivo de que nos acepten.

Ser fuerte es tragarnos nuestras palabras cuando personas como Wolfe se atreven a tildarnos de débiles.

Meneo la cabeza. Cielos, sí que es exasperante.

Suelto un resoplido y me cruzo de brazos, pues lo único que quiero es abrirme paso como un bólido hasta la costa occidental y echarle la bronca.

—¿Tana? —me llama mi madre, con la taza de té a medio camino de sus labios.

—Perdón, ¿qué decías?

Mi madre menea la cabeza y deja la taza sobre el platito con un tintineo de la porcelana.

—¿Qué es lo que te pasa estos días? Estás muy distraída, con la cabeza en otra parte. Necesito toda tu atención aquí, Tana. Esto es importante.

—Lo siento, mamá. Solo estoy un poco cansada.

Se me queda mirando unos instantes y me observa la expresión con atención antes de asentir.

—Bueno, trata de irte a dormir temprano hoy. Podemos hacer una parada en La Copa Encantada de camino a casa para comprar algo de su mezcla Buenas Noches.

—Eso estaría bien.

—Ivy, cuéntame más sobre tus planes para tu Baile del Juramento. —Mi madre vuelve a sostener la taza y mira a mi amiga.

En ocasiones creo que Ivy es la hija que a mi madre le habría gustado tener. Pero no le guardo rencor por ello, en absoluto. Solo me gustaría poder ser más como ella. Tengo un papel importantísimo que desempeñar y sé que se me da de pena hacerlo.

A Ivy se le daría mejor, todos lo sabemos. Sin embargo, mi apellido significa que es mi responsabilidad, como si un nombre fuera a cambiar algo.

La idea me sobresalta. Sí que importa... ¿no? ¿Cuándo he empezado a cuestionar las tradiciones y los valores que son los pilares de nuestro aquelarre?

Tengo clara la respuesta: en el momento en que toqué la flor de luna y no me hizo ningún daño. Fue la noche en la que practiqué una magia que nunca debí encontrar, y me hace enfadar, me pone furiosa saber que le he permitido a una sola persona plantar esas ideas en mi mente. Conforme me llevo la taza a los labios, me percato de que la porcelana tiembla entre mis manos. La dejo a un lado con rapidez, pero también con demasiada fuerza, y la taza se estrella contra el platito en la mesa.

—¡Tana, ten cuidado! —me riñe mi madre. Parece muerta de vergüenza, por mucho que la señorita Talbot siga en la trastienda—. Mira, no sé qué te pasa, pero hazme el favor de comportarte. —Menea la cabeza—. De verdad espero que Landon se haya recuperado de su chapuzón otoñal contigo. Por el amor de Dios, Tana, ¿en qué estabas pensando?

—No hay nada de lo que recuperarse —le digo—. Fue idea suya.

—¡Y aquí lo tenemos! —La señorita Talbot canturrea al volver desde la trastienda con rollos de tela sobre los brazos. Todos son de distintas tonalidades de azul: oscuro, cerúleo, grisáceo y náutico. La tela brilla gracias a la luz como el mar bajo la luna llena, y yo me incorporo en el sitio y me estiro hacia la seda.

—Ay, Shawna, este es precioso —dice mi madre, mientras le quita un trozo de tela a la señorita Talbot.

—También es mi favorito —comento. Es el azul grisáceo, una tela de una tonalidad que podría confundirse con la espuma de las olas en el mar. Mi madre me mira, y una sonrisa se forma en sus labios.

—Te quedará perfecto —me dice, y su comentario llena todos los vacíos que noto en mi interior.

Está orgullosa de mí. Lo sé, pese a que he dejado la taza con demasiada fuerza sobre su plato y a que mi mente está en otra parte. Lo noto irradiar de ella, y me gustaría estar en la perfumería para poder embotellar la sensación en uno de nuestros aromas y echarlo en el aire para cuando necesite un recordatorio.

—Tana, ese color está hecho para ti —dice Ivy.

La señorita Talbot me indica que suba a la plataforma y empieza a tomarme las medidas. Lleva unas gafas de marco metálico delgado y la piel morena de su frente está tensa debido al moño apretado que lleva en lo alto de la cabeza. Se muerde el labio mientras mide, anota los números y vuelve a medir. El vestido será ceñido en el pecho y caerá suelto desde la cintura, pero no tendrá ningún miriñaque ni tela extra bajo la seda. Tendrá una cola por detrás, y brillaré del mismo modo en que lo hace el agua.

Nunca he tenido nada igual, algo tan alejado de los colores pasteles y suaves que abundan en Arcania. Me muero de ganas de ponérmelo.

Mi madre se me acerca por detrás y me coloca un collar elegante alrededor del cuello. Este pesa debido a la docena de zafiros que lleva.

Me llevo la mano hacia el collar, pero, cuando me observo a mí misma en el espejo, lo que veo no me convence.

—Tenía la esperanza de poder usar tus perlas —le digo.

Veo la sorpresa en sus ojos, seguida de una pequeña sonrisa que tira de la comisura de sus labios. Traga en seco y me quita el collar.

—Pues claro que puedes —me dice, y sus ojos se encuentran con los míos en el espejo.

Cuando la señorita Talbot acaba de tomarme las medidas, nos dice que volvamos en dos semanas para la primera prueba del vestido. Nos terminamos el té y salimos hacia la calle Main, la cual ya no está tan ajetreada, dado que se ha hecho tarde. Los días se están haciendo más cortos, y la mayoría de las tiendas tienen unas lámparas encendidas en el exterior que emiten una luz cálida y amarilla sobre las grietas de las piedras y las vides trepadoras.

—¿Qué tal si os invito a cenar? —propone mi madre, tirando de mí y de Ivy hacia ella.

—¿Solo nosotras tres? —le pregunto. Solemos cenar con mi padre prácticamente cada noche. Creo que mi madre nunca me ha llevado a cenar con una amiga.

—Solo las tres, sí.

—Yo no tengo nada que hacer —dice Ivy, y yo me apoyo en ellas.

—Perfecto, entonces.

Hay momentos en los que me parece que el peso de las expectativas y de la responsabilidad podrá conmigo, cuando me preocupa que no pueda dar la talla para el papel que se supone que debo desempeñar. Pero también hay momentos en los que contemplo Arcania, a mis padres y a mis amigos, y entonces me invade una sensación de orgullo intenso que surca mis venas y nutre cada parte de mi ser.

Esta es una de esas veces.

No hablamos sobre Landon mientras cenamos. No hablamos sobre el continente ni el Baile del Juramento ni el protocolo apropiado para cuando se recibe a un invitado distinguido. Hablamos sobre los detalles minúsculos y sin importancia que componen nuestra vida en esta isla diminuta.

Y eso es todo para mí.

Diecisiete

Llevo durmiendo mal desde mi cita con Landon, pues estoy preocupada por cosas a las que no debería darle importancia. Me frustra mi falta de entendimiento y las preguntas incesantes que azotan mi cerebro. Desearía poder dejar atrás a la flor de luna, dejar que a la alta magia y a Wolfe Hawthorne se los lleve una corriente salvaje y así no verlos nunca más. Solo que no puedo hacer eso, y estoy furiosa conmigo misma por ello.

Una vez que mis padres se acomodan con su taza de té nocturna, recojo mi cesta de la cosecha y me escabullo fuera de casa. Necesito aclarar mi mente, así que sigo la orilla hacia el lado oeste de la isla, hacia la costa silvestre en la que nadie me interrumpirá. Aún no le he preguntado a mi madre sobre la flor de luna, y sé que debo hacerlo, sé que debo ponerle fin al tema. No obstante, desde aquella primera noche con Wolfe en el campo, una sensación horrible se me ha asentado en el estómago; esto podría cambiarlo todo, y, en cierto modo, quizás ya lo haya hecho. Aun así, estoy intentando con todas mis fuerzas no soltar las riendas de mi vida, y creo que el no preguntar por la flor es como puedo hacerlo, como puedo aferrarme al modo en que eran las cosas antes de que me perdiera el trasvase.

Wolfe diría que soy una cobarde. Y tal vez tenga razón.

A la perfumería le hacen falta violetas y narcisos, de modo que me dirijo por los senderos en los que sé que podré encontrar más. Es una noche tranquila, un crepúsculo precioso que se acomoda en la isla, y yo tarareo para mí misma mientras lleno la cesta de flores. Empiezo a imaginarme los distintos perfumes que podría hacer, las combinaciones que usaré y el tipo de magia que imbuiré en ellos. Aunque fabrico perfumes la mayoría de los días, lo hago sin cansarme, sin aburrirme de ello ni ponerme inquieta. Usar magia para peinarme o maquillarme es una cuestión de practicidad, pero, cuando estoy en la trastienda de la perfumería y encuentro la mezcla perfecta de magia y fragancia, es como si me sintiera en mi propio hogar dentro de mi propio cuerpo.

Al menos así era hasta que conocí a Wolfe. Sin embargo, ahora debo pasar por alto la presencia de una parte de mi magia que me urge a usar más, y nunca lo perdonaré si mi baja magia deja de ser suficiente para mí. Nunca podré superarlo.

Pese a que tengo la cesta a rebosar, en lugar de dirigirme hacia el norte, de vuelta por donde vine, camino más hacia el sur. La parte del suroeste de la isla está llena de bosques, y, conforme camino entre los árboles, me empiezo a preguntar si es posible que haya una casa en medio de estos, protegida por magia. Me parece algo imposible; he explorado cada parte de esta isla múltiples veces, y, aun así, he descubierto que hay un montón de cosas imposibles que son cualquier cosa menos eso.

Examino el bosque, en busca de alguna pista que me indique la presencia de vida humana: jardines o humo o puertas que puedan confirmar aquello que no quiero creer. Si hay algún hogar en esta isla que ninguno de nosotros conozca, sería en esta parte, lo más lejos posible de las casas y las tiendas del nuevo aquelarre. Solo que no veo nada.

El cielo se va oscureciendo conforme me adentro en el bosque, y de pronto me percato de lo lejos de casa que he caminado. Me giro para marcharme cuando oigo una ramita romperse a lo lejos.

Entorno los ojos en la oscuridad, aunque lo único que veo son las sombras de los árboles de hoja perenne.

—¿Hay alguien ahí? —pregunta una voz, y no tardo nada en reconocerla.

No sé qué es lo que se apodera de mí, pero me doy media vuelta y salgo corriendo, pues no quiero que me vea. No quiero que sepa que he estado buscando señales de una casa mágica o de un aquelarre olvidado.

Todo está oscuro, así que apenas puedo ver por dónde voy. Se me atasca un pie en una raíz salida y caigo de bruces al suelo. La cesta aterriza a varios metros de mi posición, y las flores se derraman por el suelo del bosque.

Durante un segundo, todo se encuentra en un silencio absoluto.

—¿Mortana?

Alzo la vista y veo a Wolfe de pie frente a mí. Intento contestarle, pero no encuentro las palabras.

—¿Qué haces aquí? —me pregunta. Me ofrece una mano, y yo la acepto despacio, para luego hacer caso omiso de la corriente que me recorre ante su toque.

—Me he perdido —le digo, poniéndome de pie y sin querer mirarlo a los ojos.

—¿Te has perdido? ¿En esta isla diminuta en la que llevas viviendo toda tu vida? —Pese a que tengo la vista clavada en el suelo, puedo oír la burla en su tono e imagino la sonrisilla en su rostro.

—Es que está oscuro —me excuso, sin ganas.

Avanzo hacia la cesta, empiezo a llenarla de las flores que se han caído, y Wolfe se agacha para ayudarme. Cuando he recogido todo lo que puedo ver, me vuelvo a incorporar.

—¿Te has hecho daño? —me pregunta.

—No.

No me dice nada más, sino que empieza a caminar y a recoger hierbas y plantas que va añadiendo a la cesta. Lo sigo despacio, y el pecho me duele al ver el cuidado que tiene con todas y cada una de las plantas, el modo en que las extrae con delicadeza de la tierra y las deja en la cesta como si estuviesen hechas de un cristal que podría quebrarse en cualquier momento.

Aunque me cuesta verlo, distingo algo que le mancha los dedos. Me detengo y alcanzo su mano para acercármela al rostro.

—Estás sangrando.

—No es sangre —me dice, con la vista clavada en mí—. Estaba pintando.

—¿Te gusta pintar?

—Sí. —La palabra es tensa, como si estuviese admitiendo hacer algo que tenía la intención de mantener oculto.

—¿Y qué es lo que pintas?

Wolfe empieza a caminar de nuevo, y me dispongo a seguirlo.

—Personas, más que nada.

—¿De tu aquelarre?

—Sí, de mi aquelarre.

—¿Por qué? —le pregunto, porque quiero que siga hablando, quiero que siga compartiendo conmigo aquella parte de él.

—Porque, si no lo hago, ¿cómo nos recordarán?

Sus palabras me dejan sin aliento debido a su honestidad tan cruda. Quiero decir algo que calme la furia en su voz, el dolor, pero no se me ocurre nada. Mi aquelarre no conoce la existencia del suyo, quienes viven una vida oculta en la magia y las sombras de los árboles.

—Yo os recordaré.

Wolfe se gira hacia mí y coloca algo de cedro en la cesta.

—¿Y se lo contarás a tu madre? ¿A tu futuro marido? ¿O acaso seré un secreto que te llevarás a la tumba?

—Eh… —Me interrumpo a mí misma porque la respuesta es demasiado dolorosa como para pronunciarla en voz alta. Me lo quedo mirando y veo más sombras que persona en medio de este bosque tan denso. Sabe que no puedo contárselo a nadie, que nuestra seguridad y la suya dependen de que el continente crea que la magia oscura ya no existe. Sin embargo, es una verdad dolorosa, una que me rasgará el corazón por el resto de mis días.

Me quedo de piedra cuando sus dedos encuentran mi rostro, se deslizan con suavidad sobre mi mejilla y me acomodan un mechón de pelo detrás de la oreja.

—Exacto.

Se gira sin mediar palabra, pero yo me quedo donde estoy, congelada, y llevo una mano hacia el lugar que sus dedos han tocado hace tan solo un instante.

—Tengo que volver a casa —le digo finalmente, obligándome a moverme.

Wolfe se detiene y deja un tallo de narciso en la cesta.

—¿Qué estabas haciendo en realidad? —me pregunta, haciendo caso omiso de mi anterior comentario.

Me giro y sigo el sonido de las olas, con la intención de llegar hasta la orilla, donde la luz de la luna iluminará mi camino a casa. Wolfe acompasa su andar con el mío. No le respondo hasta que llego a la playa y respiro el aire salobre, el cual hace que me calme desde dentro.

Por fin, me giro hacia él.

—He venido a recoger unas flores y me he puesto a pensar en nuestra conversación y… no sé. Creo que de forma inconsciente he empezado a buscar pruebas de que lo que me dijiste es cierto.

—¿Es que no me crees?

—No he dicho eso.

—Entonces, ¿por qué estás buscando pruebas?

Respiro hondo.

—Porque no quiero creerte. —Me acerco un poco más al mar y me siento sobre la arena, cansada, avergonzada y confundida.

—¿Por qué no?

—Porque es más sencillo que la alternativa.

—¿Y has encontrado alguna prueba? —me pregunta, al tiempo que se sienta a mi lado. Su tono no delata nada, aunque habla con una suavidad que no había percibido antes, y no entiendo la razón. Quizás puede ver todos los hilos que se han desenmarañado en mi interior.

—Bueno, te he encontrado a ti. O me estás siguiendo o tienes una casa mágica en esta isla a la que me he acercado de más.

—No te estoy siguiendo —dice, y yo vacilo un segundo.

—Lo sé. ¿Cómo funciona, entonces? ¿Cómo has sabido que estaba aquí?

Wolfe se remueve a mi lado, y me percato de que él también está incómodo, pues no sabe si puede confiar en mí. No sabe si ha compartido demasiada información ni si volveré a casa y le contaré a mi madre todo lo que sé.

—Hay un hechizo en la casa que puede notar señales de calor en el bosque que nos rodea. En un principio se usaba para alertar a los brujos de si había animales cerca. Antes de que los campos empezaran a dar fruto, los brujos necesitaban comer. Pero ahora lo usamos como una especie de sistema de seguridad.

Conforme habla, la furia me invade, aunque es algo más que eso. Es la tristeza de que este lugar que adoro con cada fibra de mi ser me haya ocultado secretos tan grandes que amenazan con destruir todo por lo que mi aquelarre ha luchado tanto por construir.

—Si no hubieses estado ahí para detenerme, ¿habría terminado encontrando tu casa?

—No. La magia habría hecho que caminases en círculos por el bosque —contesta, sin apartar la mirada de mí.

—Odio que tengas una explicación para todo —le digo, aunque creo que lo que en realidad quiero decir es que odio creerme todo lo que me cuenta. Odio que sus palabras hagan que me plantee preguntas que nunca antes había pensado en formular.

—Odio que necesites tantas de ellas —dice él, y creo que lo que en realidad quiere decir es que odia que no sepamos nada sobre la vida que vive, como si no valiese la pena conocerla.

Y yo no sé qué decir, porque una parte de mí desea no saber nada. Una parte de mí desea volver al momento antes del trasvase y borrar todo lo que ocurrió después, porque tengo miedo de saber más.

Tengo miedo de hacer todas las preguntas que quiero hacer. Tengo muchísimo miedo.

Sin embargo, más allá del miedo, más allá de las preocupaciones y las dudas y la incertidumbre, se encuentra la verdad irrefutable de que quiero conocerlo. Quiero saber lo que lo mantiene despierto por la noche, los pensamientos que invaden su mente, la razón de ser de sus bordes afilados y de sus palabras tensas.

Y lo que hace que los ojos se me llenen de lágrimas, que se me cierre la garganta por la verdad que contiene, es que quiero conocer a Wolfe Hawthorne más de lo que he querido nunca algo en la vida. Y es algo devastador.

—Dime en qué piensas —me pide.

Debería mentirle; contestar con algo insustancial, pero él se ha colado de algún modo en las grietas de aquello que me compone, él y la flor de luna y su magia, y poco a poco lo están echando abajo.

—Puede que seas lo peor que me ha pasado en la vida —le digo, y temo mirarlo a los ojos, temo incluso mirar en su dirección.

Él suspira, recoge una piedra de la playa y la lanza hacia las olas.

—Lo sé.

—Entonces, ¿por qué lo haces? ¿Por qué me dices que quieres verme de nuevo? ¿Por qué vienes a buscarme en el bosque cuando podrías haberme dejado sola y ya?

Aunque se gira en mi dirección, no habla hasta que lo miro, una decisión de la que me arrepiento de inmediato.

—Porque soy egoísta, y, cuando te veo practicar mi magia, el mundo entero cobra sentido.

Quiero gritarle, quiero decirle lo injusto que está siendo, lo cruel que es todo esto. Pero, más que nada, quiero susurrarle que, durante esas noches en las que practiqué su magia bajo la luz de la luna, mi mundo también cobró sentido.

Cobró sentido incluso mientras se hacía pedazos.

Dieciocho

Una semana después, Ivy ha venido a pasar la noche. Hacía muchísimo que no teníamos una fiesta de pijamas y, tras estallar en carcajadas junto a ella en mi habitación y cuchichear sobre cosas que no tienen nada que ver con flores inocuas ni magia oscura, me siento más como yo misma. Mis padres se encuentran en la planta baja, bebiendo un poco de vino frente a la chimenea. Fuera, todo está a oscuras, y las luces en mi habitación son tenues.

Estamos tendidas en mi cama con un cuenco de palomitas entre ambas.

—Ya nos han hecho un montón de pedidos anticipados para nuestro té *Tandon*, por cierto —comenta Ivy.

—¿En serio? ¿Quién quiere beber eso?

—Los brujos de esta isla que por fin están respirando tranquilos tras años de contener el aliento. —Sus palabras son serias, de modo que me incorporo un poco sobre un codo.

—Me alegro —le digo, con un tono más suave. Y de verdad lo hago, me sienta bien saber que mi relación con Landon le trae paz a un aquelarre que fue fundado con el miedo como base.

—¿Quieres que te reserve una bolsa grande?

Me echo a reír.

—Claro —acepto—. ¿Y cómo va la tienda?

—De maravilla. Mis padres me están enseñando más y más cosas. Esperan que la regente el año que viene. Y tengo muchísimas ideas sobre cómo mejorar nuestro negocio y crear más oportunidades.

—Si creas un té matrimonial, me rebelaré.

—Pues claro que voy a crear un té matrimonial, y va a tener un nombre ridículo como «Enamora-té con *Tandon*».

Me atraganto con una palomita.

—Tienes que pensarte mejor ese nombre.

—Aún tengo tiempo.

—Hablando en serio, me alegro por ti. A la tienda le irá de maravilla si tú la regentas.

—Lo sé —dice mi amiga con una sonrisa. No es arrogancia; ella conoce sus puntos fuertes y no está dispuesta a negarlos solo para guardar las apariencias.

Es una de las cosas que más me gusta de ella.

—He estado pensando —empieza Ivy, tras ponerse de lado para mirarme. Su tono cambia y se vuelve un poco más serio—. El modo en que conociste a Wolfe no tiene mucho sentido.

Se me forma un nudo en el estómago, y me empiezan a sudar las manos.

—¿Tenemos que hablar de él?

—No, no mucho. Solo tengo curiosidad por cómo pasó. Los habitantes del continente llevan la cuenta de quienes visitan la isla cada día para asegurarse de que todos vuelven por la noche. Habrían sabido que alguien faltaba y se lo habrían comunicado a tu madre.

El nudo en mi estómago se vuelve más tenso. Ivy es mi mejor amiga, y quiero compartir lo que pasó con ella. Y, quizás al hacerlo, la preocupación que siento en mi interior y que exige que hable con mi madre se tranquiliza un poco. Quizás me ayude a pasar página.

Respiro hondo y decido que no tengo por qué mantener el secreto de Wolfe. Al menos no con Ivy.

—No te conté toda la verdad. No quería asustarte y todo me pilló muy por sorpresa. —La miro, aunque su expresión no delata nada—. Es un brujo —le digo, con cuidado.

—¿De qué familia? Nunca había oído ese nombre.

Lucho conmigo misma, a sabiendas de que contar este secreto podría cambiarlo todo. Nuestro aquelarre cree que los brujos del antiguo aquelarre han desaparecido, que la magia oscura es algo obsoleto. No sé lo que podría pasar si la gente supiese la verdad. Pero tampoco quiero cargar con esto yo sola.

—Tienes que jurarme que no dirás nada —le pido, tras pensarlo un rato.

Ivy se incorpora.

—¿Por qué?

—Júramelo primero.

—Lo juro —dice, y su voz suena un tanto nerviosa.

Yo también me incorporo, de modo que estamos a la misma altura.

—Es un brujo del antiguo aquelarre.

Ivy se echa a reír y suelta un hondo suspiro.

—Ay, has hecho que me preocupe por nada —me dice, volviendo a tumbarse en la cama.

La agarro del brazo y hago que se incorpore de nuevo, con delicadeza, antes de mirarla a los ojos.

—Te lo digo en serio, Ivy. El antiguo aquelarre aún existe. Es pequeño, pero existe. Y Wolfe es uno de ellos.

La sonrisa que Ivy tenía en los labios desaparece, y el color se esfuma de su rostro.

—No es posible.

—Eso fue lo que pensé yo, pero me lo demostró.

—¿Cómo?

Hago una pausa para luego bajar la mirada. No podré borrar lo que estoy a punto de decir.

—Lo demostró con magia.

Se queda boquiabierta antes de menear la cabeza. Una y otra vez.

—Pero eso quiere decir que…

Asiento.

—¿Magia oscura? —pregunta, con voz temblorosa.

—Bueno, técnicamente se llama alta magia. Pero sí.

Ivy me mira como si no me conociera, como si fuese otra persona. El corazón se me parte en dos al ver la traición en sus ojos.

—¿Y dejaste que te la mostrara? ¿Dejaste que se saliera con la suya? Tenemos que contárselo a tu madre —me dice, al tiempo que empieza a levantarse de la cama.

—¡Ivy, no! —le suplico, agarrándola del brazo—. Espera, por favor. Escúchame primero.

Ivy le echa un vistazo a la puerta, y está claro que se debate consigo misma. Finalmente, relaja los hombros un poco y se vuelve a sentar en la cama.

—No es… No es nada maligno —le explico, escogiendo las palabras con cuidado—. Lo que me mostró, quiero decir. Se basa en una conexión con la Tierra. Es algo natural.

Ivy se me queda mirando.

—Es *peligroso*.

—No —repongo, tratando de hacerla entender—. Yo también lo pensé, pero no fue nada dañino ni nada a lo que tenerle miedo.

Ivy tiene una expresión ceñuda, como si hubiese comido algo amargo.

—Puedo entender que tuvieses un devaneo con un chico en la playa, pero ¿esto? ¿Acaso oyes lo que estás diciendo? ¿Cómo sabes que no está usando su magia en tu mente? ¿Cómo sabes que no te ha hechizado para que digas estas cosas?

—Porque él no haría eso —le digo, sin ni siquiera considerarlo.

Él no haría algo así.

¿Verdad?

—Me salvó la vida —continúo, cuando Ivy no dice nada.

—¿A qué te refieres?

Me hundo más en la cama.

—Me perdí el trasvase. Fue un accidente, y Wolfe me ayudó a vaciar mi exceso de magia para que esta no me matara.

—¿Que te perdiste qué?

—Lo sé, sé que no tendría que haberlo hecho. Pero así se dieron las cosas, y la única razón por la que sigo con vida es porque Wolfe me ayudó.

—Pero ahora tu vida está mancillada —me dice, y yo la miro sin poder creérmelo.

—Al menos sigo con vida —repongo, alzando ligeramente la voz—. ¿O preferirías que hubiera muerto?

Ivy no contesta de inmediato, y me duele ver cómo examina la pregunta en busca de una respuesta que no destruya nuestra amistad. Solo que entonces niega con la cabeza. No lo dice en voz alta, no se atreve a darle voz, pero no hace falta.

Necesito mostrárselo, necesito que entienda que mi vida no está mancillada, que lo que nos han enseñado no es cierto. Es la persona que más me conoce en el mundo, y sé que puedo confiar en ella con esta información.

—Deja que te muestre algo —le digo, tirando de ella para hacer que se levante de la cama.

Bajamos por las escaleras de atrás. Mis padres siguen charlando en el salón, por lo que abro la puerta trasera con cuidado y conduzco a Ivy hacia el exterior.

El jardín está podado a la perfección, un círculo color verde vivo que está rodeado de plantas y arbustos. Varios helechos crecen alrededor de un arce.

—¿Qué estamos haciendo aquí, Tana? —pregunta mi amiga. Aunque su voz es recelosa, sé que puedo hacer que lo entienda.

Tengo las manos en los bolsillos, y, cuando las saco, varios pétalos de flor de luna que había olvidado que había metido allí están en las palmas de mis manos; un recuerdo de cuando le di a Wolfe el guardarrecuerdos.

—¿Ves esto? —le digo, mostrándoselos—. Son pétalos de flor de luna, pero soy capaz de tocarlos. No me hacen daño; ¿por qué crees que es así? —Me acerco a un helecho y acaricio sus hojas rugosas con los dedos antes de cerrar los ojos hasta que la magia en mi interior reconoce la energía de la planta. Esta fluye hacia mí con libertad, y yo la recibo con delicadeza y la planto en la tierra que tengo cerca, mientras susurro las palabras que usé con Wolfe en la playa. Entonces brota otro helecho.

»¿Cómo podría ser esto algo peligroso? ¿Acaso no es la expresión de magia más natural? El trabajar mano a mano con la Tierra, en lugar de hacerle daño.

Ivy se lleva una mano a la boca y retrocede un paso para poner distancia entre nosotras. Tiene los ojos muy abiertos y la vista clavada en el helecho que ha brotado frente a ella.

—Has usado magia oscura —dice, con un hilo de voz, y pronuncia las palabras como si fuese un diagnóstico de una enfermedad terminal, como si se estuviese preparando a sí misma para perderme. Una cosa es que pensara que Wolfe había usado magia oscura para salvarme, otra muy distinta es saber que yo también la he practicado.

Doy un paso en su dirección.

—¿Es que no lo ves? No hay nada oscuro en ella. Incluso el modo en que me pongo en contacto con él es algo hermoso: pronuncio su nombre a medianoche, y, si me oye, acude a mí.

—Ese no es el problema, Tana. Claro que no hay nada oscuro en hacer brotar otro helecho ni en pronunciar un nombre a medianoche. Pero la magia que ha hecho brotar ese helecho y que te permite contactar con Wolfe es la misma magia que sana aquello que no debería sanar y que invoca espíritus y que juega a ser Dios. —La voz le tiembla, y una furia intensa como la lava brota de ella—. Sí que es oscura, y nuestros ancestros se percataron de ello al dejar de practicarla. Te envenena desde dentro. ¿Por qué crees que hemos podido mantener la nueva orden durante tanto tiempo? Es porque ahora sabemos que la magia oscura es algo podrido. Si crees que no te devorará por dentro, te equivocas. —Ivy prácticamente escupe las palabras—. Es la misma magia que hizo que mataran a nuestros ancestros, Tana. Si necesitas que te lo recuerde, yo encantada de acompañarte al muelle para que puedas ver la madera chamuscada hasta que recuerdes que el tipo de magia que acabas de practicar es el que casi consiguió que nos erradicaran por completo. ¿Cómo se te puede olvidar algo así?

Me fulmina con la mirada, y no sé qué decirle. Aunque tiene razón, no puedo obligarme a mí misma a creer lo que me dice como solía hacer. Me rompe el corazón saber que dudo sobre cosas que nunca antes había puesto en duda. Quiero creer en nuestra magia. Y lo hago.

Solo que también creo en la magia que practiqué con Wolfe.

Tengo la impresión de encontrarme de rodillas, mientras le cuento a Dios entre lágrimas lo bello que es el diablo.

—No lo sé —le digo, al final.

—Es culpa suya —dice ella—. De Wolfe.

Clavo la vista en el suelo, en el helecho que acaba de brotar de la nada. Quiero odiarlo, arrancarlo de la tierra y lanzarlo bien lejos. Quiero avergonzarme de lo que acabo de hacer, arrepentirme y hacer mejor las cosas.

Yo misma quiero ser mejor.

—Tana —me llama Ivy, y mi nombre sale como un sollozo de sus labios. Alzo la vista y veo los ojos de mi mejor amiga llenos de lágrimas por mí—. ¿De verdad vale la pena?

Quiero gritar. Quiero chillarle que no se trata de él. Se trata de la magia, de aquello a lo que estamos renunciando con el objetivo de vivir esta vida. Es sobre cómo nos han dicho que una flor es letal y cómo me he dado cuenta de que no es más que una flor, al igual que todas las demás. Sin embargo, mientras lo pienso, las palabras de Ivy se asientan en mi interior, y sé que tiene razón.

Wolfe no vale la pena, no.

Su magia no vale la pena.

Me encanta mi vida. Quiero a mis padres y a Ivy y a Arcania. Sé que mi matrimonio con Landon será gratificante en modos que aún no consigo imaginar. Solo que Wolfe llegó a mi vida como un tornado y lo arrancó todo de raíz. Es destructivo y peligroso.

Ahora lo veo.

Me quiebro, y los ojos se me llenan de lágrimas. Le echo un vistazo a los pétalos que tengo en la mano y me los meto de vuelta en el bolsillo con un movimiento brusco.

—No —digo—. Perdóname, Ivy. Lo siento muchísimo.

Mi amiga me observa durante varios segundos hasta que todo el enfado desaparece de ella y me atrae a sus brazos. Le devuelvo el abrazo con fuerza, y me digo a mí misma que esta es la razón por la que los brujos de las generaciones pasadas sacrificaron tanto. Esta es la razón por la que nos adherimos a la nueva orden y por la que practicamos baja magia.

Ivy lo es todo para mí. Me casaría con Landon y me mudaría al otro lado del Pasaje incluso si aquello solo la protegiese a ella y no a todo el aquelarre, a toda la isla.

—Lo siento —le digo de nuevo, tras apartarme y secarme las lágrimas—. No sé en qué he estado pensando.

—Querías algo que fuese tuyo —dice ella, sin más.

Asiento. Quizás eso fuera todo: quería algo que fuese solo mío antes de vincularme a mi aquelarre y casarme con el hombre que mis padres escogieron para mí.

Cuando lo veo de ese modo, parece algo comprensible. Incluso hasta racional.

Volvemos dentro, subimos las escaleras, y yo cierro la puerta tras entrar en la habitación. Nos terminamos las palomitas, reímos y charlamos, y me sorprende muchísimo que podamos volver a la normalidad así, sin más. Nada, ni siquiera la magia oscura, puede separarnos.

Sin embargo, mientras Ivy duerme tranquila a mi lado, los engranajes de mi mente no dejan de girar. No consigo encontrar descanso.

—¿Mortana?

Alzo la cabeza. Me parece que alguien ha susurrado mi nombre. Escucho con atención, pero lo único que oigo es la respiración acompasada de Ivy.

Vuelvo a tumbarme y cierro los ojos.

—¿Mortana?

Abro los ojos de golpe y los entrecierro en la oscuridad. Solo hay una persona que me llama por mi nombre completo. Y, cuando lo oigo por tercera vez, entiendo lo que está pasando: Wolfe está usando su magia para invitarme a la playa.

Vuelvo a tumbarme y me obligo a cerrar los ojos. Pero, mientras lo hago, la furia me brota en el pecho y se me alza por la garganta. Me arden los ojos y me cuesta tragar.

No vale la pena y odio que me haya puesto en esta situación, que haga que me cuestione todas las cosas que amo.

Pronuncia mi nombre una última vez antes de rendirse.

Bien. Espero que nunca más diga mi nombre.

Y, tan pronto como lo pienso, una lágrima se desliza por mi mejilla y cae sobre mi almohada. Me la seco, respiro hondo, e intento descansar un poco.

Diecinueve

Siete noches. Durante siete noches, Wolfe intenta ponerse en contacto conmigo; susurra mi nombre hacia el viento durante la medianoche y me invita a encontrarme con él en la costa occidental. Y cada susurro aviva la llama de la furia en mi interior, hace que se extienda por mi pecho y hacia mis brazos, por mi garganta y por toda mi piel.

Me consume entera.

Cuando pronuncia mi nombre esta noche, estoy lista. Salgo de casa a hurtadillas y avanzo por la calle desolada mientras evito el brillo dorado de las farolas a lo alto. No dejo de correr hasta que llego al borde de la isla, donde Wolfe se encuentra bañado por la luz de la luna.

Casi es luna llena de nuevo.

—¿Qué quieres? —pronuncio las palabras antes de que se gire siquiera, y dejo que mi enfado las vuelva afiladas.

Él se da media vuelta para enfrentarme.

—Quiero que dejes de hablarles de mí a tus amigas.

Me detengo en seco.

—¿Cómo dices?

—Hay campanillas de viento en mi casa cuyo único propósito es sonar cuando nuestra identidad está en peligro de ser descubierta. La semana pasada sonaron por primera vez desde hace años.

—¿Nos estáis espiando? —Cuando la furia me inunda, doy un paso en su dirección. No puedo creer que me haya permitido a mí misma involucrarme con alguien como él.

—No podemos oír vuestras conversaciones. Las campanillas de viento están hechizadas y, cuando se pronuncian ciertas palabras o frases, suenan. Solo podemos oír su sonido, no lo que se dice. En cualquier caso, no habían sonado desde hace años, lo que me lleva a pensar que fuiste tú quien las hizo sonar. Así que te lo repito: deja de hablar sobre mí.

La vergüenza se mezcla con la ira, lo cual es una combinación terrible. Hace que me encienda.

—Le contaré a todos y cada uno de los brujos de esta isla sobre tu existencia si no me dejas en paz.

—No te habría llamado si las campanillas no hubieran sonado. Si quieres que te deje en paz, deja de hablar sobre mí. Deja de pensar en mí. Deja de hacerme regalos y de usar mi magia como si fuese tu destino hacerlo.

El calor me inunda la cabeza y me nubla los pensamientos, lo que me dificulta pensar.

—Tengo un destino, y no tiene *nada* que ver con tu magia.

Wolfe da un paso hacia mí.

—¿De verdad crees que estás destinada a casarte con el hijo del gobernador?

La arena salpica su pecho y su rostro antes de que decida dar una patada siquiera. Él retrocede y se lleva las manos a los ojos, mientras un silencio pesado se asienta entre nosotros.

El rugido constante del océano no basta para solapar los latidos de mi corazón.

—Lo siento —le digo, sin poder creerme lo que acabo de hacer—. No quería darte.

Wolfe escupe la arena que le ha entrado en la boca y parpadea varias veces.

—No te disculpes —dice, con voz seria—. Te disculpas demasiado.

—Y tú no te disculpas lo suficiente —contrapongo.

Puedo ver mi propio aliento en el aire frío del otoño. Wolfe se encuentra tan cerca de donde estoy que mi aire toca su rostro antes de desaparecer.

—¿Y por qué tendría que disculparme? —Su tono es desafiante y está lleno de arrogancia, y hace que me enfade de nuevo.

—Por todo —le digo, haciendo un gesto hacia el océano como si así fuese a entenderme—. Hiciste que me perdiera el trasvase, me obligaste a…

—Te salvé la vida —me interrumpe.

—Me obligaste a usar tu magia oscura y a seguir encontrándome contigo…

—Así que ya has vuelto a llamarla magia oscura, ¿eh?

—¡Deja de interrumpirme! —le chillo, olvidándome por un segundo de que nadie puede saber que estoy en este lugar. Las palabras rompen el silencio por un instante y luego el océano se las traga—. Era feliz antes de conocerte. —No puedo evitar que los ojos se me llenen de lágrimas y que estas me inunden las pestañas—. Era feliz.

—No sabes nada de la vida.

—¿Qué has dicho?

—He dicho que no sabes nada de la vida. —Wolfe menea la cabeza y clava la vista en el horizonte, y pese a que tengo la visión borrosa por las lágrimas, puedo ver lo apuesto que se ve bajo la luz de la luna. Pero no importa; él no me importa. No me puede importar.

—Tenemos el mismo origen. Las mismas historias. El hecho de que yo haya escogido una vida diferente tras conocer toda la información no hace que no sepa nada de la vida —le digo, antes de respirar hondo y secarme los ojos.

—Pero es que no conoces toda la información. Eso es lo que intento decirte.

—¿De qué hablas? —le pregunto, exasperada.

Wolfe me observa como si no estuviese seguro de querer continuar por ese derrotero o no, de si quiere contarme lo que piensa o no. Yo me quedo mirándolo sin apartar la vista y lo reto a hablar.

—La flor de luna —suelta, al fin—. ¿Le has preguntado a tu madre por ella?

—No —contesto, al tiempo que una brisa fría hace que me entre un escalofrío.

—¿Y por qué no?

—Ya sé que puede que te cueste entenderlo, pero no me limito a quedarme sentadita en casa pensando en ti. Tengo cosas que hacer, cosas importantes, y se me ha pasado.

Lo que no le digo es que he pensado muchísimas veces en la flor de luna, aunque no he sido lo bastante valiente como para preguntarle a mi madre al respecto.

—¿Ves? ¡Ese es el problema! —exclama él, antes de alejarse de mí y caminar hacia el océano—. Deberías recordarlo cada segundo de cada día. Deberías exigir que te cuenten la verdad. ¿Es que no te importa todo esto?

—¿Sabes qué es lo que me importa? Proteger a las personas que quiero. Practicar magia al aire libre sin temer que alguien me mate por ello. Ver que esta isla triunfe y saber que nuestros hijos vivirán vidas felices y seguras. No me importa que esas cosas te parezcan absurdas o triviales, Wolfe. De verdad que no. Mientras que tú eres egoísta y nos pones a todos en peligro porque no sabes lo que significa el sacrificio, yo me encargo de proteger a esta isla, y eso te incluye a ti también.

—Yo lo sacrifico *todo* por esta vida. Vivo en una mansión cubierta por un velo de magia que es completamente invisible para el mundo exterior. Debo viajar por el agua porque no me puedo arriesgar a que me reconozcan. Cultivo mi propia comida, y todo lo que plantamos cada día está más en riesgo por culpa de vuestras corrientes, que están haciendo desaparecer mis costas. Me aferro con todas mis fuerzas a una vida que vosotros habéis decidido que no vale la pena vivir. Y no es nada fácil.

Su voz se vuelve más y más intensa, aunque no se trata de su furia habitual. Esa también está ahí, claro, pero también hay una tristeza que embarga su tono, y esta me deja sin aliento. Acaba conmigo.

—Nadie te ha pedido que lo hagas —le digo, con suavidad.

—Exacto. Nadie me lo ha pedido porque a nadie le importa que se mantenga mi estilo de vida.

—No, en eso te equivocas. Nadie te lo ha pedido porque nadie estaba dispuesto a morir por ello.

Nos quedamos mirando el uno al otro, y la tensión entre ambos empieza a desaparecer, a derretirse como la nieve en primavera. Él cree en su estilo de vida con tanta firmeza que estaría dispuesto a hacer cualquier cosa por él, del mismo modo en el que yo creo en el mío. Por primera vez, me doy cuenta de lo similares que somos, y no consigo seguir enfadada con él.

Wolfe está dispuesto a morir por algo que el resto de nosotros ha decidido que es maligno. Pese a que me gustaría que hubiese algo que pudiese decir para aliviar su dolor, sé que ese algo no existe.

—Estaba muy enfadada contigo cuando he venido a verte esta noche —le digo.

—¿Por qué? —Respira hondo y exhala despacio, como si estuviese intentando deshacerse del dolor que me acaba de mostrar.

—Porque te culpo por hacer que me cuestione una vida que nunca antes me había cuestionado.

—Cuestionarse las cosas no tiene nada de malo, Mortana.

—Lo sé. Y sé que no es culpa tuya que el resto no acepte mis decisiones.

Él asiente y se queda contemplando el mar. Es la primera vez que lo veo cansado, completamente agotado tras mostrarme tanto sobre sí mismo. Quiero estirar una mano y tocarlo, dejar que se desmorone entre mis brazos y que descanse, solo que él nunca encontraría la paz en ellos. No cuando me apellido Fairchild.

Entonces se me ocurre una idea. Una idea descabellada y ridícula a la que él nunca accedería, pero tengo que intentarlo de todos modos.

—¿Podrías hacer algo por mí?

—Depende de lo que sea.

—Me has mostrado tu magia muchas veces, ahora quiero mostrarte la mía. ¿Podrías hacer un perfume conmigo?

—¿Por qué haría algo así?

—¿Porque te lo estoy pidiendo con educación? —le digo, dejando que un tono más ligero embargue mi voz para intentar aliviar la carga de nuestra conversación previa. Para intentar relajarnos a ambos.

—Hay ocasiones en las que me parece que te entiendo mejor de lo que nunca he entendido a nadie, pero entonces propones algo tan absurdo como que hagamos un perfume juntos y estoy convencido de que eres la criatura más desconcertante que he conocido nunca.

—Me lo tomaré como un cumplido —señalo.

—Como veas.

—Por favor, haz un perfume conmigo. Significaría mucho para mí.

Wolfe se me queda mirando, y puedo notar que no quiere hacerlo, que no quiere rebajarse a usar baja magia. Solo que entonces respira hondo y sé que he ganado la batalla.

—Vale. Solo uno.

Recorremos el bosque hacia la costa oriental y recogemos flores silvestres, hojas y hierbas varias. Y, mientras lo hacemos, charlamos. No sobre magia ni sobre el continente ni sobre sacrificios, sino sobre la vida, cosas cotidianas y sencillas sobre las que no habíamos hablado antes. Me habla de la mansión en la que vive, una casa grande que está situada cerca del lugar en el que me encontró del bosque, escondida gracias a la magia. Me cuenta que le gusta cocinar y leer y que una vez le prendió fuego a la cocina al intentar calentar una hogaza de pan que se había puesto duro. Me cuenta sobre los cuadros que pinta, que su meta es pintar a todos y cada uno de los miembros de su aquelarre.

—¿Y quién te pintará a ti? —le pregunto.

—¿A mí? —Hace una pausa, como si la pregunta lo hubiese pillado por sorpresa de verdad—. Supongo que no había pensado en eso.

—Bueno, en ese caso quizás aprenda a pintar yo.

Me mira y ladea la cabeza como si no comprendiera las palabras que acabo de pronunciar. Algo irreconocible pasa por sus ojos, y tengo la certeza de que no existe ningún artista en este mundo que sea capaz de capturar el esplendor de este hombre.

Aunque, por descontado, me gustaría intentarlo.

Me he quedado mirándolo, de modo que bajo la vista y cambio de tema. Le hablo de la tienda de mis padres y de cómo me gusta nadar y que solía hablarles a las flores silvestres que recogía para hacer nuestros perfumes, una costumbre que aún no he perdido del todo. Wolfe sonríe cuando se lo cuento, y yo me echo a reír porque sé que, aunque sea una tontería, es algo que me llena de calidez por dentro.

Sigo a Wolfe hacia el campo en el que nos conocimos, y él recoge varias briznas de hierba antes de que volvamos a la playa. Yo escojo cuatro rocas grandes y luego nos sentamos en la orilla mientras las estrellas brillan sobre nosotros en lo alto del cielo.

—Vale, lo primero que tenemos que hacer es aplastar los materiales que hemos recogido —le instruyo, y pongo en práctica lo dicho al colocar los pétalos de las flores silvestres sobre una de las rocas para luego molerlos con la otra. Wolfe me imita, así que no tardamos demasiado en tenerlo todo molido.

—¿De qué quieres que sean las notas de fondo? Estas serán la base de tu perfume.

—Supongo que de hierba, dado que fue allí donde te conocí. —Lo dice sin darle mayor importancia, aunque mi corazón da un vuelco de todos modos. Aparto suficientes ingredientes para las notas de fondo y luego me pongo con las notas de corazón y las de salida. Una vez que ha escogido, lo mido todo y lo junto.

—Ha llegado el momento del hechizo —le digo—. ¿Hay algo en particular que quieras?

—Tú decides —me dice.

Coloco el montoncito entre ambos y me decido por la paz. No había entendido hasta esta noche que es algo que le hace falta, algo que no puede tener porque vive con el miedo de que su modo de vida sea destruido. Y, si bien un perfume no puede arreglar eso, sí que puede darle momentos de tranquilidad.

Cierro los ojos y vierto mi magia en las flores, aunque Wolfe me detiene y me hace mirarlo.

—Dilo en voz alta —me pide—. Quiero escucharte.

Trago en seco, pues sus palabras me afectan de un modo que no puedo explicar. Sin embargo, sí que puedo sentirlo, moviéndose a través de mi cuerpo con calidez y parsimonia y floreciendo en el centro de mi ser. Tengo que bajar la mirada, por temor a que vea lo que estoy sintiendo.

—Vale —digo en voz baja. Cierro los ojos y empiezo de nuevo—. Que las preocupaciones desaparezcan y las tensiones se desvanezcan, cuando huela esta fragancia, que la paz permanezca —susurro las palabras conforme la magia inunda el montoncito y lo imbuye con su hechizo. Entonces la voz de Wolfe se une a la mía y pronunciamos las palabras juntos. Su magia se vuelve suave y se acomoda a las reglas de mi mundo. Me sorprendo cuando los ojos se me llenan de lágrimas, así que los mantengo cerrados con firmeza y aparto mis emociones para que Wolfe no pueda verlas.

Pronunciamos las palabras muchas veces más de las necesarias, pero no quiero abandonarlo, no quiero renunciar a este momento que de algún modo ha conseguido hacer mella en la parte más honda de mí. No obstante, sé que debe llegar a su fin, por lo que pronuncio las palabras una última vez antes de quedarme en silencio.

Cuando abro los ojos, Wolfe me observa. Le da la espalda a la orilla, y, con la luna en lo alto del cielo, me cuesta descifrar su expresión. Aun así, casi parece abrumado, conmovido por la experiencia del mismo modo en que me encuentro yo.

—¿Por qué has escogido la paz? —quiere saber.

—Porque la mereces.

Asiente, y yo me saco del bolsillo un pañuelo de lino que mi madre insiste en que lleve conmigo para emergencias. Dudo que esto califique como una, pero envuelvo con cuidado el montoncito de flores, plantas, hojas y hierbas en la tela y se lo entrego a Wolfe. Él lo recibe y se lo guarda con cuidado en el bolsillo de su chaqueta.

—Debería irme —digo, al ponerme de pie—. Cuando llegues a casa, pon ese montoncito en aceite y déjalo reposar durante una semana o dos. Luego viértelo en una botella y agrégale un poco de alcohol. Puedes pulverizarlo cuando lo necesites y tendrás una paz instantánea.

Tengo la impresión de que pondrá los ojos en blanco ante eso último, pero no lo hace.

—Eso haré —me dice, de un modo que me hace pensar que seguirá cada instrucción al pie de la letra.

—Bien. —Empiezo a dirigirme hacia el camino, aunque algo me detiene y hace que me gire. Wolfe sigue de pie donde lo he dejado y no ha apartado la vista de mí—. Mantendré tu secreto —le digo—. Te lo prometo. —Porque, por mucho daño que le haga que su existencia sea un secreto, escondido de los ojos del continente, sabe que es algo necesario para su supervivencia. Para la supervivencia de todo su aquelarre.

—Te creo.

Asiento e intento obligarme a andar de nuevo, solo que me cuesta muchísimo, como si estuviese en arenas movedizas y no pudiese escapar. Sin embargo, debo hacerlo. Me obligo a avanzar y, para cuando llego al camino, me debato con la necesidad de dar media vuelta y verlo una última vez.

Mantengo la vista al frente y vuelvo a casa, aunque puedo sentir su mirada clavada en mí, observándome hasta que el camino hace un giro y la conexión se pierde por fin.

Veinte

Cuando despierto a la mañana siguiente, estoy agotada y me duele la cabeza. Otra noche de magia de la que nadie puede enterarse, y lo justifico conmigo misma al recordarme que solo practicamos baja magia. Sin embargo, mientras lo pienso, sé que no tengo excusa, porque la practicamos de noche y Wolfe sigue siendo un miembro del antiguo aquelarre.

Nada puede cambiar eso, ni siquiera el hacer algo tan inocuo como un perfume.

Cuando bajo las escaleras, mi padre prepara el desayuno y mi madre se está bebiendo una taza de té.

—Buenos días, cariño —me dice ella.

—¿Te acostaste tarde anoche? —me pregunta mi padre, y durante un horrible segundo tengo la impresión de que lo saben. Me quedo callada, con la mente a mil por hora mientras intento pensar qué decir, cómo disculparme, qué admitir y qué no, solo que entonces él continúa hablando—. No sueles levantarte tan tarde.

Su tono es tranquilo, travieso, y el cuerpo entero se me relaja al darme cuenta de que mi secreto sigue a salvo. El secreto de Wolfe sigue a salvo.

—Solo estaba pensando —me excuso, según me preparo una taza de té y luego me siento junto a mi madre en el sofá. Ella me pasa la mitad de su manta y yo me hago un ovillo bajo ella a su lado.

—¿En qué piensas? —me pregunta. Estoy a punto de contestarle algo sobre mi Baile del Juramento o sobre la perfumería cuando las palabras de Wolfe vuelven a mi mente sin aviso.

«No sabes nada de la vida».

«Deberías exigir que te cuenten la verdad».

El corazón me empieza a latir desbocado al tiempo que rememoro sus palabras y me pregunto si de verdad puedo aunar la valentía suficiente para hacer la pregunta que no deja de torturarme: «¿Por qué no me hace daño?».

Me sudan las manos, así que me apoyo la taza sobre el muslo para que no tiemble.

—¿Has visto una flor de luna alguna vez? —pregunto, intentando que mi tono parezca informal. Curioso.

—¿Una flor de luna? ¿Qué te ha hecho pensar en ella? —pregunta mi madre, aunque no parece enfadada ni recelosa, por lo que continúo.

—Me ha parecido ver una en la isla —le digo—. No lo era, claro, pero es lo que me ha hecho pensar en eso. —A pesar de que odio mentirle, quiero tener esta conversación, necesito hacerlo, y el único modo de que eso suceda es que mi madre crea que es una conversación inocente.

Mi madre se reclina en el sofá y clava la mirada más allá de donde me encuentro.

—Una vez vi una, cuando era pequeña. Para entonces ya las habían erradicado, sin embargo, de vez en cuando, una semilla solitaria sobrevivía en la tierra y florecía. Por eso ponemos tanto énfasis en enseñar los peligros de la flor. Es muy complicado deshacerse de una planta una vez que se ha asentado en algún lugar, y, pese a que hemos hecho un muy buen trabajo al erradicarla, nunca se puede garantizar que hayan desaparecido del todo.

—¿Y qué hiciste cuando la viste?

—Estaba con tu abuela, y ella la vio al mismo tiempo. Acordonó la zona hasta que un encargado del continente vino y la arrancó. Son preciosas, me habría encantado verla de noche, cuando florecen.

—¿Y si otra aparece en la isla?

—Ay, cielo, no te preocupes por eso. La que yo vi de niña fue una de las últimas. Y si hubieses visto una de verdad, habrías sabido cómo reaccionar. No la hubieras tocado y habrías venido a buscarme.

—Pero ¿y si la hubiera tocado?

Un silencio espeso se asienta en la estancia. Ya no oigo el sonido de mi padre preparando el desayuno, y mi madre me mira, con curiosidad.

—¿Por qué me preguntas algo así? —quiere saber, al tiempo que mi padre sale poco a poco de la cocina, pues quiere oír mi respuesta.

—Es que quiero saber qué pasaría.

—Ya sabes lo que pasaría. Te causaría un dolor indescriptible y morirías en menos de una hora. Esas flores son terriblemente peligrosas, es por ello que nos tomamos tantas molestias en erradicarlas de la isla.

No hay nada en su tono que parezca sospechoso, nada que me haga pensar que no está siendo sincera conmigo, por lo que me doy cuenta de que no sabe la verdad. Le han contado lo mismo que a mí desde que era pequeña, la misma mentira, y no sabe que no es más que eso.

Me debato para dar con alguna excusa, algo que tenga sentido entre las mentiras que he pronunciado, pero no se me ocurre nada. Mi madre siempre ha sido una parte muy firme de mis cimientos, siempre ha sido quien tenía las respuestas, solo que esta no la tiene, por lo que siento que el suelo sobre el que me encuentro empieza a temblar.

Parpadeo y me devuelvo a mí misma al presente al darme cuenta de que mis padres siguen mirándome.

—En ese caso, de verdad espero no encontrarme nunca con una —suelto, en un intento por que mis palabras sean ligeras, aunque no lo consigo.

—Tu madre tiene razón, cariño —dice mi padre—. No tienes que preocuparte por algo así. Es una flor que se reconoce con facilidad, así que, incluso si alguna apareciera, lo que es muy poco probable, lo sabrías mucho antes de arriesgarte a tocarla.

Mi padre cree en mí, y me rompe el corazón que esté intentando tranquilizarme, tratando de asegurarme que la flor no es nada por lo que deba preocuparme. Mi madre asiente, de acuerdo con lo que dice, y me apoya una mano en la rodilla.

—Gracias, papá —le digo, dedicándole una pequeña sonrisa.

—Bueno, ¿mis chicas están listas para desayunar? —pregunta él, volviendo a la cocina.

—Por supuesto. —Me pongo de pie para seguirlo, sacar los cubiertos y poner la mesa. Nos sentamos y charlamos sobre la tienda y mi siguiente cita con Landon, y la flor no vuelve a salir a colación.

Sin embargo, aún necesito saber la verdad, necesito entender cómo mi madre, la persona más poderosa de esta isla, no sabe la verdad sobre las flores de luna. Ya no quiero estar tan perdida, y no me importa si el saber la verdad sacudirá mis cimientos, porque estos ya se están resquebrajando por sí solos. Lo noto mientras recojo la mesa, lavo los platos y me dirijo hacia la perfumería con mi madre. Lo noto el día entero, pues cada paso que doy es menos estable que el anterior.

Ivy entra en la perfumería poco antes de la hora de cerrar y me entrega un panecillo que ha sobrado en el salón de té.

Nuestra rutina me devuelve a tierra, por lo que consigo respirar un poco más tranquila.

—¿Qué sabor toca hoy? —le pregunto.

—Lavanda y miel. —Es uno de mis favoritos, así que le doy un mordisco con ganas.

—Buenísimo —le digo—. ¿Qué tal el día?

—Ajetreado. ¿Quieres adivinar cuál es nuestro producto estrella del momento?

—Estás de coña.

—Para nada. Nuestro té *Tandon* es todo un éxito.

—Ay, es que está delicioso —exclama mi madre, desde detrás de la caja registradora—. ¿Lo has probado, cielo?

—Tana no lo quiere probar por una cuestión de principios —contesta Ivy.

—¿Y qué principios son esos?

—Bueno, para empezar, se llama *Tandon* —respondo, lo que hace que Ivy ponga los ojos en blanco.

—Ya lo probarás algún día —dice mi amiga.

—Lo sé.

Mi madre apaga las luces, y yo giro el cartel de la puerta que anuncia «CERRADO». Cuando las tres salimos hacia el aire frío nocturno, mi madre se va a hacer un recado rápido mientras yo vuelvo a casa junto a Ivy. Nuestras casas están solo a diez minutos de distancia, por lo que me resulta muy difícil pensar que, en no mucho tiempo, esos diez minutos pasarán a ser el ancho entero del Pasaje.

—Mis padres saldrán esta noche, así que se me ha ocurrido ir a recoger algunas flores nocturnas para una nueva mezcla que quiero probar. ¿Quieres venir conmigo? —me pregunta.

Normalmente aceptaría de inmediato. Me encanta cosechar de noche, cuando la isla duerme y la luna es mi guía. Solo que Wolfe tiene razón: quiero saber la verdad, y, si mi madre no la tiene, debo encontrarla en algún otro lado.

—Me encantaría, pero anoche no dormí muy bien y tengo una jaqueca que no me ha dejado tranquila en todo el día. Creo que me acostaré temprano a ver si se me pasa durmiendo. —Pese a que ambas cosas son ciertas, las palabras aún hacen que note un peso en el estómago. No iré a ayudar a mi amiga porque planeo buscar respuestas en un sitio que a ella nunca le parecería bien. Y no puedo contárselo.

—Lamento que no te encuentres bien —me dice, al detenerse frente a su casa—. Dime cómo estás por la mañana, y, si aún te duele la cabeza, te prepararé algo para el dolor.

—Eres demasiado buena conmigo —le digo, mientras ella me pasa un brazo por los hombros.

—Yo diría que solo lo suficiente. —Me da un abrazo rápido antes de subir por la escalera—. Nos vemos mañana —se despide, mirando hacia atrás.

Doy las gracias por la caminata de vuelta a casa, por tener unos pocos minutos para mí misma antes de tener que cenar con mis padres. La verdad no puede ser tan terrible como el hecho de no conocerla, y, una vez que la pregunta tenga una respuesta, podré pasar página. Quizás eso es lo que he necesitado todo este tiempo: el punto final que Ivy estaba convencida de que estaba buscando. Quizás esto no tenga nada que ver con Wolfe y sí con una flor tóxica que no me hace daño al tocarla.

Mi madre compra unos bocadillos de la tienda en su camino de vuelta a casa, por lo que tenemos una cena tranquila, libre de cualquier tensión o preocupación por parte de mis padres.

—Buenas noticias —anuncia mi madre, al alzar la vista de su cena—. Recibiremos nuestro último pedido de madera del continente esta semana. Para estas alturas del próximo mes, cualquier rastro del incendio del muelle habrá pasado a la historia.

—Qué bien —le digo, aunque reemplazar la madera carbonizada no es suficiente para que ninguno de nosotros olvide lo que fue ver nuestro muelle ardiendo: el miedo que vino después, el terror absoluto de pensar que estábamos retrocediendo en el tiempo. Al menos nadie murió, lo cual fue lo único bueno que sucedió aquel día.

»¿No creéis que deberíamos mantener un tablón quemado como recordatorio? —propongo.

Mis padres me miran.

—Es una idea interesante, ¿qué propones?

—No estoy segura. Solo creo que un recordatorio de que tenemos que cuidar de nosotros mismos en lugar de depender por completo del continente es algo bueno. Borrarlo todo parece como si nos estuviésemos resignando, como si no tuviésemos ningún problema con el hecho de que sucediera algo así. Solo por el hecho de que nuestra magia sea débil no significa que nosotros tengamos que serlo también.

—Podríamos poner el tablón en un lugar discreto, así no atraería la atención de los turistas. Me gusta tu idea, Tana. Lo hablaré con el consejo —dice mi madre.

—¿De verdad?

—Claro, es una buena idea.

Sonrío y termino de cenar mientras mis padres charlan sobre otras cosas.

Una vez que hemos terminado, recojo los platos y vuelvo a mi habitación. Me acomodo en el asiento de la ventana para observar el Pasaje, y le doy vueltas al vidrio marino de Landon entre las manos. Mis dedos ya se han acostumbrado a sus bordes afilados.

Presto atención cuando mis padres suben las escaleras hacia su habitación y, poco a poco, la casa empieza a sumirse en un sopor. Me pongo un jersey grueso sobre mi vestido de día y, cuando estoy segura de que mis padres ya están durmiendo, me escabullo de casa.

Desearía estar cosechando con Ivy en estos momentos, contemplando las plantas y las flores a la luz de la luna, una experiencia totalmente diferente a hacerlo durante el día. Sin embargo, sé que no podré ponerle punto final a todo esto hasta que mis preguntas sobre la flor de luna tengan respuesta, de modo que camino en medio de la oscuridad en dirección a la costa occidental para llamar a Wolfe por última vez.

Veintiuno

Wolfe sale del agua y avanza despacio por la orilla hasta donde me encuentro. Ya casi es luna llena de nuevo, y no puedo creer cuánto ha cambiado mi vida desde la anterior. Había tantas cosas que no sabía entonces, tantas preguntas que no me hacía...

—¿Siempre viajas por el mar? —le pregunto.

—Sí, no nos podemos fiar de las calles. —Musita la palabra «secad» con un hilo de voz, y su ropa, empapada por completo, se seca en un instante. Lleva unos pantalones y una camiseta blanca de manga larga que se ciñe a su cuerpo, por lo que intento no quedarme mirando la forma en la que la tela se tensa sobre su pecho cuando se mueve.

—Dos noches seguidas —comenta—. ¿A qué debo semejante honor?

—Le he preguntado a mi madre sobre la flor de luna —contesto. Una brisa suave nos llega desde el océano, por lo que me abrazo a mí misma.

—¿Y?

—Me ha dicho lo mismo que me han enseñado toda la vida: que si la toco, experimentaría un dolor indecible y después moriría.

—Y, sin embargo, aquí estás.

—Aquí estoy —confirmo—. No sabe la verdad, y no quiero seguir teniendo dudas al respecto. Por eso he venido.

—¿De verdad crees eso?

—¿Que si de verdad creo qué?

—Que no sabe la verdad —Aunque lo formula como una pregunta, está claro que no lo es.

—Sí —lo digo con certeza, y él me mira como si fuese a discutírmelo, pero entonces se limita a asentir. Me observa y yo aúno el resto de mi valentía para formular la pregunta que quiero hacer desde el momento en que nos conocimos.

—¿Puedes contarme la verdad? —Las palabras salen en voz baja, y mi voz es temblorosa. Soy muy consciente de que las cosas cambiarán después de esto. No obstante, no todos los cambios son algo malo, y eso es lo que me digo mientras espero a que Wolfe me conteste.

—¿Estás segura de que quieres saberlo?

Vacilo durante uno, dos y tres latidos de mi corazón, y entonces contesto:

—Estoy segura.

—Ven al mar conmigo.

Lo sigo hacia la parte menos profunda y me arrodillo junto a él. El agua me cubre las rodillas y hace que me recorra un escalofrío.

—¿Qué estamos haciendo?

—¿Recuerdas el hechizo que usamos para tirar de las mareas?

—Sí —le digo, despacio y sin comprender—. ¿Qué tiene eso que ver con esto?

—Hazlo de nuevo —me dice.

—¿Cómo dices? ¿Por qué?

—Confía en mí. Pronuncia el hechizo.

Suspiro y meneo la cabeza. Cierro los ojos, me concentro en el agua que me rodea, en la sensación que me deja en la piel, y convoco mi magia.

—Gentiles aguas, poderosa bajamar, alzaos en este momento, por debajo hacednos pasar —pronuncio las palabras una y otra vez, las mismas que usé la vez anterior, solo que nada ocurre. Mi magia no se alza en mi interior, por lo que el agua no se altera. Es como si el mar me hubiese olvidado.

»No lo entiendo —le digo, y lo miro cuando abro los ojos.

Él se quita su anillo de plata y me lo desliza con delicadeza en el pulgar. Es pesado, con unos grabados complejos de olas y flores de luna que adornan el metal. Lo acaricio con los dedos.

—Inténtalo otra vez —me instruye.

Aunque le dedico una mirada interrogante, hago lo que me dice. Cierro los ojos e intento formar una conexión entre la magia de mi interior y el agua que me rodea. Esta vez, mi magia se dispara. Repito una vez más el hechizo y la marea se abalanza sobre nosotros, me golpea en el pecho y me empuja hacia atrás.

Toso cuando el agua salada se adentra en mis pulmones y me cuesta ponerme de pie. Wolfe se encuentra a mi lado, me ofrece una mano, y yo la acepto para dejar que me conduzca hasta la orilla. Cuando nos volvemos a sentar, Wolfe nos seca la ropa.

—¿Qué ha sido eso?

—¿Recuerdas la historia que te conté? Sobre la primera bruja que nació en un campo de flores de luna.

Asiento.

—Es cierta. Todos descendemos de ella, y esa flor es el origen de nuestro poder. Para ser más específicos, toda la magia fluye de la conexión de esa flor con la luna. Es lo que sustenta nuestra conexión con la Tierra y lo que nos permite manipular el mundo que nos rodea. Sin ella, hacer magia no es posible. —Wolfe estira una mano para tomar la mía. Mantiene sus ojos clavados en los míos mientras me quita su anillo del dedo muy despacio y lo vuelve a colocar en el suyo.

—Este anillo está lleno de pétalos de flor de luna que yo cambio cada pocos días. Es la primera vez que recuerdo habérmelo quitado. —Pronuncia las palabras en voz queda, como si fuesen algo especial. Importantes de algún modo.

—Entonces, ¿ha sido tu anillo lo que me ha permitido tirar de la marea?

—La flor de luna de dentro de mi anillo, sí.

—Pero eso no tiene ningún sentido. Yo uso mi magia todos los días para hacer perfumes en mi tienda.

Wolfe apoya la cabeza entre las manos y suelta un largo suspiro.

—Ojalá tu madre te hubiese contado la verdad.

—Que te digo que no lo sabe.

Él me mira con una expresión que no consigo entender: lástima o quizás tristeza. Entonces menea la cabeza.

—Está en el suministro de agua. —Lo dice sin ningún tono, carente de cualquier emoción.

Un escalofrío me recorre la columna, por lo que me abrazo a mí misma.

—No puede ser.

—Es cierto. Y, de hecho, es algo muy ingenioso. Controlan la cantidad exacta que ponen: lo bastante para que la baja magia sea posible, pero ni de cerca suficiente como para usar alta magia. Prácticamente se han asegurado de erradicar la alta magia.

—¿Quiénes?

Wolfe suelta un suspiro.

—Ya sabes a quiénes me refiero.

Niego con la cabeza. Una y otra vez. No puede ser cierto. No puede serlo.

—A ver, déjame ver si te entiendo: me estás diciendo que mi madre, la líder del consejo, tiene un jardín privado de flores de luna que inserta en nuestro suministro de agua para hacer que nuestra magia funcione y que ha mentido a nuestro aquelarre a propósito para que nadie use la magia oscura de nuevo.

—No empezó con tu madre, claro, pero sí. Por lo que sabemos, se destila en un aceite que se añade al agua potable de la isla. La flor de luna es más potente en su forma natural, por ello usan aceite.

Recuerdo todas las veces en las que he practicado magia oscura con Wolfe, y es cierto: él siempre me entregó una flor de luna antes de empezar. El cuerpo me empieza a temblar, como si no pudiese con el peso de una mentira así de grande, así de devastadora. Me sobrepasa, los ojos se me llenan de lágrimas y la garganta se me cierra mientras intento no perder los papeles frente a Wolfe.

Qué mentira tan horrible.

Apoyo la cabeza entre las manos, pues no quiero que Wolfe me vea quebrarme. Las piezas no me encajaban cuando creía que mi madre no sabía la verdad, pero todo tiene mucho más sentido si de verdad lo hace. Y claro que lo hace. Conforme las piezas se van colocando en su lugar, aquellas que componen mi ser se terminan de quebrar.

Noto un suave toque en mi espalda. Su mano se queda quieta durante un segundo, y luego empieza a moverla en círculos. Cuando por fin noto que puedo volver a hablar, alzo la cabeza y respiro hondo.

—Lo siento mucho —me dice, y su tono no tiene ningún desdén ni superioridad. Lo dice de verdad.

—Y yo.

Me parece que va a añadir algo más, solo que entonces se queda contemplando el océano. Luego de un rato, dice:

—Van a matarme por esto. —Las palabras parecen más para sí mismo que para mí. Suelta un suspiro, largo y profundo, y entonces añade—: Quiero mostrarte algo.

—No sé si esta noche tengo energía para nada más.

—Por favor —me pide, y es una de las pocas veces que lo he oído hablar con suavidad—. Creo que te hará sentir mejor.

—No puedo ir contigo.

—Sí que puedes. Concédeme esto y ya. Después de esta noche, no tendrás que verme de nuevo. Te lo prometo. Pero ya estás aquí, y hay algo que quiero que veas. Creo que cambiará un poco las cosas.

—¿En qué sentido?

—Para ti.

Cuando lo miro, no veo ningún engaño ni mentira, sino total sinceridad.

—Pero nada de magia —le digo—. No puedo hacer magia esta noche, de verdad que no.

—Nada de magia —acepta.

Me ofrece una mano, y yo me la quedo mirando un instante antes de tomarla. Lo sigo mientras se adentra en el agua. Para cuando esta me llega hasta la cintura, empiezo a preocuparme.

—¿Qué estamos haciendo?

—Buscando una corriente —contesta él, como si fuese obvio.

—¿Una corriente?

—Sí. Ya la habría encontrado, solo que ya no es la única que hay cerca de la isla. —No me pasa desapercibida la acusación en su tono, aunque, por primera vez, no me parece dirigida hacia mí.

—¿Para qué necesitas una corriente?

Entonces me mira, más que apuesto bajo la luz de la luna.

—Para ir a casa.

El agua está helada y la piel se me eriza. A pesar de que tengo mucho frío, sigo a Wolfe más adentro.

—No lo entiendo.

—No te mentí cuando te dije que no podemos ir por las calles. El único modo de llegar a la mansión es a través de una corriente del océano que va directa hacia la orilla de casa. Así que técnicamente sí que estamos practicando magia esta noche, dado que la corriente en sí es mágica, solo que no somos nosotros quienes la creamos.

El agua ya me llega a los hombros. Pese a que me estoy congelando, también noto una chispa de emoción ante la idea de que me están llevando a un lugar que ninguna persona de mi aquelarre ha visto antes. Nadie conoce siquiera su existencia, así que me centro en esa sensación, porque eso hace que la mentira duela menos. El dolor me esperará una vez que llegue a casa, pero, por el momento, lo hago a un lado.

Sé que debería tener miedo. Mis padres no me encontrarían nunca si me pasara algo, pero me parece importantísimo ir y aprender sobre esta parte de mi legado. Permitirme sentirme incómoda y ver con mis propios ojos la vida que se me ha ocultado.

—Mortana —me llama Wolfe, girándose hacia mí. El agua se agita y se mueve a nuestro alrededor, aunque mis pies siguen firmes sobre la arena del fondo. Llevo toda la vida adorando este océano, así que no pienso empezar a temerle ahora.

—¿Sí?

—Estoy confiando en ti. No hagas que me arrepienta.

Trago en seco.

—No lo haré.

Me mira a los ojos un segundo más antes de asentir.

—Bien.

De pronto, caigo en la cuenta de que nunca he visto a Wolfe a la luz del sol, pues la única vez que nos vimos durante el día, el cielo estaba cubierto por una capa de nubes oscuras, por lo que me pregunto si es igual de atractivo al mediodía como lo es a la medianoche. Quiero saber si el sol lo adora tanto como lo hace la luna.

Él da un paso en mi dirección, y ambos empezamos a flotar gracias al vaivén de una ola que pasa por nosotros.

—El trayecto es un poco intenso la primera vez que lo haces, así que necesito que te aferres a mí y no te sueltes. ¿Entendido?

—Sí.

—Vale, ya viene. —Me toma de las manos y se las coloca alrededor del cuello, para luego sujetarme con delicadeza por las caderas y atraerme hacia él—. Envuelve las piernas alrededor de mi cintura. —Su voz es baja y ronca, lo que hace que mis entrañas se agiten como el océano que nos rodea.

Dejo que el agua me levante las piernas y abandono la seguridad del fondo del océano. Cuando las envuelvo alrededor de Wolfe, todo mi cuerpo está en contacto con él.

—¿Todo bien? —me pregunta.

Asiento. Ambos respiramos con dificultad mientras nos observamos el uno al otro.

—No te sueltes —me dice, y sus palabras son más una súplica que una orden.

—No.

Tiene la mirada llena de algo que no consigo reconocer; no es su furia habitual que siempre lo acompaña, sino algo frágil. Delicado.

Entonces hace que apoye la cabeza sobre su hombro, y yo lo envuelvo con mi cuerpo con tanta fuerza como me es posible. Me pregunto si puede notar cómo me late el corazón, si tiene cómo saber que esta es la mayor aventura que he vivido.

—Inspira todo el aire que puedas —me pide, y yo hago lo que me dice.

Entonces nos absorbe un vórtice de agua, y en lo único en lo que puedo pensar es en no ahogarme. La corriente nos lleva hasta su centro, hace que demos más y más vueltas como si fuésemos hojas al viento. Noto que los brazos de Wolfe me aferran más por la cintura para sujetarme con firmeza contra él.

Aunque nos apartamos de la costa occidental, no sé en qué dirección nos dirigimos. El agua se agita a nuestro alrededor con violencia, me pasa por encima de la cabeza y se me mete por la nariz, me obliga a ponerme de lado y luego de espaldas de nuevo.

Me desespero por respirar algo de aire, pero lo que consigo es tragar agua y empezar a ahogarme. Tengo el impulso de apartarme de Wolfe, de mover las piernas y los brazos con desesperación para salir de esta corriente hambrienta. Sin embargo, él se mantiene firme, me aferra contra su cuerpo y deja que la corriente nos lleve. Noto cómo tiemblo entre sus brazos y que Wolfe desplaza su mano hasta la parte de atrás de mi cabeza.

Otra ola nos traga, y lo único que puedo oír es el ruido del mar. Nos sacude de un lado a otro y damos vueltas por el océano, aferrados el uno al otro.

Entonces algo cambia. La corriente se ralentiza y tira de nosotros a una velocidad que no hace que tema por mi vida. Salimos a la superficie, y la voz ronca de Wolfe llega a mí cuando sus labios húmedos me rozan la oreja.

—Respira —dice.

Hago lo que me pide e inspiro el aire salobre, lleno mis pulmones con él. Sin embargo, no me atrevo a soltarlo; mantengo los brazos y las piernas aferrados a su alrededor, con la absoluta certeza de que me siento segura en esta posición.

Sé que lo estoy.

El agua nos lleva consigo, y mi respiración entrecortada se va acompasando poco a poco. Puedo respirar mejor. Intento grabar a fuego en mi memoria la sensación de dejar que el agua me transporte, cómo me siento al estar abrazada a este muchacho tan misterioso en medio del mar que tanto adoro.

—Ya casi hemos llegado —me informa, y noto que empieza a mover las piernas. Se mueve como si no estuviese pegada a él; es ligero en el agua pese a que yo soy un peso muerto. Aun así, solo me aparto lentamente de él una vez que sus pies han vuelto a tocar el suelo.

Le estoy dando la espalda a la costa, y observo maravillada cómo la corriente da vueltas a nuestro alrededor. La superficie del agua es lisa y está en calma de nuevo, y entonces noto que Wolfe me roza una mano.

—¿Lista? —me pregunta.

De pronto, tengo miedo de lo que veré cuando me dé media vuelta. Cierro los ojos y respiro hondo antes de girar despacio en el agua.

Pienso en mis padres, en Ivy y en los Eldon, todos dormidos en sus camas; pienso en todo a lo que han renunciado y a lo que siguen renunciado para asegurarse de que tengamos un lugar en el mundo. Pienso en cómo todo está construido con sumo cuidado, en cómo un simple paso en falso podría ponerle fin a todo.

Pienso en la flor de luna y en cómo me han mentido y en la inmensidad de un engaño semejante.

Busco la mano de Wolfe bajo el agua y entrelazo mis dedos con los suyos.

Entonces respiro hondo y abro los ojos.

Veintidós

Lo único que veo es bosque: árboles densos que llegan prácticamente hasta la orilla, del mismo modo que lo hacen en la costa occidental. Me vuelvo hacia Wolfe, confusa.

—Nuestro hogar tiene un hechizo —me informa—. Solo aquellos que tengan permiso para verlo podrán hacerlo. Para todos los demás, parece una continuación del bosque y ya. —Hace una pausa en la que sus dedos se tensan entre los míos, y esa es la única indicación de que está nervioso—. Dejadla ver —murmura, y es una frase tan sencilla que no me creo que pueda ser capaz de disipar un hechizo tan poderoso.

Solo que sí que lo hace. Parpadeo varias veces y contengo el aliento.

Los árboles empiezan a desaparecer poco a poco y revelan una gran mansión de ladrillo que se encuentra en lo alto de una larga colina de hierba. Hay suficiente luz de luna como para ver la silueta de un tejado empinado y montones de torres que apuntan hacia el cielo y se alzan por encima de nosotros. Unos árboles enormes rodean ambos lados de la mansión y la envuelven en la oscuridad.

—¿Dónde estamos? —le pregunto, contemplando, maravillada, el tamaño de la casa, sin poder creer que haya estado aquí escondida todos estos años.

—Estamos como a cinco kilómetros al sur del lugar en el que hacéis el trasvase, en la costa suroeste de la isla. Prácticamente estabas en nuestro jardín trasero la noche en la que te encontré cosechando.

—No tenía ni idea —murmuro, más para mí misma que para él.

—Sí, bueno, es que esa es la intención.

Wolfe me conduce fuera del agua hacia la orilla llena de rocas. Tres escalones de piedra dan paso al césped, y seguimos el camino que nos lleva hasta la casa.

—Secad —susurra, y nuestra ropa se seca al instante.

Una capa de nubes bajas cubre la mansión y la esconde de la luna. Una luz suave y naranja parpadea desde unos farolillos de cristal que cuelgan a ambos lados de la puerta e ilumina la hiedra espesa que se extiende desde la tierra hasta el tejado a dos aguas. En un lado de la casa hay un jardín, un mar blanco que contrasta con la noche oscura.

—¿Esas de allí son flores de luna? —le pregunto, cautivada al ver tantas a la vez.

—Sí.

He explorado cada centímetro de esta isla y nunca en la vida había visto la mansión que tengo frente a mí. Me sorprende que este tipo de poder viva en el interior de Wolfe, una magia tan fuerte que pueda esconder una mansión entera durante años. Un poder que él cree que también vive en mi interior.

—¿Esta es tu casa? —le pregunto, mientras observo los caminos de piedra resquebrajada y la luz de las velas que titila sobre las paredes de ladrillo.

—Sí —me contesta, observando la mansión—. Todos vivimos aquí.

—¿Y cuántos sois?

Él vacila antes de contestar.

—Setenta y tres.

—¿Setenta y tres? —repito, sin poder creerlo—. ¿Hay setenta y tres brujos que practican magia oscura en esta isla? —Noto un impulso que me urge a correr a casa y contárselo a mi madre, a decirle que el antiguo aquelarre está vivito y coleando, que prospera en nuestra isla.

Nos han engañado.

A todos nosotros.

En este momento, la mentira de mi madre no me parece tan mala, no cuando todo esto existe. No cuando hay una mansión llena de magia oscura y brujos del antiguo aquelarre y hechizos poderosos. No se lo podrá creer.

—Mortana, esta es mi casa —empieza Wolfe—, ¿crees que podrías evitar usar términos ofensivos mientras estés aquí?

Apenas lo oigo. Creo que lo ha dicho en un tono ligeramente juguetón, aunque no estoy segura. Los pensamientos me van a toda prisa y el mundo parece dar vueltas a mi alrededor. El estómago me da un vuelco y la cabeza se me va hacia atrás.

—No me encuentro bien —consigo decir.

Todo da más vueltas aún, y Wolfe me rodea la cintura con el brazo cuando me fallan las fuerzas. Luego, todo se vuelve negro.

Cuando abro los ojos, me encuentro en una habitación de lo más acogedora, en una cama suavecita. Unas vigas de caoba oscura recorren el techo, y de esa misma madera está hecha la cama de cuatro postes. Una gran chimenea se eleva desde el suelo hasta el techo en la pared que tengo enfrente, y unos leños chisporrotean y crepitan al arder. Una botella de cristal que se encuentra en la mesita de noche refleja el fuego y la reconozco como el guardarrecuerdos que le di a Wolfe. A su lado, hay un frasco de aceite con las flores y las hierbas que recogimos juntos: es su perfume de paz.

El pecho me empieza a doler.

Una pila de libros encuadernados en cuero cubre la mesita al otro lado de la cama y un lienzo con un retrato sin acabar se encuentra sobre un caballete en medio de un par de ventanales. Hay pinceles de madera depositados en frascos y tubos de pintura esparcidos a su alrededor. No reconozco a la persona del retrato, aunque eso tiene sentido. La vida que llevan es una oculta, del mismo modo que Wolfe. El cuadro me hipnotiza, el lujo de detalles que se aprecia en él, la cantidad de horas que debe haber pasado para que quede justo de ese modo.

Me pregunto cómo sería mi retrato si Wolfe me pintara, pero me embarga la tristeza tan pronto lo pienso. No hace falta que haga uno de mí, porque a mí sí que me recordarán.

Me pongo de pie despacio, aunque no tardo en volver a sentarme cuando oigo voces que provienen de detrás de la puerta.

—¿Cómo se te ocurre traerla aquí? —dice una voz.

—Es que ella no... —No consigo descifrar el resto de la respuesta de Wolfe.

Tras varias oraciones más que se pronuncian en una voz demasiado baja como para que yo las oiga, la puerta se abre y Wolfe entra. La cierra con delicadeza a sus espaldas.

—¿Cuánto rato llevo inconsciente?

Wolfe se detiene cuando oye mi voz.

—Suficiente como para que te haya traído a mi habitación.

Se me encienden las mejillas al pensar en el modo en el que me habrá traído hasta aquí, en lo mucho de esta noche que he pasado entre sus brazos. Wolfe mira el fuego y las llamas se avivan, por lo que durante un segundo me quedo sin palabras. Entonces recuerdo el lugar en el que estoy.

—Siempre se me olvida que puedes hacer magia de noche.

—Tú también puedes —me dice él, con intención, y yo suelto un suspiro.

—¿Hace falta que discutamos ahora?

—No —contesta—. Podemos hacerlo más tarde.

Cuando se me acerca, me doy cuenta de que esta es la primera vez que lo veo en el interior de una casa. La luz de las velas parpadea contra su cabello oscuro y su piel pálida, y tengo la impresión de que su apariencia es más suave bajo el refugio de su hogar. Su mirada gris no parece tener el enfado de siempre, y el músculo de su barbilla no se tensa cada pocos segundos.

Sigue siendo él, solo que está cómodo en este lugar. Cómodo y perfecto.

—Te has quedado mirándome —me informa.

—Es que aquí no pareces tan odioso.

La comisura de sus labios se alza de forma casi imperceptible, y no ayuda para nada al dolor que siento en el pecho.

—Me halagas.

—Pretendía que fuese un cumplido —digo con un hilo de voz, preocupada porque los setenta y tres brujos que viven en este lugar puedan oírme si hablo muy alto.

Wolfe menea la cabeza.

—Lo sé.

Tengo la impresión de que he dicho algo incorrecto, así que no digo nada más.

—¿Cómo estás? —me pregunta.

—Avergonzada. —Wolfe tiene algo que hace que quiera decir siempre la verdad, y caigo en la cuenta de que me he sentido de ese modo desde que lo conocí. Le he mostrado mi furia y mis inseguridades y mi sorpresa y mi miedo. Y él nunca me ha dicho que sea demasiado para él.

Es como si hubiese estado viviendo en la penumbra y él me hubiese invitado a salir a la luz. Sus expresiones, magia y hogar oscuros me han encendido por dentro y han iluminado las cosas que me han inculcado que debía mantener ocultas.

Su mirada encuentra la mía.

—Créeme, no tienes nada de lo que avergonzarte —dice, antes de hacer una pausa—. Ni ahora ni nunca.

Nos quedamos mirándonos el uno al otro, y me sobrepasan las ansias que siento por estirarme hacia él, darle la mano y acercarlo a mí. En la corriente, envolví su cuerpo con el mío porque tenía que hacerlo. Porque me iba a ahogar si no lo hacía.

Pero ¿y si me ahogo aquí mismo, en el silencio de esta habitación, sofocada por la desesperación con la que lo necesito?

—¿Te sientes lo bastante bien como para conocer a mi padre?

Aunque la pregunta me toma por sorpresa, me salva de mis propios pensamientos. Debía de ser su padre con quien hablaba fuera de la habitación.

—Sí.

Wolfe asiente, y yo me acerco al borde de la cama despacio y me aseguro de que puedo mantenerme en pie sin perder el equilibrio. Él mantiene una mano apoyada en la parte baja de mi espalda hasta que me siento lo bastante estable y entonces salimos hacia el pasillo. La misma madera de caoba que había en la habitación de Wolfe delinea los techos y las paredes, y una larga alfombra roja y dorada recubre la longitud del pasillo. Unas velas en unos candeleros de cristal adornan las paredes.

—¿Por qué tenéis tantas velas? —le pregunto.

—¿Cómo vamos a ver de noche sino?

Lo miro, confundida.

—¿No tenéis electricidad?

—Habría sido un poco complicado convencer a los del continente de que pongan electricidad en este lado de la isla si se supone que no existimos. ¿No te parece?

—Lo siento —le digo, con las mejillas sonrojadas, y meneo la
cabeza.

—No tienes por qué disculparte. Además, me gusta la luz de
las velas. —Se me queda mirando durante unos instantes más
antes de que retomemos el camino.

Su mano pende tranquila a su lado, y casi puedo convencerme a mí misma de que está apuntando en mi dirección, como
una invitación, por lo que tengo que impedirme estirarme y tomarla. Unas voces amortiguadas se oyen desde detrás de las
puertas cerradas, y pego un bote cuando una niñita sale disparada desde detrás de una maceta. Lleva el cabello oscuro trenza-
do y a su sonrisa le falta uno de sus dientes delanteros. Le da un
manotazo a Wolfe en la pierna y chilla:

—¡Tú la llevas!

Wolfe la alza en brazos, hecho que la hace soltar un gritito.

—Habíamos quedado en que esas no eran las reglas del juego, ¿a que sí, Lily?

Lily suelta una risita y se asoma por encima del hombro de
Wolfe para mirarme.

—¿Y quién es tu amiga? —le pregunta.

—Esta de aquí es Mortana —me presenta—. Mortana, ella es
Lily.

—Su *mejor* amiga —anuncia la niña, observándome con re-
celo.

—Sí, mi mejor amiga —asiente Wolfe, antes de dejarla de
vuelta en el suelo, tras lo cual ella me mira desde detrás de su
pierna.

—Mucho gusto, Lily. Yo también tengo una mejor amiga, se
llama Ivy.

—¿Te gusta colorear? —me pregunta.

—Me encanta.

—¿Puede venir a colorear conmigo? —pregunta Lily, al parecer satisfecha de que no sea una amenaza.

—Ahora no, bichito. Es tarde, deberías estar durmiendo ya.

Lily suelta un gruñido.

—¡Pero si no estoy cansada! —dice, antes de soltar un bostezo.

—Lo sé, lo sé. Pero tienes que descansar para que podamos jugar al pilla pilla mañana —le dice Wolfe—. A no ser que quieras perder.

Lily se queda boquiabierta.

—¡No voy a perder! —anuncia, y luego sale corriendo por el pasillo y cierra de un portazo su habitación.

—Tu mejor amiga me cae bien —le digo, mientras lo sigo por una enorme escalera y me apoyo en el barandal de hierro.

—Se pondrá contenta cuando se lo cuente mañana.

Cuando llegamos al final de las escaleras, oigo más ruidos. Hay voces que provienen del lado derecho de la mansión, donde asumo que está la cocina, y varios brujos se encuentran en una estancia a la izquierda practicando hechizos. Hay velas encendidas por toda la habitación, y sus llamas se avivan o se reducen de acuerdo con las palabras que pronuncian.

—Hola, Wolfe —dice alguien desde la estancia, tras lo cual nos envía hacia el vestíbulo una bola de fuego que nos rodea antes de apagarse.

—Presumido —contesta Wolfe en respuesta.

Las carcajadas nos siguen conforme entramos en un estudio que se encuentra cerca de la parte frontal de la mansión. Aunque la puerta está abierta, Wolfe llama de todos modos.

—Adelante —nos invita una voz.

El corazón me late desbocado y me sudan las manos. No sé por qué estoy nerviosa, pero las manos me tiemblan conforme entro en la habitación.

Hay un hombre de pie detrás de un gran escritorio de madera. En la chimenea de piedra, hay un fuego encendido, y unos farolillos titilan a lo largo de las paredes. Cientos de libros encuadernados en cuero adornan unas estanterías de hierro negro, y una escalera alcanza los estantes que se encuentran en lo más alto. No puedo contenerme y me estiro para tocar con suavidad los libros viejos.

—¿Son grimorios? —pregunto, maravillada. Si bien tenemos libros modernos que documentan la nueva orden de magia, los libros antiguos en los que nuestros ancestros guardaban todos sus hechizos ya no se encuentran en nuestro aquelarre. Cuando dejamos de practicar magia oscura, ya no había necesidad de conservarlos. Aun así, me encuentro maravillada de estar en una habitación rodeada de tanta magia. De tanta historia.

—Sí —me contesta Wolfe.

Hay un libro grande y viejo en un atril en el medio de la habitación. Las esquinas están ligeramente enroscadas y amarillentas, pero las páginas aún se pueden leer. Es un hechizo para transferir vida, y mis dedos resiguen las palabras que explican cómo hacerse con una vida para salvar otra.

Recuerdo cómo Wolfe me dijo que la magia es una cuestión de equilibrio. Se asegura de que no podamos salvar una vida sin más: hay consecuencias que afrontar.

La magia se despierta en mi interior conforme leo las palabras, y me asusta la conexión innegable que tengo con esta magia.

«Estás practicando la magia equivocada».

—Tú debes ser Mortana —dice el hombre, lo cual interrumpe mi concentración. Aparto la mano del grimorio y me sonrojo.

—Sí.

El hombre se parece muchísimo a Wolfe, con su mandíbula afilada y su cabello oscuro y desarreglado, con esa mirada que parece el océano tormentoso. Sin embargo, también parece más suave. Su piel pálida tiene unas ligeras arrugas, y lleva unas gafas de marco metálico que se le han deslizado por la nariz. Se le forman arrugas en las comisuras de los ojos cuando me sonríe.

—Soy Galen, el padre de Wolfe. Bienvenida a nuestro aquelarre. —Extiende una mano en mi dirección, y yo se la estrecho, y me percato de que lleva un anillo casi idéntico al de Wolfe.

—Gracias. —Mi voz es baja y temblorosa. Un mundo entero se me ha abierto, uno que desconozco por completo, y hace que me lo cuestione todo. Mi aquelarre está cerquísima de conseguir todo lo que siempre ha querido, y la mansión en la que me encuentro amenaza con echarlo todo a perder. ¿Cómo es que no conocíamos su existencia?

—Sé que esto es mucho que procesar —me dice Galen—. Preferimos mantener nuestra existencia en secreto, estoy seguro de que entiendes por qué.

—¿Cuánto tiempo lleváis viviendo aquí?

—Desde que la nueva orden de magia se convirtió en la opción por defecto. Cuando se formó tu aquelarre, prácticamente todos los brujos se sumaron a él y solo quedaron unos pocos fieles a la antigua orden. Compartimos la isla durante un tiempo, pero, conforme los años fueron pasando, el nuevo aquelarre se dio cuenta de que, si el continente se enteraba de que la alta magia se seguía practicando, sería el fin de todo. De modo que nos reunimos con el consejo y formamos una especie de alianza. Aceptamos apartarnos de la comunidad de la isla y mantenernos ocultos, y ellos aceptaron guardar nuestro secreto. Eso fue hace varias generaciones. Con el tiempo, los nuevos brujos comenzaron a pensar en nosotros como si fuésemos un mito en lugar de algo más. Solo que seguimos aquí y practicamos alta magia.

—Pero ¿por qué? ¿Por qué elegís vivir de este modo?

—¿A dónde más podríamos ir? ¿Al continente?

No le contesto, pues tiene razón. La magia está prohibida en el continente, y las consecuencias si alguien se enterara de que se han trasladado allí serían desastrosas. Es más seguro para ellos practicar magia en Arcania, incluso si ello implica que deban mantenerse ocultos.

—¿Y cómo es que sois tantos?

—Antes éramos más —me cuenta Galen. No parece nervioso ni inseguro mientras contesta mis preguntas, no como Wolfe. Su tono es tranquilo y cálido, sin una pizca de severidad. Sus secretos no parecen tan difíciles de cargar como lo son para Wolfe—. De tanto en tanto se suman nuevos miembros a nuestras filas; aún quedan descendientes de la bruja original en el continente, y, cuando se percatan de que tienen magia, se las arreglan para llegar a nosotros. También cuando alguien del nuevo aquelarre renuncia a la baja magia en su Baile del Juramento, nosotros le damos refugio. Además, hay muchas familias en nuestro aquelarre, y estas tienen hijos. La verdad es que no podremos asegurar nuestra existencia para siempre, no sin que se unan más miembros, pero ese es un problema para el futuro.

«¿Cómo nos recordarán?». Las palabras de Wolfe llegan a mi mente, y me abruma la absoluta devoción que siente por su aquelarre, su dedicación para asegurarse de que todos y cada uno de los brujos de esta mansión vivan para siempre en lienzos y óleos, mucho después de haber dejado este mundo.

—Creía que a todos los brujos que no aceptaban la nueva orden los desterraban al continente —comento, en voz baja.

—¿Qué más ibais a pensar si creéis que el antiguo aquelarre ya no existe?

Asiento, y me siento tonta al pensar que estoy aprendiendo más cosas en este despacho de iluminación tenue que lo que he aprendido en todas mis clases.

—¿Y cómo les pusisteis fin a las enfermedades que ocasiona la magia osc..., quiero decir la alta magia?

—Esas enfermedades no existen —me explica Galen—. Es un mito para perpetuar la idea de que la alta magia es maligna o venenosa. No es cierto y ya.

—Lo siento —le digo, avergonzada por haber preguntado algo así. Avergonzada por haberlo creído—. No quiero parecer desconsiderada.

Galen se me queda mirando antes de quitarse las gafas, doblarlas y dejarlas sobre un libro abierto que tiene en su escritorio.

—Te pareces mucho a tu madre.

Siento que se me seca la boca, por lo que trago para apartar esa sensación.

—¿Conoces a mi madre? —Las palabras se me atascan en la garganta cuando las obligo a salir.

—Claro —contesta él—. La isla entera responde ante ella. Es parte de mi trabajo saber quién es.

—Ya veo —digo, y hago una pausa antes de añadir—: ¿Y ella sabe de vuestra existencia?

Galen le echa un vistazo a su hijo, tras lo cual vuelve a mirarme.

—Parece que no, dada tu reacción al ver nuestro hogar.

Recuerdo que me he desmayado, y las mejillas se me colorean aún más.

—Sentaos. —Galen nos hace un gesto en dirección a un gran sofá de color negro que hay al lado de la chimenea. Mis latidos están tranquilos y mi respiración, acompasada, aunque estoy demasiado distraída cómo para pensar en lo que eso significa.

»Mortana, me alegro de que mi hijo te haya conocido. Eres bienvenida a nuestro hogar cuando quieras, pero las cosas se volverán muy complejas para ti en muy poco tiempo. ¿Entiendes lo que quiero decir?

—Sí.

Galen se acomoda en una butaca frente a nosotros y se reclina.

—No me preocupa que tu aquelarre descubra nuestra existencia; de hecho, nuestros planes dependen de que así sea. Sin embargo, el momento en que eso pase sí es algo importante para mí.

—¿Planes?

—Como brujos, somos sirvientes de la Tierra. Somos sanadores. Y vuestro aquelarre está destruyendo nuestro hogar. No tenemos pensado quedarnos de brazos cruzados al respecto.

Me remuevo en mi sitio, incómoda.

—Hablas de las corrientes —le digo, y por alguna razón, mi voz parece aliviada.

Galen asiente.

—Somos lo bastante fuertes como para hacer algo al respecto. Solo que necesitamos la ayuda de vuestro aquelarre y sospecho que a tu madre no le hará mucha gracia la idea.

—Sí, eso imagino —asiento. El océano lo significa todo para mí, e incluso antes de que me perdiera el trasvase, esas corrientes tan violentas solían darme vueltas en la cabeza y llenarme de preocupación. Tenemos que hacer algo al respecto, y hace mucho que soy consciente de que lo que hace mi madre no es suficiente.

Me alegro de que alguien quiera solucionarlo. Aunque quizás eso me haga ser una traidora.

—Tenéis mi apoyo en ese tema —le digo a Galen, mirándolo.

—¿De verdad? —pregunta, alzando las cejas. Las sombras que proyecta el fuego danzan sobre su rostro.

—Sí. No le contaré a mi madre sobre vuestra existencia hasta que vosotros decidáis que ha llegado el momento. —Vacilo un momento para luego respirar hondo y volver a mirarlo a los ojos—. Pero si hacéis algo para hacer daño a cualquiera de los míos, haré que todo el poder del continente caiga sobre vosotros.

Galen se me queda mirando durante varios segundos antes de que una enorme sonrisa se extienda por su rostro.

—Te creo. Y te doy mi palabra.

—Bien.

—Bueno, me alegro de que hayamos llegado a un acuerdo, dado que parece que a mi hijo le cuesta mantenerse apartado de ti.

Bajo la vista, aunque Wolfe le devuelve a su padre una mirada gélida.

—Muchas gracias, papá.

—Ningún problema, hijo —responde Galen, poniéndose de pie—. Mortana, ha sido un gusto conocerte. —Extiende una mano hacia mí, y yo también me pongo de pie para estrechársela.

—El gusto es mío.

—Espero verte de nuevo —añade, y la confianza de su voz, la certeza de que volveré, hace que un escalofrío me recorra la columna—. Hasta entonces, que disfrutes de la ceremonia.

Apoya una mano en el hombro de Wolfe y sale del estudio, y deja un millón de preguntas a su paso.

Veintitrés

—¿Qué ceremonia? —le pregunto a Wolfe con tono urgente, antes de girarme hacia él. Mi mente se llena de imágenes de rituales y magia oscura, cánticos insistentes y hechizos demasiado poderosos, por lo que de pronto me siento aterrada por el lío en el que me he metido. Por la razón por la que él me ha traído hasta aquí.

—Una renovación de votos —dice Wolfe.

—¿Qué tipo de votos? —Mis palabras salen intensas, acusadoras, y el pánico me estruja el pecho.

Él alza una ceja, y una sonrisita burlona tira de sus labios.

—Votos de matrimonio.

—¿Cómo dices? —le pregunto, pues sus palabras no tienen sentido. Todos mis instintos de ponerme a pelear abandonan mi cuerpo.

—¿Qué esperabas? ¿Creías que te había traído hasta aquí para alguna especie de juramento de sangre o quizás un sacrificio? Ah, ya sé. Quizás íbamos a contactar con el inframundo para invocar espíritus malignos del fondo del infierno para que arrasen con Arcania. O quizás íbamos a plantar pesadillas horribles en las mentes de los del continente para volverlos en vuestra contra de una vez por todas. O quizás…

—¿Podéis hacer eso? —lo interrumpo, completamente horrorizada.

Wolfe se me queda mirando como si tuviese monos en la cara.

—¡Claro que no! Caray, ¿qué rayos os están enseñando por ahí?

Me encojo de hombros, pues a mí no me parece una idea tan descabellada como a él.

—No nos enseñan cómo funciona la magia oscura, y supongo que eso hace que tengamos vía libre para imaginarnos de todo. —Wolfe cierra los ojos y respira hondo cuando uso la expresión *magia oscura*—. Lo siento, *alta magia*.

—Mortana, te juro que...

—¡He dicho que lo siento! —me excuso, alzando ambas manos.

Oímos que llaman a la puerta, y Galen asoma la cabeza un segundo.

—Estamos a punto de empezar.

Wolfe asiente antes de que la puerta se cierre de nuevo, lo que nos vuelve a dejar solos.

—Deberías prepararte —me dice.

—No pienso quedarme. Esto es algo íntimo y especial, no quiero ser una entrometida.

—No eres ninguna entrometida. Aunque sí que vas tarde —comenta.

Avergonzada, echo un vistazo a lo que llevo puesto.

—No tengo tiempo para arreglarme.

—No necesitas tiempo. Lo que necesitas es magia.

—Pero ya no es de día —le explico, y entonces caigo en lo ridículas que suenan mis palabras al salir de mis labios. Oímos música desde detrás de la puerta, y el corazón me empieza a latir cada vez más rápido.

—Mortana, has convocado las mareas y le has dado órdenes al viento. Creo que puedes usar un poquitín de magia para arreglarte.

—¿Puedes hacerlo por mí? —le pido, pues no quiero romper otra regla más. Aunque ya he hecho muchas cosas descabelladas, no quiero seguir teniendo que hacerlas—. Por favor.

Wolfe me mira con una expresión frustrada, pero termina asintiendo.

—Vale.

Antes de que pueda darle las gracias, la magia de Wolfe me rodea, me acomoda el cabello y me maquilla el rostro. Sale del despacho y regresa unos segundos después con un vestido en sus brazos.

—Esperaré fuera mientras te cambias —me dice.

Acepto el vestido, y un largo collar de plata se desliza por la tela.

—¿Esto también es para mí? —le pregunto, sosteniéndolo en la mano.

—Sí. —Es lo único que dice antes de volver a marcharse.

Una vez que la puerta está cerrada, me pongo el vestido de encaje gris. Me llega hasta las pantorrillas y tiene unas mangas acampanadas que me cubren hasta las muñecas. Cuando me dirijo hasta el espejo con adornos dorados que hay detrás del escritorio de Galen, veo que las sombras de mis ojos son oscuras y están difuminadas, que mis labios son de un color rojo oscuro y que el cabello me cae suelto por la espalda. El collar que Wolfe me ha dado tiene muchos detalles en plata y una piedra preciosa negra y ovalada en el centro. La parte de atrás está perforada y tiene una filigrana muy intrincada que consigue ser delicada y atrevida al mismo tiempo. Cuando me lo paso por encima de la cabeza, dejo que mis dedos rocen la superficie lisa de la piedra.

—Pasa —digo, al oír que llaman a la puerta con suavidad.

Wolfe entra en la estancia y se detiene al verme. Se me queda mirando como si se hubiese producido una lluvia de meteoritos en plena noche despejada. Yo me remuevo en mi sitio, incómoda, y regreso hacia el espejo.

Siempre me han enseñado que mi maquillaje debe ser ligero y sutil. Natural, como dice mi madre. Pese a que no estoy acostumbrada a verme a mí misma de este modo, en lugar de hacer muecas ante mi reflejo o de pedirle a Wolfe que le baje un poco la intensidad, me siento cautivada. Me encanta.

—Puedo cambiarlo, si así lo prefieres —me dice él. Su voz es áspera y ronca, y el calor se concentra en mi interior al oírlo.

—Me gusta —le digo, girándome para mirarlo—. ¿A ti qué te parece?

—Creo… —empieza, aunque luego se detiene para pasarse una mano por el cabello. Parece frustrado de nuevo, y menea la cabeza—. Creo que estás perfecta.

—Entonces, ¿por qué estás tan enfurruñado?

Se acerca hacia donde estoy y me coloca una flor de luna con delicadeza detrás de la oreja.

—Porque no quiero que estés perfecta en mi mundo. No quiero que encajes.

—No lo hago —le digo, obligándome a pronunciar las palabras. Tengo la garganta seca, por lo que estas apenas se oyen.

—Échate otro vistazo —dice él, al tiempo que me gira el rostro hacia el espejo.

Me observo un segundo, para luego cerrar los ojos y apartar la vista. Yo tampoco quiero encajar en este lugar.

Estamos a punto de marcharnos cuando un gran cuadro que se encuentra sobre la chimenea me llama la atención. He debido perdérmelo al entrar, al estar tan distraída por los grimorios, pero es impresionante. Es el retrato de una mujer con un cabello oscuro y largo que cae en cascada sobre sus hombros y una corona de flores de luna sobre la cabeza. Lleva un vestido plateado y ceñido, además de un colgante grande y negro sobre su pecho. Tiene una sonrisa delicada y alegre en el rostro, y las manos apoyadas ligeramente sobre su regazo.

—¿Lo pintaste tú? —le pregunto, maravillada.

Wolfe se detiene a mi lado y alza la vista hacia el retrato.

—Sí, es mi madre —contesta.

—Es preciosa. ¿La conoceré esta noche?

—Murió hace mucho tiempo. —Se tensa a mi lado, y sus palabras salen cortantes de sus labios.

—¿Qué le pasó? —No sé si es una pregunta que debería hacer, si es algo que lo podría ayudar o si le hará más daño hablar al respecto, pero quiero conocerlo. Y esto forma parte de él.

—Murió dando a luz. Estaba en el continente reuniendo suministros que no tenemos en la isla cuando se puso de parto. Hubo algunas complicaciones, y mi padre no fue capaz de llegar a tiempo. Si hubiese estado en la isla, habría sobrevivido. Mi padre podría haberla salvado.

—Qué horrible —le digo, aún mirando el retrato—. Lo siento mucho.

—¿Crees que es horrible? Tu aquelarre diría que su muerte era la única opción posible, que practicar magia para salvar una vida es algo maligno. —Me giro para mirarlo, y noto su enfado. Su dolor—. ¿Tú qué crees?

No estoy segura de lo que me lleva a hacerlo, de cómo aúno el coraje para rodear su cuello con mis brazos y atraerlo hacia mí.

—Es horrible.

Él vacila y se queda quieto cuando lo abrazo. Luego, muy despacio, me envuelve la cintura con sus brazos.

La música que se oye desde fuera sube de volumen, y Wolfe retrocede.

—Debemos irnos —me dice.

Se dirige hacia la puerta y la abre sin pronunciar palabra.

Han transformado el vestíbulo mientras nosotros estábamos en el despacho de Galen: la enorme escalera está salpicada de pétalos blancos de flor de luna y los barandales de hierro están envueltos con vides de hiedra. Unas velas negras gruesas delinean las escaleras, y una música intensa y profunda se cuela en el interior por las puertas abiertas.

Wolfe me sujeta del brazo, y la tensión que ha inundado su cuerpo parece haberse quedado en el despacho de su padre. Nos dirigimos hacia el exterior, hacia la larga colina que conduce a la orilla del mar. Unas sillas de madera oscura se encuentran de cara a la costa y cada una de ellas parece tallada a mano. Cientos de flores de luna blancas flotan en el agua y reflejan la luna. También hay un arco de hierro muy grande en medio de la playa, envuelto en más hiedra e iluminado por unas velas.

Me quedo boquiabierta por tanta belleza, por lo fascinante y encantador que resulta todo. Si bien he ido a montones de bodas en Arcania, ninguna de ellas se compara con esta.

Hay un enorme campo en el lado norte de la mansión, mucho más grande que el que he visto antes, aunque todo está demasiado oscuro como para ver qué hay en él.

—Ese campo es inmenso —digo.

—Cosechamos la mayor parte de nuestra comida.

—Es casi como vuestro propio pueblo —comento. El campo es tan extenso que no consigo ver dónde termina en medio de la oscuridad.

—Nuestro propio pueblo en el que podemos practicar nuestra propia magia.

Al principio creo que se está burlando de mí, pero parece contento al decirlo. Satisfecho.

—Mira tú qué tenemos por aquí. Pero si es una bajita en nuestras tierras. —Una mujer avanza hacia mí. Su cabello oscuro le llega hasta los muslos, y tiene unas líneas rojas trazadas sobre sus labios y mejillas que destacan sobre su piel pálida. Lleva una copa plateada en la mano, y tiene las uñas pintadas del mismo color rojo de su maquillaje. A mí solo me dejan usar esmaltes de tonalidades rosas y marfil, por lo que escondo las manos detrás de la espalda por instinto.

—¿Bajita? ¿Es así como nos llamáis? —pregunto, mirando a Wolfe.

—Es un mote poco creativo que proviene de baja magia de las mareas —contesta él.

—Ya veo.

—Estás muy guapa —dice la mujer, con una expresión divertida en el rostro—. Los colores oscuros te sientan muy bien.

—Perdona, ¿nos conocemos?

—Eres la hija más poderosa de toda Arcania, cariño. Todos te conocemos. —Me guiña un ojo antes de pasarme un brazo por encima de los hombros—. Soy Jasmine, vamos a buscarte algo para beber —me dice, apartándome de Wolfe.

—¿Jasmine? —repito, pues el nombre me suena de algo—. ¿Jasmine Blake?

Me mira con una ceja alzada, y entonces una sonrisita llega a sus labios.

—Así es.

—Renunciaste al nuevo aquelarre. —Me quedo sin palabras, pues no puedo creer que esté a mi lado—. Creía que… —Me interrumpo a mí misma, dado que no quiero ofenderla. Aunque era demasiado pequeña entonces como para recordarlo, he oído la historia.

—¿Creías que había muerto en el continente?

Asiento.

—Tras renunciar a la nueva orden, vine aquí —dice sin más, y no me da más explicaciones. Y quizás no haga falta; quizás tomar esa decisión no sea tan complicado como el nuevo aquelarre cree que es.

Me tiende una copa de plata llena de un vino tinto muy oscuro, hecho que me hace recordar a mi madre. El corazón se me acelera un poco.

—He oído que la magia de la antigua orden se te da la mar de bien —comenta Jasmine.

—Debes haberte confundido. Yo practico la baja magia —le digo, aferrando mi copa con demasiada fuerza.

—Sí, claro —dice ella—. Yo también, hace muchos muchos años. —Choca su copa contra la mía antes de beber un sorbo. Entonces alguien la llama—. Ha sido un gusto conocerte, Mortana.

Me quedo mirándola mientras se aleja, y sus palabras se repiten en mi mente. Según sé, Jasmine Blake fue la última bruja en abandonar la nueva orden, pues escogió el mundo exterior durante su Baile del Juramento. Uno tiene que tomar una decisión, y, una vez que lo hace, esta es definitiva. Por eso el Juramento es tan importante. Además del trasvase, es la magia más poderosa que hacemos: una promesa inquebrantable que nos acompaña hasta la muerte.

Aunque soy demasiado joven como para recordar el Baile del Juramento de Jasmine, año tras año, nuestros brujos escogen la nueva orden. Me cuesta imaginar cómo sería una ceremonia en la que alguien decidiese escoger el mundo exterior, la clase de furia y caos que desataría.

La música se detiene, y todos se dirigen hacia sus asientos. Sé que Wolfe me ha dicho que son más de setenta brujos en su aquelarre, pero verlos a todos congregados, vestidos de forma elegante y riéndose y charlando, es demasiado para mí.

Setenta y tres, y nosotros no teníamos ni idea.

—¿Estás bien? —me pregunta Wolfe, y yo pego un bote al oír su voz. No lo he visto acercarse.

—¿Por qué me has traído aquí? —Quiero saber.

Antes de que pueda responder, Galen se dirige al arco de hierro, y la ceremonia da inicio. Me apresuro a tomar asiento al lado de Wolfe y le doy vueltas a mi copa, pues tengo una energía nerviosa en mi interior que no deja de zumbar y se niega a desaparecer.

Wolfe estira una mano y la apoya sobre la mía, por lo que detiene el movimiento de mi copa. Hace que mi mano descienda hasta mi regazo, y noto que su piel está fría. Contengo el aliento, sin escuchar nada de lo que Galen está diciendo, pues estoy demasiado concentrada en cómo un solo toque puede sentirse en tantísimos lugares. He imaginado esta sensación muchas veces, he pasado noches enteras sin dormir con la esperanza de que mi vida llena de deber aún pueda crear este tipo de locura en mi interior, con la esperanza de que Landon pueda encender este tipo de fuego. Solo que no lo ha hecho, y, en este momento, estoy segura de que nunca lo hará.

Trago en seco, y Wolfe aparta su mano de la mía.

La música vuelve a empezar; sus tonos profundos e intensos flotan en el aire nocturno. Si la hubiese oído en cualquier otro lugar, habría pensado que estaba destinada a evocar tristeza, pues contrasta muchísimo con las melodías alegres y llenas de vida de nuestras bodas. Sin embargo, aquí no es triste. Es preciosa y cruda y atrevida. Parpadeo y respiro hondo.

Dos mujeres caminan juntas hacia el altar. Una de ellas lleva un vestido largo y negro con una falda de tul y un corpiño entallado, mientras que el atuendo de la otra es ceñido, está cubierto de piedras preciosas negras y la cola de su vestido refleja la luz de la luna. Tienen los dedos entrelazados y se detienen frente a Galen.

Pronuncian palabras de amor y compromiso, de lealtad y paciencia, de comprensión y gracia, y a mí me sobrepasa la belleza de todo ello, las emociones que estoy experimentando por una pareja que no conozco. La ceremonia me parece real de un modo en que muchísimas cosas en mi mundo no lo hacen. Me llevo una mano a los ojos, mientras intento contener las lágrimas, y me doy cuenta de que Wolfe se acomoda en su sitio para acercarse más a mí.

Y luego más.

Intento concentrarme en lo que está sucediendo frente a mí, solo que la música y la ceremonia y las olas que rompen contra la orilla parecen desaparecer a mi alrededor hasta reducirse a la nada. Lo único que consigo oír es la sangre latiéndome en los oídos, mi respiración entrecortada y mi corazón que palpita demasiado rápido.

Para cuando las mujeres se besan, creo que me voy a partir en dos de lo tensa que estoy, del modo en que cada músculo de mi cuerpo parece estar sufriendo. Las mujeres caminan de la mano hacia el agua y se dicen algo que no consigo entender. Entonces, a la vez, todas las flores de luna se alzan en el aire y avanzan hacia la hierba para luego rodearnos a todos como si fuesen hojas de otoño. La música sube y sube de volumen, las mujeres comparten otro beso y las flores desaparecen.

Al unísono, los brujos que me rodean dicen:

—Que vuestro amor sea constante como la marea, poderoso como la flor de luna y paciente como las semillas de invierno. Os damos nuestra bendición.

Entonces se desatan los aplausos y los vítores. Me quedo en mi sitio mientras contemplo cómo los demás comparten besos y abrazos, cómo las conversaciones dan inicio y las carcajadas se expanden por doquier.

Me pregunto cómo será mi boda con Landon, si contendrá siquiera un ápice de la intimidad y la dicha que he visto esta noche. Sin embargo, tan pronto lo pienso, sé que no será así. La boda no será ni para Landon ni para mí; será para guardar las apariencias, una representación pensada para todos los invitados.

—¿En qué piensas?

Me giro hacia Wolfe, y veo que me está mirando con atención. No es culpa suya que las dudas se hayan colado en los bordes de mi mente, que la incertidumbre se abra paso en mis entrañas, que, por primera vez en mi vida, piense en lo que yo quiero en lugar de en lo que se espera de mí. No obstante, me desquito con él de todos modos.

—En que quiero volver a casa. —Dejo mi copa en el suelo y me apresuro en dirección al despacho de Galen para quitarme el vestido de encaje y volver a ponerme mi propia ropa. Tengo que salir de aquí, tengo que volver a pisar tierra firme.

—Quítame esto —le pido a Wolfe cuando me encuentra, haciéndole un gesto hacia mi rostro. Su mano se estira hacia la mía, pero retrocedo—. Por favor.

—Vale. —Mi rostro se enfría gracias a su magia y no tardo ni un segundo en echar de menos la sensación de estar en su mundo, de que pertenezco a él.

»¿Todo bien? —me pregunta, aunque es una pregunta imposible de responder. Nada va bien. Absolutamente nada.

Distingo una gran puerta de madera tallada con siluetas de flor de luna y sé que he encontrado mi vía de escape. La abro de un tirón, con lo cual hago que las bisagras de la puerta chirríen, y me adentro en la noche a toda prisa.

Veinticuatro

Wolfe me sigue hasta los límites de los árboles que se encuentran detrás de la mansión. Puedo ver el camino que me conducirá a casa a lo lejos.

—¿Por qué me has traído aquí? —le pregunto otra vez, mirándolo.

Él me devuelve la mirada con atención, y sus ojos nunca se apartan de los míos.

—Porque te estás obligando a encajar en un lugar en el que no lo haces. Esta es la vida que te han enseñado a odiar —dice, señalando hacia la mansión a nuestras espaldas, al tiempo que alza la voz—. Pero no somos un montón de brujos malvados que recitan cánticos al unísono y conspiran con el diablo. Somos una familia. Nos reímos y tenemos esperanzas y miedos y sueños, al igual que vosotros. Cosechamos nuestra comida y criamos a nuestros hijos y nos esforzamos por proteger esta Tierra.

—Es que no es tan simple...

—Pero sí que lo es. Lo que tenemos aquí es una vida, Mortana. Una vida plena y feliz. —Sus palabras son urgentes y están llenas de furia e intensidad.

—¿Y qué quieres que haga yo? —le grito en respuesta, sin poder comprender lo que esa vida podría significar para mí—. No hay lugar para mí aquí.

Wolfe me agarra de la mano y acaba con la distancia que hay entre nosotros.

—Hay una vida para ti aquí, una vida en la que puedes ser todo lo que tienes miedo de ser. —Me mira, y su aliento llena el aire entre nosotros y se mezcla con el mío. Busca una respuesta en mí, y su mirada es tan intensa que puedo notarla sobre mi piel, en lo más hondo de mi ser.

Se ha colado en absolutamente todo; en cada creencia y duda y pregunta que alguna vez he tenido sobre mí misma. Cuando lo miro, veo la persona que quiero ser, el potencial de una vida vivida bajo mis propios términos.

Y me duele.

Me duele muchísimo.

Los ojos se me llenan de lágrimas, y trago en seco para contenerlas.

—Ahí es donde te equivocas —le digo, pese a que mis palabras tiemblan mientras salen de mis labios—. Nunca he tenido la oportunidad de tener otra vida que no sea esta.

Una lluvia torrencial empieza a caer desde el cielo oscuro, por lo que no tardo más que unos segundos en empaparme.

—Tengo que irme —añado, al tiempo que aparto mi mano de la suya.

Cuando me giro para marcharme, Wolfe me aferra de la muñeca, tira de mí hacia él, y yo me estrello contra su pecho como sucedió la noche en la que nos conocimos. Tengo miedo de mirarlo a los ojos, pero temo aún más no hacerlo. Alzo la vista, y él me acuna el rostro con las manos y enreda sus dedos en mi cabello.

—No quiero perderte —me dice.

Apoyo las manos sobre las suyas y cierro los ojos, siento la forma en la que su aliento me hace cosquillas en la piel y cómo sus dedos encienden una llama que arrasa todo a su paso dentro de mí. Imagino cómo sería rozar mis labios contra los suyos y practicar su magia y permitirme a mí misma ser todas las cosas que él cree que soy capaz de ser.

Pero entonces aparto sus manos de mi rostro y retrocedo un paso.

—Para perderme tendría que haber sido tuya en algún momento —le digo.

Me quito la flor de luna del pelo y la dejo caer hacia el suelo. Y entonces echo a correr. Corro tan rápido como me permiten las piernas hasta que llego al sendero que me conducirá de vuelta a casa. Cuando me detengo para recuperar el aliento, me giro para contemplar la mansión a lo lejos, pues el encantamiento se ha disipado solo para mí. Es oscura y amenazante, inquietante y fantasmagórica, todo lo que Arcania no es. Solo que también es absolutamente preciosa.

Le doy la espalda y sigo el camino que va por los límites septentrionales de la isla, hasta que al final consigo llegar a mi calle. Me detengo en seco al ver mi casa.

Pese a que son las cuatro de la madrugada, todas y cada una de las luces de mi hogar están encendidas. A través de las enormes ventanas, puedo ver a mi padre caminando de un lado para otro y a mi madre hablando por teléfono a su lado. Envuelve a mi padre en un abrazo, y el rostro de él muestra toda su preocupación.

La culpa se apodera de mí, por lo que corro hacia casa, por mucho que me aterre la tormenta que se me va a venir encima.

—Estoy aquí —exclamo, subiendo las escaleras a grandes saltos y entro en el salón a toda velocidad.

—Por Dios, Tana, ¿dónde te habías metido? —pregunta mi padre, al tiempo que acorta la distancia entre ambos y me envuelve en sus brazos—. Nos has dado un susto de muerte. —Apoya el mentón sobre mi coronilla sin importarle que esté empapada, por lo que no puedo evitar romper a llorar.

—Lo siento mucho —le digo, abrazándolo—. No podía dormir. No dejaba de darle vueltas a las cosas así que he pensado que una caminata podría ayudarme.

Mi madre cuelga el teléfono, y la miro de reojo desde los brazos de mi padre. Entonces la veo suspirar largo y tendido, avanzar hacia donde estamos y envolvernos en un abrazo fuerte. Demasiado fuerte.

—¿Qué pasa? —pregunto, al darme cuenta de que ha sido algo más que mi ausencia lo que los ha despertado.

Mis padres intercambian una mirada.

—Es Ivy, cariño —me explica él, mientras me apoya una mano sobre el hombro—. Ha salido a cosechar esta noche y por error ha desenterrado una colmena. La han rodeado por completo.

—Qué horrible —suelto. A mí solo me han picado una vez; no puedo ni imaginar lo mal que se debe estar sintiendo—. Deberíamos llevarle unos aceites aromáticos para ayudarla a descansar. ¿Puedo ir a verla?

—Es que eso no es todo —continúa mi padre, antes de que los ojos se le llenen de lágrimas—. Ivy es alérgica a las abejas. Nunca la habían picado antes, por lo que no lo sabía. Parece… Parece que no pasará de esta noche.

Me aparto de él.

—¿Qué dices?

—Sus padres quieren que esté allí. Los tres deberíamos ir. —La voz de mi madre suena cansada, llena de tristeza y arrepentimiento. No obstante, su expresión es contenida y su maquillaje, perfecto.

—No —exclamo, dando otro paso hacia atrás—. No, pero si la acabo de ver. Está bien —les digo, sin querer creer lo que me están diciendo.

—Ay, cielo, cómo me gustaría que eso fuera cierto. —Mi madre estira una mano en mi dirección, pero me niego. Me niego a llorar la muerte de mi mejor amiga, porque ella no irá a ningún lado. No puede. No puedo hacer todo esto sin ella.

Respiro hondo para calmarme.

—Llévame con ella.

La casa de Ivy huele a muerte. No sé cómo describirlo de otro modo. El ambiente parece cargado y huele muy mal, como si estuviese preparando a sus habitantes para lo que está por venir. La señora Eldon corre hacia mi madre cuando la ve, y ambas se abrazan.

—Ay, Rochelle —dice mi madre contra su cabello.

El doctor Glass está en un rincón, conversando a susurros con el padre de Ivy. Echa un vistazo en mi dirección y me saluda con la cabeza, aunque no interrumpe su conversación.

—Hola, Tana —me saluda la señora Eldon entre lágrimas. Se lleva un pañuelo a la nariz y se limpia la cara antes de darme un suave abrazo—. Ve a ver a Ivy mientras nosotros terminamos de hablar con el doctor Glass. Está a punto de irse.

—¿Cómo que está a punto de irse? —repito, alzando la voz—. ¿Os vais a rendir sin más? —chillo en dirección al médico. No me importa perder los papeles frente a mis padres y los de Ivy, no me importa que me esté viniendo abajo en esta misma habitación.

—Tana —me advierte mi madre.

Miro a mi alrededor, desolada. Quiero gritar, quiero decirles que esto no es normal, que deberían estar luchando con todas sus fuerzas. Sin embargo, no pronuncio palabra, sino que me giro y subo las escaleras a toda prisa. La habitación de Ivy es la primera a la derecha. Pese a que no espero respuesta, llamo antes de entrar.

Cuando abro la puerta, el ambiente está cargado por el sudor, a pesar de que la ventana está abierta. Casi puedo notar el calor que irradia de su cuerpo desde donde me encuentro.

Avanzo con cuidado hacia la cama y me siento en el borde. Su pecho sube y baja en unos movimientos erráticos, y un silbido agudo acompaña cada respiración. Tiene los ojos cerrados y los brazos extendidos a cada lado, con las manos abiertas. Su piel morena está cubierta de ampollas, y tiene tanto el rostro como el cuello tan hinchados que casi no la reconozco.

Ay, Ivy.

—Estoy aquí —le digo, sujetando su mano entre las mías—. Estoy aquí.

Ella no reacciona ni ante mis palabras ni ante mi toque. Sus ojos permanecen cerrados, y su mano, sin fuerzas. Si bien la tengo delante, no puedo aceptar lo que veo. Ivy es mi roca, mi lugar seguro, mi refugio. Es quien me ve por lo que soy, mientras que todos los demás solo ven el papel que desempeño. Es quien oye mi voz cuando todos los demás solo oyen mi nombre. ¿Cómo se supone que voy a poder seguir hablando si ella no está en este mundo?

Echo un vistazo a la habitación, a los medicamentos abandonados y al té medicinal que tiene en su mesita de noche. No obstante, no hay nada que podamos hacer para salvarla. La nueva orden de la magia prohíbe cualquier hechizo que pueda alterar de forma significativa el curso de la vida de una persona.

No podemos ayudarla.

Solo que la idea no se asienta en mi mente el tiempo suficiente como para que pueda aceptarla. Sí que podemos ayudarla, el problema es que hemos decidido no hacerlo. Si no hubiésemos abandonado quienes somos de verdad, sabríamos cómo salvarle la vida a Ivy con magia. Y, en su lugar, no podemos hacer nada más que ver cómo la vida la abandona con cada aliento tembloroso. Su cuerpo se ha prendido fuego, y nuestro aquelarre la está dejando arder.

—Siento mucho no haber ido contigo —le digo, mientras la culpa me cubre entera. Tendría que haberle dicho que sí cuando me invitó a cosechar con ella, tendría que haber estado allí cuando la colmena se abrió. Me imagino a Ivy tendida sola en el suelo, con sus padres celebrando fuera, sin nadie que la ayude. Imagino su miedo y su pánico y su dolor, y no puedo aceptarlo. Me niego.

—No —digo, con voz temblorosa—. No dejaré que te vayas.

En cuanto lo digo, un jilguero alza el vuelo desde un árbol cercano y su plumaje blanco y marrón refleja la luz de las estrellas. Se posa sobre el alféizar de la ventana de Ivy y nos observa.

El estómago me da un vuelco cuando recuerdo el grimorio que había en el despacho de Galen. El jilguero me está dando un regalo.

Antes de que pueda arrepentirme, antes siquiera de saber lo que estoy haciendo, me acerco al alféizar y extiendo un brazo. El ave se me posa en la muñeca, y yo la llevo al interior de la habitación.

Mi magia sabe lo que hace; se despierta en mi interior, fuerte y poderosa y lista para lo que sea que vaya a pedirle.

Aunque no recuerdo todo lo que leí en el grimorio, susurro las palabras que sí y me concentro en mi conexión con el ave. Puedo notar cómo se aceleran sus latidos, así que me concentro en el sonido, en mi magia, en esa línea de vida sólida que tanto necesito.

—Una vida a cambio de otra, del saciado al sediento; un corazón a cambio de otro, restaura su aliento.

La magia sale de mi interior y rodea al ave, según su corazón va latiendo cada vez más despacio hasta que al final se detiene.

Las lágrimas se deslizan por mi rostro mientras dejo al ave con delicadeza sobre el alféizar.

—Gracias —le digo en un susurro, al tiempo que sostengo su vida entre mis manos y un brillo de color marfil la rodea.

Me dirijo a la cama a toda prisa y me siento a un lado de Ivy. No sé lo que estoy haciendo, pero mi magia se hace cargo y guía mis palabras.

Puedo notar el momento en que la vida débil de Ivy se conecta con mi magia, cuando su cuerpo nota el hechizo y se abre para recibirlo. Susurro las palabras una y otra vez, y los latidos del ave brillan más y más en mi mano.

Mi voz se alza, y los músculos de Ivy se tensan cuando suelto la vida dentro de su cuerpo. La observo adentrarse en mi amiga, y, mientras vuelve a la vida con cada segundo que pasa, su cuerpo se va enfriando y las ampollas van sanando. Ivy se incorpora con un movimiento brusco y una mirada salvaje y extiende las manos hacia mí para apretarme con fuerza.

—¿Qué has hecho? —Aquella no es su voz, sino algo monstruoso. Busca con desesperación alrededor de la habitación hasta que da con el jilguero que se encuentra en el alféizar de la ventana.

Se vuelve hacia mí con una mirada tan frenética que parece que los ojos se escaparan de sus cuencas.

—Pero ¡¿qué has hecho?! —repite, y tengo tanto miedo que lo único que puedo hacer es negar con la cabeza una y otra vez.

—Es que… —empiezo, aunque no estoy segura de lo que quiero decir. El terror se apodera de mí conforme caigo en la cuenta del peso de mis acciones—. Es que no podía dejarte morir —consigo articular.

—¡No te correspondía a ti decidirlo! —me chilla Ivy, antes de tirarme de la cama de un empujón.

Aterrizo en el suelo y me estrello contra la cómoda que tengo detrás.

—No tenía otra opción —le suplico que me entienda.

—Me has arruinado —me dice, para luego echarse a llorar y llamar a su madre.

La puerta se abre de un tirón, y los padres de Ivy y los míos entran en la habitación a toda velocidad.

—¡Ivy! —exclama la señora Eldon, dirigiéndose a la cama.

Mi amiga llora y entierra el rostro en el pecho de su madre.

—No tendría que estar aquí —dice, y sus sollozos desesperados sacuden la habitación entera.

El jilguero yace sin moverse sobre el alféizar, y, uno a uno, todos los que se encuentran en la habitación se giran hacia mí al comprender lo que he hecho.

—No puede ser —dice mi madre, y se cubre la boca con una mano.

—Es que… no sabía lo que estaba haciendo. Ha sido un impulso, como si mi cuerpo se hubiese hecho con las riendas. Lo siento mucho. —Mis palabras no tienen sentido, son un caos que se abre paso entre mis lágrimas.

—¡Lleváosla! —chilla Ivy, aferrándose a su madre.

Me pongo de pie como puedo y trato de encontrar las palabras necesarias para explicarme, solo que Ivy me mira como si fuese el mal personificado, la criatura más vil que hubiese visto en su vida.

—¡Que os la llevéis ya! —grita de nuevo.

Mi padre me ayuda a salir de la habitación, y el padre de Ivy cierra de un portazo una vez que estamos fuera. No obstante, ni siquiera eso es suficiente para apartarnos del sonido de los chillidos de Ivy.

Estos se aferran a mí hasta que estoy segura de que nunca podré dejar de oírlos, ni siquiera por un segundo, durante el resto de mis días.

Veinticinco

Mi padre tiene que llevarme a casa a rastras. Me sacudo y no dejo de gritar, desesperada por volver con Ivy, desesperada por reparar lo que he roto. Sin embargo, una vez que me encuentro sentada en el sofá, con la vista clavada en el fuego, me doy cuenta de que nunca seré capaz de repararlo. La forma en la que me ha mirado me ha dicho todo lo que necesitaba saber.

Mi madre se ha quedado en casa de Ivy, probablemente para intentar asegurarse de que sus padres guarden mi secreto. Si nuestro aquelarre se entera de que he usado magia oscura para salvar la vida de Ivy, el caos se desatará. Los brujos exigirán que haya un castigo. Mis padres tendrán que pagar las consecuencias de mis pecados. Y nuestra relación con el continente se hará pedazos.

Todo nuestro progreso, al traste en menos de un segundo.

Pero es que es Ivy. *Ivy*. Mi mejor amiga, mi alma gemela, la persona a la que más quiero en el mundo. E incluso mientras me encuentro aquí sentada, con lágrimas en los ojos, sé que lo haría todo de nuevo. Aunque es egoísta —y sé que lo es—, tengo que aprender a vivir con ello. Tengo que aprender a aceptar las etiquetas a las que he temido toda mi vida.

Egoísta.

Impulsiva.

Irresponsable.

Pese a que nunca me he permitido ser ninguna de esas cosas, esta noche las he sido todas a la vez al convertirme en una chica desesperada que habría hecho cualquier cosa con tal de salvar a su mejor amiga. Quizás Ivy me odie durante el resto de su vida; quizás sus padres nunca consigan superarlo; quizás siempre me pregunte si tomé la decisión correcta.

Pero Ivy está viva. Y no puedo arrepentirme de ello. No lo haré.

Mi padre me trae una taza de té y se sienta a mi lado en el sofá. Me cubro con la manta de lana gruesa hasta la barbilla, como si esta fuese una armadura, un escudo que me protegerá de todo lo que está por venir. Observo las llamas danzar en la chimenea. El amanecer tiñe el cielo más allá de nuestras ventanas, y sé que debo lidiar con esto.

—Tienes mucho que explicar —me dice mi padre después de un rato, con lo cual le pone fin al silencio.

—Lo sé. —Soplo el té antes de beber un largo sorbo. Pese a que no tiene nada de magia, me recuerda a Ivy de todos modos.

Una parte de mí quiere contarle lo de Wolfe, que me perdí el trasvase y que he usado magia oscura. Solo que le prometí a Galen que no lo haría, y es importante que mantenga mi promesa. Quizás es una tontería después de todo lo que ha pasado esta noche, pero lo último que quiero es desatar el caos sobre las vidas de otra familia más.

Algún día les contaré a mis padres todo lo sucedido. Sin embargo, esta noche solo contaré un poco. Y eso tendrá que ser suficiente por el momento.

—Aún lo estoy repitiendo en mi mente —le digo. Mi padre se acomoda en el sofá para mirarme. No parece enfadado ni decepcionado, sino lleno de curiosidad. Y también paciencia—. Le estaba dando la mano a Ivy y le estaba hablando. Entonces un jilguero ha volado hacia la ventana y prácticamente me ha ofrecido su vida. Y... no lo sé, es como si mi magia hubiese tomado las riendas. Ni siquiera recuerdo haber pensado en lo que estaba a punto de hacer; no recuerdo haberlo decidido. Solo recuerdo que lo he hecho.

Lo que me dijo Wolfe sobre la flor de luna vuelve a mi mente, cómo esta es la fuente de toda la magia, solo que yo no llevaba ninguna conmigo. Me siento tan frustrada que podría echarme a llorar, tan harta de no entender mi propio mundo, mi magia, ni a mí misma.

Mi padre se queda en silencio durante varios segundos mientras asimila lo que le he dicho.

—La cosa es que no tendrías que haber sabido cómo hacer eso. La magia oscura no despierta tras años de no haberla usado así sin más; tienes que persuadirla para que salga. Nutrirla.

Tiene razón. Sé que la tiene porque es justo eso lo que hice con Wolfe aquella primera noche: despertar una magia que había pasado diecinueve años dormida.

—Lo sé y no puedo explicarlo, papá. No me ha parecido como si estuviese participando activamente. No es que quiera quitarme la culpa, porque asumiré las consecuencias de mis actos. Solo intento explicar cómo lo he experimentado.

Mi padre se queda mirando el cielo fuera de nuestra ventana, el cual se ilumina cada vez más con la promesa de otro día. Y lo único que quiero hacer es irme a dormir.

—Estamos muy cerca del siguiente trasvase —dice él, más para sí mismo que para mí—. Lo que significa que tienes más magia en tu interior que en cualquier otro momento. Quizás la combinación del ave y la muerte inminente de Ivy hayan despertado algo en ti... —Deja de hablar y menea la cabeza—. Es que no tiene sentido.

—Papá —lo llamo en un susurro, con voz temblorosa, y él me mira—. Me alegro de que siga viva. —Cada palabra está teñida de terror conforme sale poco a poco de mis labios.

—Lo sé, cielo —me dice. Se acerca un poco más a mí, me pasa un brazo por los hombros, y yo me derrumbo contra él. Lo sabe, y aun así me abraza. Lo sabe, y aun así me ha preparado un té. Lo sabe, y aun así me quiere.

La culpa me desgarra el estómago mientras caigo en la cuenta de todas las formas en las que he traicionado a mi familia. Lo único que siempre he querido en esta vida es hacer que se sintieran orgullosos, y, en su lugar, me las he arreglado para poner en riesgo nuestro modo de vida y ahora todo depende de cómo mi madre y los Eldon decidan resolverlo.

Si bien siempre he sabido el papel que me ha tocado desempeñar, desde que perseguí esa luz durante el último trasvase, en cuanto mi mundo se estrelló contra el de Wolfe, me encuentro en medio de la nada, tan alejada del camino que siempre he recorrido que me pregunto si no será demasiado tarde como para intentar volver a él.

Me pregunto si siquiera quiero hacerlo.

Egoísta.

Oímos un portazo, y mi madre entra en el salón. Mi padre no se aparta de mi lado, y aquel gesto tan simple me llena de fuerza. Puedo hacerlo. Puedo encontrar el camino de vuelta.

—Has liado una grande —dice mi madre, al tiempo que se sienta en una butaca tapizada de color celeste que hay a mi lado. Se hunde en ella, echa la cabeza hacia atrás, y a mí me sorprende lo humana que de pronto se ve. Lo real que parece. Tiene los ojos cansados y suelta un bostezo sin cubrirse los labios, y por alguna razón eso termina de llevarme al límite.

En este instante, Ingrid Fairchild es mi madre. No es la líder del consejo ni la engreída del aquelarre; es mi madre y está agotada por los desastres de su hija.

Darme cuenta de eso hace que quiera ponerme a llorar.

Se quita los zapatos de una patada y le echa un vistazo a mi té.

—Cariño, un té como ese me vendría de perlas ahora mismo.

Mi padre se pone de pie, le da un beso en la frente antes de dirigirse a la cocina y por un instante en lo único en lo que puedo pensar es en que quiero un amor así. Solía pensar que mi madre tenía sometido a mi padre, pero no es cierto. Él promueve su liderazgo y su asertividad, y ella, su paciencia y amabilidad. Reconocen los puntos fuertes que tiene el otro, y a mí me encantaría tener algo así.

Quizás mi fascinación por Wolfe tenga algo que ver con mi amor por su magia, y es algo que está tan enredado que no soy capaz de separarlos. O quizás me fascina la forma en la que él ve mis puntos fuertes antes de que consiga hacerlo yo misma.

Mi padre regresa y le extiende un té a mi madre para luego volver a sentarse a mi lado.

—¿Estás bien? —me pregunta ella.

—¿Quieres saber si yo estoy bien?

—Eres mi hija —me dice, al tiempo que se acerca la taza a los labios.

—No sé. No entiendo qué es lo que ha pasado —digo, antes de hacer una pausa—. ¿Cómo está Ivy?

—Para cuando he venido hacia aquí, Ivy se había quedado dormida por fin. Está confundida y enfadada. Su vida ha sido mancillada por la oscuridad, y le llevará tiempo recuperarse de algo así.

Quiero decirle que eso no es cierto, que Wolfe me salvó la vida usando la misma magia que yo he usado con Ivy y que eso no ha despertado la oscuridad en mi interior. Si acaso, lo ha llenado todo de luz, lo ha bañado todo con la luz de la luna.

—Pero no está mancillada. Hubo un tiempo en el que ese era el único tipo de magia que practicábamos y…

—Y nos envenenó —me interrumpe mi madre—. Se supone que no debemos usar la magia de ese modo. Lo sabes, y Ivy también. Es posible que nunca te perdone.

Asiento. Pasaré el resto de mis días intentando ganarme su perdón. Lo haré. Solo que también creo que Ivy se dará cuenta de que es la misma persona que siempre ha sido, inteligente y llena de luz, por lo que me aferro a esa esperanza.

—¿Y sus padres?

—Su situación es muy complicada. Nadie quiere que su hijo esté infectado por la magia oscura, así que la vigilarán, preocupados porque la magia pueda infiltrarse en su vida normal. —Mi madre respira hondo, vacila un momento, y luego suelta el aire poco a poco—. Aun así, Rochelle y Joseph están centrados en el hecho de que su hija sigue con vida.

Suelto el aire que había estado conteniendo. Por enésima vez esta noche, pienso: *Me alegro de que siga con vida.*

—Tana —me llama mi madre, y la seriedad que estaba esperando finalmente hace acto de presencia en su voz—, tus acciones tendrán consecuencias. —Deja que las palabras pendan entre nosotras—. Más tarde, una vez que todos hayamos descansado un poco, hablaremos sobre lo que has hecho esta noche y sobre cómo has sabido hacerlo. Y no toleraré ninguna mentira. —Se pasa una mano por los ojos—. Luego hablaremos sobre las ramificaciones de tus decisiones, que no son pocas.

Se pone de pie y le extiende una mano a mi padre. Él la acepta y hace lo mismo.

—Ha sido una noche muy larga. Ve a descansar.

Mis padres se dirigen hacia la escalera, pero hago que se detengan.

—¿Mamá?

Ella se vuelve hacia mí.

—Si hubiese sido yo... —No sé cómo terminar la oración, aunque mi madre parece entender lo que quiero preguntarle.

—Ninguno de nosotros sabe cómo practicar magia oscura, Tana. No habría sido capaz de salvarte. Pero si alguien más hubiese tomado la decisión por mí, como has hecho tú con Ivy... —Menea la cabeza—. Me sería muy complicado no sentirme en deuda con esa persona durante el resto de mi vida.

Los ojos se me llenan de lágrimas y asiento.

Ella da media vuelta y sube las escaleras con mi padre, mientras que yo me dejo caer sobre el sofá y contemplo el amanecer a través de las grandes ventanas.

La última vez que vi un amanecer, estaba segura de que iba a morir. El cielo cobró vida con sus tonos rosas y naranjas, y yo intenté aceptar mi destino.

Solo que no pude, y aquello lo cambió todo.

He hecho que mi vida sea un desastre y no sé cómo arreglarlo. No sé cómo fingir que el tiempo que he compartido con Wolfe no ha existido, que no me ha cambiado por completo, que no ha alterado los átomos y las células que componen mi cuerpo hasta hacer que apunten hacia una estrella diferente.

No sé cómo dejar de anhelarlo a él y a su magia.

Porque lo que nunca podré decir en voz alta, lo que no puedo volver a pensar, es que me pareció correcto, más natural que preparar cualquier perfume o jabón. Me envolvió con su poder y me susurró «estás en casa», del mismo modo que las profundidades del océano. Me ha hecho sentir cómo si valiese la pena, como si fuese valiosa. Como si todas las preguntas que me hecho alguna vez en la vida por fin tuviesen respuesta.

Y no sé cómo volver de algo así.

Eso, más que todo lo demás que ha ocurrido durante este mes tan desastroso, es lo que más me asusta. Porque me veré obligada a decidir. Me veré obligada a contemplar la vida que no elegí y sopesarla contra la vida con la que sueño mientras Arcania duerme.

Y si este último mes me ha enseñado algo es que, cuando se trata de Wolfe Hawthorne, nunca tomo la decisión correcta.

Solo cuando estoy de vuelta en mi habitación me percato de que aún llevo en el cuello el colgante de plata que Wolfe me ha dado, escondido en mi vestido y apoyado contra mi corazón. Lo sostengo en alto y lo hago girar entre mis dedos.

Y ahí, entre la filigrana, encuentro los pétalos blancos de la flor de luna.

Veintiséis

Una vez que todos hemos descansado, mi madre va a casa de Ivy, aunque yo tengo prohibido acercarme. Ivy no quiere verme. Pese a que hice todo lo que pude por salvarle la vida, a que renuncié a todo, la he perdido de todos modos.

Estoy esperando cerca de la puerta cuando mi madre regresa. Cuelga su abrigo y se quita los guantes de cachemira antes de mirarme de reojo.

—Ha vuelto a la normalidad —me informa—. Fuera lo que fuera que hiciste, la ha sanado por completo. —Lo dice sin mayor emoción, pues no es algo que debamos celebrar. No en su opinión.

—¿Querrá verme algún día?

La sigo mientras se dirige hacia la cocina, donde mi padre está sirviendo dos copas de vino. Me siento a la isla de la cocina y espero a que me responda.

—No lo sé, Tana. Aún está afectada por lo que pasó. —Bebe un largo sorbo de su vino, tras lo cual deja a un lado la copa con suavidad—. La buena noticia es que los padres de Ivy han aceptado guardar el secreto de lo que pasó, siempre y cuando cumplamos ciertas condiciones. Pero, antes de ponernos con eso, necesito que me cuentes qué sucedió anoche.

Me remuevo en mi sitio y me giro para mirarla a los ojos. Le digo exactamente lo mismo que le dije a mi padre: que el jilguero voló hacia la ventana casi como si fuese una ofrenda y que algo en mi interior se hizo con las riendas. Que no estaba pensando, que actué por impulso.

Mi padre repite lo que me dijo anoche, su teoría sobre cómo el exceso de magia en mi interior podría haber contribuido a mis acciones. Mi madre lo escucha con atención, aunque su expresión no revela nada. Ladea la cabeza mientras me contempla a mí y a mi padre.

—Esto no puede pasar de nuevo —me advierte—. Es que no tendría que haber pasado, vaya. Los brujos del nuevo aquelarre no se tropiezan con la magia oscura sin más, Tana. Es algo que se aprende. —Hace una pausa, como si estuviese pensando en otra cosa—. ¿Por qué me preguntaste por la flor de luna ayer?

Se me eriza la piel, y por un instante, me quedo en blanco. No sé qué decirle, así que repito lo que le dije ayer.

—Porque vi una flor parecida —me excuso—. Así que me dio curiosidad. ¿Por qué lo preguntas?

La observo, y las palabras de Wolfe se cuelan en mi mente sin que pueda hacer nada para evitarlo. «Ojalá tu madre te hubiese contado la verdad».

Pero ella menea la cabeza y dice:

—Por nada.

Y, con esas dos palabras, sé que Wolfe tenía razón. Lo sabe. Un sollozo amenaza con escapar de mi garganta, así que me obligo a contenerlo, lucho por mantener la compostura. Su expresión nunca se quiebra, ni siquiera un poquitín, y eso hace que el corazón se me rompa en mil pedazos.

Guardo silencio.

—Si ha ocurrido algo más relacionado con lo que pasó, me voy a enterar. Sabes que es así. Pero bueno, ahora nos toca hablar de las consecuencias de tus actos.

Respiro hondo para prepararme.

—Dime.

—En primer lugar, vas a tener que tomarte un descanso de tu magia. Al final de cada día, tendrás que vaciarla en lo que sobre de la perfumería de modo que no se acumule. No fabricarás ningún perfume ni jabón nuevo. Tus únicas prácticas mágicas, al menos por el momento, serán vaciarla al final de cada día y durante la luna llena.

—Mamá —empiezo, pues sus palabras me están ahogando, hacen que los pulmones se me queden sin aire—. Por favor. No me la quites, te lo pido. Mi magia lo es todo para mí.

—No, cariño. Ya no. —Su mirada es triste, o al menos es lo que me parece distinguir entre mis propias lágrimas—. En segundo lugar, tu padre o yo te supervisaremos en todo momento, al menos hasta la boda.

Contengo la respiración.

—¿Hasta la boda?

—Y eso me lleva a la tercera condición. Anunciarás tu compromiso con Landon en la Fiesta de la Cosecha.

—Pero si eso es el próximo fin de semana —le digo, y mi voz sale aguda—. Es demasiado pronto.

Mi madre alza una mano para silenciarme.

—La boda pasará a celebrarse en tu Baile del Juramento.

Me pongo de pie y retrocedo varios pasos.

—No —digo, negando con la cabeza—. No.

—Cielo, es la única opción. —Su voz es calmada y contenida, y quizás eso sea lo que más me duele—. Sabes cuál es el castigo para los brujos del nuevo aquelarre que intentan practicar magia oscura.

Asiento. Fue parte de nuestro acuerdo con los del continente: los enviamos al otro lado del Pasaje a ser juzgados. Es inevitable que se pierdan los trasvases mientras están en la cárcel, donde su magia los devora desde dentro.

Es una sentencia de muerte.

Niego con la cabeza y me cubro el rostro con las manos para ocultar el llanto.

—Es la única opción. Es lo que han pedido los padres de Ivy: una alianza con el continente. Eso es lo que vale su silencio.

—Por favor, dales tiempo. Tú misma has dicho que te sentirías en deuda con alguien que hiciese por mí lo que hice yo por Ivy. Sé que se alegran de que siga con vida, incluso si no lo dicen. Guardarán mi secreto.

Pero mi madre se limita a negar con la cabeza.

—Están dispuestos a jurarlo con magia, aunque quieren que la boda se adelante. Y yo no estaré contenta solo con su palabra, no en un caso así.

—Es que no estoy lista. —Mis palabras son débiles, apenas salen de mis labios debido a las lágrimas que no dejan de caer.

—Solo son unos meses de diferencia. Si lo pensamos con frialdad, son unas consecuencias muy poco severas. Has tenido suerte, Tana.

—¿Cuándo podré practicar magia de nuevo?

—Después de la boda. No podrás hacerlo en el continente, así que tendremos que asegurarnos de que usas suficiente magia cuando trabajes en la perfumería para prevenir que se te acumule en exceso y sea algo peligroso.

Hago una mueca de dolor. No había caído en la cuenta de que la magia ya no formará parte de mi día a día cuando me mude al continente. Dejará de ser lo que me motive a levantarme al amanecer y evitar las noches. Tendré que enterrarlo a cambio de una vida con Landon.

El estómago se me hace un nudo cuando las náuseas me suben por la garganta.

—Creo que voy a vomitar —me las arreglo para decir antes de salir corriendo hacia el baño. Mi padre me sigue en cuestión de segundos, me frota la espalda y me aparta el cabello de la cara. Cuando termino, me entrega un paño húmedo para que me lo ponga en la frente.

Veo la preocupación en su rostro. Me gustaría poder asegurarle que estoy bien, que estoy de acuerdo con todo esto. Me gustaría poder darle un apretón en la mano y decirle que no pasa nada, que una vida con Landon es una nueva aventura en la que ya quiero sumergirme, porque verlo así de preocupado, ver la incertidumbre en sus ojos… me mata.

Todo esto me está matando.

Y, en este preciso momento, mientras veo a mi padre cuestionar la vida que ha planeado para mí, cuestionar la vida en la que estoy a punto de embarcarme, por fin puedo admitirlo conmigo misma: no estoy de acuerdo. No es la vida que quiero. Quiero el amor que comparten mis padres. Quiero la certeza que tiene Ivy. Quiero la pasión que embarga a Wolfe. Lo quiero todo, y una vida con Landon no me lo dará.

Egoísta.

Cuando mis padres se ponen a cenar, me voy a tumbar. Le doy vueltas entre los dedos al vidrio marino que me regaló Landon y noto cada borde y cada esquina; lo sostengo en mis manos y me obligo a mí misma a creer que puedo pronunciar las palabras «sí, quiero» sin arrepentirme cada día de mi vida hasta que muera.

Landon merece más que eso.

Y yo también.

Alguien llama suavemente a la puerta, y mi padre asoma la cabeza.

—Ya casi es hora, cariño.

Otro trasvase. Otra vez tengo que vaciar mi magia. Otra noche en la que destrozamos el mar.

Bajo de la cama temblando, me pongo la túnica y sigo a mis padres hacia la costa occidental. Me aterra verter mi magia hacia el océano cuando no hay nada que pueda hacer para reconstruirla. Mis habilidades desaparecerán, mi magia se volverá más débil y me convertiré en una sombra de la chica que una vez fui.

Landon se casará con un eco, un susurro, una brisa ligera a su espalda que hará que se sienta como si alguien lo estuviese observando.

Avanzo detrás de mis padres hacia la playa antes de llevar a cabo los pasos del trasvase y sigo a mi aquelarre hacia el agua una vez que hemos llegado todos. Busco la mirada de Ivy, aunque ella se niega a devolvérmela. Está al otro lado de la orilla, y sé que se ha colocado allí a propósito, para guardar tanta distancia como pueda conmigo.

El agua me llega a la altura del pecho. Es una noche fría y despejada, y la luna llena nos observa desde su lugar en el cielo al tiempo que ilumina nuestra vergüenza.

Es medianoche.

Al principio no lo pienso. No me parece que esté tomando una decisión, sin embargo, mientras el resto de mi aquelarre vacía su magia hacia el océano, yo me aferro a la mía.

La mantengo cerca.

Y pronuncio su nombre en un susurro.

Una vez. Y otra. Y otra más.

Los minutos pasan, y los últimos gritos de los brujos se disipan en la noche. La magia se extiende por el agua, pesada y espesa como el aceite; perjudicial en lugar de benigna.

Me quedo mirando hacia el horizonte, suplicándole a Wolfe que aparezca, pero no lo hace. Los brujos empiezan a salir del agua, con los hombros caídos y la cabeza gacha, agotados tras otro trasvase.

Me giro despacio y me dirijo hacia la playa. Mis padres me encuentran, y los tres caminamos hacia el sendero, a la espera de que todos los demás brujos se marchen antes de hacerlo nosotros. Nadie dice nada, pues están demasiado avergonzados como para hablar entre ellos pese a que todos han pasado por lo mismo.

Al final, solo quedamos los tres. Mi madre se apoya en mi padre.

—¿Listos? —pregunta ella.

Mi padre asiente, y emprendemos el camino de vuelta a casa.

Ya he llegado a la acera cuando me parece oír mi nombre, aunque quizás haya sido solo el viento que sacude las olas. O quizás no haya sido nada. Aun así, me giro.

Y allí está.

De pie sobre el agua, bañado en la luz de la luna y susurrando mi nombre.

No lo pienso, no me lo cuestiono, no tengo miedo.

Me echo a correr.

—¡Tana! —me llama mi madre a mis espaldas, y, aunque su voz suena débil por el trasvase, es urgente. Parece asustada—. ¡Tana!

Pero no vuelvo la vista atrás. Wolfe ya no está mirando hacia la costa, sino que se prepara para sumergirse de vuelta en su corriente. No me ha visto.

—¡Wolfe! —grito su nombre al tiempo que mi madre grita el mío y me persigue—. ¡Wolfe! —lo llamo de nuevo.

Él se detiene y se gira, se queda boquiabierto y pone los ojos como platos.

Me adentro en el mar a toda prisa, insto a mis piernas a moverse tan rápido como puedan e intento no hacer caso de los sonidos de mi madre a mis espaldas. No puedo volverme, porque si lo hago, es posible que me haga pedazos.

Me impulso desde el fondo del océano y me lanzo hacia Wolfe. Él me atrapa entre sus brazos, y yo lo envuelvo con los míos. Me sujeto con fuerza, me sujeto como si la vida me fuese en ello.

—¡Vamos! —exclamo.

Mi padre ha llegado al agua y nada hacia nosotros, se debate contra las olas pese a que se encuentra débil por el trasvase. Aunque casi no le quedan fuerzas, gasta hasta el último ápice que le queda para llegar hasta donde estoy. Al darse cuenta de que no es capaz de alcanzarme, se detiene y se queda flotando con impotencia varios metros más allá. Me aferro a Wolfe para impedirme nadar en dirección a mi padre. Sin embargo, no aparto la vista de él, convencida de que esa imagen permanecerá conmigo el resto de mis días, sin importar lo mucho que intente olvidarla. Mi padre me llama a gritos, y el sonido de su voz entrecortada me destroza por dentro. Cuando mi madre lo alcanza por fin, tira de él hacia la orilla. Tengo el rostro bañado en lágrimas según lo escondo en el hombro de Wolfe antes de inhalar una gran bocanada de aire. Él se sumerge en la corriente, y la imagen de mi padre se ve reemplazada por el agua oscura que me cubre entera y hace que toda la luz desaparezca.

Que todo el amor desaparezca.

Que todo desaparezca.

Wolfe me sujeta entre sus brazos con fuerza al tiempo que el agua nos arrastra, aunque ya no estoy tan segura de que nos encontremos en el océano. Quizás es un conglomerado de lágrimas y angustia tan imposiblemente grande que nunca conseguiré encontrar el camino de vuelta.

Mi madre llamándome a gritos.

Mi padre debatiéndose en el agua.

Nunca podré recuperarme de esto, ni aunque viviese cien años y mil vidas distintas. Este momento me marcará por completo, pues nunca podré dejarlo atrás.

Aprieto más los brazos y las piernas en torno a Wolfe, porque temo que, si no lo hago, me rendiré y dejaré que el océano haga conmigo lo que quiera. No obstante, el agarre de Wolfe es firme a mi alrededor y hace que me mantenga en una sola pieza cuando tengo la certeza de que me voy a romper en mil pedazos.

La corriente se ralentiza antes de que salgamos a la superficie. Ambos llenamos nuestros pulmones de aire y nuestro pecho roza el del otro al inhalar. Me aferro a él como si fuese un chaleco salvavidas. Dadas las circunstancias, no puedo decir que no lo sea.

El agua tira de nosotros. Me giro hacia la costa, pero estamos muy lejos de la playa en la que ocurrió el trasvase, muy lejos de mis padres. Muy lejos de mi corazón.

Los pies de Wolfe tocan el suelo, y el agua cae por sus hombros, aunque sigo sin moverme. Permanezco aferrada a él, con miedo de que, en cuanto lo suelte, el peso de mis decisiones me vaya a aplastar hasta convertirme en un simple grano de arena entre los miles que hay en la playa.

Despacio, echo la cabeza atrás para mirarlo y encuentro sus ojos por primera vez en toda la noche.

Su respiración se acelera cuando mueve las manos para acunarme el rostro. El agua gotea de su cabello oscuro, de sus pestañas y sus labios. Es tan perfecto que me duele.

—¿Qué has hecho? —me pregunta, con voz ronca. Recriminatoria. Busca una respuesta en mis ojos, desesperado, con las palmas presionadas contra mis pómulos.

—Me he convertido en todo lo que temía ser.

Entonces lo beso. Contiene el aliento cuando mis labios tocan los suyos, y el sonido hace que me convierta en algo salvaje. Llevo las manos a su rostro, a su pelo, a sus hombros mientras devoro con ansias sus besos, como si estos fuesen oxígeno, lo único en este mundo que me mantiene con vida.

Él separa los labios y suelta un gemido cuando mi lengua se encuentra con la suya, y el sonido me recorre el cuerpo entero. Mantengo las piernas envueltas entorno a sus caderas, y él mueve las manos hacia mi espalda para acercarme más.

Más cerca.

Y luego un poco más.

En un arrebato, mis labios buscan su barbilla, su cuello, sus sienes. Cuando él echa la cabeza hacia atrás con los ojos cerrados, la luz de la luna baña su rostro, y eso termina de deshacerme. Este chico ha puesto cada parte de mi vida patas arriba. Le ha prendido fuego a mi existencia.

Cuando lo conocí, fue como si mi cuerpo hubiese cobrado vida, y no pienso pretender lo contrario. No pienso pretender que no se ha convertido en alguien vital para mí, que no me ha permitido verme a mí misma del modo exacto en que quiero que los demás me vean.

Mis labios vuelven a encontrar los suyos. Me sabe a mar, como si fuese mi propio océano particular. Le envuelvo los brazos alrededor del cuello y le hundo los dedos en el cabello. Cuando por fin consigo apartarme de él, me mira como si estuviese viendo todas mis vulnerabilidades, todas mis inseguridades y miedos, dudas y esperanzas. Lo ve todo y entonces me besa una vez más, al tiempo que acepta todo lo que puedo darle.

Es mi luz, mi sol, las horas que paso practicando magia. Lo he comprendido, por lo que me prometo a mí misma ser lo mismo para él.

Solo que no estamos confinados a la luz del sol. Aquí, podemos ser quien sea que queramos ser.

Lo observo, tan apuesto bajo la luz de la luna que no parece posible.

Entonces llevo mis labios hacia los suyos.

Wolfe cobra vida en la oscuridad, así que oscuridad es lo que seré.

Veintisiete

El vapor se alza a mi alrededor en la gran bañera de porcelana. Cierro los ojos, al tiempo que dejo que el agua se lleve la sal del mar y la de mis lágrimas. Sin embargo, nada se llevará la imagen de mi padre desesperado por llegar a mí entre las olas. Nunca.

Lo que he hecho trae consigo una especie de libertad pesada. He vivido mi vida entera con el miedo de ser egoísta, con el miedo de buscar lo que quiero, pues era consciente de que lo que quería no tenía relevancia. Sin embargo, siempre he creído que tendría la fuerza suficiente para ser quien ellos necesitaban que fuese, para hacer a un lado mi propia felicidad, porque creía firmemente en una alianza con el continente. Pero me equivoqué.

No obstante, tengo una fortaleza diferente, una que no sabía que poseía. Hace falta fuerza para poner el deber y la lealtad por encima de todo lo demás, para encontrar la felicidad en una vida impuesta; esa es la fuerza que tiene Landon. Solo que también hace falta fuerza para decepcionar a todas las personas que quiero porque he encontrado algo en lo que creo aún más.

No tengo el tipo de fortaleza de la que mi aquelarre dependía, de la que yo misma dependía. Pero sí que soy lo bastante fuerte como para escoger algo por mí misma que el resto de mi mundo cree que está mal. Y, para ser alguien que ha vivido demasiado tiempo sometida a las decisiones de las demás, eso es todo un logro.

Aunque dudo que en algún momento me deje de importar, aunque dudo que en algún momento me sienta completamente cómoda con los enemigos que he creado y el dolor que he causado, mientras me encuentro en el baño de Wolfe, consciente de su presencia al otro lado de la puerta, sé que no me arrepiento.

Cuando salgo de la bañera, una bata negra enorme me espera. Me la pongo y me ato el cinturón. Me seco el pelo con la toalla y dejo que este me caiga por la espalda antes de abrir la puerta despacio.

Wolfe está sentado en un gran sillón orejero frente al fuego. Tiene la barbilla apoyada en una mano mientras contempla las llamas, perdido en sus pensamientos.

Cuando la puerta suelta un crujido, él se gira para mirarme. Es la primera vez que lo veo nervioso; traga en seco al verme, y yo me obligo a no salir corriendo, a quedarme en mi sitio con toda mi vulnerabilidad y dejar que la vea.

Dejar que me vea.

—¿Qué tal el baño? —me pregunta.

—Ha sido justo lo que necesitaba, gracias. —Alcanzo una manta que hay sobre la cama y la dejo sobre el suelo, frente a la chimenea—. ¿Quieres sentarte conmigo?

Asiente y se sienta a mi lado en el suelo. Yo me tumbo de lado, apoyándome en un codo, y él me imita. Durante un rato, lo único que hacemos es mirarnos el uno al otro.

—Cuéntame qué ha pasado —dice por fin.

Y eso hago. Le cuento lo de Ivy y lo del jilguero y sobre cómo le salvé la vida. Cómo algo en mi interior tomó las riendas y yo se lo permití. Le cuento sobre el trato que hicieron mis padres, sobre las consecuencias que tendría que soportar si quería quedarme en la isla sin que nadie descubriera mi secreto. Y le cuento que, durante el trasvase, en lo único en lo que podía pensar era en salir corriendo, aunque no para alejarme de lo que había hecho, sino para acercarme a lo que quiero.

—A lo que quieres —dice él, repitiendo mis palabras.

—A ti. Y a tu magia.

Entonces él aparta la mirada, la clava en el fuego y tensa la mandíbula. Algo pasa por su rostro que no soy capaz de distinguir, así que me incorporo.

—¿He dicho algo malo? —le pregunto.

Él también se incorpora, pero no me devuelve la mirada. Menea la cabeza, y de pronto me preocupa haber escogido algo que no está disponible para mí. El corazón me late desbocado y se me seca la garganta.

—No —dice al fin—. Es que estoy acostumbrado a tener el control, Mortana. —Hace una pausa, sin apartar la mirada de las llamas caóticas—. Solo que contra ti no hay nada que pueda hacer.

—¿Eso es lo que temes? —pregunto, con un hilo de voz—. ¿Que te vuelva débil?

Entonces me mira, con una intensidad en sus ojos que hace que un escalofrío me recorra entera. Su mandíbula está apretada y sus labios son una línea tensa.

—Le prendería fuego al mundo entero con tal de ver tu rostro. Eso es lo que temo.

Me acerco a él despacio, y mis labios rozan los suyos.

—Entonces arderemos juntos.

Él toma mi rostro entre sus manos y me besa con desesperación, como si nunca más tuviésemos que dejar la seguridad de esta habitación si me besa el tiempo suficiente, con fuerza y pasión. Envuelvo los brazos alrededor de su cuello y lo atraigo hacia mí, me muevo para poder acercarme y me inclino para poder abarcar más.

Cuando la bata se me desliza por el hombro, Wolfe desliza sus dedos por mi barbilla, mi cuello, mi clavícula. Me tumbo sobre el suelo y tiro de él para que se tumbe conmigo, mientras sus labios siguen el camino que sus dedos han trazado. Se detiene cuando llega a mi esternón, deja que su cabeza descanse sobre mi pecho y cierra los ojos.

—Puedo oír tu corazón.

Sus labios encuentran mis costillas, y besa los huesos que rodean mi corazón como si estos fuesen algo sagrado, como si estuviesen protegiendo lo más valioso del mundo. Me desato la bata poco a poco y dejo que esta se abra.

Wolfe se cierne sobre mí. Me quedo muy muy quieta mientras sus ojos repasan las curvas de mi cuerpo y las memorizan.

—Mortana —dice, con voz áspera—. Vas a acabar conmigo.

Sus labios vuelven a los míos antes de que pueda decirle que él es mi origen; brillante, nuevo y hermoso.

La mansión se alza a nuestras espaldas cuando Wolfe y yo nos dirigimos hacia la costa. Llevo puesto un camisón y uno de sus jerséis, y es posible que nunca vaya a devolvérselo. Huele a él, y a mí me encanta sentir que me rodea por completo.

Salvo por varios brujos que se han reunido alrededor de un grimorio en el invernadero, somos los únicos que estamos fuera. La luna llena proyecta bastante luz como para que pueda ver por donde voy, y la magia se despierta en mi interior, a la espera de ver qué le voy a pedir.

Ya no estoy dispuesta a vaciar mi magia en el océano, peligrosa y sin usar, y que pueda matar a nuestros animales y hacerle daño a nuestra isla. Sin embargo, dado que tiene que salir de algún modo, bien podría ser esta misma noche, bajo esta luna tan magnífica y al lado del chico que lo ha cambiado todo.

—¿Cuál es tu lugar favorito? —me pregunta Wolfe cuando llegamos a la playa.

—El mar.

—¿Por qué?

—Por su silencio. Me gusta que nada de lo que hay sobre la superficie importa cuando me sumerjo. Me gusta cómo el silencio hace más ruido que mis pensamientos. Está lleno de paz y de calma. Me tranquiliza.

—Cierra los ojos —me pide.

Y eso hago.

En cuestión de segundos, el aire a mi alrededor cambia. Se vuelve más espeso de algún modo. Más denso. El sonido de las olas que rompen contra la orilla se desvanece hasta que lo único que se oye es un silencio perfecto.

La piel se me enfría y mi mente se calla. Tengo la sensación de que no peso nada. Una sensación de calma me rodea, tan real que podría rodar sobre ella y tocarla. Mi cabello flota a mi alrededor, mientras la ropa se me pega a la piel. Todo me parece más lento: mis movimientos, mi respiración, mis latidos.

Siento como si estuviese bajo el agua, completamente sumergida en mi lugar favorito.

Abro los ojos de pronto, y aquel escenario desaparece. Vuelvo a la playa con Wolfe bajo un cielo sin nubes.

—¿Cómo has hecho eso? —le pregunto, sin aliento.

—He alterado tus sentidos hasta hacerte creer que estabas en otro sitio. Es un hechizo de percepción.

—¿Como el que usas cuando tienes que ir al pueblo? El que le hace pensar a los demás que eres un turista.

—Exacto.

—Es que no me lo creo —musito. A pesar de que tengo la ropa seca y la piel cálida, aún hay una parte de mí que cree que he estado bajo el agua hasta hace tan solo unos pocos segundos—. Enséñame a hacerlo.

—Nuestra conexión con el mundo natural es nuestro punto más fuerte; permite que hagamos todo lo que hacemos. Del mismo modo que nosotros tenemos una sensibilidad más aguzada hacia el mundo que nos rodea, este también la tiene hacia nosotros. La intención que tengas es lo que más importa cuando practicas magia. Es por eso que fuiste capaz de salvar la vida de Ivy al usar un hechizo que nunca habías usado antes. Puedes verlo como un velo que está entretejido en base a tus experiencias, deseos y comprensión del mundo físico. Ese velo puede cubrir cualquier cosa que elijas.

—Incluso a otra persona —señalo.

—Incluso a otra persona. Yo he creado un velo de mar y te he cubierto con él.

—Qué maravilla.

—Te toca.

Sonrío. Llevo esperando hacer esto desde la última vez que lo vi, ansiosa por descubrir más de la magia que vive en mi interior. Una vez más, usamos el mar para mi primera vez, un escenario que podría recrear sin cesar.

Tejo un velo de agua fría y movimientos pausados, de un silencio que se estira en todas direcciones como la niebla de la mañana sobre el Pasaje. El velo se forma frente a mí; una entidad física que puedo ver y tocar. Entretejo recuerdos de cuando envolví a Wolfe con los brazos y las piernas, de nuestros cuerpos húmedos presionados uno contra otro.

Entonces alcanzo el velo y lo estiro hasta que nos cubre a ambos.

El mundo a mi alrededor desaparece, y he vuelto al mar, estoy en brazos de Wolfe y nada más que el océano y su silencio perfecto nos rodea.

La magia brota de mí, sostiene el velo y activa todos mis sentidos hasta que me creo por completo la imagen que he tejido. Estoy bajo el agua, me muevo gracias a las olas y no peso nada entre los brazos de Wolfe. Nos quedamos en silencio, quietos y satisfechos, mientras compartimos un abrazo en las entrañas del océano.

Aparto el velo para hacernos volver a la playa. Me giro hacia él y paso una mano por su cabello, convencida de que lo encontraré mojado. Solo que no es así.

—¿Ha funcionado? —le pregunto. Sé lo que yo he sentido, aunque eso no significa que Wolfe lo haya sentido también.

Pero entonces asiente.

—Eres mucho más poderosa de lo que te imaginas —me dice—. Podrías haber alterado la percepción de todos los brujos que hay en esta casa.

—¿Por qué? —le pregunto—. ¿Por qué es algo tan natural para mí?

—No lo sé —contesta, meneando la cabeza—. Creo que tiene algo que ver con todo el tiempo que has pasado en el agua. Estás muy conectada con este lugar: cada vez que has tragado agua del mar por accidente, cada vez que has recolectado flores y plantas para la perfumería, todas las horas que has pasado dando vueltas por la isla; has invitado a este mundo a tu interior y este ha echado raíces dentro de ti. Creo que es por eso.

Sus palabras hacen que algo en mi interior se destape. Gran parte de mi vida me han regañado por ensuciarme demasiado, por ir a nadar demasiado seguido, por preferir los senderos del bosque a los salones de baile y a las reuniones para tomar el té.

Aunque es algo por lo que se me ha enseñado a disculparme, en el mundo de Wolfe es un don. Un don extraordinario.

Practicamos más magia; tejemos velos de lugares distintos y llamamos al viento desde el mar. Creamos fuego del polvo y capturamos la luz de la luna entre nuestras manos. Usamos más magia de la que podría haber vaciado durante un trasvase, y, en lugar de hacerle daño a la Tierra, nos regocijamos en ella.

Volvemos hacia la hierba, y me dejo caer sobre ella, agotada. Cuando Wolfe se tumba a mi lado, ambos contemplamos las estrellas. El resto de los brujos ha vuelto al interior de la casa, y me parece como si tuviésemos el mundo entero para nosotros dos, como si la luna y las estrellas brillaran exclusivamente para ambos.

—¿Sabes que no he vuelto a ver otra flor de luna en la isla desde la noche en la que nos conocimos? —le pregunto, girándome para apoyarme sobre un lado—. Solo las he visto contigo. Es como si estuviésemos destinados el uno al otro, como si el único propósito de la flor fuese unirnos.

Me acerco hacia él para besarlo. Él vacila un poco al principio, con movimientos pausados e inseguros. Pero entonces separa los labios y me atrae hacia él; enreda sus dedos en mi cabello y me besa como si esta fuese la última vez que podrá hacerlo.

Deslizo una mano bajo su camiseta y recorro su piel con los dedos. Él contiene el aliento de pronto, y la forma en la que pierde el control me descontrola a mí también. Murmura mi nombre contra mis labios y me aferra con más fuerza antes de rodar sobre mí, de modo que el peso de su cuerpo es lo que me ata a este momento perfecto.

Sin embargo, alguien dice su nombre, y Wolfe no tarda en apartarse de mí.

Me pongo de todos los colores cuando reconozco la voz de su padre, y ambos nos incorporamos. Me limpio la cara y me acomodo el cabello, como si sirviese de algo.

—Levantaos —nos ordena, mientras avanza en nuestra dirección.

Wolfe me ayuda a ponerme de pie, y yo juego nerviosa con mi ropa, con la esperanza de que esté lo suficientemente oscuro como para enmascarar el sonrojo de mis mejillas.

—Me alegro de verte, Mortana —dice Galen cuando llega hasta donde estamos. Pasa una mano por encima de ambos, y noto que mi cabello se acomoda y la piel se me enfría. Le da la espalda a la mansión, sin apartar los ojos de mí, y un escalofrío hace que se me erice la piel.

Algo va mal.

—Hola, Ingrid —dice, con voz tranquila.

Noto como si el corazón se me detuviera y toda la sangre me abandonara el cuerpo.

—Hola, Galen —contesta ella.

Sigo la voz, y allí, en lo alto de la colina, con la mansión como fondo para su silueta, está mi madre.

Veintiocho

Cuando mi madre baja por la colina, todo el aire que tengo en los pulmones me abandona. Estiro una mano para aferrar la de Wolfe con fuerza. *No me sueltes*, quiero pedirle, sin embargo, no consigo articular ninguna palabra.

Echo un vistazo a la mansión, donde hay brujos de pie tras las ventanas, observando a través de unas cortinas gruesas. Otros se asoman con timidez por el balcón, y entonces comprendo que todas las personas de esta casa saben quién es mi madre.

La primera vez que vine aquí con Wolfe, no me lo podía creer; mi mundo se había abierto y había resultado ser muchísimo más grande de lo que jamás podría haber imaginado. Pero ahora, mientras veo cómo mi madre se acerca, empiezo a creer que me han engañado, como si todo el mundo menos yo hubiese sabido de la existencia de esta mansión en esta costa. Guardé el secreto como si fuese la joya más preciada, solo para descubrir que los brujos de este lugar no necesitaban mi protección.

Mi agarre sobre la mano de Wolfe se hace más fuerte.

—Hola, cariño —me saluda mi madre cuando, finalmente, llega hasta donde estamos.

Mi saludo se me queda atascado en el interior de la garganta, y no consigo hacer que salga. Observo a mi madre devolverle la mirada a Galen, con los hombros rectos y la cabeza en alto; ninguna preocupación hace que su piel perfecta se arrugue.

—Cuánto tiempo —dice Galen, sin apartar la vista de ella.

—Sí, ¿verdad?

El corazón se me acelera. Lo daría todo por que el hechizo de percepción de Wolfe me enviara bajo el agua, por que me llevara a cualquier lugar que no fuera este.

—Os conocéis —me las arreglo para decir.

—Sí —contesta mi madre, sin más, como si sus palabras no revelaran que me ha estado mintiendo durante los últimos diecinueve años. Como si no me estuviese rompiendo el corazón.

—Me dijiste que el antiguo aquelarre ya no existía.

Mi madre aparta la vista de Galen para centrarla en mí.

—Digo muchas cosas para proteger nuestro modo de vida.

Me entra un frío tremendo que me hace temblar.

—Pero soy tu hija. —Odio la forma en que me tiembla la voz. Sin embargo, odio aun más que mi madre esté tan tranquila, que mis palabras no le afecten.

—A veces lo mejor es mantener algunas cosas en secreto. Incluso si tengo que ocultártelas.

Wolfe no se mueve. No habla. Aunque, si aguzo el oído, puedo oírlo respirar por encima del sonido de las olas, y eso es suficiente. Ese sonido es suficiente para mí.

—Pero estaba dispuesta a renunciar a mi propia vida para proteger a nuestro aquelarre. Hice todo lo que me pediste para alcanzar esa meta. ¿No crees que merecía que me contases la verdad?

Mi madre posa la vista sobre mi mano, sobre mis dedos entrelazados con los de Wolfe, y frunce el entrecejo. Durante un instante, parece triste. Pero, entonces, la expresión desaparece.

—Hablas en pasado —recalca.

—Pienso quedarme aquí. —Hago acopio de toda mi fortaleza para pronunciar las palabras, para hacer que suenen convencidas y firmes.

—Ay, cielo —suspira mi madre, y parece que lo dice con compasión, como si sintiera lástima por mí. Entonces mira a Wolfe—. A ti no te veía desde que eras pequeño.

—Disculpa, pero no lo recuerdo —contesta él, y se remueve en su sitio, aunque le devuelve la mirada a mi madre.

—Fue hace mucho tiempo —dice ella, haciendo un gesto con la mano para restarle importancia—. Parece que mi hija está dispuesta a renunciar a muchas cosas por ti. ¿Por qué no le cuentas la verdad? Así tendrá toda la información.

La mano de Wolfe se tensa alrededor de la mía conforme una sensación de vacío se me asienta en el estómago y se extiende por el resto de mi cuerpo.

—Deberíamos darles algo de privacidad —dice Galen, pero mi madre no se mueve ni un ápice.

—No se lo contó cuando tuvo la oportunidad de hacerlo, en privado —señala—. Así que quizás se lo cuente ahora.

—Dejad de hablar de mí como si no estuviese aquí —les digo a ambos, antes de girarme hacia Wolfe—. ¿Qué tienes que contarme?

Él me suelta la mano con delicadeza, y el aire frío invade el espacio en el que antes estaba su calor. Me estremezco al tiempo que bajo la vista hacia mi mano vacía y luego lo miro. El músculo de su barbilla se tensa y permanece en tensión.

—Enviamos a Wolfe a buscarte. —Es Galen quien habla—. Llevamos intentando que se nos conceda una reunión con el consejo desde el año pasado para hablar sobre las corrientes. Es un problema que debemos resolver cuanto antes, y, cuando nos negaron nuestra última petición…

—Deja que se lo explique yo, papá —le pide Wolfe, a lo que Galen asiente—. Me enviaron para que me acercara a ti. Para que te usara con el objetivo de tener acceso a tu madre, para que llamara su atención de otro modo.

—¿Y las flores de luna? —le pregunto, con un hilo de voz.

—Fui yo —admite, más enfadado de lo que nunca lo he visto—. Las dejé allí a fin de que las encontrases. Hice magia para enviar esa luz como señuelo para que te condujera hacia el campo la primera noche. —Oigo el modo en que su voz se quiebra al pronunciar la palabra *señuelo*, y yo también lo hago.

Recuerdo las palabras que acabo de pronunciar, mi creencia absoluta en que la flor de luna era algo del destino, y las mejillas se me colorean por la vergüenza.

—¿Me estabas usando? —le pregunto, y lo último que queda de mi corazón me abandona junto a mis palabras; flota hacia la oscuridad infinita para no volver más.

—Sí. —Wolfe traga en seco, y sus ojos de tormenta no abandonan los míos—. He odiado a tu aquelarre toda mi vida, he odiado todo lo que representa. No me importaba que tuviese que usarte para conseguir lo que queríamos. Lo que necesitamos. —Tiene las manos en puños a los lados—. Y fue fácil; eres muy ingenua, Mortana. —Esa frustración a la que he conseguido acostumbrarme afila sus palabras y hace que se me claven directamente en el pecho.

Retrocedo un paso para apartarme de él.

—Fue fácil usarte —repite—, y prácticamente imposible no enamorarme de ti en el proceso.

Las lágrimas me inundan los ojos, al tiempo que se me retuerce el estómago. Me doblo en dos para aliviar el dolor y respiro hondo varias veces, en un intento desesperado por no colapsar. Entonces me enderezo y me obligo a mí misma a mirar a Wolfe.

—¿Tanto te has enamorado de mí que no has podido contarme la verdad?

—Quería hacerlo, pero...

—Tendrías que haberlo hecho, entonces. Y ni siquiera lo has intentado —lo corto, retrocediendo otro paso—. Estaba lista para dejarlo todo por ti. —No puedo evitar que las lágrimas me caigan por las mejillas hasta la barbilla, que mi cuerpo se ponga a temblar, al estar demasiado frío de pronto—. ¿Acaso algo de lo que hemos vivido ha sido real?

—Sí —contesta él, sin dudarlo ni un segundo—. Para mí eres más real que las olas que rompen en la costa o la sangre de mis venas. ¿Es que no lo ves?

—Si eso fuese cierto, me habrías contado la verdad.

—Es que... necesitaba más tiempo.

—¿Más tiempo? —repito, al darme cuenta de lo que quiere decir, al darme cuenta de que nunca obtuvo la reunión que tanto quería—. Eres lo único que creía haber escogido por mí misma. Lo único —le digo, sin apartar la vista de él—. Sin embargo, lo escogiste tú por mí. —Me seco las lágrimas y me aclaro la garganta para desempeñar el papel que me ha asignado—. Mamá, ¿podrías concederles la reunión que te piden?

—Estaré encantada de reunirme con ellos tras la boda, por supuesto.

—No estarás pensando en... —empieza Wolfe, pero alzo una mano para interrumpirlo y me vuelvo hacia Galen.

—Ahí tienes tu reunión. Ahora, por favor, déjame en paz —le digo, girándome hacia Wolfe—. Y tú también.

Cuando empiezo a subir por la colina, Wolfe me sigue. Me agarra del brazo, y yo me giro hacia él, mientras la furia y el dolor se abren paso por mis venas como si fuesen ácido. Él estira una mano hacia mi rostro, y odio que mi primer instinto sea inclinarme hacia su toque. Soy demasiado ingenua, como bien ha dicho.

—Por favor —me suplica, y sus palabras hacen que me congele en el sitio, incapaz de apartarme o de hablar—. Deja que te lo explique.

Y quiero que lo haga; lo deseo tanto que puedo sentir mi desesperación en los músculos y en los huesos. Quiero cubrir su mano con la mía y decirle que no pasa nada, que lo resolveremos juntos, pero ¿cómo vamos a estar bien si yo le he dado mi mundo entero y él ni siquiera ha sido capaz de contarme la verdad?

—Ha dicho que la dejéis en paz —dice mi madre, rodeándome los hombros con un brazo mientras me conduce al interior de la mansión.

—¡Tú no te metas! —exclama él, sin dejar de seguirnos. Galen se le acerca y apoya una mano en su hombro para mantenerlo en su sitio.

—Déjala ir, hijo —le dice.

—¡No! —Oigo a Wolfe debatirse contra el agarre de su padre—. ¡Tana! —grita, y yo me detengo, pues es la primera vez que oigo mi sobrenombre en sus labios. Suena precioso, como si nunca lo hubiese oído de verdad hasta este momento, como si solo estuviese hecho para que él lo dijese. Pero entonces mi madre tira de mí hacia adelante, y yo vuelvo a caminar para alejarme de este lugar. Mantengo la vista clavada en el suelo para evitar las miradas que nos siguen, los brujos que nos observan desde rincones oscuros y lo alto de las escaleras.

—Adiós, Mortana —me dice Lily desde detrás de las piernas de su madre, y tengo que hacer acopio de todas mis fuerzas para no derrumbarme en este preciso instante.

—Lamento no haber podido colorear contigo —le digo, antes de que mi madre me conduzca hacia la puerta, y yo se lo permita.

—¡Tana! —Contengo la respiración una vez más—. Papá, déjame ir —suplica Wolfe, y soy capaz de oír las lágrimas en su voz—. ¡Tana! —vuelve a gritar.

Entonces la puerta se cierra a nuestras espaldas, y lo único que oigo es el viento a través de los árboles, las olas contra la costa y todas las palabras que él nunca me ha dicho.

Cuando llegamos al camino, no me giro para observar la mansión, porque, con magia o sin ella, sé que ya no está ahí.

Ya no está ahí, pues no es nada más que un recuerdo. Uno amargo y desolador que pasaré el resto de mis días tratando de olvidar.

Aunque mi madre no me habla mientras volvemos a casa, mantiene su brazo alrededor de mis hombros; un agarre firme y férreo que me recuerda que está ahí para mí. Incluso después de todo lo que ha pasado, después de haber usado magia oscura y haber huido de casa, está ahí. Y no consigo obligarme a apartarme de ella, a colocar todas las mentiras que me ha contado en el espacio entre nosotras, porque no creo que pueda lidiar con la distancia que acarrearán. Ya hay demasiada distancia entre la gente que más quiero y yo. Demasiada como para poder soportarla.

Cuando giramos la esquina hacia nuestra calle, veo a mi padre de pie frente a casa, esperando. Lo recuerdo debatiéndose en el agua, tratando de seguirme, desesperado por mantenerme a salvo, y no consigo contenerme más.

Corro hacia él, y este abre los brazos para recibirme. Me rodea con ellos, me dice que todo irá bien, que me quiere.

Lloro contra su pecho y le digo que lo siento una y otra vez.

Lo siento.

Lo siento mucho.

Aunque nunca he creído ser perfecta, pensaba que no estaba tan mal. Tan mal como para darle la espalda a mi familia, a mi aquelarre, a mi magia. Tan mal como para enamorarme de un chico que jamás podrá ser mío. Tengo el corazón destrozado, pero también todo lo demás. El cuerpo. El alma.

Mi padre me conduce hacia el interior, me sirve un poco de té y se sienta a mi lado mientras yo sigo llorando. Mi madre me cubre con una manta, me da un beso en la frente y me dice que nada ha cambiado.

No tenemos que hablar nunca de lo que ha pasado esta noche.

Podemos salir adelante. Puedo aceptar las consecuencias de haber practicado magia oscura, casarme con Landon, y todo irá bien de nuevo.

Quiero que todo vaya bien de nuevo.

Pero la mansión de Wolfe no es el único lugar que albergaba mentiras. Esta casa también las contiene; mentiras tan grandes que me sorprende que no se escapen por las ventanas. Solo que, si no puedo contar con Wolfe, ni con Ivy ni con mis padres, ¿adónde puedo ir?

Me termino el té y me preparo para ir a dormir. Me cepillo los dientes, me lavo la cara y pienso en cómo, hace tan solo unas horas, me encontraba en el baño de Wolfe, de pie frente a su espejo, maravillada por haber cambiado por completo el rumbo de mi vida.

Maravillada por haberme enamorado de alguien que me veía como todo salvo lo que se suponía que debía ser.

Maravillada porque no fui capaz de oír las palabras que no me estaba diciendo.

Cuando me meto en la cama, el metal frío del colgante que me dio Wolfe se aprieta contra mi piel, así que me lo arranco y lo arrojo hacia el otro extremo de la habitación. Alguien llama a la puerta con suavidad, y mi madre entra. Se acerca y me arropa con las mantas hasta la barbilla antes de sentarse en un borde de la cama.

—¿Hace cuánto que lo sabes? —pregunto, pese a que mi voz es baja e inestable.

—¿Lo de tu relación con Wolfe?

Asiento.

—No até cabos hasta hace un rato, cuando lo vi en el mar —contesta—. Entonces me he dado cuenta.

La cabeza me da vueltas por todas las mentiras: las de Wolfe, las de mi madre y las mías.

—He dejado a Wolfe porque me ha mentido. Pero tú también lo has hecho. Si quieres que me quede y continúe con este camino, tienes que contarme todo lo que me has escondido. Tienes que hacerlo, mamá. —Me duele la cabeza, y mis ojos suplican que los deje dormir—. Esta noche necesito descansar, pero tienes que hacerlo pronto.

—Trato hecho —dice ella, acariciándome el brazo por encima de la manta. Me da un beso en la frente y luego se pone de pie. El vidrio marino de Landon descansa sobre mi mesita de noche y brilla debido a las horas que he pasado dándole vueltas entre los dedos. Ella lo recoge y me lo entrega.

»No todos los amores son algo doloroso —añade, antes de apagar la lamparita. Y yo me pregunto si eso es cierto, pues lo que sentí por Wolfe fue un dolor intenso que llevé en el pecho incluso cuando todavía no sabía que me había usado para llegar a mi madre. Y dolía no porque fuese algo malo, sino porque mi felicidad ya no estaba en mis manos.

Dependía de la existencia de otra persona.

Los pulmones y el corazón tuvieron que adaptarse; reacomodar su posición para hacerle sitio a todo el amor, e incluso entonces era mucho más de lo que podía sostener, una presión constante contra las costillas.

Aun así, asiento y acepto el vidrio marino, le doy vueltas entre los dedos. Cuando mi madre se marcha, la puerta se cierra con un chasquido detrás de ella.

Landon es el único que no me ha mentido. El único que me ha otorgado su verdad y ha confiado en mí para que pueda lidiar con ella, a pesar de ser algo doloroso. Una vida a su lado no será tan mala. Quizás sea todo un alivio estar con alguien y que el pecho no me duela. Quizás sea todo un alivio no sentir todo esto.

No sé en qué momento mi mano se detiene y el vidrio marino cae sobre la manta, cuando mi mente, finalmente, se rinde y da paso a la oscuridad.

Sin embargo, incluso en sueños, recuerdo el modo en que la voz de Wolfe sonaba al llamarme. Recuerdo cómo se debatía contra su padre para llegar a mí. Recuerdo la angustia en su voz cuando me dijo que era imposible no enamorarse de mí, como si fuese lo peor que hubiese hecho en su vida.

Incluso en sueños, lo recuerdo todo.

Veintinueve

Cuando despierto, Ivy está sentada junto a la ventana que da hacia el Pasaje. El día está despejado y hace frío, por lo que la condensación ha hecho que el cristal esté cubierto de perlitas. Los robles y los arces han empezado a perder las hojas, y unas ramas desnudas y quebradizas se estiran hacia el cielo. Me froto los ojos antes de incorporarme poco a poco.

—Has venido —le digo.

—He venido —repite, sin mirarme.

Aunque quiero decirle que lo siento y quiero arreglar aquello que se ha roto entre nosotras, estoy tan feliz de que haya venido que el alivio me inunda. Además, no puedo disculparme por lo que hice, pues lo volvería a hacer una y mil veces más si eso significase que podría despertar y verla sentada en mi habitación, contemplando por la ventana, enfadada y decepcionada.

—Me alegro mucho de verte —se lo digo porque es cierto, y, tras lo de anoche, la verdad es lo único que importa.

Entonces se gira para mirarme.

—Puede que nunca te perdone por lo que hiciste.

Asiento y bajo la vista, mientras estrujo la manta entre mis dedos.

—Puedo vivir con eso. Lo que no puedo hacer es vivir sin ti.

Ivy alza una ceja.

—¿Es que no piensas disculparte?

—No —le digo, y respiro hondo—. Porque no lo siento. Eres mi mejor amiga, Ivy, así que usaría toda la magia oscura del mundo para asegurarme de que sigues con vida. Fue algo egoísta y lo acepto. Pero mereces que te diga la verdad, y la verdad es que no lo siento.

Ivy asiente, despacio, antes de volver a mirar por la ventana.

—De todos modos, te disculpas demasiado —dice después de un rato, y el comentario me duele porque Wolfe me dijo lo mismo.

Vio quien era, del mismo modo que lo hace Ivy. Aunque nunca pensé que pudiera conocer a otra persona que me viese como algo distinto al papel que debía desempeñar, Wolfe lo hizo. Me vio y me mintió, y yo debo encontrar un modo de aceptar ambas verdades.

—Cuando te conté que me perdí el trasvase y que tuve que buscar ayuda, me dijiste que mi vida había quedado mancillada. Solo que no es cierto, Ivy. Es plena y complicada y, aunque es un caos la mires por donde la mires, no está mancillada. Sé que no aceptas ese tipo de magia, y no tienes que hacerlo, pero te juro que no he contaminado tu vida. Tu vida es hermosa, igual que lo era antes.

Ivy asiente y traga en seco cuando sus ojos se llenan de lágrimas.

—Estaba muerta de miedo cuando me desperté. Te temía a ti y a la magia que fuese que usases para salvarme. Y lo sigo haciendo, pese a que sigo intentando procesarlo. —Hace una pausa para bajar la cabeza—. Pero me alegro de que Wolfe te salvara la vida. Así que entiendo por qué hiciste lo que hiciste. Quizás un día me alegre incluso. —Sus palabras escapan en un hilo de voz, por lo que debo inclinarme hacia ella para oírla y se me encoge el corazón al ver que cree que debe sentirse avergonzada por estar viva. Al ver que en algún momento yo también me he sentido así.

—Creo que así será. —La imagen de Ivy en la ventana se vuelve borrosa por las lágrimas y no consigo distinguirla. Sin embargo, sigue allí. No se va.

—Tu madre me ha contado lo que pasó. —Deja la ventana para sentarse en mi lado de la cama, y me alegro de tenerla más cerca. Trato de mantener la compostura porque no quiero que tenga que consolarme después de todo lo que le he hecho pasar.

—¿Y?

—Y creo que has armado una buena.

Asiento, porque tiene razón. Busco la caja de pañuelos que tengo en la mesita y me sueno la nariz.

—Lo sé.

—¿Estás enamorada de él? —me pregunta, sin dejar de mirarme.

—Sí. —Y, en cuanto lo digo, sé que es cierto. Aunque últimamente mi vida ha estado llena de mentiras y engaños, en medio de todo eso se encuentra la verdad absoluta de que estoy enamorada de Wolfe Hawthorne y de que lo habría dado todo por estar con él.

Puede que sea tonta, pero soy una tonta que creyó en algo con tanta fuerza como para pelear por ello hasta las últimas consecuencias. Observo el suelo en busca del colgante que lancé anoche, aunque no lo encuentro.

—Tu madre quiere que te convenza para que bebas un quitarrecuerdos —dice Ivy—. Por eso estoy aquí.

Asiento, despacio. Por mucho que no me sorprenda, hace que el malestar de mi pecho arda, que note un dolor agudo en el lugar en el que Wolfe apoyó la cabeza justo anoche.

—¿Crees que debería hacerlo?

Ivy baja la mirada, y puedo ver lo difícil que es esto para ella, cómo batalla consigo misma al no saber qué decir. Finalmente, vuelve a mirarme, y hay tristeza en sus ojos.

—Sí —dice, dudosa—. Tienes muchos eventos importantes que se avecinan, muchas decisiones cruciales que no solo te afectarán a ti, sino a todos nosotros. Olvidar a Wolfe te permitirá empezar tu nueva vida haciendo borrón y cuenta nueva, con emoción y esperanza en lugar de arrepentimientos y dolor. —Hace una pausa—. Nos has dado la espalda, Tana. Me has dado la espalda a mí. Pero las cosas no tienen por qué terminar con eso. Aún puedes hacer lo que se supone que debes hacer.

—¿De verdad lo crees?

—Sí —me asegura—. Porque esto no solo te afecta a ti. Nunca lo ha hecho.

Me llevo las rodillas contra el pecho. Quizás esta sea mi oportunidad para redimirme, para compensar todos mis errores y volver al buen camino. Aún puedo solucionar todo esto y darle paz y seguridad a mi aquelarre. Aún puedo hacer las cosas bien.

—¿Cómo funciona? —le pregunto, con voz queda.

—Te haríamos un té con algo que sea de Wolfe —me explica, mirando el jersey negro que cuelga a los pies de mi cama, aquel que llevaba puesto anoche. Aún huele a él, a humo de leña y sal, y no puedo evitar acercarlo a mí—. El té sería muy específico y borraría solo tus recuerdos de Wolfe y de la magia oscura; todo lo demás permanecería intacto. Solo que no será perfecto. Existe el riesgo de que tus recuerdos vuelvan en algún momento. No es tanto que los eliminemos, sino que los contendremos, por lo que no volverían así porque sí, aunque sí hay ciertas cosas que podrían desatarlos.

Eso significa que también olvidaría las mentiras de mi madre, pues todas y cada una de ellas están relacionadas con cosas de las que me enteré gracias a Wolfe. Pese a que no quiero olvidar sin más, a que no quiero conformarme con la ignorancia, es lo que tendré que hacer si decido seguir con esto. No hay forma de desenredar las mentiras de mi madre de mis recuerdos de Wolfe.

—¿Y no olvidaría nada más? ¿Nada sobre ti o mis padres o el mar? ¿Nada sobre Landon?

Ivy niega con la cabeza.

—Olvidarás esta conversación y cualquier otra que hayamos tenido sobre Wolfe. Si intentas recordarlas después de beber el té, las notarás difusas. Recordarás que estuve aquí, pero no recordarás de qué hablamos.

—¿La nueva orden permite que se haga algo así? —pregunto—. Es muy similar a la magia oscura.

—Es una especie de vacío legal —admite, y a mí no me pasa desapercibido el modo en que se estremece al oír el término *magia oscura*—. Nunca venderíamos algo así en la tienda, pero, dado que estaríamos suprimiendo tus recuerdos en lugar de privarte de ellos, el consejo nos ha dado su aprobación. Podríamos conseguir el mismo efecto con vino o alcohol, solo que esta versión es un poquito más intensa. Es por eso que no es perfecta; es lo bastante débil como para no romper las reglas.

—Pero tú aún recordarías todo. ¿Eso le parece bien a mi madre?

—Nunca haría nada que pusiese en peligro nuestra alianza con el continente. Tu madre lo sabe.

Aunque supongo que debería molestarme que Ivy pueda recordar cosas que yo debo olvidar, tiene razón. Ella nunca haría nada que pusiese a nuestro aquelarre en peligro. Cree en este estilo de vida más que cualquier otra persona que conozco, y, si mis recuerdos estarán a salvo con alguien, es con ella.

Respiro hondo, largo y tendido.

—¿Cómo es que algo así puede ser lo correcto cuando solo pensarlo es tan horrible?

Cierro los ojos e imagino a Wolfe bajo la luz de la luna, recuerdo lo que fue usar su magia y sentirme yo misma por primera vez en la vida. Lo veo mirándome maravillado, besándome la piel, tocándome como si fuese la respuesta a cada pregunta que alguna vez se ha formulado. Oigo la molestia en su voz cuando no creo en mí misma, cuando me disculpo por ser quien soy. Saboreo la sal de su piel de cuando nos abrazamos en el mar, sosteniéndonos como si así pudiésemos salvarnos mutuamente.

Y entonces lo entiendo. No tomaré la decisión correcta si lo recuerdo, si me aferro a esos momentos con cada fibra de mi ser. Si creo que él puede susurrar mi nombre a medianoche —si sé que está allí fuera, practicando su magia y pintando sus cuadros y haciendo lo que sea necesario para asegurar la supervivencia de su aquelarre—, sé que no tomaré la decisión correcta.

Porque somos iguales. Wolfe y yo creemos en nuestros modos de vida, le somos leales a las personas que queremos y haríamos cualquier cosa para darles la paz y la seguridad que se merecen. Y quizás eso sea algo hermoso; saber que ambos estaremos luchando por estas cosas a nuestro propio modo, dándolo todo por aquello que más nos importa.

Lejos, pero a la vez cerca.

—Vale —digo al final, y miro a mi amiga—. Lo haré.

—Estás haciendo lo correcto. —Si bien me sostiene la mirada mientras lo dice, no hay ningún fuego en su interior. No como antes. Quizás yo acabé con él cuando le salvé la vida usando magia oscura, o quizás es que ya no se atreve a bajar la guardia cuando está conmigo—. Se lo diré a tu madre. Debería estar listo hoy mismo.

Se pone de pie y se dirige hacia la puerta, aunque luego retrocede para quitarme el jersey de Wolfe. Cuando se marcha, la puerta se cierra con firmeza a sus espaldas.

—¡Ivy, espera! —la llamo, tras ponerme de pie de un salto y salir a toda prisa de la habitación. Se encuentra a medio camino en las escaleras cuando le doy el alcance y le arrebato el jersey antes de llevármelo al rostro para inhalar su aroma una vez más. Mis lágrimas humedecen la tela y dejan unas marquitas diminutas que no tardarán en secarse. Quizás también acaben en el quitarrecuerdos.

Ivy me mira como si le estuviera rompiendo el corazón, pero no puedo evitar que su jersey tiemble entre mis manos, así como tampoco puedo evitar aferrarme a él como si fuese mi mundo entero: el sol, la luna y las estrellas.

Entierro el rostro en la prenda y me escondo de Ivy y del quitarrecuerdos mientras no dejo de temblar.

Entonces, muy muy despacio, Ivy me quita el jersey.

Y yo, muy muy despacio, dejo que lo haga.

Estoy en la planta baja con mis padres cuando Ivy vuelve con una colorida lata de té. No dice nada, sino que se limita a dirigirse a la cocina y empezar a preparar el brebaje. Mis padres intercambian una mirada significativa mientras yo observo a Ivy de espaldas.

—Tana, quería recordarte que Landon y sus padres vendrán a vernos el miércoles para hablar sobre los preparativos de la boda. Y que tienen muchas ganas de verte de nuevo —me dice mi madre.

No estoy segura de por qué me lo recuerda ahora, pero asiento de todos modos.

—Lo tengo presente.

Las palabras penden en el aire entre nosotras e iluminan la magia que Ivy ha imbuido en el té. Saca las hojas y las deposita en un tarro de cerámica. El sonido es atronador y pronuncia el nombre de Wolfe a gritos. Y de pronto me aterra la idea de olvidarlo.

Quiero creer que hay algunas cosas que son más poderosas que la magia, que el té de Ivy no va a surtir efecto, que nada se puede comparar con aquello que nos une. Quiero creer que beberé el té y que aun así Wolfe seguirá allí, escondido en los recovecos y callejones de mi mente hasta que esté lista para recordarlo.

Quiero creerlo con todas mis fuerzas.

Cuando la tetera empieza a silbar, yo pego un bote. Ivy vierte el agua hirviendo sobre las hojas de té, y el vapor se alza en el ambiente. Pone un temporizador mientras deja las hojas en remojo y se asegura de que cada gota de magia se quede en la taza.

De que cada gota de magia se quede en mí.

Las imágenes de Wolfe inundan mi mente, así que cierro los ojos con fuerza, desesperada por hacer que se vayan. Desesperada por hacer que se queden.

Lo que más debería asustarte sobre esta noche no es que vayas a usar alta magia, Mortana, sino que querrás usarla de nuevo.

Mi madre dice algo sobre la cena, pero no me quedo con las palabras. Apenas soy consciente de que Ivy está en la cocina y de que mi padre me observa con pena y preocupación. Lo único que veo es la vida por la que tanto he luchado deslizándose entre mis dedos como granos de arena a los que me resulta imposible aferrarme.

¿Quieres que nos volvamos a ver?

Sí.

Suena el temporizador, y Ivy cuela el té. Mis padres se han quedado en silencio, mientras que yo tengo el estómago hecho un nudo que se aprieta cada vez más y me sofoca las entrañas.

Te odio, pero quiero estar contigo de todos modos.

Me vuelve a la mente el guardarrecuerdos que le hice a Wolfe, lo avergonzada que me sentí al dárselo. Aun así, me alegro mucho de haberlo hecho, de que el recuerdo permanecerá en algún sitio fuera de mi mente, en un lugar en el que estará seguro y a salvo.

Dilo en voz alta. Quiero escucharte.

Ivy pone la taza sobre un platito y me la trae. Esta tintinea sobre la encimera de mármol cuando la deja frente a mí. El líquido es de un color ámbar intenso, el tono del fuego cuando se refleja en las paredes de esta estancia.

Hay una vida para ti aquí, una vida en la que puedes ser todo lo que tienes miedo de ser.

Levanto la taza con delicadeza para llevármela a los labios. Esta no deja de temblar entre mis manos. Ivy y mis padres me miran conteniendo el aliento, a la espera. Si lo que estoy haciendo es lo correcto, ¿por qué mi padre parece tan devastado y Ivy tan insegura? ¿Por qué tengo la sensación de que me están desgarrando por dentro?

Le prendería fuego al mundo entero con tal de ver tu rostro.

El té tiene un aroma terroso y floral. Inhalo profundamente y distingo unas notas sutiles a humo de leña y sal. Los ojos se me llenan de lágrimas cuando caigo en la cuenta de que el té huele a él, sin lugar a dudas, y por un instante no creo que pueda hacerlo.

Me fue fácil usarte, y prácticamente imposible no enamorarme de ti en el proceso.

Quizás haya un universo paralelo en el que mi aquelarre no depende de mí para su supervivencia. Quizás haya un universo paralelo en el que mi corazón salvaje es libre para refugiarse en Wolfe, para quererlo con todas las fuerzas con las que una persona puede querer a alguien.

La idea casi me hace sonreír; esta esperanza desesperada de que exista una versión de nosotros mismos que pueda vivir su amor sin fin, sin dejar de quererse hasta los confines de la Tierra.

Me has salvado la vida.

Me llevo la taza a los labios y bebo.

Treinta

Treinta y uno

Wolfe

Aunque pronuncio su nombre cada medianoche, no viene. Y no puedo soportarlo más. Salgo de la mansión y tomo un atajo entre los árboles hasta que me encuentro más cerca de la calle Main, más cerca de ella.

Ella que fue vulnerable y sincera cuando tendría que haberse mostrado distante y recelosa. Cuando tendría que haberse protegido a sí misma. Sin embargo, se abrió como uno de mis grimorios, y yo leí cada una de sus páginas, cada una de sus oraciones, hasta que se convirtió en mi libro favorito.

Pese a que no quiero estar enfadado, lo estoy. Se suponía que debía odiarla, que no debería haber sentido nada que no fuera asco. Pero me enamoré a pesar de que sabía que no debía hacerlo, y ahora no puedo pensar en nada que no sea ella. Y, si alguno de los dos no es lo bastante fuerte, ese soy yo. No ella.

Y eso me llena de rabia.

Mortana toma el camino largo de vuelta a casa desde la perfumería. Le gusta oír el rugido del océano y notar el viento en el rostro. Y hoy, cuando recorra la costa oriental, me verá.

Aunque no tendría que estar aquí.

Debería dejarla ir y pasar página, como dice mi padre. Dejar que Mortana se case con el hijo del gobernador de modo que por fin podamos tener la reunión con el consejo y dar con algún modo de salvar nuestra isla y calmar el océano.

Es lo correcto.

Pero ¿cómo puede ser lo correcto si ella no está conmigo?

Nunca he confiado en la felicidad. La felicidad es algo errático y voluble, algo por lo que no vale la pena desperdiciar la vida. Vivir no se trata de buscar la felicidad, no es así como funcionan las cosas.

La vida consiste en lo que es necesario. Y ella se ha vuelto necesaria para mí; como el aire, la magia y la sangre. Es absolutamente vital.

Hace frío en Arcania; invita al invierno con sus olas agitadas y sus nubes oscuras. Me cruzo de brazos y observo mi aliento en el aire. Entonces empieza a llover.

Al principio solo un poco, una llovizna que casi puede confundirse con la niebla que sale del Pasaje. Entonces, el cielo se abre en dos y me empapa en unos pocos segundos.

Al menos tengo la playa solo para mí.

Debería irme. Mortana no quiere verme, y yo tendría que respetarlo.

Pero, por Dios, tengo que verla.

Y, como si hubiese soltado una plegaria, allí está ella, recorriendo la orilla. Tiene la vista clavada en el cielo y alza las manos para tocar la lluvia.

Sonríe para sí misma y suelta una carcajada, sin que le perturbe lo más mínimo estar fuera durante la lluvia. Parece… contenta.

Quiero darle el espacio que me pidió. Me digo a mí mismo que me marcharé antes de que me vea, solo que mis pies permanecen plantados en el suelo y se niegan a moverse.

Bajo la lluvia, es perfecta. Tiene el pelo empapado, y el agua le cae desde las puntas.

Es perfecta.

Me aparto el pelo de los ojos, pues tengo que verla.

Entonces alza la vista y la clava en mí. Y tengo la impresión de que el corazón me deja de latir.

Ralentiza el paso mientras se acomoda un mechón de pelo detrás de la oreja.

Pero algo no va bien. Sus ojos no brillan como siempre hacen cuando me mira. Lo sé porque cada vez que pasa quiero vender mi alma con tal de asegurarme de que aquello vuelva a suceder.

—Menudo chaparrón está cayendo —dice—. ¿Sabes cómo volver hasta el transbordador?

Me la quedo mirando y siento como si toda la calidez me abandonara el cuerpo.

—¿Mortana? —Mi voz es cortante al pronunciar su nombre, aunque no es mi intención.

—Perdona, ¿nos conocemos?

Le busco la mirada y retrocedo un paso al darme cuenta de que no tiene ni idea de quién soy. Es como si se me hubiera prendido fuego el pecho. No puedo respirar.

—Perdona si estoy siendo grosera. Es que conozco a muchos habitantes del continente en la tienda y a veces se me olvidan los nombres. —Hace un gesto con la mano antes de sonreír. Educada y profesional.

Se disculpa demasiado.

—No —le digo, negando con la cabeza—. No te disculpes, no hace falta.

Asiente y parece aliviada.

—¿Sabes cómo volver?

—Sí —digo, con un hilo de voz, y me aclaro la garganta.

Cierro los ojos y la cubro con un velo de magia. Puedo percibir un hechizo de pérdida de memoria en su interior, uno que oculta cada recuerdo, cada momento vivido, en una absoluta oscuridad.

No puedo creer que no me recuerde.

Aparto la mirada. Los ojos me arden, y siento como si tuviera una roca enorme atascada en la garganta. Me cuesta respirar.

—Bueno, que pases un buen día —me dice, antes de alejarse.

No le contesto. No me muevo. Tan solo me quedo mirándola, observo su rostro perfecto cuando me ofrece una pequeña sonrisa y pasa por mi lado.

La tengo cerquísima, a tan solo unos centímetros de distancia, pero nada se enciende en su mirada, ni siquiera el espectro del reconocimiento.

Me llevo una mano al pecho para alivianar la presión, el dolor que se está formando en ese lugar. No es normal sentir un dolor así. Joder, es como si tuviera todas las costillas fracturadas y clavadas en los pulmones.

Quiero saber si bebió el quitarrecuerdos por su propia voluntad o si la obligaron a hacerlo. Necesito saberlo. Sin embargo, si fue cosa suya, no creo que sobreviva.

Sale de la playa y se dirige hacia la acera, aunque se detiene al llegar allí. Entonces se gira, muy despacio. Contengo el aliento mientras me observa, y su mirada clavada en la mía convence a mi corazón para que vuelva a latir. ¿Es que acaso me reconoce?

Casi avanzo hacia ella, para sostener su rostro entre mis manos y decirle que me conoce, que lo que sea que le estén diciendo sus instintos es cierto. Solo que entonces menea la cabeza y se vuelve hacia la acera, se aleja de mí. Y yo me quedo quieto, observándola hasta que gira una esquina y no puedo verla más.

No puedo moverme.

Todo ha acabado. Pero no puedo creer que así sea. No puede ser.

¿Sería incorrecto verla otra vez y hacer que me recuerde si ella misma decidió olvidarme?

Sé que lo sería. Lo sé, y aun así, no puedo dejarla ir.

Entonces arderemos juntos.

Recojo una roca y la lanzo hacia el mar con un rugido. El dolor en mi pecho empeora, y mis gritos se vuelven más fuertes, aunque eso no me ayuda.

Dios, es que no puedo más. No podré sobrevivir a esto.

Vas a acabar conmigo.

Mortana se ha ido y no me recuerda.

Contengo un grito ante el fuego que siento en los pulmones.

No me recuerda.

Treinta y dos

Hay un muchacho en la orilla, de pie y solo bajo la lluvia. Tiene la mandíbula tensa, y el cabello alborotado y oscuro. Es de piel pálida, y sus ojos son tormentosos como el tiempo que hace hoy. Me avergüenza quedarme mirándolo.

Pero qué difícil es no hacerlo.

Pese a que está empapado, es guapísimo.

Me obligo a apartar la mirada y le pregunto si sabe cómo volver al transbordador. Aunque dice que sí, su voz sale con semejante dificultad que me hace pensar que está enfadado.

Dice mi nombre, mi nombre completo, y algo en el modo en que la palabra escapa de sus labios hace que se me revuelvan las entrañas. Me recuerda a un sueño que he tenido estos últimos días sobre alguien susurrando mi nombre a medianoche en la costa occidental. Ha hecho que me despierte noche tras noche, siempre a medianoche. Menudo sueño más extraño. Aunque nadie en la isla me llama por mi nombre completo, él sí.

Él lo hizo, y parece como si le hubiesen arrebatado el mundo entero.

Quiero preguntarle si necesita ayuda, si hay algo que pueda hacer por él, pero algo me lo impide. Me preocupa haberlo ofendido al no recordarlo cuando está claro que él si lo hace, solo que tenemos muchísimos clientes en la perfumería y es muy difícil recordarlos a todos.

Sin embargo, en este caso me sorprende no hacerlo. Resulta imposible apartar la mirada de él, así que no puedo creer que no recuerde haberlo conocido.

Cuando le ofrezco una sonrisa, por alguna razón, parece afectarlo más.

Debería irme.

Salgo de la playa en dirección a la acera, mientras lucho contra el impulso de volverme una vez más durante todo el camino. Al llegar, me rindo y lo hago.

Y, cuando me giro, lo veo mirándome.

El estómago me da un vuelco hasta la garganta, y siento como si no pesara nada, la misma sensación emocionante que tengo al sumergirme bajo la superficie del mar. Es magnético; una fuerza invisible que me atrae hacia él.

Quiero conocer su historia.

Sacudo la cabeza y me obligo a apartar la mirada.

Tengo mi propia historia, una que lleva escrita desde el día en que nací. Y algo me dice que, si leyese la suya, se volvería mi favorita. De modo que, en lugar de hacer eso, me voy a casa y sigo viviendo las páginas que mis padres ya han escrito por mí.

Aunque quizás cuele una de las mías, una sola página sobre un muchacho muy apuesto de ojos grises como la tormenta, que sea solo para mí.

Treinta y tres

—Estás guapísima —me dice mi madre cuando bajo las escaleras. Llevo un vestido ceñido de color rosa pálido, unos pendientes con forma de gota y unos zapatos de vestir de color piel. Me doy unos tirones al vestido y me lo acomodo por los lados, aunque, por mucho que me mueva, no consigo sentirme cómoda.

No quiero llevar el pelo tan estirado que me provoque dolor de cabeza y el vestido tan almidonado que temo que se forme siquiera una arruguita. Quiero sentirme yo misma, con el cabello despeinado y salvaje, con joyas curiosas y prendas que se mueven conmigo. Quiero llevar colores oscuros en lugar de los pasteles que le gustan a mi aquelarre.

Quiero sentirme yo misma en un espacio que parece que no está hecho para mí.

Meneo la cabeza y le dedico una sonrisa a mi madre. Estoy nerviosa, eso es todo.

—Gracias, mamá —le digo.

Mi padre le pone los toques finales a la mesa, y yo contengo el aliento. Las velas la recorren entera, a distintas alturas y con distintas formas, y titilan en la estancia tenue. Hay hojas de otoño hechas trizas y desperdigadas entre ellas con pétalos de rosa blanca encima. La sala huele al asado que ha preparado mi padre, y cuando coloca una botella de vino en el hielo, suena el timbre.

Yo pego un bote.

Mi madre se dirige hacia la puerta y la abre de par en par.

—Marshall, Elizabeth, ¡bienvenidos a nuestro hogar! Qué alegría recibiros.

Elizabeth y mi madre se dan besos en ambas mejillas y se lanzan cumplidos la una a la otra como si fuesen pétalos en el pasillo de una boda. Landon entra tras ellos, y la sonrisa de mi madre se hace más amplia al verlo.

—Y Landon, qué gusto tenerte por aquí de nuevo.

Él le extiende un ramo de flores al tiempo que le devuelve la sonrisa.

—El gusto es mío.

Tengo que reconocerlo: mi futuro marido es tan encantador que casi podría creer que todo esto es algo que él ha escogido. Que me ha escogido a mí. Pero me recuerdo a mí misma que todo es una puesta en escena, una muy convincente, y que, aunque puede prometerme muchas cosas, el amor no es una de ellas.

—Tana, eres lo más bonito que he visto en toda la semana —me dice, avanzando en mi dirección para entregarme una sola rosa—. He guardado la más bonita para ti —me dice en un susurro.

—Pero qué galante —le digo, aceptándola.

—¿Demasiado galante? —me pregunta, y una sonrisa tira de sus labios.

Todo esto se le da de maravilla y lo sabe, pero cuando veo la sonrisa encantada de mi madre y la rosa que tengo en la mano, contesto:

—Creo que lo justo.

—Me alegro. —Se inclina para darme un beso en la mejilla. Mi mirada se encuentra con la suya, y toda la travesura desaparece de sus ojos. Estos se centran en mis labios, y por un instante olvido que nos encontramos en la misma estancia que nuestros padres.

Respiro hondo y bajo la mirada.

—Debería ponerla en agua.

Me dirijo a la cocina, donde mi padre está sirviendo bebidas para todos. Abre una botella de vino espumoso y nos sirve una copa a cada uno, luego las deja sobre una bandeja de plata que lleva hasta la otra sala. Dejo la rosa en un jarrón con agua y lo sigo, para luego ocupar mi asiento junto a Landon.

—Un brindis —dice mi padre, alzando su copa—. Por la familia.

El calor me embarga el rostro, al tiempo que cada músculo de mi cuerpo se tensa. Elizabeth apoya una mano en su pecho, y tanto ella como Marshall alzan sus copas al son de:

—¡Por la familia!

—Por la familia —repite Landon, con una voz tan baja que solo yo soy capaz de oír.

Sonrío y choco mi copa contra la suya, pero el vino me sabe amargo. Me pregunto si todos los presentes se sentirán como me siento yo en mi vestido, como si todo fuese un engaño. Solo que veo las expresiones felices de mis padres y la risa que sale de forma tan natural de los labios de Elizabeth y entonces me doy cuenta de que soy la única que está pensando más de la cuenta.

—¿Te encuentras bien? —me pregunta Landon, aprovechando que nuestros padres están ocupados conversando.

—Sí, perdona —le digo, dejando mi copa sobre la mesa—. Creo que es que estoy nerviosa y ya.

—¿Por qué?

—No sé. Quiero caerles bien a tus padres —le explico, echando un vistazo por la habitación—. No quiero echar nada a perder.

—Ya les caes bien —me asegura—. Y les caerás mejor y mejor conforme nuestras familias pasen más tiempo juntas.

—¿Eso crees?

—Sí —dice, antes de terminar su bebida—. No todo es una puesta en escena —añade, como si me hubiese leído la mente—. De verdad me alegro de verte.

Algo en sus palabras hace que la tensión que había acumulado en mi interior se alivie un poco.

—Gracias por eso.

—No es nada.

Todos nos sentamos a cenar, y me llena de alivio lo distendida que resulta la conversación. Mis padres y los de Landon parecen disfrutar de su compañía mutuamente, así que verlos juntos de este modo hace que me convenza más de lo bueno que es este acuerdo. No solo necesario y ventajoso, sino bueno.

—Tana, cuéntame un poco sobre ti. Landon nos dijo que te gusta nadar —me dice Marshall, mirándome desde el otro lado de la mesa. La sonrisa que me dedica es cálida, y por el tono de su voz diría que de verdad le interesa la información, lo que supongo que es algo que su hijo ha heredado de él.

—Sí —asiento—. Siempre me ha atraído el mar; tiene algo que hace que me sienta en paz.

Marshall asiente.

—Formé parte del equipo de natación durante toda mi época escolar. Y, aunque me gustaban las competiciones, los entrenamientos eran mi parte favorita. Me quedaba en la piscina después de que mis compañeros se hubiesen ido a casa y nadaba y nadaba bajo el agua. Ese don que tiene para aislarte del mundo exterior... Nada se le compara.

—Es lo que digo yo.

—A Tana le encanta el océano —acota mi padre y me guiña un ojo—. Solía pensar que su madre y yo no éramos capaces de ver que llegaba cubierta de sal. Ha vuelto a casa millones de veces con algas en el pelo y la ropa toda mojada.

—Bueno, es que yo nunca he dicho que la sutileza sea lo mío —repongo, y todos se echan a reír. Tras reír con ellos, añado—: Landon fue conmigo a nadar la última vez que vino a la isla. Y habría podido convencerlo para quedarnos más rato de no haber sido por las corrientes.

No me percato de lo que he dicho hasta que mi madre se gira de sopetón hacia mí y me fulmina con la mirada. El corazón me da un vuelco al tiempo que le dedico una mirada suplicante. No puedo creer que haya mencionado las corrientes; ha sido un accidente.

—¿Qué corrientes? —pregunta Marshall entre bocados de su cena.

—Hay una corriente que lleva años rodeando nuestra isla, y en ocasiones se acerca a la costa. Llevamos observándola con atención bastante tiempo, pero no creemos que haya razones para preocuparnos —explica mi madre sin que le afecte en absoluto, con lo cual consigue sonar tranquila y resuelta a la vez.

—Bueno, avisadnos si necesitáis nuestra ayuda. Nada nos gustaría más que echaros un cable —dice Marshall. Si supiese el grado del peligro, si conociese la razón de este, sospecho que no sería tan amable.

—Gracias. Os avisaremos si eso pasa, claro.

Mi madre cambia de tema, y los demás no tardan en charlar sobre la economía de Arcania y qué tipo de colaboración con el continente es la más lógica. Tras mi boda con Landon, Arcania se convertirá en parte del territorio oficial del continente. Compartirán sus recursos con nosotros, sus conocimientos y sus planes. Y lo que es más importante, nos protegerán como si nosotros también fuésemos habitantes del continente. Y, bajo la ley, lo seremos. Sin embargo, el acuerdo también los beneficiará a ellos: empezaremos a pagar impuestos y ellos podrán opinar sobre el gobierno de nuestra isla. Es un acuerdo magnífico a nivel económico para el continente y algo necesario para nosotros.

En este preciso instante, el continente no tiene ninguna autoridad legal en estas tierras, lo que hace que ciertas personas estén dispuestas a cometer fechorías, como ocurrió con el incendio del muelle, pues creen que pueden salirse con la suya. Y lo más horrible es que es cierto.

Aun así, puedo oír aquello que nadie dice. El continente sabe que necesitamos que nos acepten y nos den la bienvenida a su mundo, pues nos superan en número con creces. Si su gobierno decidiese acabar con los brujos, podrían hacerlo. Y sabemos que el continente quiere mantener nuestra isla bajo constante vigilancia, que temen que haya un rebrote de magia oscura, pero que también se encuentran impacientes por hacerse con una tajada de nuestra plata.

Es algo sumamente delicado; un manto tejido de medias verdades y confianza selectiva.

Pese a que podemos ser amigos y llevarnos bien e incluso convertirnos en familia, hay tantas variables en juego que es difícil recordarlas todas.

Quizás algún día no lo percibamos de este modo. Al fin y al cabo, ese es el motivo de esta boda. Quizás algún día vea a Landon con tanta adoración que pueda olvidar que su padre mantiene su vista clavada en Arcania y sus manos en nuestras riquezas.

—Samuel, el asado te ha quedado riquísimo —dice Elizabeth—. No me digas que te has ayudado de tu magia para hacerlo —comenta, en tono juguetón.

—Ah, la sola idea ofende —contesta mi padre—. Lo he preparado sin ninguna ayuda.

—A mi padre no le gusta usar magia en la cocina —explico—. Cree que perjudica sus dotes culinarios. —Me echo a reír y

RACHEL GRIFFIN • 305

le dedico una sonrisa para hacerle saber lo adorable que eso me parece.

—En ese caso, quedo más impresionada aún —añade Elizabeth.

—Pasemos al salón a por algo de té antes de comer el postre —sugiere mi madre, ante lo cual todos nos ponemos de pie—. Tana, seguro que a Landon le gustaría ver la azotea, ¿no crees?

Me giro hacia él.

—Sí que parece algo que me gustaría. —La sonrisa llega a sus labios con facilidad, aunque me cuesta distinguir aquellas que son reales de aquellas que solo son para guardar las apariencias. He tenido que esforzarme muchísimo para conseguir esconder lo que siento de verdad en lugar de lo que se supone que debo sentir. Sin embargo, quiero conocer a Landon por quien es de verdad, del mismo modo que quiero que haga él conmigo.

—A la azotea, entonces.

Lo conduzco escaleras arriba, mientras la conversación de nuestros padres se pierde en el fondo. Noto que empiezo a relajarme, pues el peso de las expectativas no es tanto cuando solo estamos los dos.

Abro la puerta hacia el tejado y saco dos mantas de un cesto de mimbre. La noche está despejada, y miles de estrellas brillan en el cielo oscuro. La luna menguante lo baña todo con su luz plateada, y las olas rompiendo en la orilla llenan el ambiente de un ritmo que me resulta conocido.

Me acomodo en el sofá al lado de mi futuro marido, con la esperanza de que este no pueda percibir el desasosiego que me embarga.

—¿En qué piensas? —Sus palabras interrumpen mis escarceos y me devuelven al presente de sopetón.

—Perdona —le digo—. Me he distraído un poco. —¿Cómo puedo contarle que estaba pensando en la importancia de todo esto? ¿Cómo le explico que, cuanto más nos acercamos a la boda, más me invaden las preocupaciones?

—Bueno, ¿y si te cuento en qué estaba pensando yo? —propone, y yo me giro hacia él.

—Eso me gustaría mucho.

—Estaba pensando en la buena pareja que hacemos.

Sus palabras me pillan por sorpresa, y, durante un momento, me quedo sin saber qué decir.

—¿Por qué lo dices? —le pregunto, al final.

—Porque eres buena persona, Tana. En ocasiones tengo la impresión de que intentas con todas tus fuerzas ser lo que se supone que tienes que ser. Y te admiro por eso. Admiro que tengas tanta fe en esto que estés dispuesta a intentar algo así.

Me embarga la vergüenza cuando noto que las lágrimas se asoman en mis ojos. Aparto la vista y respiro hondo para dejar que el frío de la noche me tranquilice. A pesar de que sus palabras son amables y provienen de una persona decente, lo único en lo que puedo pensar es que desearía no tener que esforzarme tanto por encajar.

Me gustaría que este estilo de vida me resultara tan natural como lo es para Landon, Ivy y mi madre.

—Sí que le tengo fe —admito, tras unos segundos—. Y espero que, en algún momento, deje de parecer que me estoy esforzando.

Landon me coloca un mechón de pelo detrás de la oreja.

—Yo también. Quiero que puedas confiar en mí y en el hecho de que aceptaré a la persona que eres incluso cuando no te estás esforzando por encajar. Cuando eres tú misma y ya.

Meneo la cabeza y me quedo observando el horizonte.

—¿He dicho algo que te haya molestado? —me pregunta.

—No, no. No estoy molesta. Aunque sí debo admitir que estoy un poco confundida.

—¿Por qué?

—Porque a veces dices cosas que me hacen pensar que estás intentando... —me interrumpo, pues no sé cómo continuar.

—¿Intentando qué? —me insta él.

—No sé. A veces parece que de verdad sientes algo por mí, y eso me confunde porque me dejaste bien claro que no podías prometerme amor. —Me cubro más con la manta, como si esta fuese a cubrir las partes de mí misma que acabo de dejar expuestas.

Landon exhala y se incorpora un poco en el sofá.

—Quiero ser sincero contigo, Tana: no puedo prometerte algo así. Solo que también he estado pensando en lo que me dijiste, lo de dejar espacio para algo más que no sea el deber, y estoy dispuesto a intentarlo. Lo estoy intentando, de hecho. Así que permíteme hacerlo, ¿vale?

—Parece justo —acepto, antes de echarme a reír y cubrirme el rostro con las manos—. ¿No te asusta tener que casarte con alguien que no conoces? —Suelto la frase sin pensar en lo que estoy diciendo.

—La verdad, me aterra más de lo que te imaginas.

Quizás sea lo más bonito que me ha dicho nunca, lo más real, y, por primera vez, lo veo solo como a un muchacho, en lugar de como al hijo del gobernador. Anhelo muchísimo que me vean por lo que soy en realidad y no por el papel que debo desempeñar y, aun así, no he tenido la misma cortesía con Landon.

—Me alegro —le digo, y las ganas de reír y llorar me invaden a la vez.

Me seco los ojos, y él me toma de la mano.

—Creo en esta vida. Creo en el poder que el continente y Arcania pueden tener juntos.

—Y yo.

Oírlo decir eso hace que pueda comprometerme con esta vida de un modo que no he sido capaz de hacer desde que adelantamos la fecha de la boda. No entiendo del todo las razones para hacerlo, y esas preguntas han hecho que la incertidumbre brote en mi interior. Pero no pasa nada si uno tiene miedo y está lleno de preocupaciones y angustia. Puedo creer en el camino que tengo que tomar y aun así querer ver lo que este me ofrecerá más adelante.

—Landon —le digo, con un hilo de voz—. Creo que me gustaría que me beses ahora.

Una sonrisa tira de la comisura de sus labios. Con delicadeza, me pasa una mano por debajo de la barbilla y me alza el rostro, inclinándose hacia mí. Cierro los ojos cuando sus labios acarician los míos; tímidos, vacilantes y con delicadeza.

Al principio no me muevo, pues me aterra no desearlo lo suficiente o desearlo demasiado. Sin embargo, sus labios son suaves, su mano me acuna el rostro y pronto será mi marido. Poco a poco, me dejo llevar por el beso; muevo los labios contra los suyos y me dejo sentir como sea que deba sentirme.

No noto mariposas en el estómago. No se enciende una llama en mi interior que arda con desesperación por él, aunque es probable que ese tipo de beso no exista. Quizás no sería capaz de soportarlo si así fuera.

No obstante, este beso es agradable. Me gusta cómo se mueven sus labios contra los míos. Es tierno, el tipo de beso con el que podría comprometerme.

Muy despacio, se aparta de mí y me da la mano.

—Iremos mejorando —me dice, y se me encienden las mejillas mientras me pregunto si ha ido mal, si quizás no lo ha disfrutado.

—Creo que ha ido bien para ser nuestro primer beso —le digo, pese a que la chispa que siempre había deseado ha brillado por su ausencia.

—No me refería a eso —me dice, al darse cuenta de cómo he interpretado sus palabras—. Lo que quiero decir, aunque me esté explicando fatal, la verdad, es que creo que partimos de un muy buen lugar. —Me da un apretoncito en la mano cuando lo dice, al tiempo que me dedica una sonrisa alentadora.

—Yo, también lo creo.

No es el primer beso con el que he soñado toda mi vida, sobre todo debido al comentario de Landon, pero estoy descubriendo que los sueños no son más que sueños. No son algo real, no tienen importancia en mi vida. Y no es justo que siga comparando al Landon que tengo enfrente con aquel con el que soñaba cuando era niña.

Pese a que sé todo eso, no soy capaz de dejarlo ir. No puedo olvidar al Landon de mi imaginación. Y ese es el problema de los sueños: es muy fácil perderte en ellos y muy difícil dejarlos ir.

Treinta y cuatro

Landon y sus padres se han ido, y mi padre nos trae una bandeja con té para mí y vino para él y mi madre. La chimenea está encendida, y una música instrumental se oye a volumen bajo en el fondo. La cena ha ido de maravilla, puedo verlo en las miradas que intercambian mis padres, en sus posturas relajadas mientras descansan tranquilos en el sofá.

Me llena de orgullo haber podido ayudar a que sus esperanzas más grandes se consoliden.

Me alegro por ellos.

De verdad.

Solo que también me siento muy triste.

No sé en qué momento casarme con Landon ha pasado de ser una certeza a una decisión, de algo que siempre he sabido a algo de lo que tengo que convencerme. Landon me ha dicho que sabe que lo estoy intentando, y el problema es que no quiero tener que intentarlo. No quiero obligar a esta vida a encajar con todas las esperanzas y los miedos que me componen como persona.

Incluso el hecho de besarlo; ha sido agradable y me alegro de haberlo hecho. Aunque eso no quita que no pueda evitar preguntarme cómo sería besar a alguien porque me muero de ganas de hacerlo, porque no podría vivir ni un segundo más sin que sus labios toquen los míos.

—Ha sido una noche estupenda —dice mi madre, apoyada contra mi padre—. Y qué buena idea la de Landon de invitarte al continente antes de la Fiesta de la Cosecha. Será un día muy especial para los dos.

—Estará bien poder ir acostumbrándome a la zona —asiento—. Seguro que será divertido hacerlo con Landon.

—Debes estar muy emocionada —sigue ella, sin apartar la mirada de mí—. Es lo que siempre has querido.

—Es lo que *tú* siempre has querido. —No puedo creer las palabras que escapan de mi boca, e intento detenerlas, pese a que ya es demasiado tarde. Estas penden en el espacio entre ambas, pesadas y oscuras y desagradables. Quiero retractarme, disculparme y arreglar las cosas.

Pero es que son ciertas.

Y me rompe el corazón que así sea.

Mis padres intercambian una mirada, y me gustaría saber qué significa. Durante unos momentos, tengo la impresión de que saben algo de lo que no tengo ni idea. Solo que no parecen enfadados ni ofendidos. Pese a que mi madre parece preocupada, es el rostro de mi padre lo que hace que se me encoja el corazón. Parece triste. Muy muy triste.

—Tienes razón —dice mi madre al final, tras dejar su copa a un lado—. Es lo que siempre he querido. Es lo que todos nosotros hemos querido: tu padre, yo y toda la isla. Quizás no puedas tomar todas las decisiones que otras chicas de tu edad sí, y quizás el deber pese sobre tus hombros y me disculpo por eso. Pero cambiarás el rumbo de nuestra historia, cambiarás nuestra vida de un modo que la mayoría de las personas ni siquiera se imagina. Deberías estar orgullosa.

—Lo sé —le digo, porque es cierto. Lo sé desde que tengo uso de razón—. Ya lo sé.

—Bien. Que no se te olvide —añade, antes de acabarse el resto de su bebida en un solo trago y dirigirse escaleras arriba sin pronunciar otra palabra.

Varios días después, me encuentro en la costa del continente, y cualquier tensión residual entre mi madre y yo ha pasado al olvido ahora que estoy visitando a Landon. Arcania está llena de actividad por las preparaciones de la Fiesta de la Cosecha que ocurrirá esta noche, y, pese a que debería estar ayudando a mis padres, mi madre insistió en que, en lugar de eso, debería venir al continente.

—¿Has explorado la zona? —me pregunta Landon, lo que hace que aparte la vista de la isla.

—Casi nada —admito—. Nunca me han entrado ganas. —Suelto las palabras sin pensarlas, y me regaño mentalmente por ser tan descuidada.

—¿Por qué no?

Lo miro, y me pregunto si debería contestarle con la verdad. Como él siempre ha sido sincero conmigo, quiero confiar en que también puedo serlo con él.

—Supongo que, durante toda mi vida, me ha parecido como que tenemos que ganarnos nuestro lugar aquí. ¿Por qué querría visitar un lugar que, hasta hace no mucho, aún se debatía entre si era alguien digna de su protección o no?

—Vaya —suelta él, bajando la vista. Su compostura se ha quebrado, y eso es algo muy raro en él—. Nunca lo había pensado así.

—¿Por qué ibas a hacerlo? No tenías motivos.

—Tienes razón —dice, con voz ahogada.

No era así como pretendía empezar nuestro día juntos, así que quiero arreglar las cosas, aliviar un poco de la tensión que he llevado a su rostro. Estiro una mano y le toco el brazo con suavidad.

—No me malinterpretes, por favor. Me alegro mucho de haber venido a pasar el día contigo.

—Y yo —dice, tras unos instantes, y me toma de la mano—. ¿Te parece si te muestro el lugar?

—Me encantaría.

Dejamos la costa atrás y nos dirigimos a una acera. El mundo natural desaparece y se ve reemplazado por calles de ladrillo y edificios tan altos que tengo que doblar el cuello hacia arriba para conseguir ver lo más alto de ellos. El cielo está nublado, y lo único en lo que puedo pensar es que los edificios de piedra no tienen suficientes ventanas para dejar que entre la luz. En lo oscuro y gris que debe estar todo dentro de esas paredes.

Cuando observo el continente desde Arcania, me parece magnífico; siempre irradiando una clase de energía que es tanto imponente como dinámica. Sin embargo, al estar aquí, rodeada por todos lados de piedra y ladrillo, es como si no hubiese suficiente aire, como si mis pulmones tuviesen que luchar para llenarse. Quiero que me guste, quiero que el cuerpo se me despierte en estas calles, pero sé que nunca será así.

Me digo a mí misma que solo necesito tiempo, que necesito ajustarme al cambio. Sin embargo, esperar que este lugar me guste siquiera una fracción de lo que adoro Arcania es pedirle peras al olmo.

Vamos a una cafetería a por algo de té y panecillos, y luego nos sentamos fuera mientras montones de personas pasan por nuestro lado en las aceras. Landon recibe muchísima atención, con la cual lidia sin problemas, pero, tras unos quince minutos de estar en la calle, ya me he hartado de los murmullos y las miraditas. Aun así, me alegro de haberlo visto, pues Landon tiene mucha práctica al ser paciente y agradable y sé que podrá ayudarme a adaptarme a este mundo.

Tras eso, me lleva a una galería, una sala grande y abierta que expone cuadros en las paredes.

—No es un modo muy eficiente de usar el espacio, ¿no te parece? —le pregunto, soltando una risita al ver las pocas pinturas que adornan cada pared. Como Arcania es una isla pequeña, la mayoría de las tiendas está diseñada para maximizar el espacio todo lo posible. Aquí, sin embargo, parece que hay espacio de sobra.

—¿A qué te refieres?

—Es que es una sala enorme para tan pocos cuadros.

—Sería complicado poder apreciar cada obra si tuvieses cuadros a cada lado que te distraigan —me explica Landon, como si fuese lo más obvio del mundo.

—Lo entiendo. Y las obras son preciosas —le digo, para asegurarme de que sabe que me alegro de estar aquí. Que me alegro de poder acostumbrarme a mi nuevo hogar.

Seguimos avanzando por la galería, hasta que la piel se me eriza al ver el último cuadro. Este muestra a cuatro personas, con manos y rodillas clavadas en un campo abierto, la frente poblada de sudor y aferrándose a la tierra. Cientos de flores de luna los rodean.

La placa bajo el cuadro reza: «Saber lo que es el miedo».

Los ojos se me llenan de lágrimas. El cuadro es muy detallado y de lo más realista, un recordatorio muy duro de nuestra historia con el continente. Si bien la isla es nuestro hogar y el único sitio que de verdad es nuestro, nunca podremos olvidar que nos encontramos allí porque el continente prohibió la magia; que, pese a que la isla se convirtió en nuestro refugio, no fue suficiente para ponerle fin al miedo de que el continente nos encontrara. Aún tuvimos que luchar para que la magia pudiese sobrevivir.

Aparto la mirada y me dirijo hacia la salida. Sin embargo, cuando llego al exterior, no hay ningún árbol ni olas que me consuelen.

—Lo lamento —me dice Landon, estirándose para tomarme de la mano—. No sabía que la galería todavía tenía la obra de Pruitt en exhibición.

—¿Por qué se llama así? —le pregunto—. «Saber lo que es el miedo». ¿Qué significa?

—No tenemos que hablar de eso.

—Quiero hacerlo.

Landon suelta un suspiro.

—Se supone que representa cómo se transfirió el miedo cuando los brujos abandonaron el continente para ir a la isla. Que, después de años de temer la magia, por fin les llegó el turno a los brujos de saber lo que es el miedo.

Llegar a una isla llena de flores venenosas debió haber sido aterrador. Aunque me sudan las palmas de las manos, intento que no se me quiebre la voz.

—¿Y tenéis algo así en vuestra galería? De todas las obras a las que les concedéis una pared entera, ¿fue esa la que escogisteis?

—Como te he dicho, no sabía que la obra de Pruitt seguía en exhibición.

—¿Le temes a la magia? —le pregunto, observándolo con atención.

—Ese cuadro es sobre un momento específico de nuestra historia, Tana. No refleja lo que sentimos ahora.

Nos hemos detenido en medio de la acera, y la gente ralentiza el paso para vernos mientras caminan. Incluso los vehículos frenan un poco y sus pasajeros asoman el pescuezo para ver mejor a Landon y a su futura mujer. No puedo oír mis propios pensamientos, no consigo calmar mi corazón acelerado. Landon me da la mano y me conduce de vuelta a la costa, donde hay menos cotillas.

—Eso no contesta a mi pregunta —le digo en voz baja, intentando ocultar el dolor en mi voz, pese a que no lo consigo.

—Creo que todos tememos un poco lo que no conocemos. —Landon respira hondo antes de soltar el aire despacio—. Pero la magia se ha convertido en algo increíble para nosotros, y tengo ganas de que me ayudes a entenderla mejor. Ese es el propósito de nuestra unión, Tana. Creo que llegará el día en que nadie recuerde la obra de Pruitt, en que nadie le tema a la magia.

Mi reacción inmediata es ponerme a la defensiva, decirle que, si hay alguien que debería tener miedo, siempre vamos a ser nosotros. Tenemos magia, sí, pero ellos nos superan en número con creces. Ni siquiera la magia más poderosa sería suficiente cuando solo hay unos pocos brujos que puedan practicarla, cuando parece haber una cantidad infinita de habitantes del continente dispuestos a luchar contra ella. Y temerle a algo que no se conoce no es lo mismo que temerle a algo porque ha demostrado ser peligroso.

Siempre hemos sabido lo que es el miedo. Pese a que Landon ha dicho que el cuadro solo es «un momento específico de su historia», vamos a anunciar nuestro compromiso esta noche porque mi aquelarre aún tiene miedo. Hemos llegado a este acuerdo porque el continente quiere tenernos bajo su vigilancia. Porque el miedo sigue presente.

—Ojalá llegue pronto —le digo, y las palabras me queman al salir de mi interior. Quiero discutir y gritar y volver sola a Arcania, solo que no es eso lo que se supone que debo hacer. Así que, en su lugar, sonrío, entrelazo mi brazo con el suyo y avanzo por el entablado que conduce al muelle para esperar el transbordador. Le enseñaré a Landon que no debe temer a la magia, y nuestros hijos la conocerán solo como el regalo que es.

Puede que el papel que tengo que desempeñar exija que me muerda la lengua y contenga mi actitud y mi tono de voz, pero también me permite tener poder. Y pienso usarlo.

Aunque Landon señala algo en el agua, me llama la atención un cartel que tenemos sobre nosotros. Es grande y colorido y proclama: «¡DISFRUTA DE ARCANIA! ¡CALMA TUS NERVIOS! ¡AUMENTA TU FELICIDAD! ¡ENCANDILA A TU PAREJA! TODO ESTO Y MÁS DE UNA MAGIA TAN SUTIL QUE APENAS PODRÁS SENTIRLA».

Me quedo mirando el cartel, a lo que nuestra magia se ha visto reducida. No me llena de orgullo que el continente esté haciéndole promoción a nuestra isla, sino que me entran náuseas, y una sensación potente que me llena de asco se extiende por mi interior. Tengo el rostro colorado y las palmas cubiertas de sudor, de modo que cierro los ojos para impedir que las lágrimas escapen de mis ojos.

—¡Todo listo para abordar el transbordador a Arcania! —exclama un hombre.

—¿Lista para esta noche? —me pregunta Landon, con un brillo en sus ojos que antes no estaba allí.

—Me muero de ganas —le digo con una sonrisa, pero esta me parece tensa y forzada. Sin embargo, él no parece notarlo, así que nos dirigimos hacia el transbordador el uno al lado del otro, de camino a una isla con una magia tan sutil que apenas podremos sentirla.

Menuda tragedia.

Treinta y cinco

L andon y yo nos encontramos sobre una plataforma de madera en la Fiesta de la Cosecha, tomados de la mano y rodeados de decenas de velas que parpadean bajo la brisa y con glicinia que cuelga desde la pérgola sobre ambos. La mayor parte de mi aquelarre está presente para celebrar el fin de la estación, y, al finalizar la velada, Landon anuncia nuestro compromiso de boda.

Es tan impactante como mi madre dijo que sería. La gente se echa a llorar y se abraza, el grupo de música empieza a tocar una pieza de celebración y el vino espumoso se sirve por doquier en copas de cristal que reflejan la luz de la luna.

La gente nos felicita una y otra vez, mientras Landon entrelaza sus dedos con los míos, me da un beso en la sien y desempeña su papel de prometido enamorado a la perfección.

No obstante, el nudo que tengo en el estómago ha permanecido conmigo desde el transbordador, y ni siquiera el té tranquilizador de Ivy ha sido suficiente para deshacerlo. La magia es tan sutil que apenas puedo sentirla.

A la mañana siguiente, Ivy está apoyada en la pared de piedra de la perfumería cuando llego para mi turno de trabajo. Me extiende una taza de té al tiempo que bebe el suyo, y yo abro la puerta principal antes de encender las luces.

—Gracias —le digo, al recibirlo.

Ella me dedica un asentimiento en respuesta, y eso me molesta. Algo parece distinto entre nosotras, aunque no estoy segura de qué. Es un poco difuso, como si estuviese viéndolo a través de un cristal neblinoso.

Nos dirigimos hacia la trastienda, tras lo cual dejo mi té sobre la superficie de trabajo y me quito el abrigo.

—¿Qué tal la cena con los Yates? No me has contado nada con todo lo de los preparativos para la Fiesta de la Cosecha.

—Bien, bien —contesto, volviendo a por mi té—. Muy bien. No creo que hubiese podido ir mejor.

—Entonces, ¿por qué hablas como si el mundo hubiese dejado de girar?

Meneo la cabeza antes de clavar la vista en el suelo.

—No lo sé.

Ivy se me queda mirando, y la misma expresión de tristeza que le vi a mi padre tras la cena cruza el rostro de mi amiga. Odio decepcionar a la gente a la que más quiero.

—Ya se me pasará —le digo, con un tono demasiado animado—. Creo que estoy nerviosa por la boda y ya. Eso y que tuve una conversación un tanto incómoda con Landon cuando fui al continente, así que estoy intentando arreglarlo.

—¿Qué pasó?

Me dirijo a la tienda para asegurarme de que estamos bien abastecidos. Después, me apoyo contra el mostrador y bajo la vista para recordar mi conversación con Landon.

—Me dijo que le teme a la magia.

—¿Cómo dices? —me pregunta Ivy, claramente sorprendida.

—Me llevó a una galería de arte que tenía un cuadro de unos brujos siendo torturados en un campo de flores de luna y me dijo que todos le tememos a aquello que no entendemos.

—Veo que mi madre se acerca por la calle Main, de modo que vuelvo a la trastienda con Ivy y cierro la puerta—. Lo peor es que no me defendí. Ni a mí ni a nuestra isla. Quería hacerlo, Ivy, de verdad, pero me moría de miedo de causar una escenita o de decir algo desatinado. Todos lo conocen en el continente. Todos nos estaban mirando.

Ivy se queda pensativa mientras bebe otro sorbo de su té.

—Nos estás defendiendo al casarte con él —repone, antes de dejar su taza a un lado y darme la mano—. Que no se te olvide.

Asiento y trago el nudo que se me está formando en la garganta. Entonces ella me suelta y se dirige hacia el otro extremo de la mesa de trabajo como si algo la hubiese perturbado. Un silencio incómodo se extiende entre ambas.

—Oye, ¿va todo bien entre nosotras? —le pregunto.

Al principio parece dudosa, aunque luego me dedica una pequeña sonrisa.

—Claro que sí. No pasa nada. Es que me tocó hacer limpieza con mis padres después de la fiesta y me fui tarde a dormir. Estoy cansada, nada más.

—Vale —le digo, pese a que hay algo en su tono de voz que no me convence del todo.

Quizás es que le estoy dando demasiadas vueltas a las cosas.

—Landon me besó —le suelto, al darme cuenta de que no se lo había contado—. Casi lo olvido.

Eso le llama la atención, por lo que se inclina sobre la mesa en mi dirección.

—Ah, memorable entonces.

—No, no. Estuvo… bien. Fue muy agradable.

—¿Bien? ¿Agradable? ¿Y ya está?

Suelto un suspiro.

—Sí, y ya está. —Oigo lo monótonas que suenan las palabras, y me regaño a mí misma en silencio. Landon está totalmente comprometido con esta unión y se está esforzando. Merece algo mejor que esto. Y, aun así, no puedo evitar que los ojos se me llenen de lágrimas y que estas se desborden por mis mejillas mientras clavo la mirada en mi amiga.

No sé qué me pasa. Estoy siendo egoísta e inmadura, por lo que abro la boca para disculparme, pero Ivy deja su taza sobre la mesa con un golpe seco y me lo impide.

—Mira, a la mierda todo —me dice, antes de darme la mano y tirar de mí hacia el exterior. Nunca la he oído maldecir de ese modo, así que sus palabras me perturban más de la cuenta.

—Ivy, ¿qué pasa? —le pregunto, dando tumbos tras ella en dirección al bosque que se encuentra en el centro de la isla, muy lejos de la calle Main—. Lo siento, sé que estoy siendo muy inmadura y...

—Déjalo estar, Tana —me interrumpe, alzando una mano.

Me quedo en silencio. Me siento insegura e inestable. Dado que Ivy ha sido mi piedra angular durante toda mi vida, me gustaría poder entender lo que está pasando entre nosotras, ese algo que me parece que está demasiado lejos como para alcanzarlo.

Sé que está ahí, solo que no puedo verlo.

—Por favor, cuéntame qué pasa —le suplico, porque no puedo soportarlo más.

Ella suelta un suspiro, y su mirada se clava en algún lugar más allá de mi posición, con su postura tensa y rígida.

—He cometido un error —dice, más para sí misma que para mí.

La observo conforme el miedo se arrastra fuera de mi estómago y se extiende por el resto de mi cuerpo. Una sensación de pesar me hunde los hombros y amenaza con aplastarme hacia la tierra húmeda. Me quedo mirando a Ivy a la espera de que intente tranquilizarme, pero no dice nada.

—¿Ivy? —la animo, con voz temblorosa.

—Me voy a meter en un lío tremendo por esto —dice, meneando la cabeza.

—Cuéntamelo.

Mi amiga respira hondo y, al fin, me devuelve la mirada. Parece enfadada, más de lo que la he visto nunca, por lo que el corazón me late desbocado.

—La razón por la que has estado percibiendo las cosas como si faltara algo es porque eso es justo lo que pasa. Estoy enfadada contigo por algo que no recuerdas y no he podido pasar página aún. No sé cómo.

—¿De qué hablas?

—Pensé que hacíamos lo correcto, pero al verte así... Veo que me equivoqué. —Niega con la cabeza y clava la mirada a lo lejos.

—Ivy, dilo ya.

—Hay un velo que cubre ciertas cosas en tu mente. Lo notas, ¿a que sí? Una confusión que no sabes explicar.

Me quedo sin aliento.

—¿Cómo lo sabes?

—Porque tomaste muchas malas decisiones, así que te hicimos beber un quitarrecuerdos. —Clava la vista en el suelo, y el arrepentimiento y la amargura invaden sus facciones; dos emociones que casi nunca he visto en ella—. Lo tomaste por voluntad propia porque te convencí de que lo hicieras. Porque confías en mí. Pero parece que algunas de esas malas decisiones fueron algo bueno para ti.

—¿Quiénes «me hicieron» beber eso?

—Tus padres y yo.

Respiro hondo e intento mantener la voz tan calmada como me es posible.

—Ivy, empieza por el principio y no te dejes nada, por favor.

—Es una larga historia —me dice ella, haciéndome un gesto hacia un banco cerca del camino.

—Me gustan las historias.

Ivy asiente antes de sentarse a mi lado. Entonces empieza a hablar. Me cuenta sobre un muchacho al que conocí, un chico que practicaba magia oscura y que hacía que los ojos me brillaran. Me cuenta que me enseñó algo de su magia y que a mí me encantó, igual que me encanta el mar. Me cuenta que a ella la atacó un enjambre de abejas y que casi perdió la vida, pero que yo me negué a aceptarlo y usé magia oscura para salvarla. Y que desde entonces no ha sido capaz de perdonarme por completo.

Me cuenta que hui de casa para estar con aquel muchacho —Wolfe, según me dice— y que lo escogí a él por encima de todo lo demás. Que estaba dispuesta a renunciar a mi vida entera, a mis padres, a Landon e incluso a nuestro aquelarre.

Me cuenta que me enteré de que me había mentido y me había usado para acercarse a mi madre, que su aquelarre le encargó que me buscara por ese motivo. Me dice que bebí el quitarrecuerdos por mi propia voluntad para poder olvidar a aquel muchacho, de modo que casarme con Landon fuese más sencillo.

Me explica que mi luz se apagó en cuanto lo bebí y que, desde entonces, no he sido la misma. Que todo esto la ha estado consumiendo por dentro, porque, desde que bebí el primer sorbo de aquel té que me iba a robar los recuerdos, supo que todo eso era un error.

Llora mientras me lo cuenta, pese a que aún está enfadada conmigo. Solo que bajo todo ese enfado hay un pozo de amor tan profundo y tan grande que puedo sentirlo incluso si le tiembla la voz y me mira con reproche.

Si bien es una historia muy descabellada, casi imposible de creer, sé que es cierta debido al dolor que se me extiende por el pecho con cada palabra que sale de sus labios. Sé que es cierta porque puedo notar un vacío en mi interior donde antes hubo algo. Donde antes hubo alguien.

Sé que es cierta porque puedo sentir que vuelvo a unirme después de que algo inexpresable me haya partido en dos.

Entonces ahogo un grito. El chico de la playa. Era él, seguro que era él. Parecía muy atormentado, más que devastado, y, pese a que no puedo recordar las cosas que Ivy me cuenta, sé que ocurrieron de verdad.

Lo sé.

—Lo siento mucho, Tana —me dice Ivy cuando acaba de hablar, tras lo cual se saca un pañuelo de encaje de su bolsillo y se seca las lágrimas—. Fue un error.

Me quedo en silencio durante mucho rato, sin saber qué decir. Cómo procesar todo lo que me ha contado.

Estiro una mano hacia ella, insegura, pues no sé si querrá que me acerque después de lo que hice. Sin embargo, cuando mi mano toca la suya, ella la aferra con fuerza.

—Según me cuentas, yo he cometido errores de sobra por ambas —le digo—. Gracias por contármelo.

—¿Estás enfadada?

—No. Creías que hacías lo correcto, y yo lo bebí sin que me obligaseis. —Suelto un suspiro y bajo la vista—. ¿Por qué no puedo ser feliz con la vida que me toca y ya?

—Quizás es que la vida que te toca no es la que se supone que debas vivir.

Entonces la miro. A ella, que siempre ha sabido quien soy, quien soy de verdad y quien intento ser. Me conoce tanto que ha sido capaz de ver la niebla en mi interior tras haber bebido el quitarrecuerdos y ha decidido que no valía la pena.

Me alegro mucho de que lo haya hecho.

—Ivy —le digo, rodeándole la mano con las mías—. Tengo que verlo.

Ella vacila, mientras considera algo para sus adentros, y veo el momento exacto en que se decide.

—Lo sé —me dice, después de unos segundos.

—¿Me ayudarás?

Tras otra pausa, me preocupa haberle pedido demasiado. Pero entonces ella tensa la mandíbula y alcanza su abrigo.

—Sí.

Treinta y seis

Me cuesta estar en casa de Ivy, ver que sus padres me observan con una especie de miedo y gratitud a la vez. Aunque quiero explicárselo, ellos creen que no recuerdo nada, que el quitarrecuerdos está haciendo su trabajo y que ha hecho que olvide todo lo relacionado con haberle salvado la vida a su hija, de modo que me esfuerzo mucho para aparentar que todo va bien.

Sé que debería estar devastada y sorprendida por mis acciones. Y lo estoy. Solo que también tienen sentido, también me parecen algo propio de mí por mucho que no las recuerde. Anhelo los recuerdos que perdí, los momentos que significaron tanto para mí que decidí renunciar a esta vida y escoger otra diferente. Cómo habrán sido para hacerme actuar de semejante manera.

Cómo habrá sido él.

Cuando los padres de Ivy se han ido a dormir y la luna se encuentra en su punto álgido, mi amiga me acompaña a la costa occidental.

—Di su nombre a medianoche —me dice—, y, si lo oye, vendrá.

Recuerdo el sueño que he estado teniendo, cómo me he despertado tantas veces con la impresión de haber oído mi nombre en un susurro del viento. Trago en seco.

—¿Cómo va a oírlo?

—Es algo de magia oscura —me explica Ivy, meneando la cabeza—. No lo sé con exactitud. —No me pasa desapercibido el modo en que su voz pronuncia las palabras «magia oscura» con amargura.

—Vale —le digo, en voz baja. Estoy tan nerviosa que el corazón me late a mil por hora. A pesar de la noche fría de otoño y de que tengo toda la piel erizada, estoy sudando.

—¿Quieres que me quede contigo? —se ofrece, y a mí me sobrepasa lo mucho que eso significa. A todo lo que está dispuesta a renunciar de sí misma solo para ofrecerlo.

Tiro de ella para darle un abrazo con fuerza. Ella me lo devuelve, suave al inicio y luego más y más fuerte. Me quedo sin aliento porque sé que esto significa que estamos sanando. Que estaremos bien.

—Gracias —le digo, en un susurro.

—Te veré en mi casa —me dice.

Una vez que la he perdido de vista, me giro de vuelta hacia el mar. Tengo el estómago hecho un nudo, y por un instante tengo la impresión de que me voy a poner a vomitar. Respiro hondo una y otra vez, y la sensación pasa.

Puedo hacerlo.

—Wolfe —pronuncio su nombre, aunque lo hago en voz tan baja que este apenas sale de mis labios. Me resulta muy extraño.

»Wolfe —repito, con más fuerza. El nombre escapa de mis labios como una melodía perfecta, y entonces no me parece tan extraño después de todo.

Me siento sobre las rocas. Están frías y mojadas, pero no me importa. No sé cuánto tiempo se supone que va a tomar esto o si funcionará siquiera. Me parece absurdo pronunciar un nombre en la playa a medianoche, aunque, si todo lo que me ha contado Ivy es cierto, si lo quise siquiera una fracción de lo que me ha hecho creer, tengo que verlo. Tengo que ver su rostro y oír su voz.

—¿Mortana?

Alzo la vista y veo al chico de la playa de pie sobre el agua. Sin barco ni balsa. Es como si hubiese aparecido de la nada, y me pregunto si su magia es capaz de hacer algo así. Me pongo de pie despacio, al tiempo que me limpio las manos en el vestido. Él no se mueve de su sitio.

—¿Wolfe? —pregunto, acercándome al agua para intentar ver mejor a esa persona que ha capturado tanto de lo que soy.

Él se acerca hacia mí a toda prisa, y el agua salpica a su alrededor mientras él se las arregla para salir del agua. No parece que vaya a dejar de correr hasta que se estrelle contra mí, así que retrocedo un paso, y él deja de moverse de inmediato.

—¿Eres Wolfe? —le pregunto de nuevo, y entonces puedo verlo: el dolor en su rostro al darse cuenta de que no sé quién es. De que no lo reconozco.

Sus ojos son una tormenta. Y algo en mi interior se quiebra al verlos rojos, al ver que reflejan la luz de la luna y brillan como la superficie del agua. Él se sorbe la nariz y se aclara la garganta antes de apartar la mirada. Tiene la mandíbula tan tensa que lo veo desde donde me encuentro.

Parece destrozado.

—Sí —dice, al final—. Y tú eres Mortana.

—Exacto.

Me lo quedo mirando bajo la luz de la luna; la línea tensa de su boca y su cabello oscuro y revuelto. Su piel parece plateada bajo esta luna, como si fuese la magia personificada. Solo que está furioso y a la defensiva y carga con tanta tensión que me preocupa que vaya a partirse en dos justo frente a mí.

Su belleza me duele.

—Te me has quedado mirando —me dice.

Aunque puedo notar el calor subiéndome por la nuca, no aparto la mirada. No puedo hacerlo.

—Me han dicho que estoy enamorada de ti.

—Nunca me lo dijiste, pero no hacía falta. Lo sabía.

Lo contemplo bajo la luz de la luna: cada movimiento, cada vez que su pecho sube y baja y cómo aprieta los puños.

—¿Tú también me querías?

Su mirada se encuentra con la mía y me la devuelve con tanta intensidad que hace que un escalofrío me recorra entera.

—Sí.

—¿Y aún lo haces?

No vacila, no tarda ni un segundo en responder:

—Sí.

Me acerco un paso hacia él, insegura.

—Entonces, ¿puedes explicarme lo que paso entre nosotros? Todo lo que pasó.

—¿Qué es lo que recuerdas? —pregunta, después de meterse las manos en los bolsillos y clavar la vista en el suelo.

—Nada. —La palabra corta el aire como si fuese un cuchillo, y la observo mientras se clava en su pecho. Una nueva oleada de lágrimas le llega a los ojos, pero él parpadea para apartarlas. Me da la espalda, y veo que sus hombros suben y bajan con rapidez. Cuando su respiración vuelve a acompasarse, se gira hacia mí una vez más.

—Vale —dice, tras un rato.

—¿Wolfe? —lo llamo, y el sonido de su nombre me parece conocido.

Entonces él me mira, con ojos suplicantes y devastados. Me sorprende que no se parta en mil pedazos y que estos no se pierdan para siempre entre la arena.

—Por favor, no me mientas —le pido.

—No lo haré. —Se gira, y aunque tengo la impresión de que eso es lo único que dirá, entonces añade—: Te contaré cada detalle hasta que estés convencida de que esto es algo por lo que vale la pena luchar.

Me lo quedo mirando. Es brusco y está en carne viva, sus bordes son afilados y la furia no lo ha abandonado, pero está dispuesto a compartirlo todo conmigo, a sabiendas de que eso no hará que lo recuerde. Está dispuesto a sufrir de nuevo mientras me cuenta los detalles de su vida que para mí no significan nada, aunque para él lo son todo.

—A eso he venido —le digo, en voz baja y trémula—. Para luchar por algo en lo que alguna vez creí más que nada en la vida.

—Vale —dice él, antes de dirigirse a una extensión de hierba que hay en la playa. Se sienta, y yo me acomodo junto a él para luego observarlo mientras decide cómo empezar. Estamos muy cerca, a tan solo unos pocos centímetros el uno del otro, por lo que puedo ver cómo su cuerpo se pone en tensión debido a mi cercanía.

—¿La magia oscura puede deshacer un quitarrecuerdos? —le pregunto en voz baja, apenas un susurro. Dado que ya me ha ayudado antes, quizás sea capaz de hacerlo una vez más.

Él suelta un suspiro y parece derrotado.

—He hablado con mi padre al respecto. Pasamos horas revisando grimorios, pero la mente es algo delicado. Cualquier hechizo que intentemos tendría que interactuar con el quitarrecuerdos del mismo modo en que este hizo, pero, como no conocemos los detalles, crear el hechizo sería mucho más complicado. Y, si lo hacemos mal, podría borrarte la memoria por completo o incluso crear recuerdos que nunca sucedieron. No tenemos cómo probarlo de antemano, así que es demasiado arriesgado.

Asiento mientras asimilo sus palabras.

—Gracias por investigarlo. No tenías por qué hacerlo.

—Claro que sí.

Ninguno de los dos dice más, pues el peso de mis recuerdos olvidados es latente entre nosotros. Entonces Wolfe recoge un guijarro y lo lanza con fuerza hacia el mar.

—Joder, Mortana —dice, antes de cubrirse el rostro con las manos. Inhala de forma violenta y temblorosa, y lo único que quiero hacer es consolarlo, decir algo para aliviar el dolor que está sintiendo.

Con toda la delicadeza del mundo, le aparto las manos de la cara. Él me mira, sorprendido, con los ojos hinchados y unas manchas rojas que salpican la piel de su rostro. Deslizo los dedos hasta su barbilla al tiempo que me inclino hacia él, hacia su oído.

—Quiero recordar —le digo en un susurro—. Ayúdame a hacerlo.

Retrocedo un poco, pero sin apartar la mirada de él, pues quiero que vea la sinceridad que hay en ella. La verdad en las palabras que pronuncio. Cuando aparto la mano de su rostro, veo que me tiembla.

Aunque Wolfe me ha dicho que quiere luchar por esto, por nosotros, cuando lo miro me doy cuenta de que él ya está luchando. Ambos lo hacemos.

Asiente, respira hondo y empieza a hablar.

Me quedo sin palabras ante su sinceridad, ante lo abierto que es respecto a su odio por mi aquelarre y nuestro modo de vida. Pese a que me cuesta escucharlo, sé que esa creencia central es lo que determina todo lo demás. Me cuenta que al principio no le molestó usarme como parte de su plan, pero que luego se enamoró de mí y que, pese a que sus intenciones fueron crueles al inicio, nunca me mintió respecto a lo que sentía por mí.

Me dice que cada mirada, cada roce y cada palabra que compartimos fue real. Que lo sorprendí, que mi conexión con la alta magia —pues así es como se llama— no se parece a nada que él haya visto antes. Me cuenta que lo reté a ver el mundo de un modo diferente y a considerar la fortaleza que había en la magia que yo practicaba, en sacrificar tanto para estar a salvo.

Me doy cuenta de que no cree que esta sea la decisión correcta, que él nunca renunciaría a una parte de sí mismo por ningún lujo ni tampoco por protección. Sin embargo, también dice que, al conocerme, se vio obligado a apreciar nuestra magia desde un punto de vista diferente.

Me habla de las corrientes y de lo irresponsable que está siendo mi madre, de que mi aquelarre está destruyendo la isla a propósito. Me explica que estas volverán para hacernos daño de formas irreparables si no hacemos algo para detenerlas, y yo asiento porque sé que tiene razón. Lo noto cada vez que me sumerjo en el agua, y me pregunto si esto fue algo que hizo que nos acercáramos más. Me cuenta sobre las flores de luna y la mentira que me han contado toda la vida, y no puedo evitar que los ojos se me inunden de lágrimas. Tengo la sensación de que me he quedado sin aliento, por lo que me pregunto cómo seré capaz de ver a mi madre sin juzgarla.

—Las flores de luna —empiezo, al recordar el cuadro que vi con Landon—. No lo entiendo. Vi un cuadro en el continente que mostraba a los brujos torturados con ellas; era de hace cientos de años. ¿Desde cuándo se cree esta mentira?

Wolfe niega con la cabeza.

—Si te refieres a la obra de Pruitt, no es eso lo que representa, solo que ese punto de vista encaja bien con su mentira. Cuando los brujos abandonaron el continente para vivir en la isla, las tensiones no se evaporaron como habían esperado. Los del continente se volvieron más y más agresivos, y todo culminó en un asalto contra la isla en el que arrancaron todas las flores de luna que pudieron. El cuadro que viste muestra a los brujos intentando salvar las flores.

—Entonces, ¿los habitantes del continente saben la verdad sobre las flores?

—Hace tiempo, sí —me explica—. Solo que el nuevo aquelarre ha sido muy efectivo en su tarea de reescribir la historia. Y, con el transcurso de los años, ellos también empezaron a creer que las flores de luna eran venenosas para nosotros.

Me quedo mirando el mar, completamente anonadada. Recuerdo el cuadro, y los ojos me arden por la verdad que Wolfe me ha contado. No sé qué decir porque nada parece lo bastante relevante, así que me quedo callada.

Cuando Wolfe vuelve a hablar, intento apartar mi dolor hacia un lado para escuchar cada palabra que sale de sus labios, pues todas importan. Me importan muchísimo.

Su voz se vuelve más baja, más ronca, cuando me cuenta lo que sintió al besarme. Me explica que yo lo besé primero, y que, cuando lo hice, él supo que lo daría todo, que renunciaría a cualquier cosa si con ello podía besarme de nuevo. Nos besamos en el mar, en el suelo de su habitación y bajo la luz de la luna. Ofrecimos partes de nosotros que nunca le habíamos ofrecido a nadie más e intercambiamos roces como si estos fuesen secretos.

Habla durante mucho rato. Deja que vea su furia, su frustración y su tristeza, y toda su vulnerabilidad me sobrepasa. A pesar de que se muestra a la defensiva, lo comparte todo conmigo.

Y yo creo lo que me dice. Todas y cada una de las palabras que pronuncia.

Aunque es duro, un tanto brusco y serio, me encuentro completamente cautivada por ello. Por él.

Sin embargo, aún no consigo recordar todo lo que me cuenta. Lo intento con desesperación, busco cualquier eco de algún recuerdo, pero nada. Es casi como si me estuviese leyendo la historia de un muchacho llamado Wolfe y de una chica llamada Tana, una que consigue enterrarse en mi interior con cada una de las frases que pronuncia. La leería una y otra vez.

Cuando llega al final de la historia y deja de hablar, creo que nunca me había sentido tan decepcionada. Ojalá hubiese más que pudiese contarme.

Lo observo, pidiéndole para mis adentros que siga hablando, pero él permanece en silencio.

—Te has quedado mirándome de nuevo —dice, tras un rato—. Parece que es una de tus costumbres. —Su voz es dura e impasible.

—Me cuesta no hacerlo —admito sin avergonzarme, aunque no estoy segura de por qué—. Eres muy muy guapo. ¿Te lo había dicho ya?

Wolfe traga en seco y parpadea varias veces.

—No.

Nos quedamos en silencio durante un largo rato, contemplando las olas según estas rompen contra la orilla. Noto un tirón hacia él, fuerte y real, algo que soy incapaz de negar.

Quizás sí que haya una parte dentro de mí que lo recuerde, a fin de cuentas.

—¿Cómo has llegado hasta aquí? Me ha parecido como si hubieses aparecido en el océano sin más. —Pese a que parece algo muy trivial después de todo lo que me ha contado, todo lo demás parece demasiado importante como para mencionarlo.

—¿Cómo dices?

—¿Por qué has llegado a través del agua?

Wolfe menea la cabeza, pues sabe que es una pregunta sin importancia.

—Porque es parte del acuerdo que tenemos con tu madre. Podemos vivir en la isla, sí, pero escondemos nuestro hogar con magia, y solo se nos permite usar las calles de Arcania una vez al mes, cuando necesitamos provisiones. E, incluso entonces, debemos usar un hechizo de percepción. Así que usamos las corrientes para saltarnos la prohibición.

—Qué listos —le digo, aunque me duele conocer otra de las mentiras que mi madre me ha contado durante toda la vida. No es solo que sepa sobre la existencia del antiguo aquelarre, sino que ha hablado con ellos. Les ha impuesto reglas que deben seguir.

—¿Y ahora qué hacemos? —me pregunta, sin apartar la vista de la orilla. Puedo oír la esperanza en su voz, la forma en que esta hace que sus palabras suenen más ligeras.

Sin embargo, no puedo darle lo que quiere.

—No lo sé —le digo, con un hilo de voz.

Él se tensa a mi lado. Cuando no sigo hablando, suelta un suspiro, cortante.

—Vas a casarte con él, ¿no es así?

No le contesto.

Se levanta del suelo de un movimiento brusco y alza los brazos en un gesto exaltado.

—De verdad, Mortana, ¿cómo puedes hacerme pasar por esto otra vez? ¿Por qué has hecho que te lo cuente todo si no te importa?

Me pongo de pie para seguirlo hacia la playa.

—Claro que me importa —le digo, alzando la voz, pero él no se detiene ni se gira para mirarme—. Solo que eso no cambia el hecho de que no recuerde nada de lo que me has contado.

Al oírme, se detiene y me observa con tanta intensidad que casi aparto la mirada. Pero no lo hago. Me obligo a mirarlo, a verlo de verdad.

—Lo que tú y yo tenemos es real, y sé que tú también lo sientes —me dice, haciendo un gesto entre ambos. Está enfadado, y la reacción que irradia es tan visceral que hace que no quiera moverme.

Entonces acorta la distancia que nos separa para tomar mi mano y apoyarla sobre su corazón.

—Estoy aquí, Mortana. Estoy aquí mismo y te prometo que recrearé todos y cada uno de tus recuerdos si eso es lo que hace falta.

—Te creo —le aseguro, sin apartar la mano de su pecho.

—Entonces deja que lo haga. Por favor.

—Es que no es tan fácil. Tengo que cumplir mi deber con mi familia, con mi aquelarre.

—Eso no te lo impidió antes —suplica, aferrándome la mano con más fuerza.

—Tendría que haberlo hecho —repongo, con un hilo de voz.

En cuanto las palabras escapan de mi boca, me arrepiento de haberlas pronunciado. Un muro se alza entre nosotros, y cualquier vulnerabilidad que Wolfe hubiese estado dispuesto a compartir conmigo ha desaparecido. Me suelta la mano y se aparta, por lo que mi brazo cae de vuelta a mi lado. No sé por qué, pero lo único que quiero hacer es echarme a llorar.

Wolfe asiente, despacio. Aunque quiero leer su expresión, se ha cerrado por completo.

—Ya lo pillo. Deja que te lo ponga más fácil esta vez.

Y, con eso, se sumerge en el mar y me deja sola, de pie en medio de la orilla.

Treinta y siete

Ya he hecho esto antes. Estar tumbada en la cama cuando tendría que haber estado durmiendo, solo que en su lugar pienso en un muchacho en el que no debería pensar.

Mi Baile del Juramento, así como mi boda, se celebra dentro de tres días, y lo único en lo que puedo pensar es en que, hace tan solo unas pocas semanas, estaba tan enamorada que estuve dispuesta a darle la espalda a ambas cosas. Wolfe me ha contado cómo es que llegué a esa decisión, cada detalle de nuestra relación, pero no soy capaz de sentirlo. E, incluso cuando lo hice, decidí beber el quitarrecuerdos; al final, elegí a mi aquelarre.

Y sé que fue lo mejor que pude haber hecho.

La pasión de Wolfe me asusta. Lo dispuesto que está a mostrarme su furia y su dolor, su frustración y su vulnerabilidad, no es algo que haya experimentado antes. Estaba tan desesperado por hacer que lo recuerde que se abrió a sí mismo en dos de modo que pudiese verlo sangrar, a sabiendas de que quizás nunca podría suturar la herida.

Y sé que, aunque llegase a vivir mil años, nadie volverá a sentir eso por mí nunca más.

Solo que no se trata de mí, y no creo que pueda perdonarme a mí misma si le doy la espalda a mi familia, a mi deber. Tengo un papel que desempeñar, y mi felicidad, mis deseos y mis anhelos nunca han sido un factor decisivo. No pueden serlo.

Cuando oigo a mis padres moverse por la planta baja, me obligo a levantarme de la cama. Otra noche más sin dormir. Mi madre me regañará por las ojeras que se me han formado y por lo pálida que estoy, aunque no es nada que un poco de magia no pueda arreglar.

Por mucho que estemos destruyendo el mar y arruinando nuestra isla, al menos podemos tener una apariencia fresca como una lechuga mientras lo hacemos.

Me cepillo los dientes, me lavo la cara y doy gracias por no tener que ir a trabajar hoy. Mi madre dice que, si el resto de los brujos no me ven durante la semana de la ceremonia, la boda será más impactante. Pese a que todo es para guardar las apariencias, agradezco tener un poco de tiempo para mí.

—¿Y papá? —pregunto, cuando bajo las escaleras.

Mi madre alza la vista desde detrás de su agenda encuadernada y me dedica una sonrisa.

—Buenos días, cariño. Ha ido a recoger algunas lilas antes de ir a la perfumería.

Me sirvo una taza de té y me acomodo a su lado.

—Ivy me ha contado lo del quitarrecuerdos —confieso, atenta a su reacción.

Mi madre cierra su agenda con cuidado y me mira.

—Ya me imaginaba que lo haría.

—¿Por qué lo dices?

Se encoge de hombros.

—Porque sois mejores amigas desde que nacisteis. Esconderos secretos entre vosotras no es algo que se os dé bien a ninguna de las dos. —Suena muy tranquila, y me gustaría saber qué está pensando, si su mente es un caos de listas de tareas pendientes y preocupaciones y reacciones exageradas o si está tan contenida como el resto de ella.

Sin embargo, sus palabras me tocan una fibra sensible.

—Pero a ti sí, ¿verdad, mamá?

Aunque las palabras salen en un hilo de voz, no puedo creer que las haya dicho. No es nada común en mí el cuestionar a mi madre, así que mantengo la vista baja.

—Tana, ¿por qué no me preguntas lo que quieres saber en lugar de soltarme pullitas?

Trago en seco y asiento.

—Tienes razón, lo siento —me disculpo—. Quiero saber por qué me mentiste sobre el antiguo aquelarre.

Mi madre va a la cocina para preparar más té.

—La respuesta sencilla es que nunca habríamos conseguido llegar tan lejos si el continente supiese que la magia oscura se sigue practicando en esta isla. Tenían que creer que el antiguo aquelarre había dejado de existir si queríamos llegar a buen puerto con ellos. Aunque los antiguos brujos son egoístas y necios, no son idiotas; sabían que, si el continente conocía su existencia, los terminarían atrapando a todos. De modo que se comprometieron a permanecer escondidos si nosotros jurábamos perpetuar la creencia de que se habían extinguido. Los miembros del consejo son los únicos que saben la verdad. —La tetera empieza a silbar, y mi madre vierte el agua hirviendo sobre las hojas—. Y, hasta ahora, todo ha ido muy bien.

Me siento tonta por haberme creído sus mentiras, e incluso peor por el hecho de que estas me hacen daño. Creía que renunciar a mi vida para casarme con Landon y así proteger a mi aquelarre me haría digna de saber la verdad, sobre todo si esta provenía de mi madre. Pensé que me haría lo bastante importante como para que me involucraran en los asuntos más privados de nuestro aquelarre y nuestra isla. No podía haberme equivocado más.

—Me habría gustado que me lo contases.

—Lo sé, cariño, pero no podía arriesgarme. Vas a casarte con el hijo del gobernador, ¿qué pasaría si se te escapa una noche?

Estoy segura de que puedes comprender el peligro de algo así.
—Vuelve a llenar mi taza antes de sentarse—. Aunque claro, eso ya no importa.

—Sé guardar un secreto.

—Eso dices ahora, pero esconderle un secreto así de importante a tu marido es algo agotador, sobre todo cuando el amor y la confianza entre vosotros va creciendo. No será sencillo.

—¿Crees que Landon y yo nos enamoraremos algún día?

Al oírme, su expresión se suaviza un poco, y estira una mano para apoyarla en mi brazo.

—Por supuesto. Ya veo el amor entre vosotros, de hecho. ¿Tú no?

«No puedo prometerte amor».

Recuerdo nuestro beso, cómo me sentí al estar cerca de él para besarnos. No me pareció amor, aunque quizás mi definición de ese sentimiento es demasiado limitada. Quizás hay un amor como el que me describió Wolfe: apasionado y vital y que te consume por completo, pero también existe un tipo de amor más sutil que se arraiga en tu interior y crece con el tiempo, lento y seguro.

—No sé —admito—. Aunque me gustaría que así fuera.

Mi madre me da un apretoncito en el brazo.

—Dale tiempo, Tana. Es un buen hombre y te querrá como debe ser.

Asiento y le sonrío porque no quiero que se dé cuenta de que tengo la esperanza de que pase algo que no debería pasar.

—Seguro que tienes razón.

Mi madre se reclina en su silla y bebe un sorbo de su té.

—¿Qué más quieres saber?

—¿Por qué no te preocupan las corrientes? ¿Y por qué no querías reunirte con el antiguo aquelarre para hablar de ellas?

Suelta un suspiro y deja a un lado su taza.

—No creo que entiendas lo delicada que es nuestra relación con el continente. Solo se mantiene porque ellos creen que controlamos por completo la magia que usamos. Solo existe porque no nos tienen miedo. E, incluso así, quemaron nuestro muelle hace tan solo unos meses. En cuanto se enteren de que su mar tiene magia que no podemos controlar, cambiarán de parecer respecto a nosotros. Y, si nos temen, todo se vendrá abajo. —Entonces me mira—. Absolutamente todo.

«Creo que todos tememos un poco lo que no conocemos».

—Pero el antiguo aquelarre quiere ayudar. ¿Por qué no los dejas?

—Hace un par de años, Marshall Yates les contó a sus asesores que tenía pensado unir su familia a la nuestra en un futuro. Me insistió en mantener representantes del continente en la isla para que la vigilaran, y yo acepté. Por suerte, todos tus escarceos con Wolfe han sido durante la noche, porque, si no lo hubiesen sido, en este momento estaríamos teniendo una conversación muy distinta. Ahora que falta tan poco para la boda, el continente está llenando la isla de personal de seguridad. Así que no me arriesgaré a tener una reunión hasta que se hayan marchado y pueda asegurar que nuestra charla seguirá siendo privada.

—Pero esto lleva siendo un problema desde hace mucho tiempo. ¿De verdad estás dispuesta a dejar que sigamos haciendo daño a la isla solo por una boda?

—Tana —dice mi madre, clavando la vista en mí—. Recuerdo que, cuando era pequeña, mi madre hacía que me escondiese cuando los del continente venían de visita. Mis abuelos casi no tuvieron hijos porque les preocupaba muchísimo lo que podría pasarles. Nuestros antepasados renunciaron a su hogar en el continente y empezaron a practicar una nueva magia con la esperanza de que hubiese un futuro en el que pudiésemos ser aceptados y estar a salvo. Estoy dispuesta a dejar que pase prácticamente cualquier cosa con tal de que la boda salga bien.

Sus palabras hacen que me recorra un escalofrío.

—Sigo sin entender por qué no lidiaste con el asunto de las corrientes antes de que la boda fuese una certeza.

—Porque, si dependemos de la ayuda del antiguo aquelarre para solucionar el tema de las corrientes, no habrá vuelta atrás. Jamás. Respeto a Galen, pero no confío en que no intentará aprovecharse de la situación. Y, si lo hace, quiero asegurarme de contar con el respaldo del continente, y la única forma de lograr eso es con la boda.

Se remueve en su sitio y espera a que le devuelva la mirada para continuar hablando.

—Estoy dispuesta a conversar de esto contigo, pero te voy a dejar algo bien clarito: no me molesta que no lo comprendas. Mi trabajo como la líder de este aquelarre es mantenernos a salvo y asegurar nuestra posición en la sociedad. No es asegurarme de que mi hija entienda cada decisión que tomo. —Lo dice con toda la amabilidad que puede reunir, pero me hace daño de todos modos.

Aparto la mirada. Aunque es mi madre, por encima de eso es la líder de nuestro aquelarre, y, por mucho que me duela oírla decir eso, también la admiro por ello.

—Vale —acepto, antes de terminarme el té. Entonces recuerdo lo que dijo Wolfe sobre la flor—. Espera, una última cosa.

—Dime.

—¿Cómo podemos practicar magia si no hay flores de luna en la isla? —Sé que es un poco inmaduro que lo formule como una pregunta si ya sé la respuesta, pero es que quiero oírla decirlo. Me parece más importante de lo que podría explicar que confíe en mí al contarme esto. He confiado en ella durante toda mi vida, siempre he creído en el camino que ha escogido para mí, así que necesito saber que ella confía en que yo lo vaya a recorrer. Lo necesito de verdad.

Esa pregunta, más que cualquier otra de las que le he hecho, pilla a mi madre por sorpresa. Abre mucho los ojos y tensa la espalda, y oigo cómo contiene la respiración. Me perturba un poco ver que pierde su máscara de compostura perfecta, así que le digo para mis adentros que no pasa nada, que puede confiar en mí.

—La flor de luna es venenosa para los brujos, lo sabes.

Se me encoge el corazón.

—¿De verdad? —pregunto, sin dejar de mirarla.

—Paremos con las preguntas por hoy —me dice—. Si te prometo que hablaremos de esto más adelante, ¿puedes dejarlo estar por el momento? Es una respuesta muy complicada con una historia incluso más complicada, así que no tengo ni el tiempo ni las fuerzas necesarias para ponerme a hablar de eso ahora.

—Pero tenemos que hablarlo más adelante.

—Te lo prometo.

—De acuerdo —le digo. Mi madre siempre mantiene sus promesas, y, por mucho que me haya ocultado muchas cosas, sé que hablaremos sobre esto cuando tengamos más tiempo. Y la verdad, yo también estoy cansada.

—¿Estás bien? —me pregunta, y yo asiento antes de que me acerque a ella para darme un abrazo—. Estoy muy orgullosa de ti —me dice.

Quiero preguntarle por qué, cuando le he causado tanto dolor y la he sometido a tanto estrés, pero me contengo. En su lugar, le devuelvo el abrazo y me quedo con sus palabras, porque, pese a no estar segura de merecerlas, necesito oírlas de todos modos.

—Nos parecemos más de lo que crees, ¿sabes? —me dice, cuando se aparta.

—¿Ah, sí?

Asiente.

—Aunque no tengo dudas de que tu padre es el amor de mi vida, no fue el primer chico del que me enamoré. —Me dedica una mirada significativa, y yo la miro con los ojos como platos.

—No —le suelto.

—Wolfe es el vivo retrato de su padre a esa edad. Es increíble.

—¿Galen y tú?

—Éramos jóvenes, y él no se parecía a nadie que hubiese conocido antes. Teníamos una regla muy estricta que nos prohibía practicar magia juntos, y esa fue una línea que nunca crucé, pero sí hubo varias que no me molestó saltarme. —Su voz parece distante y casi feliz.

Meneo la cabeza, sin poder creer lo que me está contando.

—Pero ¿cómo lo conociste siquiera?

—Cuando tu abuela enfermó, empezó a incluirme en todas sus tareas para prepararme a fin de que pudiera ser su relevo. Y, en ocasiones, esas tareas implicaban reuniones con el antiguo aquelarre. Galen empezó a acompañar a su madre y, bueno, una cosa llevó a la otra. —Pese a que ha pasado mucho tiempo, habla de Galen con cariño, por lo que me cuesta encajar esta nueva información con la versión de mi madre que conozco.

—¿Estabas enamorada de Galen Hawthorne?

—Fue hace muchísimo tiempo —me explica, haciendo un gesto con la mano como para alejar el recuerdo—. Lo quería por todas las cosas que no era. Sabía que no podríamos tener un futuro juntos, y él también lo sabía, pero, durante un único invierno, fingimos tener todo el tiempo del mundo.

—¿Y los dos aceptasteis algo así?

—No fue algo que nos costase aceptar. Solo éramos dos críos pasándolo bien antes de heredar las responsabilidades que nos correspondían. Teníamos claro a quien le debíamos nuestra lealtad.

—¿Y nunca te preguntaste cómo sería una vida con él?

—No —me asegura, con una sonrisa triste—. Esta es la vida que escogí. La vida que quiero.

—Y si el continente no nos tuviese vigilados, ¿todavía querrías esta vida, a la nueva orden y a la baja magia? Si no fuese peligroso practicar alta magia.

No me contesta de inmediato, sino que se queda contemplando un lugar alejado que yo no puedo ver. Contengo el aliento y espero que me muestre siquiera un ápice de dudas, pero estas nunca llegan.

—Sí. No quiero a la nueva orden solo porque nos devolvió nuestro modo de vida, sino porque me llena más que ninguna otra cosa. Adoro esta isla y esta magia y me encanta entretener a los turistas. La escogería una y otra vez, sin importar lo que pase al otro lado del Pasaje.

Su respuesta me atraviesa como una puñalada porque yo nunca podré ser como ella. Me gustaría creer en algo del mismo modo en que mi madre cree en la nueva orden.

Y lo hiciste.

El pensamiento llega a mi mente sin que lo busque, aunque no es real, no es algo a lo que pueda aferrarme. Me dijeron que alguna vez creí en algo con todas mis fuerzas, pero sin tener esos recuerdos, aquello no es más que polvo que se levanta en una carretera.

—¿Alguna vez piensas en él? —le pregunto, pues necesito cambiar de tema.

—¿En Galen? Un poco más estos días —contesta, mirándome—. Pero normalmente no. Tu padre me invitó a salir poco después de que Galen y yo cortásemos y supe desde nuestra primera cita que él era el indicado.

—¿Cómo lo supiste?

Su expresión se suaviza del modo que siempre lo hace cuando hablamos de papá.

—Porque con él podía ser yo misma —me dice, sin más—. Creíamos en las mismas cosas, y yo no tenía que aparentar ser quien no era. Él me aceptó por completo, tal cual era.

—Gracias por contarme todo esto —le digo.

Mi madre sonríe y me da un apretoncito en el brazo.

—No es nada. Bueno, ¿te parece si le decimos a Ivy que venga y practicamos el peinado y el maquillaje que te pondrás?

Se dirige al teléfono, y yo me quedo repasando nuestra conversación. Aunque me alegro de haber podido hablar con ella, de conocer la verdad, esta no me tranquiliza como me hubiese gustado. Mi madre ha tomado decisiones que yo sé que nunca podría tomar. Y, si bien me ha contado lo de Galen para demostrar que nos parecemos, lo único que ha conseguido es resaltar nuestras diferencias.

Porque, según parece, yo no pude aceptar que mi tiempo con Wolfe fuese algo limitado.

No pude aceptar que su mundo, su magia, no fuesen una opción para mí. No pude aceptar que *él* no fuese una opción para mí.

Y, pese a que Landon no quiera que tenga que esforzarme para estar con él, lo hago. Como no lo hice con Wolfe. Me dijo que hice cosas que estoy segura de que jamás habría hecho de no sentirme completamente en libertad.

El corazón me empieza a latir desbocado y las palmas me sudan mientras me repito a mí misma las palabras de mi madre.

Según sus propios criterios, Wolfe tendría que ser el amor de mi vida.

Treinta y ocho

La puerta de la azotea se abre, pero no me giro a ver quién ha venido a verme. Hoy el amanecer es precioso, por lo que intento tragar el nudo que tengo en la garganta a sabiendas de que este será el último amanecer que vea mientras vivo en esta casa.

Mi padre se sienta a mi lado en el sofá y tira de la esquina de mi manta para que le cubra las piernas. Durante un rato, nos quedamos sentados en silencio, observando el amanecer en la isla. El alba siempre ha sido mi momento favorito del día, cuando la oscuridad retrocede y el cielo se torna de un azul polvoriento antes de estallar en un arcoíris de colores.

Me encanta porque señala el comienzo de la magia, de las horas del día en las que me siento más viva y feliz. Nunca hay suficiente luz solar, y la noche parece estirarse hasta ser infinita, sin embargo, al amanecer, el tiempo me parece infinito.

Me pregunto cómo se sentiría ser Wolfe, saber que puedo practicar magia en cualquier momento, sea de día o de noche. Saber que las únicas restricciones que tiene mi magia son las que yo misma dispongo.

Ese tipo de poder sin límites me parece aterrador.

Y también lo más maravilloso del mundo.

—¿Estás pensando en la boda? —me pregunta mi padre, con lo cual me devuelve al presente. Aparto la vista cuando un sonrojo llega a mis mejillas. Me gustaría poder concentrarme en lo que debo, siquiera por una vez en la vida.

—No puedo creer que sea esta noche —le digo, bajando la mirada. Aprieto la manta en mis manos, aunque me detengo cuando me doy cuenta de que mi padre me está mirando. Estiro la manta y me obligo a estarme quieta.

—No pasa nada si estás nerviosa —me dice, mirando en dirección al Pasaje—. Es una noche importante.

—Me gustaría poder hacer ambas ceremonias por separado —confieso, y por fin le devuelvo la mirada—. Llevo esperando mi Baile del Juramento toda mi vida. Y no me gusta nada tener que compartirlo con Landon.

Mi padre me dedica una mirada compasiva antes de pasarme un brazo por los hombros. Yo me inclino hacia él y apoyo la cabeza sobre su hombro.

—Lo sé, cariño. Me gustaría que pudieses tener la ceremonia que siempre has querido. Pero es por un buen motivo. Es importante que Landon vea esta parte de ti, que lo incluyamos en ella. Estáis uniendo vuestras vidas, así que él debe verte por completo: como su futura esposa, aunque también como bruja.

—¿Te parecería bien que estuviese presente durante un trasvase? —le pregunto en voz baja, pues no quiero sonar peleona. De verdad quiero saber lo que piensa.

—Ver algo así podría provocarles mucho miedo a los del continente, e imagino que Landon no es ninguna excepción. —Hace una pausa, y noto cómo su pecho sube y baja cuando respira hondo—. Eso no quita que me gustaría que no tuviese que ser así.

—Y a mí —asiento.

—Te he traído algo. —Mi padre se aparta y se mete una mano en el bolsillo antes de sacar una cajita de terciopelo rojo desgastado que me extiende.

—¿Qué es?

—Es tu regalo por tu Juramento —me explica—. Lleva generaciones en mi familia.

Abro la tapa con delicadeza y contengo la respiración. Se trata de un colgante, una larga cadena de plata con un vial que cuelga en un extremo. Hay agua dentro, y esta se arremolina por su propia cuenta. La observo moverse dentro del cristal, chocar contra los lados y volver a toda prisa hacia el centro.

—Es increíble —murmuro, casi sin aliento—. ¿Por qué se mueve así?

—Se creó la noche del primer trasvase, cuando nuestros ancestros decidieron que el único modo de sobrevivir era renunciar a su oscuridad y colaborar con el continente. Vaciaron su magia hacia el océano y luego llenaron este vial con el agua imbuida en magia para poder tener un recordatorio constante de la razón por la que estaban luchando. Me parece apropiado dártelo ahora, cuando su sueño se está cumpliendo.

Alzo el colgante con manos temblorosas. El agua me hipnotiza mientras se arremolina sin cesar, y creo que podría quedarme mirándola toda la vida. Es la joya más preciosa que he visto nunca, atrevida y encantadora, muy distinta a las perlas pulidas y los diamantes delicados que se ven en Arcania estos días.

—Papá, no creo que pueda aceptar algo así —le digo, dándole vueltas al vial entre los dedos.

—Claro que puedes. Es tu historia, Tana. Es parte de ti. Quiero que lo tengas.

—Gracias —le digo, y las palabras apenas son un susurro. Los ojos se me llenan de lágrimas, por lo que tengo que parpadear para apartarlas y tragar el nudo que se me ha formado en la garganta. Todo duele, y me obligo a respirar hondo varias veces para tranquilizarme.

—Te quiero, cielo. Eres fuerte e independiente y confías lo bastante en ti misma como para cuestionarte por qué crees en las cosas. Eres curiosa y apasionada y sensible, muchas cosas que admiro. No podría haber escogido una hija mejor, ni aunque la hubiese diseñado con magia yo mismo.

Esta vez no puedo evitar que las lágrimas resbalen por mis mejillas.

—Te quiero muchísimo, papá —contesto, dándole un abrazo fuerte, sin querer apartarme de su lado por un tiempo más. Quiero seguir siendo su niña pequeña en lugar de la prometida de Landon.

—Y yo a ti, cariño.

Me pregunto si puede notar que me cuesta dejarlo ir, que es lo único que me ata a la tierra en este momento.

La puerta se abre, y mi madre entra llena de energía en la azotea con una libreta bajo el brazo y una bandeja con una tetera grande y tres tazas.

—Ha llegado el gran día —proclama, dejándolo todo en la mesa antes de servirnos una taza de té a cada uno—. ¿Cómo te encuentras, cielo?

Tiene los ojos tan llenos de luz y una sonrisa tan emocionada que me cuesta no devolvérsela.

—De maravilla —contesto, poniéndome el collar que me ha dado mi padre—. Ya quiero que llegue la hora.

—Ay, Tana, te queda precioso —me dice, tocando el vial que pende de mi cuello.

—Me encanta. —Le sonrío a mi padre, él me da un apretoncito en el hombro y luego bebe un sorbo de su té.

—A ver, ¿os parece si repasamos los planes del día? Ivy llegará al mediodía para ayudarte a prepararte para tu Baile del Juramento, el cual empezará sin demora a las cuatro. Los habitantes del continente irán llegando a la isla durante todo el día para la boda, aunque Landon y sus padres son los únicos que pueden asistir a tu Juramento. Una vez que termine el baile, volverás a la casa principal para cambiarte para la boda. La ceremonia dará inicio al atardecer en la costa oriental, y después de ello será el banquete.

Asiento mientras habla, pues ya he memorizado los planes del día durante las veces anteriores en las que los he repasado con ella. Tengo un peso en el estómago al saber que mi vida está a punto de cambiar tanto. Para cuando llegue la noche, me habré vinculado a mi aquelarre de por vida; un lazo inquebrantable del que nunca podré dar marcha atrás.

Y también seré la esposa de Landon, con lo cual uniré mi aquelarre al continente, otro lazo más que no podrá romperse.

Es aterrador, emocionante y monumental, y espero poder superar ambas ceremonias con la gracia y la elegancia que se requiere para semejantes ocasiones. Al menos Ivy estará a mi lado para ayudarme y guiarme con delicadeza cuando no tenga ni idea de qué es lo que debo hacer.

Entre ella y mi madre, estaré bien. Estoy segura de ello.

—Estoy lista —le digo a mi madre, tras asegurarme de que los nervios no me tiñan la voz. Quiero sonar tranquila, fuerte y bajo control, como sería ella si estuviese en mi lugar. Como es ella siempre.

—Lo sé, cielo —me dice, antes de darme un abrazo.

Los tres bebemos nuestro té y observamos el cielo hasta que adquiere un tono azul lleno de vida. Es un día despejado y perfecto para votos, promesas y cambios.

Cuando terminamos, dejo mi taza sobre la bandeja y doblo la manta.

—Ha llegado el mejor momento del día —anuncia mi padre, con voz traviesa—. Toca comer rollitos de canela.

Mi madre le da un golpecito en el hombro y se echa a reír.

—Más quisieras.

—No sé, mamá. Sus rollitos de canela están buenísimos —le digo, mientras los sigo hacia el interior de la casa—. Me uniría a ellos por el resto de mis días si pudiera.

Se echan a reír, y yo llevo una mano al vial que cuelga de mi cuello, pues ya es una parte de mí de la cual nunca quiero separarme.

Hoy será un buen día, uno que recordaré durante toda mi vida. Uno que cambiará la historia.

Puedo hacerlo.

Observo por la ventana, nerviosa, mientras el consejo prepara el jardín para mi Juramento. Mi madre va de aquí para allá con un lápiz detrás de la oreja y su libreta sujeta con firmeza entre sus manos y reparte órdenes a diestro y siniestro como si estas fuesen aperitivos.

Ivy me aparta de la ventana y hace un gesto en dirección a una butaca de terciopelo de color rosa pálido. Estamos en una antigua mansión que fue reacondicionada como lugar de ceremonias hace muchos años, y la sala entera está adornada. Un papel pintado con motivos botánicos y de color dorado hace que el lugar se vea más iluminado, y hay un gran piano en una esquina que refleja la luz del exterior. La chimenea de mármol blanco está encendida, mientras que un gran espejo de bordes dorados cuelga sobre ella. También hay montones de plantas alineadas sobre el alféizar que caen en cascada por la pared, y yo cojo una de sus hojas con delicadeza para frotarla entre los dedos.

—Siéntate, no hemos acabado aún —me dice Ivy, meneando una brocha sobre unos polvos rosa del salón de belleza de la señora Rhodes. Aunque Ivy ha hecho que esté lista desde hace horas, aplicar maquillaje sin magia le parece algo tranquilizador, del mismo modo que a mi padre lo tranquiliza el cocinar sin magia. Me abruma la cantidad de brujos que han ofrecido sus productos, pues quieren formar parte de la ceremonia de algún modo. El maquillaje es de la señora Rhodes; el vestido, de la señorita Talbot; los zapatos, de la señora Lee; e incluso la mezcla *Tandon* de Ivy.

—La verdad es que está muy bueno —concedo, antes de empezar a beber mi segunda taza.

—Te dije que no te iba a decepcionar. —Me alza el rostro hacia la ventana para contemplar su trabajo. Seguimos sin hablar sobre la noche en la que le salvé la vida, aunque el tema se encuentra en la estancia junto a nosotras y ocupa los momentos de silencio incómodo y risas forzadas.

Lo noto igual que percibo las sombras de donde mis recuerdos solían estar, pues me siguen durante cada segundo del día y me dan caza por distintas razones.

Sin embargo, ahora sé que Ivy y yo estaremos bien, porque no todas las risas son forzadas y no todos los silencios, incómodos. Seguimos siendo nosotras, lado a lado, recorriendo juntas el camino trazado por las consecuencias de mi decisión.

—¿Cómo estás? —me pregunta. Aunque se mantiene ocupada con mi maquillaje, puedo notar el peso de sus palabras.

Le echo un vistazo a la puerta, pero esta sigue cerrada y nos mantiene apartadas del resto del mundo.

—Estoy bien —le aseguro, dándole vueltas al vial entre mis dedos—. Estoy lista.

—¿De verdad? —Puedo oír la esperanza en su voz, y eso hace que se me cierre la garganta. El modo en que mi amiga quiere que sea feliz, incluso después de todo por lo que la he hecho pasar.

—Sí, de verdad. He estado pensándolo y me enorgullece el papel que tengo que desempeñar. Landon será un buen marido.

—Claro que lo será —asiente, y le presto atención a su expresión—. No lo diría si no creyese que fuese cierto. Quiero que esta unión se consolide tanto como tu madre y el resto de la isla, pero no te dejaría hacer todo esto si no creyera que fueses a encontrar la felicidad en algún momento.

—Gracias —le digo, al tiempo que ella se vuelve a ocupar con mi maquillaje y me pasa la brocha una vez más por las mejillas—. Y gracias por contármelo todo, también. Lo del quitarrecuerdos y lo de Wolfe. Significa mucho para mí, más de lo que podría explicar.

Noto cómo el paso de la brocha se ralentiza sobre mi piel.

—No es nada —me dice, dudosa—. ¿Estás bien? Con todo eso, quiero decir.

—Creo que sí. Me alegro de saber qué pasó, pero sigo sin recordar nada. Parece como si todo eso le hubiese pasado a otra persona, como a algún personaje de un libro. No lo noto como propio.

Ivy asiente, aunque tiene el entrecejo fruncido y los labios en un mohín.

—Oye —la llamo, apoyando una mano sobre la suya para apartar la brocha de mi piel y hacer que me mire a los ojos—. Fue mi decisión. Yo me bebí el té y tomé las decisiones que me llevaron hasta ese momento. No es culpa tuya.

Ivy traga en seco y respira hondo con dificultad, antes de volver a ponerse a trabajar.

—Lo sé. Es solo que quizás algún día esté bien que puedas recordar esas noches que escogiste vivir por ti misma.

—Quizás —le digo, mirándola mientras me pone algún producto bajo los ojos—. Aunque ¿por qué me haría las cosas más difíciles de lo que ya son?

—¿Son difíciles? —Pese a que su tono es tranquilo, es una pregunta importante.

—No me refería a eso —contesto, a toda prisa.

—No pasa nada si es así.

—No lo es.

—Vale —asiente, antes de pasar a mi otro lado.

Termina de maquillarme en silencio y luego alza un espejito de mano dorado que hay en una mesa y lo sostiene frente a mí.

—Estás guapísima —me dice, y la emoción abruma su voz.

—Ay, Ivy, es perfecto. —Ha hecho que mi maquillaje sea lo bastante sutil como para que siga pareciendo yo misma, aunque me ha delineado los ojos de negro y ha añadido una sombra color gris oscuro a mis párpados. Me veo intensa y natural, suave y feroz, justo como el océano—. Muchas gracias.

Me ayuda a ponerme el vestido, y la seda grisácea se desliza sobre mi piel y cae hacia el suelo a mis espaldas. Llevo el cabello suelto, en unas ondas suaves, y mi amiga me acomoda una peineta detrás de la oreja, adornada con perlas y cristales que reflejan la luz.

—Tenemos mucha suerte de poder contar contigo —me dice, antes de darme un suave abrazo, con cuidado de no arruinarme el maquillaje.

—Ni se te ocurra hacerme llorar. Tengo un día muy largo por delante, y si me pongo a llorar ahora, quién sabe cuándo pararé.

—Bueno.

Entonces, la puerta se abre y mi madre entra en la habitación a toda prisa.

—Ay, Tana —exclama, deteniéndose en seco al verme. Los ojos se le llenan de lágrimas y tiene que respirar hondo antes de acercarse—. Estás radiante.

—Gracias, mamá.

—¿Lista?

Me giro para mirar a Ivy, y ella me dedica una sonrisa alentadora.

—Estaré cerca —me promete.

Asiento y le doy un apretoncito en la mano. Entonces me giro hacia mi madre para decirle:

—Lista.

Treinta y nueve

El jardín está a rebosar de invitados. Montones de conversaciones y risas animadas llenan el espacio mientras yo espero para hacer mi entrada. Los Bailes del Juramento son nuestros eventos más sagrados, pues son más importantes que prácticamente cualquier otra cosa. Pese a que ningún brujo ha renunciado a nuestro aquelarre desde hace muchos años, seguimos celebrando a todos y cada uno de los brujos que deciden quedarse con nosotros porque es una victoria para nuestro modo de vida. Significa que la nueva orden se mantendrá, que vale la pena proteger este estilo de vida. Y, a fin de cuentas, sigue siendo una decisión que tomar.

La música cambia, y mi madre se abre camino hasta llegar a la parte del jardín que tiene césped. En el medio, hay una plataforma de madera circular con tres pilares de mármol encima, y es ahí donde el hechizo de vinculación se llevará a cabo. Un cuenco de cobre brilla bajo el sol y descansa sobre el primer pilar. Sobre el segundo hay una daga dorada y, sobre el tercero, un plato de cristal no muy hondo lleno de agua. Es el único ritual que hemos preservado de la antigua orden, ha sido de este modo para todos los brujos que han pronunciado sus votos antes que yo.

Si mi sangre se adentra en el cuenco de cobre y se mezcla con la de mis ancestros, me vincularé a mi aquelarre para siempre.

Si mi sangre se adentra en el cuenco de cristal y se diluye en el agua cristalina, se me desterrará de mi aquelarre para siempre.

Me pregunto qué es lo que pensará Landon cuando vea la sangre caer desde mi dedo hacia uno de los cuencos. Me pregunto si lo asustará o si le dará curiosidad, si hará que se arrepienta de nuestro acuerdo o si tendrá más ganas de casarse conmigo.

Me pregunto si le dará la espalda a quien soy de verdad o si me aceptará por completo, con todo mi poder y mi magia y todo lo que me compone. Recuerdo la conversación que tuvimos en el continente, y el estómago se me hace un nudo.

Mi madre se sube a la plataforma, y todas las conversaciones cesan. Los brujos se mueven y rodean el escenario de madera hasta formar un círculo. El corazón me late de forma violenta cuando la veo alzar las manos.

—Hoy, diecisiete de diciembre, os presento a Mortana Edith Fairchild para que la nueva orden de magia y todos los presentes la evaluéis.

Mi padre la ayuda a bajar de la plataforma, y la música deja de sonar. Me adentro en el césped, con el corazón latiéndome tan fuerte que casi me cuesta oír el océano. Me recuerdo a mí misma que debo respirar. Lo único que tengo que hacer es respirar. Mientras me dirijo a la plataforma, las piernas no me dejan de temblar.

La multitud se aparta y crea un pequeño pasillo para mí. Lo recorro, incapaz de devolverle la mirada a nadie. Llevo toda la vida esperando esta ceremonia, pero ahora que ha llegado, parece que me está sofocando. Cuando llego a la plataforma, alguien me da la mano para ayudarme a subir.

Landon.

Sin embargo, no me parece apropiado que sea él quien me ayude. Aunque deberían haber sido mis padres o Ivy o incluso yo misma, oigo el modo en que la multitud se pone a cuchichear y veo la sonrisa que se extiende por el rostro de mi madre, así que acepto su ayuda.

Me gustaría que la música empezara a sonar de nuevo o que el océano rugiera a mis espaldas; cualquier cosa que pueda hacerme dejar de oír la sangre que surca mis venas a toda velocidad, las preocupaciones que se arremolinan en mi mente del mismo modo que hacen las corrientes. Me llevo una mano al vial que me ha dado mi padre y noto su peso en mi mano. Me tranquiliza.

Observo a la multitud que rodea la plataforma, a mi aquelarre, que me sonríe mientras yo me entrego a ellos para siempre. Es de lo más hermoso ver a este grupo de brujos apoyándome y siendo testigos de mi paso por esta ceremonia que ellos mismos ya han vivido hace años.

Mis padres están en primera fila y parecen muy orgullosos y llenos de felicidad. Ivy está justo detrás de ellos, pero la inquietud sigue presente en su rostro. Le devuelvo la mirada, y ella hace una mueca que amenaza con hacer que mi corazón deje de latir.

Me muero de ganas de saber qué significa; quiero bajar de un salto de la plataforma y preguntarle qué está pensando, solo que es demasiado tarde.

Y también está Landon, con su mirada curiosa y su postura rígida. No se encuentra cómodo en este lugar, rodeado por mi aquelarre, como el primer no brujo que presencia un Baile del Juramento. Me gustaría que relajara un poco la postura y que no apretara las manos en puños.

Me gustaría que fuese brujo.

La idea me toma por sorpresa. Es la primera vez que caigo en la cuenta de que Landon no es brujo. Nunca entenderá la parte más importante de mí porque no puede conectar con ella, porque el objetivo de su gobierno siempre ha sido atenuar la magia que tenemos dentro. Y se supone que tengo que casarme con él.

Me quedo sin aliento al saber que nunca disfrutaremos juntos de la magia, que nunca retaremos el poder que el otro lleva en su interior. Me mudaré a su casa, y mi magia prácticamente pasará al olvido, como nada más que un truco barato que usará para impresionar a sus amigos en alguna fiesta.

Meneo la cabeza. No estoy siendo justa con él. Nunca me ha dado ninguna razón para creer que haría algo así. Siempre ha sido sincero y directo. Siempre ha sido amable.

Ha llegado el momento. Me trago mis dudas y me preparo para pronunciar las palabras que me vincularán a mi aquelarre para siempre.

Me dirijo a los pilares de mármol. Una daga dorada con esmeraldas y rubíes en la empuñadura reluce bajo la luz del sol justo en el pilar del medio. Pienso en cómo los brujos antiguos podían celebrar sus Bailes del Juramento por la noche, rodeados de oscuridad. Que nadie les demandaba que salieran a la luz, como si el celebrarlo de día pudiese borrar aquello que se removía en su interior.

Sin embargo, aquí estamos. A plena luz del día.

Respiro hondo y sostengo las manos sobre la daga mientras me preparo para empezar el hechizo. Observo mis dos opciones, y algo dentro del cuenco de cobre me llama la atención. No tendría que haber nada más que la sangre de los brujos frente a mí, roja y líquida, conservada por la magia. Sin embargo, a través de su superficie se asoma la parte de arriba de una botellita de perfume con una nota que reza «Presióname» y junto a ella flota una flor de luna.

Alzo la vista poco a poco, sin saber qué hacer. Debe de ser cosa de mis padres, aunque no me prepararon para esta parte de la ceremonia. Se supone que debo pronunciar el hechizo, hacerme un corte en la mano y dejar que la sangre fluya hacia el cuenco que elija para sellar mi destino para siempre. Nunca me dijeron que fuese a haber un perfume, y ellos jamás me habrían dado esa flor.

Despacio, introduzco una mano en el cuenco y presiono la parte de arriba de la botella. Un fuerte aroma llena el aire, terroso y fresco. Huele a césped y a sal y a algo que no consigo distinguir.

Entonces aparece una imagen, y yo ahogo un grito. Me veo a mí misma practicando magia de noche, de pie, en la costa occidental junto a Wolfe. Estoy tirando de las mareas, y él me observa como si fuese lo más maravilloso que hubiese visto en su vida. El recuerdo me consume, cobra vida en mi mente y se vuelve fuerte, vívido y real. Busco otros recuerdos, pero nada más llega a mí. Solo ese.

Observo cómo el agua se estrella contra mí y casi me pierdo en ella. Solo que entonces Wolfe me saca hacia la orilla y me ayuda a respirar de nuevo, con lo cual me salva la vida por segunda vez. Nos quedamos contemplando la luna, las estrellas y el uno al otro.

Me cuesta dejarlo; puedo verlo en mi andar lento y vacilante. Me aferro a los bordes del cuenco mientras el recuerdo se reproduce en mi mente y despierta en mi interior algo que creía que se había ido a dormir.

Él me acompaña hasta la costa y nos detenemos para mirarnos el uno al otro. Le pregunto si quiere que nos volvamos a ver, y él dice que sí, pese a que parece debatirse con su propia decisión antes de contestar.

No me doy cuenta de que los ojos se me han llenado de lágrimas hasta que una de ellas se desliza por mi mejilla y cae hacia el cuenco. Agua salada en lugar de sangre.

¿Quieres que nos volvamos a ver?

Sí.

Lo recuerdo. Recuerdo la forma en la que la palabra se deslizó en mis entrañas y me cambió desde dentro. Recuerdo lo imposible que me parecía dejarlo, del mismo modo que verlo una vez más. Recuerdo cómo hizo que me sintiera viva, cómo su magia hizo que me sintiera viva.

Y los recuerdos me abruman.

Aunque la escena desaparece, yo sigo aferrada al cuenco, desesperada por ver más. Solo un poquito más, un segundo más, otro recuerdo.

Pero no hay más.

Me quedo mirando la botella, hecha añicos por lo que he perdido. Quiero recuperar todos y cada uno de los momentos que pasé con él. Quiero verlo todo.

—¿Tana? —susurra mi padre, lo que me trae de vuelta al presente de pronto. De vuelta a esta plataforma de madera, rodeada por mi aquelarre y mis padres y mi futuro esposo.

Suelto el cuenco por fin y noto que sus bordes me han dejado unas marcas en las palmas de las manos. Mi padre me mira, inseguro. Intento sonreírle, aunque me encuentro completamente perdida.

Hay demasiadas personas mirándome, así que me congelo donde estoy, pues no tengo ni idea de cómo conseguiré bajar de esta plataforma algún día.

Respiro hondo, pero eso solo consigue que me ponga a temblar. El aire huele a sal, como la colonia. Como Wolfe.

Alzo la vista hacia la multitud y busco a Ivy. Ella me mira, con los ojos como platos. En cuanto la encuentro, mi visión se vuelve borrosa y se me cierra la garganta. Y, antes de que sepa lo que está pasando, ella se apresura hacia la plataforma y me sostiene entre sus brazos.

—¿Qué has visto? —me susurra contra el pelo, sosteniéndome de modo que nadie más pueda oírnos.

—Un recuerdo. Con él.

No puedo contener las lágrimas que se me deslizan por las mejillas mientras tiemblo entre los brazos de mi amiga.

—Escúchame bien. ¿Quieres que te saque de aquí? Dímelo ya. —Sus palabras son claras y concisas. Urgentes.

—Sí.

Noto su magia cuando abandona su cuerpo y me abruma de pronto. La misma magia que imbuye en su té Buenas Noches se pasea por mi mente. El mundo da vueltas, me pesan los párpados, y no soy capaz de mantenerme en pie.

Cuando todo se queda oscuro, me derrumbo en los brazos de Ivy.

Despierto en la misma habitación en la que antes me he vestido. Ivy se encuentra sentada a mi lado y tamborilea con sus uñas pintadas sobre una taza de porcelana.

—¿Qué ha pasado? —le pregunto, con voz adormilada.

El ruido se detiene.

—Te has mareado y has perdido el conocimiento. O al menos eso es lo que todos creen.

Me incorporo despacio. La cabeza me duele horrores y tengo la garganta seca. Ivy me extiende una taza de té.

La imagen que vi en el cuenco de cobre vuelve a mí a toda prisa, vívida y real. Sé que lo que vi es cierto, el modo en que mis ojos estaban llenos de asombro, cómo se me caían las lágrimas ante tanta maravilla. Sé que la forma en la que conecté con la magia oscura es real y también lo es cómo hizo que me sintiera, como si estuviese en casa.

364 • HECHIZOS DE MEDIANOCHE

Entiendo por qué estaba dispuesta a renunciar a esta vida a favor de una diferente. No quiero renunciar a la que tengo, a mi familia, a mi aquelarre y a Ivy. Sin embargo, quizás, no se suponía que esta fuese mi vida en un principio.

—¿Y ahora?

—Todos siguen ahí afuera. Tu madre les ha dicho que no has comido nada en todo el día y que el Juramento se celebraría en una hora.

Me esfuerzo para ver la hora en el reloj de la pared.

—Solo quedan treinta minutos, entonces.

—Tienes que decidir lo que vas a hacer. Ya sabes cómo va: tienes que pasar por el Juramento y decidir. Sangre en el cuenco o sangre en el agua.

Cierro los ojos. El Juramento no es solo una cuestión de apariencias; nuestra magia está vinculada a él. Si no procedemos con el ritual, esta se vuelve errática y violenta.

Tengo que tomar una decisión.

—Lo sé.

Mi madre entra en la habitación, y el alivio llega a su rostro al ver que estoy despierta.

—¿Cómo estás, cariño?

—Mejor —le aseguro. Entonces recuerdo la flor de luna que flotaba en el cuenco y sé que no puedo seguir postergándolo—. Ivy, ¿podrías ir a buscarme algo para comer? ¿Algo pequeñito?

—Claro, no tardo.

Espero hasta que Ivy sale de la habitación y miro a mi madre.

—¿Cómo es que podemos practicar magia si no hay flores de luna en la isla?

—Tana —me suelta, exasperada—. No tenemos tiempo para esto.

—Necesito saberlo. —*Necesito que lo digas, necesito que confíes en mí.*

Aunque mi madre me observa durante varios segundos, no cedo, y ella debe notarlo porque suelta un suspiro y se acomoda a mi lado.

—Tana, lo que voy a contarte debe seguir siendo un secreto. No puedes contárselo a nadie, ni siquiera a Ivy o a Landon, ni tampoco a tu padre. ¿Me entiendes?

—Sí.

Cierra los ojos, y, durante un instante, tengo la impresión de que no va a decirme nada. Pero entonces empieza:

—La flor de luna es la fuente de nuestra magia; no podemos practicarla sin ella. Es más fuerte en su estado natural, y la magia oscura solo se puede llevar a cabo con la flor física. Hace años, cuando se formó la nueva orden, el consejo decidió que la flor de luna debía desaparecer de la isla y que haríamos creer a todo el mundo que era tóxica para los brujos. Si no hay flores de luna en la isla y los brujos creen que es mortal para ellos, es imposible que se practique magia oscura.

—Pero, si necesitamos la flor para practicar cualquier tipo de magia, ¿cómo es que podemos usar la nuestra?

—Porque ponemos una pequeña cantidad de extracto de flor de luna en el suministro de agua de Arcania. No es lo bastante fuerte como para que se practique magia oscura, aunque sí para mantener activa la magia que corre en nuestras venas. Para mantener nuestro estilo de vida.

Si bien es justo lo que quería oír, la confirmación de lo que Wolfe me había contado, no me hace sentir mejor del modo en que creí que iba a hacer. No hace que sienta que confía en mí o que soy parte de los asuntos internos de mi isla. Me hace sentir como una tonta por haberme tragado sus mentiras.

—¿Papá no lo sabe? —le pregunto, y odio cómo me tiembla la voz.

—No. De los siete miembros del consejo, solo lo sabemos tres, yo incluida, y ahora tú. Eso es todo. Y así debe seguir siendo.

—¿El gobernador lo sabe?

—Por supuesto que no. Los habitantes del continente creen que la flor de luna es mortal para los brujos, y es crucial que sigan creyendo que es así.

Quiero discutírselo, hablar largo y tendido y preguntarle cómo puede perpetuar una mentira semejante, preguntarle por qué no confía en nuestro aquelarre para que tomen las decisiones correctas si tanto cree en nuestro estilo de vida, pero las palabras se pierden en mi interior.

Me enderezo, asiento y miro a mi madre.

—No lo compartiré con nadie, lo juro. Gracias por contármelo.

—No es nada. Sé que mis obligaciones con este aquelarre han hecho que ciertos aspectos de nuestra relación madre-hija sean algo complicados a veces, y lo lamento. Sin embargo, de todos los papeles que he tenido que interpretar en mi vida, el de ser tu madre es mi favorito. —Me da un apretoncito en la mano y se aclara la garganta, y el momento se ha ido antes de que sea capaz de asimilarlo—. Pero bueno, pongámonos con tu Juramento. ¿Estás lista para seguir con ello?

—Sí —contesto.

Me abraza con fuerza para luego salir de la habitación, momento en el que se cruza con Ivy cuando esta vuelve.

Aunque mi amiga deja un platito de porcelana lleno de bocadillos diminutos sobre una mesa, tengo demasiadas náuseas como para ponerme a comer. Me acerco a la ventana para ver a todos los invitados en el jardín, quienes beben y conversan entre ellos como si no pasara nada.

—Ivy, sé que acabas de volver, pero ¿podrías pedirle a Landon que venga?

Ivy alza una ceja.

—¿Por qué? ¿Qué ha pasado? ¿Qué vas a hacer?

—Solo pídele que venga, por favor.

Ella me observa durante un instante antes de marcharse. Unos segundos después, la puerta cruje al abrirse.

—Nos has dado un buen susto —dice Landon, cerrando la puerta con delicadeza a sus espaldas. Parece nervioso.

—Lo siento. Pero, más allá de avergonzada, estoy bien.

—Me alegro.

Le hago un gesto para que se acerque, y se sienta a mi lado en el sofá. Tomo su mano con suavidad, y él mira hacia abajo con una expresión confundida.

—Landon, no puedo casarme contigo. —Una vez que he pronunciado las palabras, el peso con el que he estado cargando parece aligerarse, así que respiro hondo.

Me mira como si estuviese intentando discernir cuán en serio estoy hablando.

—¿Por qué no?

—Porque no quiero tener que preocuparme de que me tengas miedo durante toda nuestra vida como casados. No quiero que tengas que esforzarte por quererme.

—Valoro la honestidad, por eso te dije esas cosas. Pero este matrimonio no está basado en el amor. Siempre ha sido una cuestión de deber, y eso es mi prioridad. Siempre lo será.

Bajo la vista, pues él está poniendo en palabras algo que solía creer que era cierto para mí misma: que el deber era más importante que cualquier otra cosa. Y me equivocaba.

—Sin embargo, no es una prioridad para mí.

Landon menea la cabeza y aparta su mano de la mía.

—Tana, te trataré bien. Haré lo correcto para ti y para nuestras familias. Nadaré contigo y te enseñaré a cabalgar y te ayudaré a construir una vida en el continente. Llevamos recorriendo el mismo sendero toda nuestra vida, cargando con las mismas expectativas. Nos entendemos. Esto que compartimos es algo sobre lo que podemos construir una vida plena.

—Sé que me tratarías bien, eso nunca ha sido el problema —le explico—. Pero crees que me entiendes porque conoces el papel que debo desempeñar. Y soy más que eso. Quiero ser más que solo eso.

Él suelta un suspiro, hondo y largo.

—¿Qué más hay que no sea eso?

El recuerdo vuelve a mi mente: las imágenes de una magia poderosa, unas miradas intensas y unos roces delicados; un amor tan fuerte que hizo trizas todas las ataduras que alguna vez me puse a mí misma.

—Muchísimo más.

Landon se pone de pie y empieza a caminar de aquí para allá.

—Hay cosas que son más importantes que lo que uno puede querer. Que lo que tú o yo queramos. Y esta es una de ellas. No eches a perder todo por lo que nuestras familias se han esforzado tanto en construir.

—No tiene que echarse a perder. Tu padre es la persona más poderosa del continente. Podréis encontrar a otra candidata que sea apropiada, alguien que pertenezca a una de las familias originales de nuestro aquelarre. Puede que yo sea la opción más obvia, pero no soy la única. —Me pongo de pie y vuelvo a tocar su mano, con delicadeza—. Puedes escoger con quién quieres pasar el resto de tu vida, Landon. Alguien que crea en las mismas cosas en las que crees tú.

Entonces me devuelve la mirada.

—Creía que esa persona eras tú.

—Y yo —contesto, bajando la mirada hacia el suelo.

Nos quedamos en silencio durante un rato, plantados en medio de la verdad que expresa a gritos que no soy capaz de hacer la única cosa que se suponía que debía hacer. Tras un rato, Landon vuelve a hablar:

—Mi padre nunca lo aceptará. Aunque no puedo obligarte a que te cases conmigo, y tampoco querría hacerlo, tienes que saber que esto le pondrá fin a nuestra alianza.

Miro por la ventana, hacia las olas que rompen contra la costa a lo lejos.

—¿Y si me echas la culpa? Puedes decirle a tu padre que has descubierto algo en mí que no me hace digna para ser tu esposa. Puedes decidir qué contar, no lo desmentiré. Aún podemos hacer que esta alianza perdure.

—¿Arriesgarías tu reputación por algo así?

—Lo haré de todos modos —le digo—. Para cuando acabe el día, todos me odiarán. Nada de lo que puedas decir me hará más daño que eso.

—No lo entiendo —dice él, observando a todos los brujos que esperan a que mi Juramento dé inicio—. Pero no te insistiré. Quiero que esta alianza se lleve a cabo, así que me aseguraré de que mi padre crea que no eres la esposa apropiada para ello.

Asiento.

—Puedes decir lo que te plazca sobre mí.

—Si me disculpas, me marcharé antes de tu Juramento. —Se dirige hacia la puerta, aunque, antes de llegar, se vuelve a girar hacia mí—. Espero que encuentres lo que estás buscando.

—Cuídate mucho, Landon.

Él asiente y sale de la habitación sin mediar palabra. Un segundo después, Ivy entra.

—Parece que se marcha —me dice, siguiendo con la mirada a Landon.

—Eso hace.

Ivy se me acerca a toda prisa, y su voz se entrecorta cuando me dice:

—¿Qué has hecho?

—Algo que a mis padres no les va a gustar nada.

Ivy se me queda mirando, con los ojos como platos, asustados y llenos de dolor.

—¿Estás segura de lo que estás haciendo?

Envuelvo sus manos con las mías.

—Ojalá fuese tan desprendida como tú, Ivy. Me gustaría creer en esta vida como lo haces tú. Solo que hay algo allí afuera en lo que creo aún más, y, aunque sé que no es lo correcto, no puedo dejarlo ir. Me gustaría, pero no puedo.

Los ojos se le llenan de lágrimas al tiempo que me da un apretoncito en las manos.

—Estoy muy enfadada contigo —me dice, y su voz es apenas un sollozo—. ¿Qué voy a hacer sin ti?

Sus palabras me reconstruyen, sanan mis heridas y me confirman que el amor es la magia más poderosa de todas. No la alta ni la baja magia, tampoco la nueva ni la antigua, sino el amor.

Me atrae hacia ella y me abraza con tanta fuerza que casi me hace daño.

—Vas a desatar un caos tremendo —me dice.

—Lo sé.

Se me queda mirando durante un segundo más antes de volver a salir de la habitación justo cuando mi madre llega a la plataforma y repite las frases que dijo antes. Me presenta una vez más.

Cierro los ojos y reproduzco en mi mente el recuerdo de la botella una y otra vez. Solo hay alguien que pudo haber puesto esa botella ahí, alguien que vio la vida que debía vivir muchísimo antes de que yo fuera capaz de hacerlo. Esa vida me ha estado esperando entre las sombras todos estos años, con paciencia, y, mientras salgo de la casa y me dirijo hacia la plataforma, por fin estoy lista para reclamarla como mía.

Cuarenta

Me encuentro de nuevo en la plataforma, y el corazón me late a toda prisa. Respiro hondo y contemplo ambos cuencos, los dos caminos que tengo frente a mí. El perfume ha desaparecido del cuenco de cobre y también la flor de luna que he visto antes. Me pregunto si mi madre la ha visto y se ha deshecho de ella o si lo ha hecho Wolfe, que esperaba y lo observaba todo a lo lejos.

Despacio, levanto la daga con una mano, y su hoja dorada refleja la luz del sol. Me parece pesada. Sagrada.

Las olas rompen contra la costa, mientras mi aquelarre permanece en silencio a mi alrededor. Dado que Landon se ha ido, Ivy me dedica una mirada expectante y llena de nervios. No estoy segura de si mis padres se han percatado de la ausencia de Landon, pues se encuentran de pie, con la cabeza en alto y una mirada llena de orgullo.

Me llevo la mano libre al vial que tengo colgado al cuello y dejo que este calme mi corazón enloquecido. Y entonces empiezo.

Apoyo la hoja contra mi palma derecha y deslizo el metal poco a poco por la mano. La daga deja un corte limpio que se llena de sangre y recorre mi piel como si de un río se tratase.

Tras ello, pronuncio las palabras que determinarán el resto de mi vida:

Con hoja de oro:
sangre derramada,
sal de mí como una marejada.
Cuenco de cobre,
plato de cristal,
determinad mi destino final.
Una decisión
que selle mi vida;
un juramento sin salida.
Año tras año,
sin cesar,
hasta que la muerte me llegue a alcanzar.

Estiro la mano frente a mí mientras la sangre empieza a gotear. Mis padres me observan, con un océano de amor en sus ojos, por lo que mi mano flaquea hacia la izquierda, hacia el cuenco de cobre. Los adoro con todo mi ser. Lo único que siempre he querido es hacer que estén orgullosos de mí.

Siempre creí que eso sería suficiente, por lo que me rompe el corazón descubrir que no lo es.

Cierro los ojos, obligo a mi mano a situarse sobre el cuenco de cristal y mi sangre gotea sobre el agua y se diluye en ella a vista y paciencia de todo mi aquelarre.

Unos gritos ahogados interrumpen el silencio antes de que mi madre suelte un grito. Se deja caer contra mi padre, entre sollozos, al tiempo que unas voces se alzan y unos gritos enfadados me rodean por completo. Me quedo congelada en mi sitio, anonadada por la decisión que he tomado.

No hay vuelta atrás.

Unos brujos empiezan a avanzar hacia la plataforma y golpean la madera con los puños. Aunque debería echarme a correr, no consigo moverme, como si me hubiese quedado pegada al suelo bajo mis pies.

Saben a lo que he renunciado. Saben que mi decisión los perjudica a todos, que no solo le estoy dando la espalda a su modo de vida, sino a su protección.

Aún tengo el brazo estirado frente a mí, y me tiembla el puño. No puedo creer que lo haya hecho de verdad.

Ivy se sube de un salto a la plataforma y me agarra del brazo para luego tirar de mí hacia el otro lado. Me atrae hacia ella mientras se abre paso entre la multitud y me obliga a moverme, a alejarme de todos ellos. Unos gritos de «¡Traidora!» nos siguen de cerca, pero Ivy no se aparta de mi lado. No duda ni un segundo y solo se detiene cuando llegamos al bosque, cuando ya no oímos tanto los gritos. Tira de mí para colocarme detrás de un árbol de hojas perennes, con un tronco tan ancho que puede escondernos a ambas.

—Vete —me dice, con voz urgente.

—Ivy —empiezo, y las lágrimas me recorren las mejillas.

—Lo sé —me dice, antes de darme un último abrazo—. Yo también te quiero.

Nos quedamos abrazadas en medio de las lágrimas, el ruido del océano y unas voces que se oyen cada vez más cerca.

—Para siempre —le digo, llorando sobre su cabello.

—Para siempre.

Nos aferramos la una a la otra durante un segundo más antes de que Ivy se aparte y me dé un empujoncito para que eche a correr.

—Vete —repite.

Huyo de la muchedumbre, me adentro en los árboles que rodean el jardín sin saber adónde me dirijo. Unos gritos furiosos me siguen, por lo que no dejo de correr hasta que estos se desvanecen, hasta que ya no consigo oír los lamentos desesperados y las voces llenas de indignación. Estoy completamente sola, desterrada de mi aquelarre sin ningún lugar al que poder ir.

Sigo avanzando, y, cuando estoy lo bastante lejos como para estar segura de que no podrán encontrarme, me dejo caer en el bosque y entierro el rostro entre las manos. Ojalá pudiese olvidar el sonido del llanto de mi madre, la mirada que me ha dedicado al derrumbarse contra mi padre. Llevo una mano hacia el vial que él me ha dado esta mañana, y entonces una nueva oleada de lágrimas me encuentra. No tendría que haberlo aceptado, por mucho que no consiga imaginarme a mí misma sin él.

Sé que volveré a ver a mis padres cuando el caos de mi Baile del Juramento se haya calmado y pueda volver a casa para hablar con ellos a solas. Solo que no podré seguir viviendo allí. Ya no soy una de ellos. Lo tengo prohibido.

Me obligo a respirar. Inhalo hondo y espero hasta que las lágrimas dejan de caer y el corazón se me ralentiza.

No puedo creer que lo haya hecho. Sin embargo, a pesar de estar aquí sentada, sola y asustada, no me arrepiento de ello. Sé que la decisión ha sido la correcta para mí. Equivocada para todo el mundo, pero correcta para mí.

Egoísta.

Egoísta, pero en lo cierto.

—¿Mortana?

Pego un bote antes de alzar la vista, mientras mis ojos se acostumbran a la oscuridad de los árboles bajo la puesta de sol.

Wolfe se encuentra frente a mí, tenso y con una expresión inescrutable. Me pongo de pie, con el vestido grisáceo húmedo por la tierra. Le devuelvo la mirada, y él me extiende una flor de luna que yo acepto para acariciar sus pétalos con las puntas de los dedos.

—¿Has recuperado tus recuerdos? —me pregunta.

—No.

—¿No recuerdas nada y, aun así, has decidido marcharte? —quiere saber, tras soltar el aire que había estado conteniendo.

—Sí.

—¿Por qué? —inquiere, y su voz parece enfadada, aunque luego comprendo que no es enfado lo que siente. Se está protegiendo a sí mismo, no se permite mostrar ninguna de sus vulnerabilidades porque tiene miedo.

—Porque te creo —le digo—. He usado el guardarrecuerdos y he comprendido que nunca sería feliz si no estaba a tu lado, practicando magia en la orilla del mar en plena noche.

Cuando tensa la mandíbula, tiene los ojos rojos. Asiente varias veces para luego apartar la mirada, como si estuviese avergonzado.

—¿Puedo tocarte? —le pregunto, insegura.

Wolfe suelta todo el aire de su interior antes de mirarme.

—Mortana —dice, con voz trémula—, la respuesta a esa pregunta siempre va a ser que sí.

Despacio, acorto la distancia que nos separa y lo envuelvo entre mis brazos con fuerza. Él duda solo un instante, pero luego me rodea la cintura con los brazos y esconde el rostro contra mi cuello. Su aliento hace que se me erice la piel.

Creí que abrazar a este chico que apenas conozco me parecería algo extraño, pero no es así. Creo que mi cuerpo lo recuerda, que recuerda la sensación de estar envuelta entre sus brazos.

Me hace sentir como en casa.

Nos quedamos abrazados un largo rato, mientras nos respiramos el uno al otro. Me siento segura entre sus brazos, tranquila y en paz, pese a no recordarlo. Pese a haber dejado semejante caos a mi paso. Este es el lugar en el que se supone que debo estar. Justo aquí.

Finalmente, me aparto de él.

—¿Me llevas a casa? —le pido.

Él asiente y me extiende una mano.

Y yo la acepto y dejo que me guíe.

Wolfe y yo estamos sentados sobre una gran roca que da a la costa oriental, y contemplamos el cielo cambiar de un azul aterciopelado a negro. Esta noche, las estrellas se dejan ver, y la medialuna brilla en lo alto y se refleja sobre el agua del Pasaje. Unos rayos centellean en la oscuridad y, unos segundos después, los truenos retumban a lo lejos. Tras ello, el cielo se abre sobre el canal que nos separa del continente y lo cubre de lluvia.

El barco de Landon se encuentra a medio camino en el mar, con el cartel que reza *La princesa esmeralda* iluminado en la parte trasera. Unos orbes pequeños cuelgan de las barandillas e iluminan de forma tenue la silueta de una persona que camina desde la popa. Lo observo mientras se aleja de Arcania y me pregunto qué tipo de conversación estará manteniendo con sus padres, qué les habrá dicho después de hablar conmigo. No puedo negar el alivio que me inunda conforme su barco se aleja más y más al saber lo cerca que he estado de casarme con él.

Pese a que le he dicho adiós a muchas cosas hoy, me alegro de que esta isla no sea una de ellas.

Las luces del barco se mueven a lo lejos, se sacuden hacia la derecha, y yo me incorporo, mientras fuerzo la vista para poder ver mejor.

El barco zozobra hacia la izquierda.

—Ay, no —murmuro en voz baja, según me pongo de pie.

—¿Qué pasa? —me pregunta Wolfe, apoyando una mano en mi espalda.

Al principio tengo la impresión de que es la tormenta lo que sacude el barco, pero el oleaje no es lo bastante fuerte como para moverlo así. Se trata de otra cosa.

—El barco se ha quedado atrapado en una corriente —le explico.

Durante un segundo, me limito a observarlo, cautivada por el modo en que el barco se mece y se agita como si no pesara nada. Pero entonces empieza a dar más y más vueltas y puedo oír los crujidos de la madera al partirse desde donde me encuentro.

—Tenemos que ayudarlos —le digo, avanzando hacia el mar a toda prisa mientras me trenzo la flor de luna en el pelo para no perderla.

Wolfe me sigue y conjura una gruesa nube de magia que me envuelve por completo. Puedo notar su efecto; se adentra en mis pulmones, fluye hacia el agua y su poder me sobrepasa.

—Usaremos una corriente para llegar más rápido hasta allí. Podrás permanecer bajo el agua durante varios minutos siempre y cuando no te alejes de mi lado.

Asiento, le doy la mano y nos sumergimos en el agua. La corriente que ha creado nos atrapa de inmediato, aunque, en lugar de hacernos dar vueltas, nos arrastra hacia el Pasaje. Muevo brazos y piernas, sumida en la corriente que nos lleva más y más cerca del barco.

Los crujidos de la madera y del metal acentúan la noche tormentosa, y, cuando oigo los gritos, trato de nadar más rápido. Un horrible chasquido se oye en el aire, seguido de una ola enorme que se dirige hacia nosotros a toda prisa.

Aunque nos hace retroceder varios metros, la corriente no tarda en encontrarnos de nuevo. Mi vestido formal flota por detrás de mí, y el cuerpo entero me tiembla por el frío conforme nos adentramos más en el océano. Otro rayo ilumina la oscuridad y la lluvia sigue azotándonos mientras nadamos.

Cuando por fin conseguimos acercarnos lo suficiente al barco para verlo bien, Wolfe hace que la corriente se ralentice para salir a la superficie.

—¿Sabes cuántas personas hay a bordo? —me pregunta, con la respiración entrecortada.

Niego con la cabeza.

—Landon y sus padres, seguro. ¿Y quizás el capitán y algunos miembros de la tripulación?

Wolfe usa su magia a mi lado, y esta se extiende a nuestro alrededor. Esta vez, se alza hacia el cielo, y me quedo boquiabierta cuando veo sus palmas iluminarse con un brillo azul plateado.

—¿Es luz de luna? —le pregunto, sin poder creérmelo.

—Nos ayudará a ver bajo el agua.

Un grito hace que aparte la vista de la luz de la luna, y no tardo en reconocer la voz de Landon. Ha caído al agua y le cuesta mantenerse a flote entre los restos del naufragio. Cuando el agua lo cubre, el Pasaje se traga sus gritos.

—Voy a por él —exclamo, antes de sumergirme y rezar por que mi visión se acostumbre a la oscuridad. Wolfe me sigue y extiende su luz de luna hacia las profundidades, con lo cual consigue que el agua oscura se vuelva de un suave tono grisáceo. La corriente se arremolina frente a nosotros y sacude el mar con violencia.

Veo un cuerpo que se sumerge más y más hacia el fondo del océano, sin moverse. Le doy un toquecito a Wolfe en el brazo y señalo hacia él, tras lo cual suelto un poco de aire para poder hundirme un poco más. Aunque el agua esta fría y me corta la piel, el silencio me reconforta incluso en medio del caos.

La luz de luna de Wolfe ilumina el cuerpo, y yo entro en pánico al darme cuenta de que no se trata de Landon. Pese a que me acerco más, no reconozco al hombre. Quizás sea el capitán. Envuelvo su cintura con mis brazos y muevo las piernas para impulsarme hacia arriba mientras la luz de Wolfe se dirige a otra dirección. Cuando salimos a la superficie, veo que un barco de Arcania se acerca a toda prisa a nuestra posición, así que me giro para nadar de espaldas y arrastrar al hombre conmigo, impulsándome con las piernas con tanta fuerza como puedo.

Una vez que llego al barco, son los brazos de mi padre los que se estiran para cargar con el cuerpo a bordo.

—Tana, ¿estás bien? —me pregunta, y me lleva un segundo procesar sus palabras.

—Sí —contesto.

—Sube a bordo, es peligroso —me dice, estirando una mano en mi dirección.

—Estaré bien. Wolfe está cerca, está ayudando.

Mi padre comprende lo que le digo: que es la magia de Wolfe lo que me permite ayudar. Que la magia de Wolfe va a salvar a Landon y a su familia. Aunque veo cómo se tensa, no me lo discute.

—Vale. No hay mucho que podamos hacer hasta que no pase la corriente. Ayuda todo lo que puedas y nosotros nos quedaremos aquí, a la espera. —Está empapado, pues no ha dejado de llover, y, si bien el interior del barco también se ha inundado, están a salvo ahí.

Mi padre se estira y apoya una mano en el lateral del barco. Yo le doy un apretoncito antes de sumergirme de nuevo bajo el agua para buscar a Wolfe. Su luz viene en mi dirección, por lo que me apresuro hacia él. Carga con otra persona, la madre de Landon, pero ella sí está consciente y mueve las piernas al igual que él.

Al verlo, mientras lleva la luz de la luna y se traslada por medio de una corriente que él mismo ha creado, veo lo poderosa que es la alta magia. Si hay una mansión llena de brujos que pueden hacer lo que hace él —si esto solo es una muestra de lo que son capaces de hacer—, no puedo ni imaginar lo que podrían llegar a conseguir con más magia.

Una idea llega a mi mente, difusa al principio, pero cada vez más y más clara.

—¿Qué pasa? —me grita Wolfe, y entonces me doy cuenta de que me he quedado a flote en la superficie con la vista clavada en el mar.

—Sé cómo solucionar lo de las corrientes —le digo, sin poder creérmelo. Pero entonces salgo de mi estupor, pues Landon aún no aparece—. Llévala al barco —exclamo a gritos.

Wolfe me transfiere su luz, y me quedo sin palabras al ver que esta no se apaga, que ni siquiera titila. Noto cómo mi magia se dirige a ella, para mantener la luz en mi mano y guiar mi camino mientras me sumerjo más en el Pasaje. Una sombra se mueve por encima de mi cabeza, y, cuando alzo la cabeza, veo a una persona nadando en dirección opuesta al naufragio.

No tardo en salir a la superficie, por lo que veo al padre de Landon nadando en dirección al barco de mis padres.

—¿Puede llegar solo? —le pregunto.

Él se mantiene en la superficie y me devuelve la mirada. La sangre que emana de un gran corte en su frente le cubre el rostro.

—¿Landon está en el barco? —me pregunta, frenético.

—Aún no. Voy a ir a buscarlo. ¿Cuántos iban en el barco?

—Cuatro. Nosotros tres y el capitán.

—Vaya al barco, iré a buscar a su hijo.

Me vuelvo a sumergir y me dirijo hacia la corriente. Esta comienza a moverse y poco a poco libera el naufragio de su agarre, de modo que los restos del barco salen a la superficie y se vuelven a hundir conforme los trozos de madera se esparcen por doquier. Landon se encuentra en algún lugar entre todo este caos, y el corazón me late a toda prisa, desesperado por encontrarlo.

Proyecto la luz tan lejos como me es posible frente a mí mientras avanzo y, por fin, *por fin*, lo veo: su chaqueta se ha atascado en unos escombros que lo arrastran consigo más y más abajo.

Cae hasta el fondo del océano antes de que consiga llegar a él, y no parece consciente. Sus extremidades flotan a sus lados y se mecen con el mar. Me dirijo hacia él, nadando con todas mis fuerzas y soltando aire de mis pulmones para poder seguir sumergiéndome.

Una luz se acerca a mis espaldas, y sé que Wolfe está cerca y trae más luz de luna con él. Cuando por fin consigo llegar hasta Landon, tiene los ojos cerrados y los labios, azules. Su piel parece gris, como si la vida se hubiese apagado en su interior.

Intento tirar de él hacia la superficie, pero está atascado: su chaqueta ha quedado atrapada debajo de los escombros. Me esfuerzo por liberarlo, preocupada por no conseguir hacerlo sola en el poco tiempo que me queda, pero entonces llega Wolfe y tira de Landon hacia arriba. Este tiene sangre por toda su camisa blanca; un círculo rojo intenso que se extiende en todas direcciones. Los pulmones me arden. Cuando por fin conseguimos liberarlo de su chaqueta, envuelvo los brazos en torno al torso de Landon, con cuidado para no rozar su herida, y empiezo a nadar.

Al salir a la superficie, respiro casi con desesperación. Wolfe sale un segundo después y revierte la dirección de la corriente que ha creado para enviarnos en dirección al barco de mis padres junto al cuerpo inerte de Landon.

—¡Mamá! ¡Papá! —los llamo conforme nos acercamos, y ambos se inclinan por la borda con los brazos extendidos—. Está herido —les aviso, cuando conseguimos llegar a ellos.

Sacan a Landon del agua, y yo me impulso para subir a bordo, desesperada por ayudar. Elizabeth se ha quedado de pie a un lado, para no estorbar, con una manta envuelta sobre sus hombros, y el capitán está sentado en un banco con el rostro apoyado entre las manos.

El padre de Landon empieza a hacer las maniobras de reanimación: presiona el pecho de su hijo antes de insuflarle aire en los pulmones. Wolfe sube por la barandilla y se arrodilla al otro lado de Landon, y presiona ambas manos sobre su herida.

—Puedo ayudarlo —dice, con voz urgente.

Mi madre estira una mano, y el miedo llega a su rostro.

—Se refiere a hacerlo con magia.

—Hazlo —dice Marshall, sin dudarlo ni un segundo, y está claro que no comprende a qué tipo de magia ha accedido.

Wolfe cierra los ojos y murmura un hechizo tan rápido y en voz tan baja que no consigo entenderlo. Tiene las manos cubiertas de sangre. Me quedo a un lado, y, sin pensarlo, le doy una mano a mi madre.

Ella no se aparta. No retrocede. En su lugar, me da la mano y me la aprieta con fuerza.

—Se recuperará —me dice, en ese tono tan calmado que tiene que hace que crea que todo en el mundo irá bien.

Oímos otro trueno partir el cielo nocturno, y pego un bote.

Wolfe abre la camisa de Landon, y me quedo maravillada al ver que la sangre deja de salir y que su piel empieza a curarse a sí misma. Aunque mi madre aparta la vista, Elizabeth tiene los ojos clavados en Wolfe. La alta magia envuelve a Landon y se mueve por su cuerpo para sanarlo de un modo que no debería ser posible. El capitán se queda boquiabierto mientras que Marshall aprieta las manos en puños al ver cómo Wolfe usa una magia que creía que había sido erradicada.

Todos nos quedamos en silencio. Quietos y rígidos.

Y entonces Landon vuelve a respirar.

Cuarenta y uno

Dejamos a Landon y a su familia en el continente, donde una ambulancia lo espera para llevarlo al hospital. Lo que fuera que Landon le haya contado a sus padres parece haber dado resultado, pues he recibido numerosas miradas desagradables. Sea como sea, me alegro de que lo haya hecho. Si creen que yo y solo yo soy el problema, la alianza no corre peligro. Aún puede llevarse a cabo.

—Esperad —dice mi madre, antes de que se bajen del barco, y se vuelve hacia Wolfe—. Borra sus recuerdos de la corriente y de tu magia. Tienen que creer que a su barco lo ha hundido la tormenta.

—¿Cómo dices? —cuestiona Elizabeth, tomando la mano de su marido.

—Tenéis prohibido hacer eso —repone Marshall, al tiempo que le dedica a mi madre otra mirada que hace que me entren escalofríos—. Nos vamos.

—Hazlo ya —ordena mi madre, alzando la voz.

—Si lo hago, tenéis que colaborar con mi aquelarre para detener las corrientes. De lo contrario, me niego.

Mi madre se queda mirando a Wolfe con la boca abierta, sin poder creerse que fuese a negociar en un momento como este, pero no tarda en recuperar la compostura.

—De acuerdo. Hazlo.

Entonces, todos a la vez, Marshall, Elizabeth, Landon y el capitán del barco miran a Wolfe mientras este reescribe sus recuerdos. Creerán que la tormenta fue lo que volcó su barco. No recordarán a Wolfe ni a su magia. El secreto del antiguo aquelarre permanecerá a salvo.

No toma mucho tiempo, por lo que, poco después, los Yates bajan del barco y les dan las gracias a mis padres por haberlos salvado. Recibo una última mirada llena de frialdad de parte del padre de Landon, y luego se marchan. Mi madre los acompaña al hospital, para ofrecerles su apoyo y asegurarse de que todas sus preguntas tengan respuestas apropiadas. Me da un abrazo antes de irse; una promesa de que nuestro lazo no se ha roto, de que no tengo que vivir con ella ni ser parte de su aquelarre para seguir siendo su hija.

Wolfe y yo nos quedamos en el barco con mi padre y volvemos a Arcania en silencio. La tormenta ha amainado, y el Pasaje vuelve a encontrarse en silencio. Mi padre atraca el barco, aunque no hace ningún otro movimiento para bajar de él, así que yo tampoco. Wolfe y yo estamos sentados en un banco en la parte trasera del barco, envueltos en mantas y toallas. Mi vestido de seda gris está roto y completamente arruinado, y he perdido los zapatos en algún momento de todo el caos, pero el collar que me dio mi padre permanece firme en mi cuello. Llevo una mano hacia él y le doy vueltas entre los dedos.

Mi padre camina de un lado para otro durante algunos segundos antes de detenerse y tenderle una mano a Wolfe.

—Creo que no nos hemos presentado como corresponde. Soy Samuel, el padre de Tana.

Wolfe se pone de pie para estrecharle la mano.

—Y yo Wolfe Hawthorne.

—¿Hawthorne? —repite mi padre, y me pregunto si sabe sobre la relación que tuvo mi madre con Galen. Una expresión un tanto extraña cruza su rostro, algo entre la diversión y la compresión, así que entiendo que sí lo hace.

—Sí.

—Bueno, Wolfe, muchas gracias por tu ayuda esta noche. Si no te molesta, me gustaría hablar con mi hija a solas un rato.

—Claro. —Wolfe se quita su manta y me la deja sobre los hombros, para luego saltar hacia el muelle y esperarme en la costa.

Mi padre se queda frente a mí y me mira a los ojos.

—Tana, lo que hiciste anoche fue inconcebible. De verdad no pensé ver algo así de nuevo.

Me cuesta leer sus expresiones. No parece que me esté juzgando, no de verdad. Más que nada, parece sorprendido.

Me contengo para no disculparme. Sí que lo lamento, lamento no haberle advertido de que iba a tomar una decisión que los iba a hacer quedar mal a él y a mi madre. Lamento haber echado a perder el acuerdo que teníamos con Landon y haberme salido del camino que con tanto ahínco habían trazado para mí.

Pero no me arrepiento de poder pasar el resto de mi vida con un muchacho que aprecia mi lado salvaje y con una magia que me hace sentir viva.

—Fue la decisión más difícil que he tomado nunca. —Sigo jugueteando con el colgante, y mi padre se lo queda mirando. Pese a que no quiero perderlo, este collar le pertenece a él, no a una hija que ha desafiado todo en lo que él cree—. Toma, papá. Estoy segura de que lo quieres de vuelta.

Mi padre me observa con pesar, con el entrecejo fruncido y la boca en una mueca triste.

—Póntelo, anda —me dice con voz seria, como si me estuviese regañando—. Ese collar te pertenece, y me llena de orgullo saber que lo llevas —termina, con voz trémula.

—¿Papá?

Él se sienta a mi lado y toma mi mano entre las suyas.

—Crees en algo con la fuerza suficiente como para renunciar a todas las comodidades de esta vida con tal de encontrar algo diferente. Eres valiente y leal a ti misma —dice, atrayéndome hacia él en un abrazo—. No será sencillo, pero, si crees en esta vida casi tanto como creo yo en la mía, te irá bien.

Había aceptado que siempre habría una distancia entre mis padres y yo, que a partir de ahora me verían como a una traidora y una vergüenza. Nunca me había permitido tener la esperanza de que pudiesen entenderme, por lo que esto me sobrepasa por completo.

—Y si ese muchacho y tú os seguís mirando como habéis hecho esta noche, sospecho que seréis muy muy felices.

—Gracias, papá —digo, devolviéndole el abrazo con fuerza.

Bajamos al muelle y nos encontramos con Wolfe en la playa. Casi le pregunto a mi padre si puedo volver a casa con él, si puedo pasar una última noche en mi habitación con la certeza de que él está ahí, cerca. Pero he tomado mi decisión; renuncié a esa opción cuando dejé que mi sangre cayera sobre el cuenco de cristal y no sobre el de cobre.

—Hagamos una reunión dentro de dos días, en la perfumería. Wolfe, trae a tu padre. Tenemos mucho sobre lo que hablar y tenemos que hacerlo en privado antes de que el consejo se vea involucrado.

Wolfe asiente, y mi padre me dedica una última sonrisa antes de dar media vuelta y marcharse a casa. Trato de no pensar demasiado en él alejándose de mí, en cómo me duelen las entrañas como si alguien me hubiese dado un puñetazo en el estómago. Sin embargo, puedo lamentar la pérdida de mi vida pasada mientras me deleito con las maravillas que aún están por venir.

Wolfe y yo nos dirigimos hacia la dirección opuesta, hacia la parte silvestre de la isla en la que cualquier cosa puede pasar.

Cuando por fin llegamos a la mansión, un hombre nos espera en el exterior. Wolfe se ofreció a darme un cambio de ropa seca con su magia cuando estábamos en el barco, pero no he querido practicar más magia de la necesaria frente a ellos. Debido a ello, tengo unas pintas horribles, y ahora me gustaría haber dicho que sí. Me paso las manos por el vestido, avergonzada, y trato de arreglar el desastre que es mi trenza.

El hombre esboza una sonrisa, y su expresión me indica que mi presencia no le sorprende para nada.

—Soy Galen, el padre de Wolfe —se presenta, pese a que es bastante obvio: son clavaditos.

—¿Nos hemos visto antes? —le pregunto, intentando buscar un recuerdo que ya no tengo.

—Varias veces.

—Lo siento, no lo recuerdo. —Bajo la vista, pero Galen le quita importancia con un gesto.

—No pasa nada. Ya me he enterado de lo que has hecho esta noche.

Aunque supongo que tiene sentido que ya lo sepa —seguramente está más al tanto de lo que sucede en la isla de lo que mi madre se imagina—, me pilla desprevenida.

Empiezo a explicarme, le digo que comprendería que no me quisiese en su casa, pero entonces él alza una mano y yo dejo de hablar.

—Bienvenida a casa, Mortana —dice, antes de darme un abrazo. Pese a que su amabilidad me sorprende, esta ayuda a aliviar el dolor de mi corazón, y estoy convencida de que seré feliz en este lugar.

—Muchas gracias.

—Sé que has tenido un día de lo más largo, así que dejaré que vayas a descansar. Mañana, si te parece, te presentaremos al resto del aquelarre. Tienen muchas ganas de conocerte.

—¿Cuántos sois?

—Setenta y tres —contesta.

Setenta y tres. El número me deja sin palabras, y no puedo creer que haya pasado mi vida entera sin saber de su existencia. No obstante, me llena de emoción saber que podré tener un hogar aquí. Una familia.

Será diferente de la vida que siempre imaginé que tendría. Pero será plena y completamente mía.

—Yo también tengo muchas ganas de conocerlos.

Galen me dedica una cálida sonrisa antes de girarse hacia Wolfe y darle un apretón en el hombro. Mientras contempla a su hijo, lo hace con los ojos anegados en lágrimas. Tras ello, se dirige hacia el interior y nos deja a solas.

Wolfe se vuelve hacia mí y me extiende una mano.

—¿Quieres ver tu nuevo hogar? —Puedo oír la seriedad en su voz, el peso de mi decisión envolviéndonos a ambos. Solo que es un buen peso, uno tranquilizador que nos hace estar más unidos.

Observo la mansión, su tejado empinado que se alza hacia los cielos. Las lámparas proyectan una luz suave y cálida sobre las paredes de piedra e iluminan las vides trepadoras que se extienden por la fachada. El humo sale hacia la noche despejada por medio de una chimenea larga, y el suave sonido de un piano se cuela hacia el frío.

—Sí —le digo, aceptando la mano que me extiende, pero entonces algo me da una sacudida; un destello de algo que no puedo identificar que hace que me aparte.

Hay una vida para ti aquí.

—¿Qué has dicho? —le pregunto, acercándome a él.

—No he dicho nada —contesta, observándome—. ¿Va todo bien?

—Te juro que he oído algo —le digo—. Pero ha sido un día muy largo, debe ser que estoy cansada.

—En ese caso, vayamos adentro.

Wolfe me vuelve a ofrecer la mano, y la acepto.

No quiero perderte.

Me aferro a su mano con más fuerza conforme una imagen llega a mi mente: los dos en este mismo lugar, de pie en el bosque que rodea la mansión en una noche fría de otoño. Me acababa de mostrar su hogar por primera vez, de compartir su vida entera conmigo para que pudiese imaginar una vida completamente distinta para mí. Y yo salí corriendo.

Cierro los ojos con fuerza según el recuerdo se apodera de mi mente, de mi pecho y de mi corazón; se arraiga en mi interior y se asegura de que jamás pueda olvidarlo de nuevo.

—Ya he estado aquí antes —murmuro—. Contigo. Justo aquí. Me dijiste que había una vida para mí aquí.

Wolfe no contesta, pero, cuando lo miro, veo que tiene los ojos rojos. Asiente, con la mandíbula tensa.

—Sí.

Y entonces llegan.

Una flor de luna y una luz. Tropezarme con Wolfe en un campo. Perderme el trasvase. Descubrir la magia oscura. Volver una y otra vez a la costa occidental, con la esperanza de ver al muchacho que lo había cambiado todo.

Puedo oír tu corazón.

Aferrarme a él en el océano.

Tocarlo cerca de la chimenea.

Besarlo en la orilla.

Los recuerdos me sobrepasan, me ahogan en un mar de ellos y me llenan de un sentimiento tan profundo que nunca habría imaginado ser capaz de sentir. No tengo palabras para expresar la forma en la que mi amor por él se apoderó de cada parte de mí y se disfrazó de una decisión imposible de tomar cuando la verdad era que al único que podía escoger era a él.

Desde aquella noche en que nos conocimos, mi destino estuvo sellado.

Reina de la oscuridad.

Me acerco a él a toda prisa y me estrello contra su cuerpo para darle el abrazo más fuerte de todos. Las lágrimas me caen por las mejillas, por lo que cierro los ojos y llevo los labios hasta su oído para decirle:

—Lo recuerdo.

Wolfe contiene la respiración y le tiembla el cuerpo entero; inhala con tanta desesperación como si fuese la primera vez que sus pulmones conocen el aire, como si respirara la vida que casi había perdido.

—Lo recuerdo —repito, esta vez en voz más alta, para asegurarme de que me oiga. Para asegurarme de que me crea. De que lo sepa.

—Te he echado de menos. —Sus palabras son suaves y graves y hermosas.

Le beso el cuello y la barbilla hasta llegar a los labios, ya húmedos gracias a sus lágrimas saladas. Sus movimientos son lentos y dudosos, como si quisiera asegurarse de que soy real, de que no voy a desaparecer en cuanto baje la guardia.

—Estoy aquí —susurro contra sus labios.

Noto el momento en que los muros que ha construido se derrumban entre ambos y se hunden en la tierra.

—Tana —suspira, antes de acunarme el rostro entre sus manos y separar los labios para besarme como si quisiera compensar todos los besos que hemos perdido, como si estuviese hambriento por el tiempo que hemos estado separados.

Sus dedos no se quedan quietos; los desliza por mi rostro y permanecen unos segundos de más en mi barbilla antes de bajar por el cuello y rozarme la clavícula. Cuando me recorre un escalofrío, me quedo sin respiración.

—Llévame a tu habitación —le pido.

Vuelve a besarme antes de darme la mano y conducirme por la mansión hasta su habitación. Sigue volviéndose para mirarme, como si notar mis dedos entrelazados con los suyos no fuese suficiente. Como si necesitase verme, asegurarse de que sigo aquí, y eso me encanta.

Abre la puerta de su habitación para que pase, y la luz de la chimenea hace que las sombras cobrizas del fuego dancen por el suelo y las paredes. No hay más luz que esa.

Me acerco despacio hasta la cama y me giro para mirarlo.

—¿Wolfe? —lo llamo, al tiempo que dejo que las tiras delgadas de mi vestido me resbalen por los hombros.

Él traga en seco.

—¿Sí? —Su voz es áspera como una lija, ronca e insegura, y puedo oír su vulnerabilidad en ella, el miedo de que todo esto sea un sueño, de que vaya a despertar y encontrarse con una chica que no lo recuerda.

—Estoy aquí —le digo—. Puedes tocarme hasta que te convenzas a ti mismo de que esto es real.

Pero él no se mueve. Se me queda mirando, congelado en su sitio, completamente quieto.

—Por favor.

Por fin acorta la distancia que nos separa y me acuna el rostro entre las manos antes de besarme hasta dejarme sin aliento. Le doy un tirón a su camiseta para luego sacársela por encima de la cabeza y dejarla caer hacia el suelo. Él desabrocha mi vestido poco a poco, con lo cual la seda gris se me desliza sobre el cuerpo y se acumula a mis pies. Me acaricia la longitud de la columna con los dedos.

Retrocedo hacia la cama y me llevo a Wolfe conmigo, pues no puedo dejarlo ir. Él me besa en los labios, los párpados y el cuello; desesperado al inicio, y luego más lento, como si cada toque pudiera asegurarle que no será el último. Desliza una mano por mi lado y sobre mi cadera, hasta llegar a mi rodilla, detenerse y volver hacia arriba muy despacio. Me aferro a sus hombros conforme él resigue la curva de mi muslo con los dedos, y contengo el aliento cuando encuentra lo que estaba buscando. Mi cuerpo entero responde ante él, y me pierdo a mí misma. Me pierdo en él.

Entierro los dedos en su cabello y arqueo la espalda ante su toque mientras susurro su nombre contra sus labios.

—Más —le pido.

Él lleva las manos hasta mis costillas y encaja sus caderas entre mis piernas. Respira con dificultad cuando empieza a moverse, más cerca de mí de lo que nunca ha estado. Se acerca tanto como le es posible, y, aun así, no es suficiente. Me aferro a su espalda, noto su peso sobre mí y tiró de él; más y más y todavía más, y quizás él no sea el único que tema estar soñando.

Saboreo cada suspiro, cada beso, cada roce, mientras lo noto en formas en las que nunca había notado a nadie, mientras oigo sus respiraciones conforme estas se ralentizan y se entrecortan, conforme se vuelven intensas y aceleradas. Nos acercamos juntos a un abismo del que no veo la hora de saltar. Wolfe se detiene para atrapar mi boca con la suya. Y entonces saltamos, y la intimidad de verlo tan fuera de sí hace que me quede sin aliento. Wolfe es magia para mí, y entonces me percato de que, en algún momento, he dejado de ser capaz de distinguir entre la magia y él.

Siempre me ha visto, no por el papel que debo desempeñar, sino como lo que hay en mi interior, y me ha obligado a hacerle frente a mis propias verdades. Y, en medio de todo eso, lo encontré yo a él. Él es mi verdad, y no hay mentiras suficientes en el mundo como para convencerme de lo contrario.

Murmura mi nombre en voz baja, y nuestras respiraciones se acompasan hasta que el fuego se consume y no es nada más que cenizas.

Entonces nos quedamos dormidos, ambos seguros de que, cuando nos despertemos mañana, el otro seguirá ahí.

Cuarenta y dos

Dos días después, Galen, Wolfe y yo nos reunimos con mis padres. Esperamos hasta que se hizo de noche antes de salir de la mansión y nos limitamos a los caminos que serpenteaban por el bosque para que nadie nos viera. Pese a que mi madre tenía muchísimo que hablar con el consejo, esas conversaciones no sucederán hasta que no sepa cuáles son las intenciones del antiguo aquelarre. Mi madre nunca comparte nada hasta que da con una respuesta apropiada para cada pregunta que le puedan formular. Además de ello, se asegura de estar enterada de absolutamente todo lo que sucede en su isla, de modo que nada pueda sorprenderla.

No le gustan las sorpresas.

Nos reunimos en la trastienda de la perfumería, mucho después de su horario de cierre. La calle Main está desierta, y aun así no puedo evitar que los ojos se me vayan en dirección al salón de té de los Eldon, con la esperanza de ver siquiera de reojo a Ivy. Sin embargo, el lugar está a oscuras.

Cuando llegamos a la perfumería, mis padres ya se encuentran allí. Mi padre está moliendo algunas plantas con su mortero y su maja, como si fuese un día de lo más normal en la tienda. Deja las manos quietas cuando entro en la estancia, y una pequeña sonrisa tira de sus labios y le ilumina la mirada.

—Hola, papá —lo saludo, antes de acercarme a él para darle un abrazo. Solo han pasado dos días, pero ya echo de menos el modo en que llena la casa cuando cocina con el sonido de las ollas y esos olores que hacen que se me haga la boca agua. Extraño cómo tararea para sí mismo y cómo siempre tiene una taza de té lista cuando la necesito. El vial que me dio cuelga de mi cuello y se me clava en el esternón cuando lo abrazo con fuerza.

Al apartarnos, veo que mi madre nos observa, y no sé qué esperarme de ella. Cuando la vi en el mar, estaba completamente concentrada en Landon y en sus padres, de modo que, ahora que ha tenido tiempo para procesar lo sucedido en mi Juramento, no sé cómo hayan podido cambiar las cosas. No sé si me tratará como a una amenaza o a una enemiga o a la persona que echó por tierra los planes que tanto le costaron trazar.

No obstante, cuando mi mirada se encuentra con la suya, la veo erguirse y alzar la barbilla para respirar hondo. Muy hondo, pues intenta no echarse a llorar.

—Hola, cariño —me saluda.

—Hola, mamá. —Y, antes de que pueda pensármelo bien, cruzo la estancia para abrazarla con fuerza, el tipo de abrazo que hará que se despeine un poco y se le arrugue la blusa. Pero ella no me aparta. Se entrega al abrazo y me aprieta con fuerza, como una madre que abraza a su única hija.

Cuando se aparta, se acomoda el cabello y se aclara la garganta.

—Me parece que esto es tuyo —dice, tendiéndome el collar de plata que Wolfe me dio la primera noche que visité la mansión. Me había olvidado por completo de él, por lo que paso los dedos por la piedra lisa y negra. Debe haberle costado mucho devolvérmelo cuando es algo que va contra todo lo que ha construido, así que no tengo palabras. Cuando alzo la vista hacia ella, la veo borrosa por las lágrimas.

—Gracias —me las arreglo para decir.

—No es nada. —Me acaricia la mejilla con el dorso de la mano, y luego mira a Wolfe—. Pese a que hay muchas cosas en las que no estamos de acuerdo, ahora eres parte de nuestra familia. Ojalá puedas vernos así en algún momento.

—Gracias —dice él—. No debería costarme demasiado; he tenido mucha práctica en no estar de acuerdo con mi padre.

Mi madre contiene una sonrisa al oírlo, y mira a Galen mientras contesta:

—No lo dudo.

—Algunas cosas nunca cambian —dice Galen.

—Hablando de no estar de acuerdo —empieza mi madre, haciendo un gesto hacia las sillas que han dispuesto—, tenemos mucho de lo que hablar.

Nos sentamos, y noto una clara delimitación entre nuestras sillas y las suyas. Puede que seamos familia, pero en este momento somos lados opuestos que deben encontrar alguna especie de punto medio.

Observo cómo mi madre adopta su papel de líder de aquelarre: entorna los ojos y cuadra los hombros.

—Aquí tienes tu reunión, Galen. Di lo que tengas que decir.

—De hecho, Tana se va a encargar del tema de hoy, si no te molesta.

Mi madre se gira poco a poco para mirarme, con una ceja alzada por la sorpresa.

—Ningún problema. Tana, puedes empezar —me dice, asintiendo.

Me remuevo en mi sitio y apoyo las manos sobre mi regazo para evitar moverlas por los nervios. Mi padre deja de moler plantas, de modo que la sala se llena de un silencio deliberado. Respiro hondo y recuerdo aquel momento en el agua, mientras veía a Wolfe y su magia, cuando me llegó la idea.

—Los habitantes del continente creen que la tormenta hundió su barco, lo que te concederá algo de tiempo —empiezo—. Sin embargo, en cuanto algo más pase con las corrientes, se darán cuenta de lo que pasó y te culparán por casi haber perdido a Landon y a su familia. Perderás toda la confianza que han depositado en ti, y llevará años volver a recomponer esa relación, si es que deciden volver a aceptarla, claro.

Mi madre ladea la cabeza y asimila lo que le digo.

—Sí, tienes razón. Si tienes algo útil que proponer, estoy dispuesta a escucharlo, de lo contrario, no necesito que me cuentes lo que ya sé.

Vacilo antes de continuar. Aunque sé que va a odiar lo que voy a decirle, no veo otra salida.

—No podéis seguir trasvasando vuestra magia hacia el océano. Dádnosla a nosotros.

Mi madre contiene el aliento un segundo, pero entonces lo suelta despacio.

—Explícame a qué te refieres exactamente.

—A que trasvaséis vuestra magia hacia nosotros. Somos lo bastante fuertes como para contenerla. No somos tantos como para poder deshacer el daño que nuestros trasvases han causado solo con nuestra magia, pero si contamos también con la vuestra, sí que podríamos. Podríamos corregir las corrientes y sanar la isla. Y los habitantes del continente nunca sabrían que fue vuestra magia lo que casi mató a la familia gobernante.

—¿Esto ha sido idea tuya? —Su tono es cortante y afilado, y noto un peso en el pecho cuando reconozco lo que hay en su voz: traición. Siente que la he traicionado. Yo.

—Sí.

—De ninguna manera —lo dice con rotundidad, con unas palabras fuertes que se asientan con determinación en el espacio que nos separa. Mi padre se ha quedado con la mirada perdida en la nada del modo que suele hacer cuando está pensativo. Sigue sujetando la maja en la mano, aunque no ha retomado el trabajo.

Está pensando en lo que he dicho.

—Ingrid —empieza Galen, desde mi lado—, esto podría dar resultado. Es una muy buena idea, una que me habría gustado pensar yo mismo.

—Claro que es una muy buena idea; para vosotros —dice mi madre—. Haría que vuestro aquelarre sea considerablemente más fuerte. Podríais usar ese poder para cualquier cosa. Ni pensarlo.

Se quedan mirando el uno al otro, y entonces comprendo lo frágil que es su relación. El nuevo aquelarre protege al antiguo al mantener su existencia en secreto. Si el continente supiese que existimos, harían todo lo posible para erradicar el uso de la alta magia. Y mi madre tiene razón: si el nuevo aquelarre nos trasvasara su magia, la dinámica del poder cambiaría por completo.

Seríamos lo bastante fuertes como para plantarles cara, muchísimo más poderosos de lo que somos ahora. Si no tuviésemos cuidado al usar toda esa magia, podríamos llamar la atención del continente por error, y eso destruiría por completo la relación que el nuevo aquelarre ha construido durante varias generaciones.

—¿Y si conjuramos un hechizo? —propongo, y tanto mi madre como Galen se vuelven hacia mí—. ¿Y si vinculamos el exceso de magia a la luna llena para aseguraros de que solo podemos usarla una vez al mes? Asistiríamos a vuestros trasvases, y vosotros sabríais cuándo y cómo usamos la magia porque nos veríais hacerlo.

—Eso les concedería muchísimo poder sobre nosotros —contrapone Galen.

—No realmente —le digo—. Seguiríais siendo más poderosos de lo que sois ahora. Podríais empeorar las corrientes si no estuvieseis conformes con el trato que se os da. Aunque la magia estaría vinculada con la luna, podríais usarla como quisierais. Lo único es que se volvería más complicado que le escondierais algo al nuevo aquelarre.

Galen no me mira; tiene la vista clavada en mi madre. Se sostienen la mirada, y ninguno pronuncia palabra.

—El continente protege al nuevo aquelarre. El nuevo aquelarre nos protege a nosotros. Y nosotros protegemos la tierra. —En cuanto lo digo, estoy segura de que así es como se supone que deben ser las cosas. Cuando comprendo que el camino que he dejado atrás y la vida a la que le he dado la espalda fue un sacrificio para alcanzar algo muchísimo más importante, la idea me sobrepasa. Es algo más importante que Landon, que el nuevo aquelarre e incluso que la alta magia.

Mi madre está considerando mi idea, sé que lo está, y es un progreso más grande del que podría haber alcanzado Galen por su cuenta y riesgo.

Este es el papel que debo desempeñar; lo noto en como mis raíces se adentran en esta tierra y se alimentan de ella hasta que salgo a la superficie y florezco.

Wolfe entrelaza mi mano con la suya.

—Tiene razón, papá —le dice, convencido. Firme.

—Lo sé —dice Galen—. ¿Qué opinas tú, Ingrid?

Mi madre no responde de inmediato. Se reclina en su silla, con la mirada clavada en algún lugar más allá de nosotros, pensando.

—Creo que vale la pena intentarlo —dice, al final—. Tendremos que establecer unos límites claros antes de empezar, y, dado que mi aquelarre cree que el vuestro ya no existe, tendremos que acordarlo todo antes de presentar la idea al consejo, dejar claro que me habéis sorprendido tanto como los sorprenderéis a ellos. Y también lo de asegurarnos de que este acuerdo no llegue a oídos del continente. Podemos determinar los detalles una vez que ambos hayamos tenido tiempo para considerar el acuerdo y hablar con nuestros respectivos consejos. Y, por supuesto, dejaremos de trasvasaros nuestra magia de inmediato si hacéis cualquier cosa que nos parezca siquiera cuestionable. Pero, a pesar de todo eso, creo que vale la pena intentarlo.

Todos nos ponemos de pie, y mi padre se acerca para pasarme un brazo por los hombros y atraerme hacia él.

—Estoy muy orgulloso de ti —me dice.

—Y yo —asiento.

—Eso es lo que quería para ti. —Me mira, sonriendo.

Mi madre se acerca hacia el otro lado de mi padre y se apoya en él.

—No me esperaba algo así ni en un millón de años —dice.

—Pero si es tu hija.

Entonces mi madre me mira, con una sonrisita tirando de las comisuras de sus labios.

—Sí que lo es.

Me da un apretoncito en la mano cuando pasa por mi lado.

—Cierra cuando te vayas —añade, antes de que ella y mi padre se marchen, abrazados el uno al otro mientras caminan.

Es una petición de lo más simple, algo que me ha dicho miles de veces antes —*Cierra cuando te vayas*—, pero me llena de todo aquello sobre lo que temía tener esperanzas. Pese a que tendremos encontronazos entre aquelarres conforme descubrimos cómo mantener esta nueva relación y que eso seguro que hará que las cosas cambien, no todos los cambios tienen por qué ser algo malo.

Los cambios pueden traer progreso.

Pueden traer belleza y satisfacción.

Alegría.

—Si alguna vez has dudado sobre tu lugar en este mundo, Tana, espero que ya no lo hagas más —me dice Galen—. Os veré en la mansión.

Cuando la puerta se cierra tras Galen, Wolfe me atrae hacia él y entierra el rostro en mi cuello.

—Ahora que todos se han marchado, yo tengo unas cuantas peticiones que hacer —dice, rozándome la piel con los labios, hecho que hace que me den escalofríos.

—Dime.

Alza la cabeza y sus ojos se encuentran con los míos, con una expresión de lo más seria.

—Déjame quererte —me pide, en una voz baja y suave que me envuelve como si se tratara de un baño caliente en una noche de invierno—. Déjame quererte hasta que estés segura de que es magia.

Y, antes de que pueda responder, me besa. Sus labios se mueven despacio y con suavidad contra los míos. Lo atraigo hacia mí al tiempo que retrocedo y doy contra la isla de madera que hay en el centro de la estancia. La maja de mi padre cae al suelo, pero no me aparto.

Wolfe lleva las manos hasta mis caderas y me coloca sobre la encimera, sin dejar de besarme mientras lo hace. Envuelvo los brazos por su cuello y las piernas por su cintura para atraerlo hacia mí tanto como sea posible. Sus labios trazan un caminito por mi piel que baja hasta mi pecho.

Echo la cabeza hacia atrás y pronuncio su nombre en un murmullo, con la esperanza de que se dé cuenta de que ya lo sé. Con la esperanza de que sepa que, para mí, él es magia: un hechizo que pienso practicar una y otra vez durante el resto de mi vida.

He caído presa de su embrujo, de pies a cabeza.

Y, mientras él siga pronunciando mi nombre y tocándome la piel y existiendo en esta Tierra maravillosa, siempre lo estaré.

Cuarenta y tres

Es una fría noche de invierno. El cielo está despejado, y las estrellas brillan en lo alto. Mañana saldrá la luna llena, por lo que será la primera vez que el nuevo aquelarre nos trasvase su magia. La mansión está rebosante de esperanza, una sensación que casi soy capaz de ver surcar por el aire.

Sin embargo, sé que la ilusión que sentimos es un reflejo del nerviosismo que siente el nuevo aquelarre. Lo mismo que sienten Ivy y mis padres. Concedernos más poder va en contra de todo en lo que creen, y hará falta mucho tiempo para poder confiar los unos en los otros.

Quizás algún día el nuevo aquelarre no tenga la necesidad de ver cómo usamos su magia. Quizás vean cómo la isla sana y los mares se calman y sepan que estamos cumpliendo con nuestra parte del acuerdo.

Eso es lo que me emociona: un futuro en el que creo con cada fibra de mi ser. Y me esforzaré por conseguirlo tanto como me sea posible.

Me abrazo a mí misma y observo cómo mi aliento se extiende frente a mí antes de desaparecer. Las olas rompen contra la orilla una tras otra y forman la armonía constante de mi vida. El sonido me acompaña sin importar en qué lado de la isla me encuentre o qué tipo de magia practique.

Un destello capta mi atención, y, cuando me giro, veo una pequeña luz circular que danza hacia el límite del bosque. En cuanto poso los ojos sobre ella, esta sale disparada hacia el interior, así que me pongo de pie de un salto y la sigo.

El bosque está a oscuras, pues las copas de los árboles son tan densas que la luz de la luna tiene que abrirse camino un poco a la fuerza entre ellas. Ralentizo el paso y avanzo con cuidado conforme la luz se mueve rápido por delante y proyecta un suave brillo que le pone fin a las sombras.

Tras guiarme varios minutos, la luz se cuela en un claro y da tumbos por el aire hasta desaparecer. Cuando salgo del bosque, puedo ver una pequeña playa privada.

Wolfe se encuentra en medio de la orilla, y, durante un instante, dejo de respirar, pues el modo en el que la luz de la luna lo ilumina aún consigue dejarme sin aliento. De verdad es todo un logro que consiga hacer mis tareas diarias ahora que vivo en la misma mansión que él.

—Vaya, señor Hawthorne, veo que te las has ingeniado para atraerme hasta aquí. ¿Qué harás ahora que he caído en tu trampa?

—Ya lo verás —contesta, al tiempo que esboza una sonrisa traviesa y me extiende una mano.

La acepto, y él me conduce a través de una extensión de hierba alta con un caminito de tierra angosto en el medio. Un portón pequeño y de madera nos bloquea el paso, y, cuando lo abro, cruje debido a su madera desgastada y astillada.

El aire salobre del mar tiene un toque dulzón, y cuando echo un vistazo en derredor veo un montón de flores que crecen altas y salvajes. Hay prímulas nocturnas y eléboros negros que disfrutan de la luz de la luna y, en medio de todos los brotes que florecen solo por la noche, se encuentra una única flor de luna blanca.

—Estaba en este jardín la primera vez que pronunciaste mi nombre a medianoche —me cuenta—. Cuando te oí, el corazón me empezó a latir como loco y me sumergí en el agua con una única idea en la cabeza: llegar hasta ti. Y, desde entonces, es en lo único en lo que he pensado.

—Wolfe —lo llamo, tomándome mi tiempo y pronunciando su nombre con tanta parsimonia que puedo saborear la sensación en la boca. Doy un paso hacia él.

»Wolfe.

Otro paso más, en esta ocasión, tan cerca que podría tocarlo. Llevo las manos hasta el cuello de su camiseta y lo atraigo hacia mí antes de rozar su oreja con mis labios.

—Wolfe.

Se estremece cuando me oye pronunciar su nombre.

—Me estás distrayendo —me dice, en voz baja, como si le doliera admitirlo.

Alzo las manos en un gesto burlón para disculparme.

—Es que no cuesta mucho distraerte.

—Solo a ti no te cuesta —lo dice con su enfado característico, pero yo sé la verdad: que teme lo mucho que me quiere. Todas las personas de esta isla conocen su punto débil ahora, lo cual es algo con lo que jamás contó.

Quizás lo más injusto de todo sea que yo me siento más poderosa que nunca al saber que soy la única capaz de hacerlo caer de rodillas. Fue mi vulnerabilidad y mi franqueza lo que hizo añicos el exterior de este muchacho de bordes tan afilados; unas cualidades que solo los tontos consideran una debilidad.

Pero yo sé la verdad.

—Te prometo que solo usaré mi poder para hacer el bien —le digo, bromeando, aunque el comentario está envuelto en atisbos de verdad.

Wolfe se inclina hacia mí; su aliento cálido impacta con el aire frío y hace que me recorra un escalofrío.

—Úsalo como quieras —me dice, y noto un pinchazo de deseo en mi interior—. Confío en ti.

—Lo sé.

—Me alegro.

Nos quedamos con la vista clavada en el otro durante varios segundos, hasta que Wolfe entrelaza su mano con la mía y me guía hacia las profundidades del jardín. Recoge la flor de luna para entregármela, y los pétalos me rozan los labios cuando me la acerco al rostro.

—Toda reina necesita un castillo —dice, al tiempo que empuja otro portón y me suelta. Cuando lo cruzo y observo en derredor, tengo que contener el aliento. Un campo entero de flores de luna se extiende hasta donde alcanza la vista, miles de brotes en flor a pesar del frío del invierno. Sus pétalos brillan gracias a la luz de la luna y se agitan con la brisa como un mar blanco en medio de la oscuridad.

—¿Esto lo has hecho tú? —le pregunto, incapaz de procesar lo que estoy viendo. Hay muchísimas flores.

—Sí.

Me vuelvo hacia él, con la flor que me ha dado todavía en la mano.

—Es increíble —murmuro—. Muchas gracias.

Me dejo caer despacio sobre la tierra y tiro de él para que venga conmigo. Su boca encuentra la mía en un instante, y su aliento me calienta desde dentro, por lo que olvido lo que es el invierno. Podría besarme tantas veces como flores hay en este campo y nunca me cansaría.

Me tumbo sobre la tierra y, cuando él me imita, guardo en mis recuerdos la sensación del peso de su cuerpo sobre el mío, el modo en que su aliento reacciona cuando lo toco.

—Wolfe —lo llamo, llenando mis pulmones del oxígeno que él me acaba de arrebatar—. ¿Quieres ir a nadar conmigo?

—Claro.

Corro hacia la orilla bajo el cielo de la medianoche, entre risas y con Wolfe pisándome los talones. Cierro los ojos y pienso en el sol, en todas las horas que pasé practicando magia durante el día antes de transmitir los recuerdos hacia las olas para calentarlas lo necesario como para poder nadar tranquilos.

No me tomo la molestia de quitarme el salto de cama. En su lugar, me sumerjo de un tirón y nado lo bastante lejos como para tener que moverme constantemente si quiero mantenerme a flote. Nadamos juntos bajo la luz de la luna mientras nos contamos historias, usamos nuestra magia y vivimos. Vivimos por completo.

Y, mientras lo hacemos, me deleito con lo que siento al practicar magia de noche.

Wolfe empieza a volver hacia la orilla, pero le pido que espere. Nado hacia él y envuelvo su cuello con mis brazos antes de besarlo con toda la alegría, la pasión y la dicha de este momento. Y, al hacerlo, conjuro toda mi magia. Esta se alza, emocionada, y se vuelve más fuerte con cada segundo que pasa.

Con mis labios aún junto a los de Wolfe, vierto mi magia en el agua. Tenemos los pies bien plantados en el fondo del mar conforme las olas se alzan a nuestro alrededor y nos rodean en un vórtice de agua salada y magia y medianoches. Medianoches sin fin.

—Alto o bajo, ciclo lunar constante: de maravillas llénanos cada instante.

Wolfe se aparta para contemplar, encandilado, cómo gira a nuestro alrededor: un agua oscura controlada a la perfección por magia más oscura.

Despacio, le pongo fin a mi magia. El agua vuelve a caer hacia el océano y nos levanta cuando lo hace, y solo entonces volvemos nadando hacia la orilla. Wolfe me da la mano y me dedica una mirada deliberada.

—Creo que ha llegado la hora de que volvamos a la mansión. —Su vista se posa unos segundos más de la cuenta sobre mis labios antes de subir hacia mis ojos.

—Creo que tienes razón.

Entrelazo los dedos con los suyos, pero, antes de irnos, me vuelvo una vez más hacia el mar. La luz de la luna que brilla sobre su superficie forma un paisaje perfecto, algo lleno de poder y belleza; un silencio pesado y una calma engañosa.

Una fuerza que reconoce la magia que llevo dentro y que se rinde ante ella porque sabe que la protegeré.

Un hogar que nunca ha impedido que mi corazón salvaje sea libre.

Solía creer que yo le pertenecía al mar.

Pero me equivocaba.

El mar me pertenece a mí.

Agradecimientos

Este libro es muy especial para mí, y, desde el momento en que la idea cobró vida en mi mente, lo único que quería era compartirlo con mis lectores. Si lo habéis escogido, lo habéis leído o habéis hablado de él; gracias. Muchas muchas gracias.

Hay muchísimas personas increíbles que me han ayudado a que *Hechizos de medianoche* pase de ser una idea a un libro terminado. Soy muy afortunada de que mis historias reciban su sabiduría, su apoyo y su entusiasmo.

En primer lugar, quiero darle las gracias a Pete Knapp, mi agente literario. Gracias por creer en mí y en mis historias y por defender mi trabajo en todo momento. Haces que nada parezca imposible, y sé que mis esperanzas y ambiciones siempre están en buenas manos.

Gracias a Annie Berger, mi magnífica editora. Viste la magia en esta historia antes de que estuviese plasmada en papel y me ayudaste a volver a encontrarla cuando perdí el hilo. Gracias por querer a este libro y por ayudarme a convertirlo en la mejor versión de sí mismo. Tengo mucha suerte de poder trabajar contigo.

A todo el increíble equipo de Sourcebooks Fire, muchas gracias por todo vuestro trabajo para que mis historias salgan al mundo. Karen Masnica, Madison Nankervis y Rebecca Atkinson, gracias por hacer que los lectores conozcan este libro de un modo tan emocionante y genial. Muchas gracias a Liz Dresner por diseñar la cubierta más maravillosa de todas. A Elena Masci por traerla a la vida con tanta belleza y a Tara Jaggers por el precioso diseño interior. Muchas gracias a Erin Fitzsimmons por la faja y unas páginas finales de ensueño y a Sveta Dorosheva por el mapa más impresionante que haya visto. Thea Voutiritsas, Alison Cherry y Carolyn Lesnick, gracias por darle los toques finales a este libro y por pulirlo hasta hacerlo brillar. A Gabbi Calabrese, gracias por hacer que el proceso sea tan tranquilo y sin tropiezos. Margaret Coffee, Valerie Pierce y Caitlin Lawler, muchas gracias por vuestro incansable trabajo para hacer que mis libros lleguen hasta el radar de tantos vendedores, profesores y libreros como sea posible. Ashlyn Keil, eres la pera de los eventos. Gracias por todo tu trabajo para conectarme con los lectores. Sean Murray, he visto mi libro en muchísimas estanterías gracias a todo tu trabajo, así que gracias. Y, finalmente, gracias a mi publicista, Dominique Raccah. Me encanta ser una autora de Sourcebooks.

A todo el equipo de Park & Fine, estoy muy agradecida de poder contar con toda vuestra genialidad colectiva tras de mí y de mis libros. A Andrea Mai y Emily Sweet, gracias por la estrategia y por el entusiasmo que aportáis. Stuti Telidevara, gracias por mantener el orden entre todo el caos. Kat Toolan y Ben Kaslow-Zieve, gracias por hacer que mis libros lleguen hasta las manos de lectores de todo el mundo.

A Debbie Deuble Hill y Alec Frankel, gracias por ser unos guías excelentes en todo lo que corresponde a películas y televisión.

A Marta Courtenay, gracias por tu creatividad, entusiasmo y por las horas de trabajo que me ahorras.

A Elana Roth Parker, gracias por ayudar a que este libro sea una realidad.

A los autores que leen este libro antes de tiempo de forma tan generosa y me envían sus reseñas tan maravillosas, muchísimas gracias. Vuestro entusiasmo hace que tenga muchas ganas de que este libro llegue a todo el mundo.

Adalyn Grace, gracias por todas las horas que pasaste al otro lado de la pantalla trabajando en el borrador conmigo. Que nuestros horarios siempre se alineen. Diya Mishra, fuiste la primera en leer este libro, y tu entusiasmo y uso y abuso de palabrotas impulsaron mi amor por esta historia desde el inicio. Muchísimas gracias por todo. A Julia Ember, Miranda Santee, Tyler Griffin, Heather Ezell, Kristin Dwyer y Rosiee Thor, muchas gracias por no solo ser algunas de mis personas favoritas en el mundo, sino por leer este libro antes de tiempo y proporcionarme unas críticas que tanto me han ayudado. Rachel Lynn Solomon, Adrienne Young, Isabel Ibañez y Tara Tsai, no querría emprender este viaje sin vosotras.

Angela Davis, me diste permiso para imaginar un camino para mí misma que fuese completamente mío. Gracias por ayudarme a buscar mi felicidad.

A mi perro, Doppler, quien me acompaña todos los días mientras escribo estas historias y quien hace que salga de mi despacho cuando probablemente no lo haría de otro modo.

Chip, no puedo describir la paz que me inundó cuando te uniste a nuestra familia. Muchas gracias por tu cariño.

Mamá, gracias por tu apoyo constante y por todos los ánimos que me das mientras navego por esta profesión. Siempre has creído en lo que escribo y por eso te estaré eternamente agradecida. Papá, nunca has hecho que dude de tu amor, y en los momentos más duros de mi vida has sido mi refugio durante la tormenta. Os adoro muchísimo a los dos.

Mir, solo puedo hacer lo que hago gracias a ti. Tu apoyo, tus ánimos y tu amor no dejan de sorprenderme, y no podría pedir una persona más perfecta de la cual depender. La verdad es que me dejas sin palabras. Te quiero hasta decir basta.

Ty, eres mi compañero inseparable, el amor de mi vida y mi mejor amigo. Emprendería cualquier viaje, sin importar lo difícil que fuera, si eso supusiera encontrarte a ti al final del camino. Gracias por creer en mí y apoyarme mientras intento cumplir sueño tras sueño. Espero que sepas que, de entre todos ellos, tú eres el más grande y el que se ha vuelto realidad. Te quiero con toda el alma.

Y, por último, a Jesús. Gracias por brindarme tu amor a pesar de todas mis dudas y mis preguntas. Sobre todo entonces.